文春文庫

コロラド・キッド　他二篇

スティーヴン・キング
高山真由美・白石朗訳

目次

浮かびゆく男

リチャード・マシスンを思いながら

1　減りゆく体重

スコット・ケアリーは、マンションのエリス家の部屋のドアを叩いた。ボブ・エリス（医師の仕事を引退して五年になるのに、ハイランドエイカーズの誰もがいまもドクター・ボブと呼ぶ人物）がスコットを招じ入れた。「やあ、来たな、スコット。十時ぴったりだ。それで、なにかわたしにできることがあるのかね？」

スコットは大柄な男で、身長は裸足で測っても百九十三センチ、おまけに腹がせり出しつつあった。「どうかな。もしかしたらないかも……だけどちょっと問題があって。たいしたことじゃないといいんだが、場合によっては大問題かもしれない」

「かかりつけの医師には話したくないような？」ボブ・エリスは七十四歳で、白い髪は薄くなりかけ、歩くときにほんのすこし足を引きずっていたが、テニスコートでおくれをとるほどではなかった。ボブとスコットが知りあい、友人同士になったのもそこだった。親友とまではいかなくとも、本物の友人同士に。

「いや、そっちにも行ったよ」スコットはいった。「健康診断を受けた。やりすぎなくらいにね。血液や尿から前立腺まで、どこもかしこも調べてもらった。コレステロール値が若干高かったが、それだって正常の範囲内だ。心配していたのは糖尿病だったんだが。ヘルスケア・アプリのＷｅｂＭＤによれば、それがいちばんありそうだったから」

服のことに気がつくまでは、だ。服に関することについてはどんなウェブサイトにも載っていなかった、医療関係だろうと、そうでなかろうと。いずれにせよ、糖尿病と関係がないのはたしかだった。

ボブ・エリスは先にたってリビングへむかった。リビングには大きな出窓があり、そこからは現在ボブが妻と暮らしているキャッスルロックのゲーテッドコミュニティ内にある十四番グリーンが一望できた。ドクター・ボブもときどきはコースをまわることがあったが、たいていはテニスをやっていた。ゴルフが好きなのはボブの妻のほうで、似たようなスポーツ施設を備えたフロリダの新興住宅地にいる冬を除いてふたりがここで暮らしているのは、それが理由だろうとスコットは思っていた。

ボブはいった。「マイラなら、メソジスト教会の女性グループの会合に出かけている。たしかそうだったと思う、ことによると町会の集まりだったかもしれんが。あしたはニューイングランドの菌類学会でポートランド行きだ。あの女ときたら焼けた鉄板の上の雌鶏みたいに落ち着きがないんだよ。さて、コートを脱いですわりなさい。心に引っかかっていることを話してくれ」

十月上旬で、とりたてて寒くはなかったが、スコットは〈ザ・ノース・フェイス〉のパーカーを着こんでいた。それを脱いでソファの自分の横に置くと、ポケットの中身がチャリンと鳴った。

「なにか飲むかね、コーヒーとか、紅茶とか？　朝食用のペストリーもあるはずだ、もし──」

「体重が減っているんだ」スコットはいきなりそういった。「引っかかっているのはそれだ。おもしろいよな。以前は脱衣所の体重計を避けて通っていたんだよ、ここ十年くらいはそこに表示される数字に夢中ってわけじゃなかったからね。それがいまでは毎朝いちばんに体重計に乗ってる」

ボブはうなずいた。「なるほど」

この人には体重計を避ける理由なんかないんだろうな、とスコットは思った。紐でつくったぬいぐるみみたい、と祖母ならいうであろう体型なのだから。おそらくあと二十年は生きるだろう、ジョーカーを引くようなまねをしなければ。もしかしたら百歳まで生きるかもしれない。

「体重計を回避する行動パターンなら理解できるし、開業していたときにはしょっちゅう目《ま》のあたりにしていたよ。反対に、強迫観念にとらわれたかのように、体重を量らずにはいられないというのも見てきた。ふつうは過食症か拒食症の人々だ。あんたはそんなふうには見えないがね」ボブ・エリスは前に身を乗りだし、両手を組みあわせて細い腿のあいだにはさんだ。「わたしが引退したのは知っているな？　アドバイスはできるが処方箋は出せない。それにアドバイスといったって、もう一度かかりつけ医のところへ行ってすべてを明らかにしろ、という程度かもしれない」

スコットは笑みを浮かべた。「かかりつけ医なら、すぐに病院で検査を受けろというだろうね。だが、おれは先月、大仕事を受注したばかりなんだ。ある百貨店チェーンのために、マルチサイトの設計をするんだよ。くわしくしゃべるつもりはないが、かなりの収入が見込める仕事だ。受注できたのはものすごくラッキーだった。おれにとっては大仕事で、しかもキャッスルロックにいながらにしてできる。コンピューター時代の美点だね」

「しかし病気になったら仕事はできん」ボブはいった。「あんたは頭のいい男だ、スコット。わかっていると思うが、体重の減少が示唆するのは糖尿病だけじゃない。ほかの病気、とりわけがんの可能性もある。減っているというが、どれくらいだね？」

「十三キロくらい」スコットが窓の外を見やると、青空の下、白いゴルフカートが緑の草地を横切っていくのが目に入った。これが写真なら、ハイランドエイカーズのウェブサイトに載せたらさぞかし映えるだろう。ハイランドエイカーズにだってウェブサイトはあるはずだ、近ごろではどんなものにも、それこそトウモロコシや林檎を売る道端のスタンドにもあるのだから。だが、スコットがつくったわけではなかった。もっと大きな仕事をするようになっていたからだ。「いまのところは」

　ボブ・エリスはにやりと笑った。まだ自前の歯がそろっている。「それはたしかにかなりの数字だが、あんたならそれくらいじゃびくともしないだろう。テニスコートでは大柄な男にしちゃよく動くほうだし、フィットネスクラブで筋トレに時間をかけたりもしているんだろうが、体が重すぎれば負担がかかるのは心臓だけじゃすまない。全身に影響が出る。きっと知っていると思うがね。ＷｅｂＭＤがあるんだから」ボブがそういって、あきれたように目をぐるりとまわしてみせると、スコットは笑った。「それで、いまは何キロだ？」

「何キロだと思う？」スコットはいった。

　ボブは笑った。「なんなんだね、カウンティ・フェアのコンテストか？　当たりの賞品のキューピー人形なら、たったいま切らしちまったよ」

「あんたは何年開業医をやってたっけ、三十五年？」

「四十二年だ」

「だったら謙遜はやめるんだ、何千人もの患者の体重を何千回も量ってきたんだろう」

　スコットは立ちあがった。骨格の大きい長身の男が、ジーンズを穿き、フランネルのシャツを着て、足には〈ジョージア・ジャイアント〉のワークブーツを履いている。ウェブデザイナーというより木こりかカウボーイのように見えた。「体重を当ててみてくれ。おれの運命についてはそれから話そう」

　ドクター・ボブは、百九十三センチ、いや、ブーツを履いていると百九十八センチはあるスコット・ケアリーを上から下までプロの目で眺めた。とりわけ注意を払ったのは、ベルトの上の腹のカーブと、レッグプレスやハックスクワット――ドクター・ボブ自身はこうした筋トレマシンをいまでは避けている――で鍛えられた長い太腿だった。

「シャツのボタンをはずして、前をあけてくれ」

スコットがいわれたとおりにすると、前面に〈メイン大学スポーツクラブ〉と書かれたグレイのTシャツが見えた。ボブは幅の広い胸部に目をやった。筋肉が発達してはいるが脂肪もついており、こざかしい子供たちなら〝雄《お》っぱい〟と呼ぶような胸だった。

「そうだな……」ボブはいったん口をつぐんだ。いまはこのクイズにすっかり興味を引かれていた。「百五キロ、もしかしたら百十キロか。つまり、体重が減りはじめる前には百二十キロくらいあったってことだ。テニスコートでよく動けたもんだな。そんなに重いとは思っていなかったよ」

スコットは、今月のはじめにようやく勇気を奮いおこして体重計に乗ったとき、どんなにうれしかったかを思い出した。小躍りするほどだった。そのとき以来一定の割合でつづく体重の減少はもちろん心配の種だったが、それもほんのすこしだった。心配が恐怖に変わったのは服のことがあったからだ。それが奇妙なだけですまないのは、WebMDにいわれるまでもなかった。まったく、常軌を逸した事態だった。

窓の外を、ゴルフカートががたごと通りすぎていった。中年の男がふたり乗っていて、ひとりはピンクのズボン、もうひとりはグリーンのズボンを穿いていたが、ふたりとも太りすぎだった。カートを乗り捨てて、歩いてコースをまわったらいくらか健康にいいだろうに、とスコットは思った。

「スコット？」ドクター・ボブがいった。「こっちに関心がむいていないようだが、聞いとるのか？」

「聞いてる」スコットはいった。「あんたと最後にテニスをしたときには、実際百十キロあった。なんでわかってるかといえば、そのときようやく体重計に乗ったからだ。そろそろ何キロか落とすべきころあいだと思ったんだよ。三セットめまでにはすっかり息があがっていたからね。しかし今朝は九十七キロだ」

　スコットはふたたびパーカーの隣に腰をおろした（パーカーはまたチャリンと鳴った）。ボブはじっくりスコットを見た。「わたしには九十七キロには見えんよ、スコット。こういっちゃ悪いが、それよりずっと重そうに見える」

「だが、健康そうではある？」

「ああ」

「病気には見えない」

「そうだな。見たかぎり病気ではなさそうだ、だが――」

「体重計はあるかい？　当然あるだろうね。たしかめてみようじゃないか」

　ドクター・ボブは、スコットのいったことをよく考えてみた。スコットの本当の問題は額の奥、灰色の脳細胞にあるのかもしれない。ボブの経験では、体重について神経症的になりがちなのはたいてい女性だったが、それが男性に起こってもおかしくない。

「わかったよ、量ってみよう。こっちだ」

ボブは先にたって、本棚をいくつも備えた書斎へむかった。ひとつの壁には額に入った身体解剖図がかかり、べつの壁には学位記や免許状が並んでいる。スコットは、パソコンとプリンターのあいだにあるペーパーウェイトを凝視していた。ボブはスコットの視線の先を見て笑い、机上からその頭蓋骨を拾ってスコットに放った。

「骨じゃなくプラスチックだよ、だから落としても大丈夫。いちばん上の孫からのプレゼントなんだ。十三歳のぼうずだよ、悪趣味なプレゼントが好きな年ごろだ。さて、こっちへ来てくれ、どんなもんか見てみよう」

部屋の隅に天秤のような体重計があった。大きな重りと小さな重りが載っていて、重りは金属製の〝腕〟のつりあいが取れるまで動かすもののようだった。ボブは体重計をぽんとたたいていった。「町なかの診療所をしめたときに取っておいたのは、壁の解剖図とこれだけだ。これはシーカ社製で、医療用体重計では最良の部類だよ。何年も前に妻から贈られたものだが、妻のことを悪趣味だとか、これが安っぽいプレゼントだなどというやつはいないだろうよ」

「正確なのかい？」

「まあこういっておこうか。十キロ入りの小麦粉の袋をこれに載せてみて、量った結果が九・五キロだったら、〈ハナフォード〉にとってかえして店員に返金を要求するね。

本当の体重に近い数字が知りたけりゃ、ブーツは脱いだほうがいいな。なんで上着をもってきた？」

「すぐにわかるよ」スコットはブーツを脱がずにパーカーを着た。それにあわせてポケットからまたチャリンと音がした。服をしっかり着こんでいるだけでなく、いまよりはるかに寒い日に戸外に出るような服装で、スコットは体重計に乗った。「やってみて」

ブーツと上着の分を考えて、ボブは重りを百十キロ載せた。それから最初はすべらせるようにそっと、ついで押しやるように減らしていった。天秤の針は百五キロ、百三キロ、百キロでも傾いたままで、ドクター・ボブはありえないと思った。コートとブーツを度外視するにしても、スコット・ケアリーはそれより重く見えた。二、三キロ読みちがえることならあるかもしれないが、太りすぎた男や女の体重ならいままでさんざん量ってきたのだから、こんなにはずすわけがなかった。

天秤は九十七キロで釣りあった。

「信じられんよ」ドクター・ボブはいった。「こいつには再調整が必要みたいだな」

「そんなことはない」スコットはそういって体重計を降り、両手を上着のポケットに入れた。そして両方のポケットから、それぞれひと握りの二十五セント硬貨を取りだした。「何年ものあいだ、骨董品の寝室用便器に貯めておいたんだ。ノラが出ていったときには、ほぼ満杯になってた。両方のポケットに二キロか、もしかしたらそれ以上の重量の金属を入れていたことになるね」

ボブはなにもいわなかった。返す言葉が見つからなかった。

「これでわかったかな、おれがドクター・アダムズのところへ行きたくないのはなぜか?」スコットは硬貨を上着のポケットに戻し、また陽気なチャリンという音をたてた。

ボブがようやく口をひらいた。「わたしが正しく理解しているか、確認させてくれ——家で量ったときもおなじだったんだな?」

「最後の一キロまでね。おれの体重計は〈オゼリ〉のステップオン式で、たぶんここにあるこいつほどいいものではないが、何度か試して、正確であることはわかっている。さて、今度はこれを見てもらいたい。ふだんなら、ストリップをやるときには腰を振って踊れるような音楽をかけたいところだが、おれたちはテニスクラブのロッカールームでいっしょに服を脱いだ仲だから、音楽は省略してもかまわないだろう」

スコットはパーカーを脱いで椅子の背にかけた。それから最初に一方の手を、ついでもう一方の手をドクター・ボブの机について バランスをとりながら、ブーツを脱いだ。その次はフランネルのシャツだった。ベルトをはずし、ジーンズから脚を抜いて、トランクスにTシャツ、靴下という姿でそこに立った。

「これも脱いだっていいんだが」スコットはいった。「まあ、なにがいいたいかわかってもらうにはこれで充分だと思う。わかるかな、怖いのはここなんだ。服に関することなんだよ。だからかかりつけ医じゃなくて、口をとじていてくれる友人に話したかったんだ」スコットは床の上の服とブーツを、それから重みでポケットのたれさがったパーカーを指さした。「これ全部でどれくらいの重さになると思う？」

「コインも入れて？　すくなくとも五、六キロ、もしかしたら八キロ近いかもしれん。量ってみたいか？」

「いや」スコットはいった。

そしてまた体重計に乗った。重りを動かす必要はなかった。九十七キロでちょうどバランスが取れていた。


スコットが服を着て、ふたりでリビングに戻った。ドクター・ボブが小さなグラスに一杯ずつウッドフォードリザーブを注ぐと、まだ朝の十時だったにもかかわらず、スコットは拒まなかった。グラスの中身をひと息に飲みくだすと、ウィスキーは腹のなかに心地よい火をともしてくれた。ボブは質を確認するかのように、鳥さながらに小さくふた口飲んでから、残りを一気に飲みほした。「ありえないな、そうだろう」ボブはあいたグラスをエンドテーブルに置いた。

スコットはうなずいた。「それもドクター・アダムズに話したくなかった理由のひとつだ」

「システムに取りこまれてしまうからな」ボブはいった。「記録事項として。それに、あんたに何が起こっているか正確に調べるために、検査を受けろといいはるだろう」

口には出さなかったが、いいはるという表現では穏やかすぎるとスコットは思った。ドクター・アダムズの診察室で思いついたフレーズは、〝身柄を拘束される〟だった。そのとき決めたのだ、ここではなにもいわずにおいて、引退した医師の友人に相談しようと。

「あんたは百五キロくらいはあるように見える」ボブはいった。「実際、そのくらいの感触だろう?」

「ちょっとちがう。すこしばかり……うーん……重だるい感じだったよ、本当に百五キロあったときは。正しい言葉じゃないかもしれないが、これがいちばんぴったりくる」

「うまい表現だよ」ボブはいった。「辞書に載っていようと、いなかろうと」

「ただ太りすぎというだけじゃなかった。いや、その自覚もあったが。太りすぎに加えて、加齢と、それに……」

「離婚?」ボブは穏やかに、いかにも〝ドクター・ボブ〟らしい調子でたずねた。

スコットはため息をついた。「もちろん、それもある。離婚はおれの人生に暗い影を落とした。いまはすこしましだよ。ただ、おれの気分はましになっても、現実は変わらない。それについては嘘をついてもしょうがない。だが体調は決して悪くなかったし、週に三回はすこしばかり運動もしていたし、テニスだって三セットめに入る前に息を切らすようなことはなかった。しかし……まあ、重だるかったんだよ。いまはそうじゃない、すくなくとも前ほどは」

「前よりエネルギーがある」

スコットはすこし考え、それから首を横に振った。「そうでもないな。前とおなじもちまえのエネルギーで、より遠くまで行ける感じだ」

「倦怠感も疲労もなく？」

「ないね」

「食欲不振でもない？」

「馬のように食べるよ」

「もうひとつ質問がある。悪いが、どうしても訊かなきゃならん」

「訊いてくれ。なんでも」

「これはたちの悪いいたずらじゃないんだな？　隠居した年寄りの医者をからかおうってわけじゃないよな？」

「ぜったいにちがうよ」スコットはいった。「似たような症例を見たことがあるかどうかは訊く必要さえないかもしれないが、なにかで読んだことは？」

ボブは首を横に振った。「どうしても服のことばかり考えてしまうな。それに、上着のポケットのなかのコインのことも」

こっちもおなじだよ、とスコットは思った。

「裸で量ってても服を着てるときとおなじ体重の人間なんているはずがない。重力はどんなものにもかかるんだから」

「おなじケースがないか、医療関係のウェブサイトを見てもらえないかな？　ちょっと似てるだけのケースでもいいんだが」

「見ることはできるし、見てみるつもりもあるが、まあ、似た症例はないだろうね」ボブはためらってからつづけた。「わたしの経験の範囲を超えるだけじゃない、人類の経験の範囲を超えているよ。いわせてもらえば、ありえない事態だ。あんたの体重計とわたしの体重計が正しいとすればね。まあ、正しくないと思う理由はないわけだが。なにがあったんだ、スコット？　そもそもの原因はなんだね？　おまえさん……よくわからんが、なにかよくない光線を浴びたとか？　ノーブランドの殺虫スプレーかなにかを胸いっぱいに吸いこんだとか？　考えてみるんだ」

「とっくに考えたよ。おれにわかるかぎりでは、なにもない。だが、ひとつたしかなのは、あんたに話して気が楽になったってことだ。ひとりで抱えているんじゃなくてね」

スコットは立ちあがって上着をつかんだ。

「どこへ行く？」

「家に帰る。取り組まなきゃならないウェブの仕事があるから。大仕事だ。まあ、まえほど大きな問題とは思えなくなってしまったが」

ボブはドア口まで見送りに出た。「体重は着々と減っているといっていたね。ゆっくりではあるが、着実に減っていると」

「そのとおり。一日に半キロくらい」

「どんなに食べても」

「そうだ」スコットはいった。「これがつづいたら、どうしよう？」

「つづかないさ」

「どうしてわかる？　人類の経験の範囲を超えているのに？」

ドクター・ボブもこれには返す言葉がなかった。

「このことは誰にもいわないでくれ、ボブ。お願いだ」

「そうするよ、ときどき様子を教えてくれると約束するなら。心配だからな」

「それなら約束できる」

玄関ポーチで並んで立ち、ふたりは外を眺めた。天気のいい日だった。紅葉の盛り間近で、丘陵は燃えたつようだった。「荘厳な眺めからいきなり卑近な話題に移るようだが」ドクター・ボブはいった。「レストランをやってる、通りの先のお嬢さんたちとは最近どうだい？　なんだか問題があったような話を聞いたんだが」

スコットは、そんな話をどこで聞いたのかとわざわざたずねたりはしなかった。キャッスルロックは小さな町で、噂はすぐに伝わる。妻が町や教会であらゆる種類の委員会に参加しているとなれば、噂はより速く耳に入るだろう。「お嬢さんたちなんて呼んでるのをミズ・マコームとミズ・ドナルドソンに聞かれたら、あんたもふたりのブラックリストに載るぞ。それに、おれがいま抱えている問題にくらべたら、あのふたりなんて眼中にないも同然だ」

一時間後、スコットは自宅の書斎にいた。町の高台、キャッスルビューにあるりっぱな三階建ての一部屋だ。少々居心地が悪くなるくらいの高級住宅地だったが、ここに暮らすのがノラの望みだったし、ノラと暮らすのがスコットの望みだった。ところがいまやノラはアリゾナに住み、スコットはふたりで暮らしていたときでさえ大きすぎるように感じていた部屋にひとりで残されたのだった。もちろん、猫はいたが。ノラはおれと別れるより猫のビルと別れるほうがつらかったのではないか。すこしばかり意地の悪いものの見方かもしれないが、真実とは往々にして意地の悪いものだとスコットは思っていた。

コンピューターの画面のまんなかには、**ホックシールド‐コーン設計用素材サイト**と大文字で書かれていた。ホックシールド‐コーンはスコットの取引先のチェーンではないうえに、四十年近くまえに廃業した会社の名前だったが、これだけ大きな仕事となれば、ハッカーに用心しておいても悪いことはない。それゆえの偽名だ。

ダブルクリックすると、ホックシールド‐コーンの昔なつかしいデパートの写真が現れた（最終的にはもっと現代的な建物に上書きする予定だった、スコットを雇った現実の会社が所有する建物だ）。こんなキャプションをつけてあった——**ひらめきだけおもちになってください、あとはわれわれにお任せを。**

仕事が手に入ったのは、自己満足がにおいたつようなこのキャッチフレーズのおかげだった。一方に設計のスキルがあり、もう一方に気のきいたキャッチフレーズを生みだせるひらめきがあって、このふたつがあわされば、それはもう特別な才能なのだ。実際、スコットは特別で、この仕事はそれを証明するチャンスなのだから、最大限に活用するつもりだった。最後には広告代理店との共同作業になり、連中はスコットの文章やデザインをいじくりまわすだろう。それはわかっていたが、このキャッチフレーズは基本的なアイデアの大部分とともに残るだろうとスコットは思っていた。ニューヨークのやり手たちのあいだで生き延びられるくらい強いだろう、と。

もう一度ダブルクリックすると、画面上にリビングルームが現れた。完全にからっぽの部屋で、つくりつけの照明器具さえなかった。現実の窓の外には緑の芝生が見えた。マイラ・エリスが何ラウンドもプレイした、ハイランドエイカーズのゴルフコースの一部だった。マイラがコースをまわるときの四人組のなかに、スコットの前妻が交じっていたことも何度かあった。前妻は、いまではアリゾナのフラッグスタッフで暮らして（おそらくゴルフもして）いる。

ビル・D・キャットが入ってきて、眠そうにミャウと鳴き、スコットの脚に体をこすりつけた。

「もうすぐ餌の時間だな。あと数分だ」猫に時間の概念が、とりわけ〝分〟という単位がわかるかのように、スコットはつぶやいた。

自分でもわかっていないのに、とスコットは思った。時間は見えないのに。体重とちがって。

ああ、しかしそれもちょっとちがうかもしれない。もちろん、体重を感じることはできる――肉がつきすぎているときには重だるい感じがする――が、これもやはり時間とおなじく、基本的には人間がつくりだした概念なのでは？　時計の針も、バスルームの体重計の数字も、目に見える影響を生む、目に見えない力を測ろうとしているだけなのではないだろうか。人間が思う程度の現実を超えた、より大きな現実をいくらかでも捉えようとする、むなしい努力なのではないだろうか。

「忘れよう、頭がおかしくなりそうだ」

ビルがまたミャウと鳴き、スコットはコンピューターの画面に注意を戻した。

殺風景なリビングの上のほうに、「様式を選んでください」という文言の入った検索窓があった。スコットが「アーリーアメリカン」と入力すると、画面が動きだした。いっぺんにではなく、ゆっくりと。まるで慎重な買物客が家具をひとつひとつ選んで部屋に加えているかのように。椅子、ソファ、壁紙を貼るのではなくステンシルを施《ほどこ》したピンクの壁、セストーマスの時計、床には端切れで手づくりした敷物。小さな火の入った暖かそうな暖炉。頭上では、木の梁にハリケーンランプが取りつけられている。スコットの好みからするとやりすぎだったが、つきあいのある販売員たちはこれがおおいに気に入り、きっと将来の顧客たちも気に入るよと請けあった。

スワイプ一つで居間にも、寝室にも、書斎にもアーリーアメリカン様式の家具を入れることができた。あるいは、検索窓に戻ればコロニアル様式、ギャリソン様式、クラフツマン様式、コテージ様式いずれの家具でも、このバーチャルリアリティの室内に入れることができた。しかしスコットのきょうの仕事はクイーンアン様式だ。スコットはノートパソコンをひらき、ディスプレイ用の家具を選びはじめた。

四十五分後、ビルが戻ってきて、まえよりもしつこく鳴き声をあげ、体をこすりつけてきた。

「わかった、わかった」スコットは立ちあがり、尻尾をぴんと立てたビル・D・キャットの先導でキッチンへ向かった。ビルの歩き方にはネコ科特有のバネのような動きがあり、スコット自身の足取りも自然と弾んでしまう。キャットフードの〈フリスキー〉をビルの皿にあけ、猫が食べているあいだに玄関ポーチに出て新鮮な空気を吸った。これからまた、セルビーのウィングチェア、ウィンフリーの長椅子、ハウズの簞笥といった、クイーンアン様式のあの有名な脚のついた家具の世界に戻るのだ。スコットはこれを葬儀場でよく見るような家具だと思っていた。重たい空気を軽く見せようとするみたいな。しかし好みは人それぞれだ。

ドクター・ボブが「お嬢さんたち」と呼んだふたりが私道から出てきてビュー・ドライブへ曲がろうとするところに、ちょうど出くわした。小さな短パンの下の長い脚がまぶしい。青の短パンはディアドラ・マコーム、赤の短パンはミシー・ドナルドソンだ。ふたりはおそろいのTシャツを着ていた。町なかのカーバイン・ストリート沿いにある自分たちのレストランを宣伝するTシャツ。うしろからついてくるのは、ふたりと様子のそっくりなボクサー犬、ダムとディーだった。

スコットが帰ろうとしたときに（おそらく、ただ軽い調子で別れたかっただけなのだろうが）ドクター・ボブが口にした言葉が思いだされた。スコットとレストランのお嬢さんがたのあいだに少々問題があったとかいう話だ。実際、そうだった。深刻な人間関係の問題というわけではなかったし、謎の体重減少のような問題ともちがう。どちらかというと頑固に治らないヘルペスのようなものだった。ディアドラには本当にいらいらさせられた。かすかに優越感の漂う笑みをいつも浮かべているのだ——「神よ、この馬鹿者どもに耐えられるようお助けください」といわんばかりの笑みを。

スコットは突然の思いつきで急いで書斎へ向かい（廊下で仰向けになっていたビルを機敏に飛びこえ）、タブレットをつかんだ。それから玄関ポーチに戻ると、カメラアプリをたちあげた。

ポーチには虫よけの網が張ってあり、外が見えづらいのだが、いずれにせよ女性たちはスコットになんの注意もはらっていなかった。ふたりは土の踏みかためられた路肩に沿って、通りの向こう側を走っていた。白く輝くスニーカーが前後に動き、ポニーテールが揺れている。二頭の犬はずんぐりしていながらもたくましく、力強い足取りでうしろをついていく。

スコットは、この犬のことでふたりの家へ二回出向いており、二回ともディアドラと話をしていた。そして、うちの犬がおたくの芝生で用を足しているなんて信じられない、とディアドラが話すあいだ、かすかに優越感の漂う例の笑みを我慢した。ディアドラは、うちの裏庭はフェンスで囲まれているし、毎日一時間くらい外に出るときには（「ディーとダムは、ミシーとわたしの日課のランニングにいつもついてくるの」）とってもお行儀がいいんだから、といっていた。

「うちの猫のにおいを嗅ぎつけたんだと思う」スコットはいった。「縄張りを主張したいんだろう。それはわかるし、きみたちがランニングのときにリードをつけたくないのも理解できるが、戻ってきたときにうちの芝生を確認して、もし必要なら清掃《ポリシング》してもらえるとありがたい」

「清掃《ポリシング》ね」ディアドラはいった。例の笑みは揺るぎもしない。「ずいぶんものものしい軍隊用語を使うのね。そう感じるのはわたしだけ？」

「どんないい方をしてくれてもかまわないが」

「ミスター・ケアリー、たしかにあなたのいうとおり、犬がおたくの芝生で用を足しているのかもしれないけれど、それはうちの犬じゃない。もしかしたら、あなたの気がかりはべつにあるんじゃない？　それは同性婚への偏見と関係があったりはしない？」

スコットは声をたてて笑いそうになったが、もし本当に笑っていたら外交手腕はトランプなみに最悪といえるだろう。「そんなことはまったくない。そっちこそ、おたくのボクサー犬がくれたびっくりするような置き土産を不用意に踏んづけたくないと思っているだけのおれに対して、偏見があるんじゃないか」

「お話できてよかったわ」ディアドラはいった。そして例の笑みを浮かべたまま（それを見ても激怒するほどではなかったが——もしかしたら彼女は怒らせたいと思っていたのかもしれないが——たしかに苛立たしくはあった）、穏やかに、だがしっかりと、スコットの眼前でドアをしめた。

ゆうゆうと駆ける犬たちを従えて、女性ふたりが自分のほうへ走ってくるのをスコットは眺めた。謎の体重減少のことが頭からふきとんだのはここ何日かで初めてだった。ディアドラとミシーはしゃべりながら走り、なにやら笑っていた。ふたりとも、上気した頰が健康そうに汗で光っている。ふたりのうちでは明らかにディアドラ・マコームのほうが上級のランナーで、パートナーといっしょに走るために力を抑えていることがはっきりと見てとれた。犬にはまったく注意を払っていなかったが、ネグレクトというほどではなかった。ビュー・ドライブは、とりわけ昼のあいだは交通量が多いとはいえないからだ。それに、犬たちがきちんと道路の外を走りつづけていることは、スコットも認めざるをえなかった。すくなくともその点では、二頭はよく訓練されていた。

きょうのところはなさそうだ、とスコットは思った。準備万端のときにはなにも起こらないものだ。あの見くだすような笑みをミズ・マコームの顔から拭《ぬぐ》いさってやれれば、気分がよかっただろうに——

だが、それは起こった。最初に一頭が道を逸れ、ついでもう一頭がうしろにつづいた。ディーとダムはスコットの家の芝生に駆けてくると、並んでしゃがみこんだ。スコットはタブレットをもちあげ、すばやく三枚の写真を撮った。

その夜、スパゲティ・カルボナーラと食後のチョコレート・チーズケーキひと切れで早めの夕食をすませ、スコットは〈オゼリ〉の体重計に乗った。ここのところいつもそうだったが、このときも物事がようやく正しい方向へ進みはじめるのではないかと期待していた。そうはならなかった。いましがたたっぷりの食事を片づけたばかりだというのに、オゼリからの情報によれば、体重は九十五・六キロまで落ちていた。

しめた便器のふたの上からビルが見ていた。尻尾が前脚のまわりできれいに丸まっている。「まあね」スコットはビルにいった。「これはこれで仕方ないだろ？　ノラもよくいっていたもんだよ、会議から帰ってきたときにね。人生は自分がつくったとおりのかたちにできあがるものだから、受けいれることがあらゆる物事の鍵なんだって」

ビルはあくびをした。

「しかし変えられる物事を変える場合もある。おまえは留守番をしていてくれ。おれはちょっと出かけてくる」

スコットはｉＰａｄをつかみ、五百メートルたらずの道を軽く走って、改修したファームハウスへ向かった。〈ホーリー・フリホール〉の開店以来八カ月ほど、マコームとドナルドソンが住んでいる家だ。ふたりのスケジュールならよく知っていた。隣人が家を出入りする時間帯は知らず知らずのうちに覚えるものだ。いまはディアドラだけをつかまえるのにいい時間だった。ミシーはレストランのシェフなので、ディナーの準備をはじめるために、たいてい三時ごろ家を出る。ふたりのうちでは前面に立つことの多いディアドラは、だいたい五時ごろ出かけた。仕事もプライベートもディアドラのほうが仕切っているのだろうとスコットは思っていた。ミシー・ドナルドソンのほうは、怖れと驚嘆の入りまじった目で世のなかを見ている愛らしい子供のような印象があった。どちらかというと驚嘆より怖れのほうが大きい感じもする。マコームはドナルドソンのパートナーであると同時に、庇護者でもあるのだろうか？　たぶんそうだろう。おそらく。

スコットは玄関ステップを上り、呼び鈴を鳴らした。その音に反応して、ディーとダムが裏庭で吠えはじめた。

ディアドラがドアをあけた。ぴったりしたきれいなワンピースを着ている。レストランの案内カウンターに立って客にテーブルを割りふる姿は、きっとすばらしく見栄《みば》えがするだろう。目がいちばんの特徴だった。緑がかったグレイの魅惑的な色合いで、目じりがほんのすこし上がっている。

「あら、ミスター・ケアリー。お会いできてとってもうれしい」顔に浮かべた笑みが、本当はうんざりといっていた。「ぜひ入っていただきたいところだけど、もう店に行かなければならなくて。今夜は予約がたくさん入っているから。紅葉めあての観光客ね」

「時間は取らせない」スコットはそういい、スコットなりの笑みを浮かべた。「これを見てもらおうと思って寄っただけだから」そしてｉＰａｄを掲げると、ディーとダムがスコットの前庭の芝生にしゃがみこみ、並んで糞をしているところが見えるようにした。

　ディアドラはそれを長いあいだ見つめた。例の笑みは消えている。それを見ても、スコットは思ったほど気分がよくならなかった。

「わかった」とうとうディアドラがいった。つくったような陽気さが声から消えていた。それがないと、疲れたような、年齢より老けた声に聞こえた。実際の年齢はたぶん三十くらいだろうか。「あなたの勝ち」

「勝ち負けの話がしたいわけじゃないんだ、信じてくれ」スコットはそう口にしてから、以前、誰かが文章に信じてくれとつけ加えたら用心するべきだと大学の教授がいっていたのを思いだした。

「あなたのいいたいことはわかった。わたしがいますぐ行って回収するのは無理だし、ミシーももう仕事に行ってしまったけれど、閉店後に片づけます。玄関ポーチの明かりをつけておく必要はないから。きっと街灯の明かりで見えるでしょう、その……落とし物は」

「そんなことはしなくて大丈夫だ」スコットは、ちょっと意地が悪かったかなと思いはじめていた。なんだか自分のほうがまちがっているような気がした。あなたの勝ち、などといわせたかったわけではないのだ。「もう片づけたよ。おれはただ……」

「ただ、なに？　わたしをやりこめたかっただけ？　もしそれが目的なら、ミッションコンプリートよ。これからミシーとランニングをするときは公園に行きます。地元の管理局に通報しようなんて考えなくていいから。それじゃ、どうも。よい晩を」ディアドラはドアをしめようとした。

「ちょっと待ってくれ」スコットはいった。「頼む」

ディアドラはとじかけたドアの向こうから、無表情のままスコットを見た。

「何回か犬に糞をされたくらいで動物管理局に訴えようなんて、考えもしなかったよ、ミズ・マコーム。おれはただ、ふつうに隣人としてつきあいたいんだ。問題は、こっちをはねつけるようなきみの態度だけだよ。真剣にとりあってくれないじゃないか。それはいい隣人のすることじゃない。すくなくともこのあたりでは」

「そうね、このあたりのいい隣人がなにをするか、わたしたちはよく知ってる」ディアドラはいった。かすかに優越感の漂う笑みが戻ってきて、ディアドラはそれを顔に貼りつけたままドアをしめた。しかしそのまえに、スコットは彼女の目のきらめきを見ていた。涙だったかもしれない。

　このあたりのいい隣人がなにをするか、わたしたちはよく知ってる、か。坂をくだりながら、スコットは思った。いったいどういう意味だ？

　ドクター・ボブが二日後に電話をかけてきて、なにか変わったことはないかとたずねた。事態はまえとおなじように進行している、とスコットは答えた。体重は九十四キロまで落ちていた。「まったく、いやになるくらい規則正しいんだ。毎日体重計に乗っていると、車のオドメーターを逆回しにして見ているみたいなんだよ」

「それでもいまだに寸法は変わっていないんだな？　ウエストは？　シャツのサイズは？」

「ウエストはいまも百二センチ、股下は八十六センチ。ベルトをきつくする必要はない。しかしゆるめる必要もないんだ、木こり並みの食欲なのに。朝食には卵、ベーコン、ソーセージ。夜はなんにでも、いろいろな味のソースをかけて食べてる。一日に、すくなくとも三千キロカロリーはとってるんじゃないかな。もしかしたら四千かも。

そっちはなにか調べてくれた？」

「調べたよ」ドクター・ボブはいった。「いまのところいえるのは、あんたみたいなケースはひとつもないってことだな。新陳代謝が過剰な患者の臨床報告なら山ほどあるんだがね。あんたの言葉を借りれば、木こりなみに食べてるのに痩《や》せたままってわけだ。だが、裸でも服を着ていても体重がおなじ人のケースは皆無だ」

「ああ、だが、まだあるんだ」スコットはいった。また笑っていた。状況を考えれば妙なことなのだろうが、最近は笑ってばかりいた。体重は末期がんの患者のように減っていたが、仕事は首尾よく進んでおり、これ以上ないくらい機嫌がよかった。ときどき、コンピューターの画面を離れて休憩したくなると、モータウン系の音楽をかけて部屋のなかを踊りまわり、ビル・D・キャットに「頭がおかしくなったのか」という目で見られていた。

「まだ、とはなんだ」

「今朝、九十四キロだった。シャワーからまっすぐ体重計に向かって、素っ裸のまま量ったんだけど。で、クロゼットからダンベルを出して――一個十キロのやつだ――両手にひとつずつもったまま体重計に乗ったんだよ。やっぱり九十四キロだった」

電話の向こうがつかのま沈黙した。その後、ボブ・エリスが口をひらいた。「嘘だろう」

「ボブ、嘘だったら死んでみせるよ」

また沈黙がおりた。それからボブがいった。「まるで、おまえさんのまわりに重量を打ち消す力場ができたみたいだな。突《つつ》きまわされるのはいやだろうが、これはいままでにない問題だ。しかも大きな問題だよ。われわれが思いつきもしない事実が隠れているかもしれない」

「奇人あつかいされるのはまっぴらだ」スコットはいった。「こっちの立場になってくれ」

「考えてみるくらいはいいだろう」

「考えたよ、何回も。だけど〈インサイド・ビュー〉紙のようなタブロイドに載るなんてまっぴらだ。〈ナイトフライヤー〉みたいなホラー映画とか、〈スレンダーマン〉みたいな都市伝説といっしょに自分の写真が並ぶなんて勘弁してくれ。それに、いまの仕事を終わらせなきゃならない。ノラと約束したんだよ。この仕事が来たのは離婚が決まったあとだったけど、この報酬からも分与するって。金の使い道ならいくらだってあるだろうからね」

「その仕事に、時間はどれくらいかかるんだ？」

「たぶん六週間くらい。もちろん、テスト運用やら修正やらで年が明けるころまで忙しいだろうけど、六週間でメインの部分は終わる」

「この現象がおなじ割合でつづいたら、そのころには七十五キロくらいだな」

「まだ充分力もちに見える」スコットはそういって笑った。「だろ？」

「やけに機嫌がよさそうだな、たいへんなことが起きているのに」

「実際、上機嫌なんだ。妙なことかもしれないが、本当なんだよ。世界一の減量プログラムなんじゃないかと思うこともある」

「そうだな」ボブ・エリスはいった。「しかし、どこまでいったら終わるんだ?」

ドクター・ボブと電話で話をしてから何日も経たないうちに、スコットの玄関ドアに軽いノックがあった。かけていた音楽の音量がもうすこしでも大きかったら――この日はラモーンズだった――ノックが聞こえずに、来訪者は帰ってしまったかもしれない。おそらく、ほっとしながら。なぜなら、玄関のドアをあけたとき、そこに立っていたのはミシー・ドナルドソンで、死ぬほど怯えたような顔をしていたから。ミシーの姿を見たのは、ディーとダムが芝生で用を足している写真を撮ったとき以来初めてだった。きっとディアドラが約束を守って、町の公園で犬の散歩をするようになったのだろう。ボクサー犬が公園を自由に走りまわっているようなら、ふたりは本当に動物管理局の役人と衝突したかもしれない。犬がどんなに行儀よくふるまおうと、公園は放し飼い禁止なのだから。スコットはそういう看板を見たことがあった。

「ミズ・ドナルドソン」スコットはいった。「こんにちは」

ミシー・ドナルドソンがひとりでいるところを見るのは初めてだった。スコットは敷居を踏み越えないように、そして唐突な動きをしないように注意した。そんなことをしたら、相手は玄関ステップを跳びおりて鹿のように逃げてしまいそうだった。ドナルドソンはブロンドで、パートナーほど美人ではないが愛らしい顔つきで、澄んだブルーの目をしていた。どことなく脆そうなところがあり、スコットは母親がもっていた陶器の装飾皿を連想した。この女性がレストランのキッチンで鍋から鍋、フライパンからフライパンへと湯気のなかを飛びまわり、従業員をこき使いながらベジタリアン・ディナーを仕上げて盛りつけるところなど想像もつかなかった。

「なにか用事でも？　なかに入ろうか？　コーヒーがあるし……紅茶もある、もしそっちのほうがよければ」

スコットがふつうのもてなしをしようとしゃべっている途中で、ミシー・ドナルドソンは首を横に振った。しかもポニーテールの毛先が左右の肩に交互に当たるほど強く。

「謝りにきただけなんです。ディアドラのことを」

「そんな必要はないよ」スコットはいった。「それに、犬をわざわざ公園まで連れていく必要だってないんだ。うんち袋をもち歩いて、帰りがけにわが家の芝生をチェックしてくれるだけでいいんだよ。そんなにたいへんなことじゃないだろう？」

「ええ、ぜんぜん。自分でもディアドラにそういったんです。でもほとんど喧嘩腰で、聞いてくれなくて」

スコットはため息をついた。「それは残念だな。ミズ・ドナルドソン――」

「ミシーって呼んでください、もしよければ」そういうと、彼女は下を向いてかすかに顔を赤らめた。まるで、きわどい意味に取られそうなことをいってしまったと思っているかのように。

「それはいいね。おれはきみたちといい隣人同士になりたいだけなんだから。ここらの住人の大半とはそういうつきあいなんだよ。ただ、どうやらおれは出だしでつまずいてしまったらしい。どうすればよかったのかは、よくわからないけれど」

まだ下を向いたまま、ミシーはいった。「わたしたちはここにもう八カ月くらい住んでいるのに、あなたがわたしたちふたりに――いえ、どちらか一方にでも――話しかけてきたのは、うちの犬があなたの芝生を汚したときだけだった」

これは、スコットにとっては不都合な真実だった。「きみたちが越してきたあと、ドーナツの袋をもって家に行ったんだよ」スコットはいった（かなり弱々しい声で）。「だけど誰もいなかった」

どうしてもう一度来てくれなかったのか、といわれるとスコットは思ったが、ミシーはなにもいわなかった。

「きょうはディアドラのことを謝りに来たのだけど、あの人のことを説明しておきたいとも思ったんです」ミシーは顔をあげてスコットと目をあわせた。かなりの努力を要しているのが見てとれた――両手でジーンズのウエストのところを握りしめている

――が、とにかく顔をあげていた。「ディアドラは、あなたに怒っているわけじゃない……まあ、怒ってはいるんだけど、相手はあなただけじゃない。みんなに怒ってるの。キャッスルロックはまちがいだった。わたしたちがここへ来たのは、お店を出す条件がほぼ整っていて、物価も適正だったし、街を――ボストンを出たかったから。リスクはあったけれど、負っても大丈夫な程度に思えた。それに、町がとても美しいから。それはあなたもよく知っているはずね」

スコットはうなずいた。

「だけど、たぶんわたしたちはレストランを失うことになる。バレンタインまでに状況が好転しなければ、確実に。ディアドラがあのポスターに載ることを承諾した理由はそれよ。状況がどれほど悪いか、ディアドラは話そうとしないけど、わかってはいる。わたしたちふたりともよくわかってる」

「紅葉めあての客が来るようなことをいっていたけど……それに、このあいだの夏はとくに景気がよかったとみんないっているし……」

「たしかに、夏はよかった」ミシーはいった。さっきまでよりほんのすこし声が生き生きしている。「紅葉めあてのお客さんについていえば、いくらかは来るけれど、旅行者の大半はもっと西、ニューハンプシャーへ行く。ノース・コンウェイならアウトレットストアなんかもあって買物ができるし、ここより観光地化されてる。冬になったらきっと、スキー客はここを素通りしてベセルとかシュガーローフ山へ行くんでしょうね

「……」

スキーヤーの多くがキャッスルロックをよけるようにして国道二号線でメイン州西部のスキー場へ向かうことをスコットは知っていたが、なぜこれ以上ミシーを失望させる必要がある？

「冬は地元のお客さんに頼れれば乗り越えられるんだけど。どういうことか、あなたならよく知っているでしょう。寒い季節のあいだ、地元の人たちはもちつもたれつで商売をしてる。そうやって、夏に観光客が戻ってくるまでぎりぎりのところで乗り切る。金物店や材木店、パッツィのダイナーもそう……そうやって収入のすくない数カ月をなんとかやり過ごしてる。だけどうちの店に来てくれる地元の人は多くない。いくらかはいるけど、充分じゃない。それはわたしたちがレズビアンだからじゃなくて、同性婚をしているレズビアンだからだってディアドラはいうの。彼女が正しいと思いたくはないけれど……やっぱりディアドラのいうとおりなんだと思う」

「きっと……」先がつづかなかった。そういうことじゃないよ、か？　そんなことは考えたこともなかったのに、いったいどうしてわかるんだ？

「きっと、なに？」ミシーはたずねた。突っかかるようないい方ではなく、本当に知りたがっている様子で。

スコットは体重計と、そこに表示される数字が容赦なく減っていくところをまた思い浮かべた。「いや、なんでもない。それが本当なら残念だ」

「こんど、あなたもディナーを食べにきて」ミシーの言葉は、そういう自分こそ一度も〈ホーリー・フリホール〉で食事をしたことがないじゃないか、といういやみでもおかしくなかったが、スコットはそんな意味には取らなかった。この若い女性にそういういやみなところがあるとは思わなかった。

「行くよ」スコットはいった。「たぶん、いんげん豆《フリホール》の料理があるんだろうね？」

ミシーは微笑んだ。顔がぱっと明るくなった。「ええ、もちろん。何種類も」

スコットは笑みを返した。「愚問だったね」

「そろそろ失礼しなくちゃ。ミスター・ケアリー――」

「スコットだ」

ミシーはうなずいた。「じゃあ、スコット。お話できてよかった。ここへ来るのに勇気をふりしぼらなきゃならなかったけど、来てよかった」

ミシーは握手の手を差しだした。スコットはその手を取った。

「ひとつだけお願いがあるの。もしディアドラに会っても、わたしが来たことはいわないでもらえるとうれしいんだけど」

「了解」スコットはいった。

ミシー・ドナルドソン訪問の翌日、スコットがパッツィのダイナーのカウンター席でランチを食べおえようとしていたとき、背後のテーブル席のひとつから「あのレズどもの軽食堂」とかなんとか誰かがいうのが聞こえてきた。笑い声がそれにつづく。スコットは、食べかけのアップルパイとそのまわりで溶けたバニラアイスを見つめた。パッツィがもってきたときにはおいしそうに見えたのだが、もう食べたくなくなっていた。

まえにもこんな言葉を聞いたことがあっただろうか？　自分はそれを、耳に入ってくる取るにたりない（すくなくとも自分にとってはなんということもない）ほかのたくさんのおしゃべりといっしょに聞き流してきたのだろうか？　そう思うのはいやだったが、その可能性はあった。

たぶんわたしたちはレストランを失うことになる、とミシーはいっていた。地元のお客さんに頼れれば乗り越えられるんだけど、と。

ミシーは仮定法を使って話していた、まるで〈ホーリー・フリホール〉の窓にすでに「空き店舗」の看板がかかっているかのように。

スコットは立ちあがり、デザートの皿の下にチップを置いて、勘定を支払った。

「パイが食べきれなかった？」パッツィがたずねた。

「目は食べたがったんだけどね、胃袋が追いつけなかった」スコットはそういったが、それは本当のところではなかった。スコットの目と胃袋が欲する量はおなじだった。これまでずっとそうだった。ただ目も胃袋も軽くなっているだけだ。意外にも、スコットはもう気にしていなかったし、ほとんど心配すらしていなかった。異常事態ではあるのかもしれないが、スコットはときどき、変わらず体重が減っているのをすっかり忘れていることがあった。写真を撮ろうとして、ディーとダムが芝生の上でしゃがむのを待っていたときがそうだったし、いまもそうだった。いま頭にあるのは、あのレズどもの軽食堂という言葉だけだった。

それが聞こえてきたテーブルには四人の男がすわっていた。作業着姿の筋骨たくましい男たちだ。窓辺にヘルメットが並んでいる。男たちはCRPWの文字が刷られたオレンジ色のベストを着ていた。〈キャッスルロック公共事業団〉の略称だ。

スコットは四人のそばを通りすぎて出口へ向かい、ドアをあけたが、そこで気が変わって、道路工事作業員たちのテーブルに戻った。四人のうち二人には見覚えがあり、そのうちの一人とはポーカーをしたことがあった。ロニー・ブリッグズだ。スコット同様、町の住人で、隣人だ。

「なあ、さっきの物言いはひどいぞ」

ロニーが戸惑ったように顔をあげ、スコットだとわかるとにっこり笑ってみせた。「なんだ、スコット、元気かい？」

スコットはロニーを無視してつづけた。「彼女たちはうちからちょっと坂を上ったところに住んでる。いい人たちだよ」まあ、ミシーはそうだった。ディアドラ・マコームについてはそこまで確信はなかったが。

ロニー以外の三人のうちのひとりが広い胸のまえで腕を組み、スコットを睨んだ。

「あんたはこのテーブルに招かれたのか?」

「いや、だが――」

「だろ。だったら口を出すな」

「――だが、聞きたくなくても聞こえたんだよ」

パッツィのダイナーは小さな店だが、ランチタイムはいつも混雑し、しゃべり声に満ちている。それがいまは話し声も、せわしなくフォークが皿をこする音も、ぴたりとやんでいた。人々の顔が向けられる。パッツィはトラブルに備えてレジの脇に立っていた。

「おい、もう一度いうぞ、口を出すな。おれたちがなにを話そうが、あんたには関係ねえ」

ロニーが慌てて立ちあがった。「なあ、スコット、外までいっしょに行こうか?」

「必要ない」スコットはいった。「エスコートは要らないが、まずはこれだけいっておく。あんたがあの店で食事をするなら、料理についてはあんたの問題だ。批判するなりなんなり好きにするがいい。だが彼女たちがそのほかの時間になにをしようが、あんたには関係ない。わかったか?」

招かれたのかとスコットに訊いた男が、組んでいた腕をほどいて立ちあがった。スコットほど背は高くないが、若く、がっしりした体つきだった。太い首から頬へ赤みが広がっていく。「そのデカいことをぬかす口におれがパンチをくれてやるまえに、さっさと出ていったほうがいいぞ」

「やめてよ、もう、やめてちょうだい」パッツィが尖った声でいった。「スコット、帰ったほうがいいわ」

スコットはなにもいい返さずにダイナーを出て、ひんやりした十月の空気を深く吸いこんだ。うしろでガラスをコツコツたたく音がした。スコットがふり返ると、太い首の男が見ていた。男は〝ちょっと待て〟というように指をあげている。パッツィのダイナーの窓にはあらゆる種類のポスターが貼ってあった。太い首の男はそのうちの一枚を剝《は》がし、戸口まで歩いてドアをあけた。

スコットは拳《こぶし》を固めた。殴り合いの喧嘩など小学生のとき以来だった（十五秒で終わった伝説の戦いだ、繰りだした六発のパンチのうち四発はきれいに空振りした）が、今回は気がはやった。フットワークも軽く、やる気満々だった。怒りはない。愉快で、楽観的な気分だった。

蝶のように舞い、蜂のように刺す。来いよ、ビッグボーイ。

しかし太い首の男は喧嘩がしたいわけではなかった。男はポスターをくしゃくしゃに丸めて、スコットの足もとの歩道に放った。「あんたのガールフレンドだ」男はいった。「もって帰って、それを見ながらマスでもかいたらどうだ？　レイプでもしないかぎり、その女とヤッた気分になるにはそれくらいしかないからな」

男は店内に戻り、仲間のいる席にすわった。満足そうな顔だった——一件落着。店内の全員に窓から見られていることに気がついて、スコットは身を屈め、丸められたポスターを拾うと、どこへともなく歩き去った。見られているのがいやだった。キャッスルロックの住人の半分がランチを食べるダイナーで厄介事を起こしたわけだが、恥ずかしいとも馬鹿なことをしたとも思わなかった。ただ、興味津々といった視線が集まってくるのが気に食わなかった。横から飛びこんできて歌ったり踊ったりジョークをいったりする人間がいなかったのが不思議なくらいだった。

丸められた紙を延ばして、最初に思いだしたのがミシー・ドナルドソンがいっていたことだった。ディアドラがあのポスターに載ることを承諾した理由はそれよ。承諾した相手は、キャッスルロックの感謝祭恒例十二キロレース——ターキートロット・レース——の準備委員会なのだろう。

ポスターのまんなかに、ディアドラ・マコームの写真があった。ほかにもランナーが写っていたが、大半はディアドラのうしろにいた。大きく19と書かれたゼッケンが、小さなブルーの短パンのウエストのところにピンで留《と》められていた。その上は、前面に〈ニューヨーク・シティ・マラソン2011〉とプリントされたTシャツだった。写真の顔には、スコットが決してディアドラの名前から連想することのないような表情が浮かんでいた——至福の表情が。

こんなキャプションがついていた。「すばらしい食の体験を約束するキャッスルロック最新のレストラン〈ホーリー・フリホール〉の共同経営者、ディアドラ・マコーム、ニューヨーク・シティ・マラソンのゴール間近にて。女性部門で**第四位**の成績をおさめました！　ディアドラは、今年のキャッスルロックの十二キロレース、ターキートロットを走ります。**あなたもいかがですか？**」

キャプションの下に詳細があった。キャッスルロックの毎年恒例の感謝祭レースが、連休につづく金曜日に開催される。スタートはキャッスルビューにあるレクリエーション・センターの建物で、ゴールは町なかのブリキ橋だった。全年齢参加歓迎、大人の参加費は地元民なら五ドル、外部の人は七ドル、十五歳未満は二ドル、お申込みはキャッスルロック・レクリエーション・センターまで。

　写真の女性の至福の表情を見ていると——混じりけなしのランナーズハイだ——ホーリー・フリホールの余命について、ミシーは大げさにいっていたわけではないのだとスコットにも理解できた。すこしの誇張もなかったのだ。ディアドラ・マコームはプライドも自己評価も高い女性で、少々——スコットにいわせればかなり——気が短い。その彼女が、写真をこんなふうに使われるのを許したのは、おそらくひとえに「すばらしい食の体験を約束するキャッスルロック最新のレストラン」という文言のためだろう。これが起死回生のロングパス《ヘイル・メアリー》になるはずだったからだ。なんでもいい、とにかくなんでもいいから、あともうすこし顧客を呼びこみたかったのだ。案内カウンターの脇のすらりと長い美脚を眺めることが目的の客でもよかったのだ。

スコットはポスターをたたみ、ジーンズの尻ポケットに詰めこむと、メインストリートをゆっくり歩き、通りすがりに道沿いの店舗の窓を覗いた。どこの店にもポスターが貼ってあった――メイン州の伝統的な豆料理のポスター、〈オックスフォード・プレインズ・スピードウェイ〉の駐車場で開催される今年の大ヤードセールのポスター、カトリック教会のビンゴ大会のポスター、消防署でひらかれるもち寄りパーティーのポスター。ターキートロットのポスターは〈キャッスルロック・コンピューター販売&サービス〉の窓にも貼ってあったが、そのほかの店では見かけないまま、通りの端の小さな書店、〈ブック・ヌック〉に着いてしまった。

店内に入り、すこしばかり見てまわって、ディスカウント本のテーブルにあった図鑑、『ニューイングランドのインテリア用品』を手に取った。今回の仕事に使えそうなものはなにも載っていないかもしれない――いずれにせよ、今回の仕事の第一段階は完了間近だった――が、まあ、なにがあるかはわからない。書店のオーナーで唯一の店員でもあるマイク・バダラマンテに支払いをしているあいだに、スコットは窓辺のポスターに言及し、あの写真の女性はうちの近所に住んでいるんだ、といった。

「ああ、ディアドラ・マコームは十年くらいずっとスター選手だったよ」マイクは本を袋に入れながらいった。「二〇一二年のオリンピックに出られたかもしれないね、足首を折らなければ。運が悪かったよ。二〇一六年の大会には挑もうとすらしなかった、まあ、理解できるがね。大きな競技会からは引退したようだが、今年のレースでいっしょに走るのが待ちきれないよ」マイクはにっこり笑った。「ひとたびスタートのピストルが鳴ったら、そう長くついていけるわけでもないけどね。彼女はぶっちぎりのトップだろうさ」

「男女混合のレースでも？」

マイクは声をたてて笑った。「スコット、彼女がモールデンの稲妻と呼ばれていたのにはちゃんと理由があるんだよ。ちなみにモールデンは彼女の出身地だ」

「パッツィの店でポスターを見たんだ。それからコンピューターショップと、この店の窓辺でも。それ以外の場所にはなかった。どういうことなんだ？」

マイクの笑みが消えた。「自慢できるようなことじゃない。彼女はレズビアンだろう。それは、秘密にしておくぶんにはおそらく構わなかった――とじたドアの向こうでなにが起こっていようと誰も気にしない――が、彼女はフリホールで料理しているあの子を妻だと公言せずにはいられなかった。このあたりの住民の多くにとって、それは喧嘩を売られているにひとしい」

「それで店主たちがみんなポスターを貼ろうとしないのか？　参加費はレクリエーション・センターの利益になるのに？　彼女がポスターに載っているからというだけで？」

ダイナーにあったポスターを太い首の男に投げつけられたあとだったので、これは質問ですらなかった。状況を正しく把握するために口にしただけの言葉だ。十歳のとき、親友の兄貴が年下の少年たちを並んですわらせて性の基礎知識を披露したことがあったが、そのときと似た気分だった。当時もいまも、全体像はぼんやりとしかわからないながら、状況の細部に驚いていた。みんな本当にそんなことをするのか？　そう、するんだよ。どうやら今回もそのようだった。

「新しいポスターを刷りなおすそうだ」マイクがいった。「たまたま知ったんだがね。私も委員会の一員だから。コフリン町長のアイデアだ。ダスティ・コフリンのことは知っているだろう、事なかれ主義の王者だよ。新しいポスターは、七面鳥《ターキー》の群れがメインストリートを走っている絵柄だ。私は気に入らないし、その案に賛成票を入れもしなかったが、理屈は理解できる。町がレクリエーション・センターにつける予算は二千ドル、雀の涙だ。それっぽっちじゃ公園の維持管理もできやしない。ほかにもやることはたくさんあるのにね。ターキートロットからは五千ドル近い収益があるんだが、それにはもっと宣伝しなきゃならない」

「それじゃあ……ただレズビアンだからというだけで……」

「同性婚をしている、レズビアンだ。多くの人にとって、そこがつきあいを鈍らせる要因なんだよ。キャッスル・カウンティがどんなふうかは知っているだろう、スコット。ここに住んで何年になる？　二十五年くらいかな？」

「三十年以上だよ」

「そうか。ここは頑固な共和党支持基盤だろう。保守的な共和党支持者たちだ。郡の人々は、二〇一六年の選挙では三対一のオッズでトランプに賭けた。それに、うちの州の愚かな知事だっていずれは奇跡を起こすんじゃないかと思っているんだよ。彼女たちが秘密にしておいたなら問題なかったんだ。だが、そうはしなかった。だからいまでは、あのふたりが公に喧嘩を売ろうとしているんじゃないかと思ってる人間が大勢いるわけだ。私自身はこう思っている。あのふたりはこのあたりの政治的風土についてあまりにも無知だったたか、たんに馬鹿なのか、ふたつにひとつだ」マイクはいったん口をつぐんでからつづけた。「だが、料理はおいしいよ。店に行ったことはあるかい？」

「まだだ」スコットはいった。「でも行こうと思ってる」

「それなら早めに行ったほうがいい」マイクはいった。「来年のいまごろには、あそこはアイスクリーム・ショップにでもなっているんじゃないかな」

2　ホーリー・フリホール

スコットは家へ帰るつもりだったのだが、かわりに町の広場まで歩いていき、新しく買った本のページをめくって写真を見た。メインストリート沿いのさっきとは反対側をぶらぶら歩くと、いまでは頭のなかで「ディアドラのポスター」と呼んでいるものが編み物用品店のなかに見えた。それ以外はどこにもなかった。

マイクはずっと「彼女たち」とか「あのふたり」とかいっていたが、じつはスコットはそうではないと思っていた。すべてマコームのことだろう。カップルのうち喧嘩腰なのはマコームだ。ミシー・ドナルドソンのほうは必要ならよろこんで秘密にしただろう。こちらの片割れは、誰かに文句をいうようなことはひどく苦手そうだったから。

しかしミシーはおれに会いにきたじゃないか、とスコットは思った。そして文句どころか、いろいろとしゃべっていった。勇気のいることだったはずだ。

そう、それがあったから、スコットはミシーに好感をもった。

『ニューイングランドのインテリア用品』を公園のベンチに置き、スコットは野外ステージの階段を上ったり降りたりしはじめた。望んだような運動ではなく、ただ体を動かしているだけだった。気分がおちつかない《アンツ・イン・マイ・パンツ》せいだ、とスコットは思った。最高におちつかない《ビーズ・イン・マイ・ニーズ》。階段を上っているというよりは、階段の上を弾んでいるようだった。五、六往復してからベンチに戻った。おもしろいことに息切れしていなかったし、脈拍もほんのすこしあがっただけだった。

スコットはスマートフォンを取りだして、ドクター・ボブに電話をかけた。ボブ・エリスが最初にたずねたのはスコットの体重だった。

「今朝の時点で九十二・五キロだった」スコットはいった。「だけどそうじゃなくて――」

「だったら、症状はつづいているんだな。もっと深刻にとらえて、徹底的に検査してみようという気は起こらないかね？　二十キロも落ちるというのは、まあ数字に多少の前後はあるとしても、実際深刻な事態だぞ。なんならマサチューセッツ総合病院にまだコネがあるし、フルコースで検査を受けても一銭も取られないんじゃないかな。それどころか、もしかしたらいくらかもらえるかも」

「ボブ、体調は悪くないんだよ。ふだんよりいいくらいだ。電話したのは、ホーリー・フリホールで食事をしたことがあるかどうか訊きたかったからなんだ」

話題が変わったことをボブ・エリスが呑みこむあいだ、しばらく間があった。ようやくボブがいった。「あんたのご近所さんのレズビアンふたりがやってる店かね？　まだ行ったことはない」

スコットは顔をしかめた。「あのふたりについては性的指向よりもっとほかに大事なことがあるだろう。おれもよくは知らないけど」

「まあ、落ち着け」ボブはすこしばかり面食らったようにいった。「べつにおまえさんの痛いところを突いてやろうとしていったわけじゃない」

「そうだね。それで……ランチどきに、ちょっとした出来事があってさ。パッツィのダイナーで」

「なにがあった？」

「たわいもない口論というか。あのふたりのことで。まあ、いいんだけどさ。それで、ボブ、夜に出かけるのはどうかな？　ホーリー・フリホールでディナーだ。おごるよ」

「いつ行こうと思ってるんだ？」

「今夜はどう？」

「今夜は無理だ。だが金曜なら行ける。マイラがマンチェスターの姉妹のところで週末を過ごす予定で、わたしは料理が下手だからな」

「デートだな」スコットはいった。

「男同士のデートってわけだ」ボブが同意していった。「次にはわたしに結婚を申しこむつもりなんだろうね」

「そうなったらあんたは重婚だ」スコットはいった。「大丈夫、誘惑したりはしないよ。ただ、ひとつだけやってほしいことがある——あんたに予約を取ってほしいんだ」

「なんだ、まだ揉めてるのか？」ボブはおもしろがっているような声でいった。「それならやめておいたほうがいいんじゃないかね？　ブリッジトンにいいイタリアンの店があるよ」

「いや。もうメキシコ料理の口になってるんだ」

ドクター・ボブはため息をついた。「予約をするのはかまわないよ。まあ、あの店についての耳にした話が本当なら、予約が必要とも思えないが」

金曜日、スコットのほうがドクター・ボブを車で拾いにいった。ボブはもう夜間の運転をしたがらないからだ。レストランまでは車ですぐだったが、ボブが男同士のデートを金曜日まで延ばしたがった本当の理由をスコットに話す時間は充分にあった。マイラと口喧嘩になるのがいやだったからだという。マイラは教会や町のさまざまな委員会の一員であり、そうした団体のほかの人々とおなじく、すばらしい食の体験を約束するキャッスルロック最新のレストランの女性経営者たちをよく思っていないのだ。

「冗談だろう」スコットはいった。

「残念ながら冗談じゃない。マイラはたいていの話題にはオープンなんだが、性の政治学となると……まあ、そういう育てられ方をしたとだけいっておこう。いい年をした夫婦が怒鳴りあいの喧嘩などみっともないとわたしが思っていなかったら、口論をするようなことにもなったかもしれないね。しかもそうとう激しく」

「キャッスルロックの悪の巣窟たるメキシコ風ベジタリアン料理の店に行ったことを、マイラに話す気はあるのかい？」

「金曜の晩はどこで食事をしたのかと訊かれたら話すよ。訊かれなければ口をとじておく。あんたもそうしてくれ」

「そうするよ」スコットはそういって、斜めに線の引かれた駐車スペースのひとつに車を入れた。「さて着いた。いっしょに来てくれてありがとう、ボブ。これで万事うまく収まるといいんだが」

そうはいかなかった。

ディアドラが案内カウンターにいた。今夜はワンピースを着ておらず、白いシャツと、見事な脚の引きたつ黒のテーパードスラックスという姿だった。ドクター・ボブがスコットより先に入ると、ディアドラは笑みを向けた——唇を引き結んで眉をあげる、かすかに優越感の漂う例の笑みではなく、接客のプロとしての歓迎の笑みだった。それからスコットの姿が目に入ると、笑みが消えた。ディアドラはあの緑がかったグレイの目で冷たく値踏みするようにスコットを見た。まるでスライド上の細菌を顕微鏡で観察するように。それから視線を落とし、メニューをふたつ手に取った。

「テーブルへご案内します」

ディアドラの案内でテーブルに向かうあいだ、スコットは感心しながら内装を眺めた。マコームとドナルドソンがかなりの労力を割いたというだけではなく、本当に好きでやった仕事のように見えた。メキシコ音楽が頭上のスピーカーから流れてくる。テハーノとかランチェーラとか呼ばれる種類の音楽だ、とスコットは思った。壁はやわらかな黄色で、漆喰は日干しに見えるようにわざと粗く仕上げてあった。壁に取りつけられた燭台は緑色のガラスのサボテンだ。大きな壁掛けは一枚が太陽、べつの一枚は月、二枚は踊る猿、あとの一枚は金色の目をした蛙の図柄だった。店内はパッツィのダイナーの二倍の広さだったが、客はカップルが五組と、四人のグループが一組だけだった。

「こちらです」ディアドラはいった。「どうぞお食事をお楽しみください」

「そうさせてもらうよ」スコットはいった。「ここに来られてよかった。最初からやり直せればいいと思っているんだが。それは可能だろうか、ミズ・マコーム？」

ディアドラは静かに、しかし温かみのない目でスコットを見た。「ジーナがすぐに来ますから。彼女が本日のスペシャルのご案内をします」

そういって、ディアドラは行ってしまった。

ドクター・ボブは席につくと、ナプキンを振って広げた。「カイロを頬と額にそっと当てる」

「なんだって？」

「凍傷の治療だよ。たったいま、正面から顔にとびきり冷たい風を受けただろう」

スコットが言葉を返す間もなく、ウェイトレスが現れた——唯一のウェイトレスのようだった。ディアドラ・マコームとおなじく、白いシャツに黒のスラックスという恰好だ。「ホーリー・フリホールへようこそ。なにかお飲み物をおもちしましょうか？」

スコットはコーラを頼んだ。ボブはハウスワインのグラスを選んでから、その若い女性がもっとよく見えるように眼鏡をかけた。「ジーナ・ラックルスハウスじゃないか？ そうだね。きみのお母さんは、わたしがまだ町なかで診療所をやっていたときに助手を務めてくれたよ。ジュラ紀のころの話だがね。きみはお母さんとそっくりだ」

ウェイトレスは笑みを浮かべた。「いまはジーナ・ベケットですけど。でも、おっしゃるとおりです」

「会えてうれしいよ、ジーナ。お母さんにもよろしく伝えてほしい」

「伝えます。いまはダートマス・ヒッチコック・メディカルセンターにいるんですよ、ダークサイドの」つまりニューハンプシャーのことだ。「すぐに戻ってきて、スペシャルのご案内をしますね」

戻ってきたとき、ジーナは飲み物といっしょに前菜を運んできて、うやうやしいといってもいいような手つきで皿を置いた。とても食欲をそそるにおいがした。

「これはなにかな?」スコットがたずねた。

「揚げたてのグリーンプランテイン・チップスと、ガーリック、コリアンダー、ライム、それにグリーンチリのすこし入ったサルサソースです。シェフのお薦めなんですよ。メキシコ風というよりはキューバ風だけど楽しんでもらえたらうれしいと、シェフがいってます」

ジーナが行ってしまうと、ドクター・ボブはにやにやしながら身を乗りだした。「すくなくとも、キッチンにいるほうとはいくらかうまくやっているようじゃないか」

「気に入られてるのはあんたかも。お母さんを診療所でこき使っていた人が来たと、ジーナがミシーに耳打ちしたんじゃないか」本当はちがうとスコットにもわかっていた……わかっているつもりだった。

ドクター・ボブはぼさぼさの白い眉毛を上下させながらいった。「ミシーだって、え え? ファーストネームで呼びあう仲ってことかい?」

「おいおい、ドク、やめてくれよ」

「わたしのことをドクと呼ぶのをやめるっていうなら、こっちもやめるよ。そう呼ばれるのはきらいなんだ。ミルバーン・ストーンを思いだすから」

「それは誰だ？」

「家に帰ったらググってくれ、坊や」

ふたりは食べた、じつによく食べた。肉は入っていないが、すばらしい味だった――いんげん豆のエンチラーダも、スーパーのパックのものでないことがひと目でわかるトルティーヤも。食事をしながら、スコットはパッツィの店であったたわいもない口論のことをボブに話した。ディアドラ・マコームのポスターが、物議をかもすことのないポスターに――七面鳥の群れを描いたマンガのポスターに――もうすぐ取り替えられることも話した。そして、マイラはその委員会にも入っているのかとたずねた。

「いや、それは見送ったやつだな……だが、ポスターの入替えにはきっと賛成しただろうね」

そういうと、ボブはスコットの謎の体重減少に話を戻した。体つきが変わったように見えないところがさらに謎だった。そしてもちろんいちばんの謎は、スコットがなにを着ようと、なにをもとうと、増えてしかるべき重量に変化がないことだった。

もうすこし客が増えると、マコームがウェイトレスのような服装をしている理由がわかった。実際、ウェイトレスなのだ、すくなくとも今夜は。もしかしたら毎晩。彼女が二役を務めている事実が、レストランの経済状況をよりはっきり示していた。経費節減はすでにはじまっているのだ。

デザートはいかがですか、とジーナがたずねた。ふたりとも断わった。「もうひと口も食べられないよ。だけどすばらしい料理だったとミズ・ドナルドソンに伝えてほしい」スコットはいった。

ドクター・ボブは親指を二本あげた。

「きっとすごく喜びますよ」ジーナはいった。「いま伝票をおもちしますね」

レストランからどんどん人がいなくなっていた。残っているのは、食後の飲み物を楽しんでいる数組のカップルだけだった。ディアドラは、お食事はいかがでしたかと帰っていく客にたずね、ご来店ありがとうございましたといっていた。大きな笑みを浮かべながら。しかし、蛙の夕ペストリーの下のテーブルについた男ふたりに笑みを向けることはなかった。目を向けることさえ一度もなかった。

まるでおれたちが疫病にでもかかっているみたいだな、とスコットは思った。

「それで、本当に具合は悪くないんだな？」ドクター・ボブはそうたずねた。もう十めくらいになるだろうか。「不整脈もなし？　めまいの発作も？　脱水も？」

「どれもない。その正反対だよ。おもしろい話を聞かせようか？」

スコットは、野外ステージの階段をジョギングで上り降りしたこと——弾むように、上り降りしたこと——をボブに話した。その後、脈拍を測ったことも。「安静時の脈拍ってわけじゃないのに、かなり低かった。八十より下だ。それに、医者でなくとも自分の体がどう見えるかはわかるし、筋肉が萎縮しているようなこともない」

「まだ、いまのところはね」ボブはいった。

「これからそうなるとも思えないよ。体積はおなじままなんじゃないかな、連動するはずの重量がなぜか消えても」

「正気とも思えないアイデアだな、スコット」

「まったくあんたのいうとおりだけど、そうとしか思えない。おれの体にかかる重力は確実に減っている。誰だって陽気にもなるよ」

ドクター・ボブが応じる間もなく、ジーナが戻ってきて伝票を差しだした。スコットは気前のいいチップを加味してサインをすると、どれもおいしかったともう一度伝えた。

「それはよかった。また来てください。お友だちにも宣伝してくださいね」ジーナはまえに身を乗りだし、声を低くしてつづけた。「本当にもっとお客さんが必要だから」


ふたりが外に出ようとしたとき、ディアドラ・マコームは案内カウンターにいなかった。階段の下の歩道に立って、ブリキ橋のそばの信号のほうを眺めていた。ディアドラはふり返り、ボブに向かって微笑んだ。「ミスター・ケアリーとふたりきりでお話させてもらえますか？　そんなに時間はかかりません」

「もちろん。スコット、わたしは通りの向こうで本屋のウィンドウの中身を吟味しているよ。車を転がす準備ができたらクラクションを鳴らしてくれ」

ドクター・ボブがメインストリートを渡ると(ふだんの八時とおなじように人けがなかった、町が眠るのは早いのだ)、スコットはディアドラのほうを向いた。笑みは消えていた。ディアドラは見るからに怒っていた。ホーリー・フリホールで食事をすることで状況を好転させたかったのだが、かえって悪化させてしまったようだった。なぜそんなことになったのかはわからなかったが、明らかに悪化していた。

「なにが気がかりなのかな、ミズ・マコーム？　もしまだ犬のことを——」

「どうして犬のことなの、いまでは公園を走らせているのに？　すくなくとも、公園を走らせようとはしてる。いつもリードが絡まってしまうけれど」

「ビュー・ドライブを走らせればいいんだよ」スコットはいった。「いったじゃないか。拾ってくれるだけでいいんだから、犬の——」

「犬のことは忘れて」緑がかったグレイの目にはほとんど生気がなかった。「その話はもう終わったのよ。終わらせてほしいのはあなたの行動のほう。地元の油溜めであなたがわたしたちのために立ちあがるような真似をする必要はないし、ようやくおさまりかけていた話題を蒸し返すのもやめてほしい」

おさまりかけていたと思うなんて、きみのポスターを窓に貼ってる店がいかにすくないか見ていないんだな、とスコットは思った。だが口にしたのはべつの言葉だった。

「パッツィの店は油溜めなんかとはかけ離れているよ。きみたちのような食事を出すわけじゃないが、店は清潔だ」

「清潔だろうと不潔だろうと関係ない。もし立ちあがる必要があるなら、わたしがやるから。わたしには――わたしたちには――あなたにギャラハッド卿みたいな騎士になってもらう必要はないの。だいたい、その役をこなすには、あなたはちょっと年を取りすぎているし」ディアドラの視線がスコットのシャツのまえをさっとおりた。「それにちょっと太りすぎてもいる」

現在のスコットの状況を考えるに、その攻撃は的はずれもいいところだったが、ディアドラがそういう言葉を使ったところに、スコットは皮肉まじりのおもしろさを感じた。もしかしたら、どこかの男が女性に向かって、おまえはちょっと年を取りすぎているし、グウィネヴィア王妃を気取るにはちょっと太りすぎてもいる、というのを聞いて激怒したことがあるのかもしれない。

「そうだね。いいたいことはよくわかった」スコットはいった。

スコットの穏やかな返事のせいで、ディアドラは一瞬落ち着きを失ったようだった。簡単な標的を攻撃したはずだったのに、なぜかはずしてしまったとでもいうように。

「話はそれだけかな、ミズ・マコーム？」

「もうひとつある。わたしの妻に近づかないで」

ということは、ディアドラはスコットがミシーと話をしたことを知っているのだ。こんどはスコットのほうが落ち着きをなくす番だった。ミシーは自分からスコットのところへ行ったとディアドラに話したのだろうか、それとも、なるべく穏便にすませるために、スコットのほうが来たと話したのだろうか？　それをたずねれば、ミシーを困った立場に追いこんでしまうかもしれない。そうはしたくなかった。スコットは結婚については熟練者とはいえなかった――自身の例を見ればわかるとおりだ――が、レストランの問題だけでふたりの関係がすでに充分緊張を強いられているのは想像がついた。

「わかったよ」スコットはいった。「こんどこそ話は終わった？」

「ええ」そして、最初の会見の締めくくりに、スコットの顔のまえでドアをしめたときとおなじ言葉を口にした。「お話できてよかったわ」

　スコットはディアドラが階段を上るのを見送った。黒のスラックスと白いシャツという姿で、ほっそりしていて敏捷だ。野外ステージの階段を駆け足で上ったり降りたりするところが目に見えるようだった。二十キロ近く落ちたあとのスコットでさえまるでかなわないほど速く、足取りはバレリーナのように軽い。マイク・バダラマンテはなんといっていたっけ？　いっしょに走るのが待ちきれないよ、そう長くついていけるわけでもないけどね。

　神はディアドラに、走ることに適した美しい体を与えたもうた。彼女がそれをもっと楽しめますように、とスコットは祈った。あの高慢な微笑の裏で、ディアドラ・マコームはあまり楽しんでいないように思えたから。

「ミズ・マコーム？」

ディアドラはふり返り、待った。

「食事は本当においしかったよ」

これにも笑みは返ってこなかった。優越感漂う笑みも、そうでない笑みも。「そう、よかった。もうジーナを通してミシーにそう伝えてくれたみたいだけど、わたしもよろこんでまた伝えるわ。それにあなただって、一度ここに来ることで政治的に正しい善良な天使の側にいることを証明したんだから、あとはまたパッツィの店に通ったらどう？そのほうが、みんなが気楽にやれるでしょう」

ディアドラは店に入った。スコットはつかのま歩道に佇んだ。この気持ちは……なんだ？一語ではとてもいい表せない、妙に入り混じった感情だった。罰を受けたような感じ、そう、それはある。ほんのすこしだけおもしろいと思っている、というのもある。若干腹を立ててもいる。しかしそれよりなにより、悲しかった。ここにいる女性は和解を求めていない。なのにおれは――無邪気にも――誰もが和解を求めるものだと思っていた。

たぶんドクター・ボブが正しいのだろう。おれはまだ子供なのだ。なんたってミルバーン・ストーンが誰かさえ知らないのだから。

通りがあまりに静かで、短くクラクションを鳴らすことさえためらわれたので、スコットは通りを渡って、ブック・ヌックのウィンドウのまえのボブ・エリスに並んだ。

「けりがついたのか？」ドクター・ボブがたずねた。

「そうでもないかな。妻にかまうなっていわれた」

ドクター・ボブはスコットのほうを向いた。「だったら、いわれたとおりにしたほうがいいな」

スコットはボブ・エリスを車で送った。幸いにも、移動のあいだドクター・ボブはもう、マサチューセッツ総合病院や、メイヨー・クリニック、クリーヴランド・クリニック、あるいはNASAの名前を挙げて、検査を受けてこいとうるさくいったりはしなかった。代わりに、たのしい夜だったと礼を述べ、また連絡してくれといって車を降りた。

「もちろん連絡する」スコットはいった。「この件には、もういっしょに取り組んでいるようなものなんだから」

「そういうことなら、日曜にでもうちに来たらどうだね。マイラはまだ戻らないから、わたしのお粗末な男の隠れ家じゃなく、階上《うえ》の広い部屋でペイトリオッツの試合が見られるよ。それから、計量もしたいんだがね。記録をつけはじめるんだ。それくらいはいいだろう?」

「アメリカンフットボールの試合はイエス、計量はノーだな」スコットはいった。「すくなくとも、いまはまだ。いいかい?」

「あんたの決定を受けいれるさ」ドクター・ボブはいった。「ところで、きょうの食事は本当にうまかったよ。肉がほしいとはぜんぜん思わなかった」

「おれもだ」だが、これは厳密には嘘だった。スコットは帰宅すると、ブラウンマスタードを使ってサラミサンドイッチをつくった。その後、服を脱いでバスルームの体重計に乗った。計量を断わったのは、ドクター・ボブが毎回筋肉の密度まで検査したがると思ったからだった。スコットには予感があり——あるいは、もしかしたら無意識のうちに体が自覚していたのかもしれないが——それが正しいことが証明されつつあった。その朝の体重は、九十一キロをすこし超えるくらいだった。それがいまは、豪勢なディナーとずっしりした夜食を食べたあとでも、九十キロだった。

減少の速度があがっていた。

3 賭け

　十月下旬のキャッスルロックはきわめて美しかった。来る日も来る日も雲ひとつない青空が広がり、気温も暖かだった。進歩的な少数派は地球温暖化のせいだといい、保守的な多数派はメイン州のいつもの冬がやってくる直前のすばらしい小春日和だといい、誰もが楽しんでいた。家々の玄関口にカボチャが現れ、窓には黒猫や骸骨が踊った。トリックオアトリートに出かける子供たちは、小学校の集会で注意事項をみっちり聞かされた。当日の夜に外を歩くときは歩道を離れないこと。もらうのは未開封のお菓子だけにすること。高校生はさまざまな衣装を身につけて、体育館でひらかれる毎年恒例のハロウィン・ダンスパーティーに出かけた。パーティーでは、地元のアマチュアバンド〈ビッグトップ〉が、その日だけは〈ペニーワイズ&ザ・クラウンズ〉と名前を変えて演奏した。

　ボブ・エリスと食事をしてから二週間ほど、スコットの体重減少はゆっくりとペースをあげながらつづいていた。いまでは八十二キロになり、トータルで三十キロ弱落ちていたが、あいかわらず気分は上々、絶好調だった。ハロウィンの日の午後には、キャッスルロックの新しいショッピングセンターに入っているドラッグストア〈CVS〉まで車で行き、必要と思われるよりもたくさんハロウィン用の菓子を買った。昨今では、キャッスルビューの住人のところへ仮装したお客さんが来ることはそう多くない（キャッスルビューへいたる三つの道のうちのひとつだった〈自殺の階段《スイサイド・ステアーズ》〉が崩落するまえにはもっと来たらしい）が、小さな物乞いたちがもっていかなかった分は自分で食べるつもりだった。スコットの特異な状況の利点のひとつは、余分なエネルギーが生じることはべつとして、食べたいだけ食べてもずんぐり太ったりしないことだった。脂肪でコレステロール値がたいへんなことになるかと思ったが、どうもそうはならなかったようだ。ベルトの上に偽の肉がせり出してはいたが、いままでの人生でいちばん健康で、精神状態も、ノラ・ケナーとの結婚生活における最良の日々以来、もっともよかった。

こうしたことに加え、クライアントの百貨店がスコットの仕事をとてもよろこんでくれて、スコットが作成したマルチサイトのおかげでインテリア部門の業績が回復することを確信したという（残念ながらその思いこみは誤りだろう、とスコットは思った）。そしてつい先日、五十八万二千六百七十四ドル五十セントの小切手を受けとった。スコットは、銀行へもっていくまえに写真を撮った。メイン州のこの小さな町から動かず、自宅の書斎で仕事をして、いまや金もちの一歩手前だった。

ディアドラとミシーのことは、その後二回、遠くから見かけただけだった。公園を走っていたのだが、ディーとダムは長いリードをつけられて、あまりうれしそうには見えなかった。

スコットはドラッグストアでの買物から戻り、車を降りて歩きはじめたが、途中で前庭の楡に目を引かれた。すでに紅葉していたが、秋が暖かかったおかげで葉はまだほとんど散っておらず、穏やかにさらさらと音をたてている。いちばん低い枝が、スコットの頭上百八十センチほどのところにあり、誘いかけてくるように見えた。スコットは菓子の入った袋を置き、両腕をあげて、膝を曲げ、跳んだ。簡単に枝に届いた。一年まえにはまったくできなかったことだ。筋肉は弱っておらず、まだ百キロを超える体重の人間を支えているつもりでいるのだ。スコットは昔のテレビで見たフィルム映像を思いだした。月面に降り立った宇宙飛行士たちが、大いなる飛躍をとげたところを。

芝生に飛びおり、袋を拾って、玄関まえの階段へ向かった。一段ずつ歩いて上るかわりに、また膝を曲げ、いちばん上までジャンプした。

簡単だった。

菓子を玄関のそばに置いたボウルに入れ、スコットは書斎へ行った。コンピューターをたちあげたが、デスクトップじゅうに散らばった作業ファイルはひらかなかった。代わりにカレンダーをひらき、来年のページを呼びだした。日付の数字は黒で書かれていたが、休日と、予定がある日の数字は赤だった。スコットは来年の予定をひとつだけ入れていた。五月三日。用件は赤文字でたったひとこと、ゼロと書いてある。それを削除すると、五月三日の数字は黒に戻った。スコットは三月三十一日を選んで、枠のなかにゼロと打ちこんだ。その日が、スコットの体重がなくなる日になりそうだった。減少の速度があがりつづけるのでないかぎり。しかしそれもありえた。それでも当面は人生を楽しむつもりだった。そうするべきだと感じていた。末期症状にある人々のうち、気分は上々だなどといえる人間がいったいどれだけいる？　ときどき、ノラが〈無名《A》のアルコール依存症者《A》たち〉の集会で聞いてきた言葉を思いだした——過去は歴史《ヒストリー》で、未来は謎《ミステリー》だ。
スコットの現在の状況にもぴったりの言葉だった。

仮装したお客さんが最初に来たのは四時ごろで、最後は夕暮れを過ぎたころだった。幽霊がいて、ゴブリンがいて、スーパーヒーローがいて、突撃隊員がいた。ひとり、おもしろい仮装の子供がいた。青と白のポストになり、差し入れ口から目がのぞくようにしてあった。スコットは、たいていの子にはミニサイズのチョコバーをふたつあげていたのだが、ポストの子には三つあげた。その子の仮装が最高だったから。小さな子供は親に伴われて来た。もっと遅い時間に来るもうすこし大きな子供は、だいたい自分たちだけでまわっていた。

　最後のペアは少年と少女の組み合わせで——おそらく、ヘンゼルとグレーテルなのだろう——六時半をすぎたころにやってきた。スコットは、いたずら《トリック》を仕掛けられないように（九歳か十歳の子供たちで、とりたてていたずら好きには見えなかったが）、それぞれの子にふたつずつご馳走《トリート》をあげて、近所にまだほかの子供たちがいたかどうかたずねた。

「いないよ」男の子のほうが答えた。「ぼくたちが最後だと思う」そして肘で少女をつつきながらつづけた。「この子が髪を直してばっかりいたからさ」

「通りの上のほうの家ではなにをもらった？」スコットは、マコームとドナルドソンが住んでいる家を指差してたずねた。「いいものがもらえたかい？」ミシーがなにかハロウィンの特別なごちそうを考案したかもしれないと思ったのだ。にんじんスティックのチョコレートがけとか、そういうたぐいのものを。

　小さな女の子が目をぐるりとまわして答えた。「母さんが、あそこには行っちゃ駄目だって。あの女の人たちは、いい人じゃないから」

「レズビアンなんだよ」男の子が説明した。「パパがそういってた」

「ああ」スコットはいった。「レズビアンなのか。そうか。さて、気をつけて帰るんだよ。歩道から離れないように」

　ふたりは砂糖たっぷりのごちそうの袋を背負って帰路についた。スコットはドアをしめ、菓子のボウルを覗いた。まだ半分残っている。十五、六人、もしかしたら十八人くらいは来るかもしれないと思っていたのだ。マコームとドナルドソンのところには何人行っただろう。誰かひとりでも行っただろうか。

リビングに入り、ニュース番組をつける。子供たちがトリックオアトリートをしているポートランドの映像が流れた。スコットはすぐにまたテレビを消した。

いい人じゃないから、か。レズビアンなんだよ。パパがそういってた。

そのとき、スコットはあるアイデアを思いついた。ときどき降ってくるいちばんクールなアイデアは、こんなふうなのだ――ほぼ完全なかたちで生じ、ちょっとしたひねりを加えて、ほんのすこし磨きをかけるだけでいい。もちろん、クールなアイデアが必ずしもよいアイデアであるとはかぎらないが、このアイデアは実行に移して確かめるつもりだった。

「自分へのご褒美《トリート》だ」スコットはそういうと、声をたてて笑った。「干上がって消えてしまうまえに、自分にご褒美をあげるんだ。いいじゃないか。まったくもっていいじゃないか」

翌朝九時、スコットは五ドル札をもってキャッスルロック・レクリエーション・センターに行った。ターキートロット・レースの申込みテーブルにはマイク・バダラマンテとロニー・ブリッグズ――スコットがこのあいだパッツィの店で会った公共事業団の男――がいた。ふたりの向こうに見える体育館のなかでは、即席チームがバスケットボールの朝のリーグ戦を戦っていた。シャツ組対上半身裸組だ。

「よう、スコット！」ロニーが声をかけてきた。「元気だったか、兄弟？」

「ああ」スコットはいった。「そっちは？」

「元気いっぱいよ！」ロニーは叫ぶようにいった。「これ以上ないってくらい元気だよ。まあ、勤務時間はカットされちまったんだけどな。最近、木曜の夜のポーカーに来ないね」

「仕事が大変だったんだよ、ロニー。でかいプロジェクトがあって」

「ええと、あのさ、パッツィの店であったことだけど……」ロニーは恥ずかしそうに切りだした。「おれも反省してる。トレヴァー・ヨーントはよく大口をたたくやつなんだけど、あいつがぐだぐだいってても誰も止めたがらないんだ。鼻に一発食らうのがオチだからさ」

「いいんだよ、もう過ぎたことだ。ところで、マイク、レースの申込みができるかな？」

「もちろんだ」マイクはいった。「人が多ければ多いほど楽しいってもんだ。一団の最後尾を私と走ってくれてもいいんだよ、子供たちや年配者とか、調子の悪い人なんかといっしょにね。今年は目の不自由な人も参加するんだ。盲導犬といっしょに走るそうだよ」

ロニーがテーブルの向こうから身を乗りだしてきて、スコットの胸筋をぽんぽんと叩きながらいった。「心臓の心配だってしなくていいんだぜ、スコット、三キロごとに緊急医療チームがいるし、ゴールには二チーム待機してるからな。エンジンが止まっちまっても、連中がキックスタートでかけてくれる」

「安心したよ」

スコットは五ドルを払い、キャッスルロックの町は十二キロレース中に生じる可能性のある事故や健康問題に一切責任を負わないと書かれた書類に承諾のサインをした。ロニーが領収書を走り書きして、マイクがコースの地図とナンバーカードをくれた。「レースのまえに裏紙を剝がしてシャツに貼るだけでいい。スタート係の誰かに名前をいって、確認が済んだら準備完了だ」

割り当てられた番号がスコットの目に入った。371番。レース当日までまだ三週間以上あるのに。スコットは口笛を吹いた。「出足は上々じゃないか。とくにこれがみんな成人の参加者なら」

「ちがうよ」マイクがいった。「だが大半が成人だ。このあと去年と同程度の申込みがあるとすれば、締め切るころには八百人か九百人になるんじゃないかな。ニューイングランドじゅうから集まってきてるんだよ。われわれの取るにたりないちっちゃなターキートロットが、どういうわけか大事《おおごと》になってしまった。うちの子供たちなら〝バズった〟というところだな」

「景色だよ」ロニーがいった。「それが人を惹きつけるんだ。あとは、適度な丘だ。とりわけハンターズ・ヒルがいい。それにもちろん、優勝者は冬になったら町の広場のクリスマスツリーに明かりを灯せる」

「レクリエーション・センターは通り沿いの営業権を握っているんだ」マイクはいった。「私にいわせれば、そこが美点だよ。ホットドッグやポップコーン、ソーダ、ホットチョコレートなんかがたくさん売れる」

「ビールはないけどな」ロニーが悲しそうにいった。「今年も投票の結果、却下された。カジノとおなじく」

それにレズビアンもだ、とスコットは思った。投票の結果として、町はレズビアンも却下したのだ。投票箱が使われなかっただけで、おなじことだ。秘密にしておけないなら出ていけ、というのが町の意志のように思えた。

「ディアドラ・マコームはやっぱり走るのかな？」スコットはたずねた。

「ああ、もちろん」マイクが答えた。「彼女の昔の番号をつけてね。19番だ。その番号は特別にとっておいたんだよ」

スコットはエリス夫妻から感謝祭のディナーに呼ばれ、ボブとマイラと、成人した子供五人のうちのふたり——車ですぐのところに住んでいる二家族——といっしょに過ごした。スコットはすべての料理をおかわりして、その後、エリス家の広い裏庭で元気に遊ぶちびっこたちの鬼ごっこに加わった。

「心臓発作を起こすわよ、あんなに食べてすぐ走りまわって」マイラがいった。

「大丈夫だろう」ドクター・ボブがいった。「あしたの大事なレースのために準備運動をしているんだよ」

「あの十二キロでジョギング以上の走りをしようとしているなら、本当に心臓発作ものだわね」マイラは、笑いながら逃げる孫をスコットが追いかけるのを眺めつついった。「まったく、中年の男ってどうしてこう分別がないのかしら」

帰宅したときには、スコットは疲れてはいたが幸せな気分だった。あしたのターキートロットが楽しみだった。ベッドに入るまえに体重計に乗り、六十四キロまで落ちているのをたいして驚きもせずに眺めた。まだ一日一キロとまではいかないが、いずれそうなるだろう。スコットはコンピューターをたちあげて、ゼロ・デイを三月十五日にずらした。恐怖心はあったが——まったく怖がらないのは馬鹿げている——興味深くもあった。それにほかの感情も。幸福感？　そうなのか？　そうだ。頭がおかしくなっているのかもしれないが、ぜったいにそうだ。なにか特別に扱われているような感じがする。ドクター・ボブならそれこそ頭がおかしい証拠だと思うかもしれないが、スコットは正気だった。変えることのできない物事についてくよくよしたって仕方ない。それなら受けいれたらいいじゃないか。

十一月のなかばにいきなり寒気が来た。野原や芝生に霜が降りるのに充分な寒さだったが、感謝祭後の金曜日の明け方は曇りで、この時期にしては暖かかった。チャンネル13のチャーリー・ロプレスティは、遅い時間になると雨が降るでしょう、おそらく強い降りになるでしょうと予報していたが、キャッスルロックの大事な日に影響はなさそうだった。観客にも、レースの参加者にも。

スコットはランニング用の古い短パンを穿いて、レクリエーション・センターの建物まで歩き、八時十五分に到着した。ターキートロット・レースがはじまるまでにはまだ一時間以上あったが、すでにすごい人だかりで、大半がジップアップパーカーを着ている（体が温まるにつれ、沿道のあちこちに脱ぎ捨てられる）。いちばんの人だかりは左のほう、「町外の参加者」と書かれた看板のそばで手続きを待っていた。右のほう、

「キャッスルロックの住民」と書かれた看板のそばには短い列がひとつできているだけだった。スコットはナンバーカードの裏紙を剝がし、Tシャツに貼った。腹の偽物の膨らみの上に。そばで高校生のバンドがチューニングをしている。

パッツィのダイナーのパッツィ・デントンがスコットの受付をして、建物の向こう端を示した。ビュー・ドライブの端、レースのスタート地点だ。

「地元民だから、ずるしてまえのほうに並ぶこともできるけど」パッツィはいった。「まあ、あんまりお行儀のいいことじゃないわね。ほかの三百番台の人たちを探して、いっしょにいるのがいいと思う」パッツィはスコットの腹部を見ながらつづけた。「それに、どうせすぐにちびっこたちといっしょに最後尾を走ることになりそうだし」

「痛いところを突くね」スコットはいった。

パッツィは笑みを浮かべた。「真実とは痛いものよ、そうじゃない？　ベーコンバーガーとかチーズオムレツばっかり食べてると、いつか体にしっぺ返しが来る。胸が苦しくなりはじめたらそれを思いだして」

手続きをすませた地元民が増えてきたので、スコットはその一団のほうへ歩きながら小さな地図を見た。コースはおおまかに円を描いている。ビュー・ドライブを進んで州道一一七号線に出るまでが最初の三キロだ。ボウイ川の屋根つき橋が中間地点。その後は一一九号線に沿って走るのだが、この道は町境を越えたあとはバナーマン・ロードという名前になる。十キロから先にはハンターズ・ヒルが含まれるが、ここは「心臓破りの丘」としても知られていた。傾斜がとても急なので、雪の日には子供たちがよく橇遊びをする。恐ろしいほどスピードが出るが、両側に雪かき後の土手ができているので安全なのだ。最後の二キロはキャッスルロックのメインストリートを走る。沿道には声援を送る観客たちが並ぶだろう。もちろん、ポートランドのテレビ局三社からカメラマンも来ているはずだ。

誰もが何人かで固まってしゃべり、笑い、コーヒーやココアを飲んで時間をつぶしていた。そう、ディアドラ・マコームを除いて。マコームがブルーの短パンと雪のように白いアディダスのスニーカーを身につけた姿は、ありえないくらいすらりとして美しかった。割りあてられた19のナンバーを、鮮やかな赤のTシャツの中心からはずれた場所、左のずっと上のほうに貼っていた。シャツの前面がよく見えるようにしたかったのだろう。Tシャツには、エンパナーダの絵と、「ホーリー・フリホール　メインストリート142番」の文字があった。

レストランの宣伝をするのは理にかなっている……しかしそれも、店のためになると思っている場合だけだ。ディアドラはもうその段階は超えてしまったのかもしれない、とスコットは思っていた。「自分の」ポスターがもっと無難なものに取り換えられたことはもちろん知っているだろう。盲導犬と走ろうとしている参加者とはちがって（彼がスタートラインのそばでインタビューを受けているところを見かけた）、ディアドラは盲目ではないのだから。ふざけるな、といってレースを棄権しなかったことのほうが意外だった。スコットには、ディアドラがなぜ踏みとどまったのかわかるような気がした。自分なりのやり方で、クソ食らえといいたかったのだ。

当然そうだろう。ディアドラは全員を負かしたいのだ——男も、女も、子供も、ジャーマンシェパードといっしょに走る目の不自由な人も。町じゅうに、レズビアンが、それも同性婚をしているレズビアンが、広場のクリスマスツリーに明かりを灯すところを見せつけたいのだ。

レストランがもたないことはもうわかっているのだろう。よろこんですらいるかもしれない。キャッスルロックから出ていくのが待ちきれないと思っているかもしれない。だが、そう、自分と妻が出ていくまえに、町全体にクソ食らえといって爪痕《つめあと》を残したかったのだろう。一席ぶつ必要すらなく、ただあの優越感漂う笑みを浮かべるだけでいいのだ。「ざまあみろ、このクソ田舎の独りよがりなカスったれどもめ。お話できてよかったわ」といわんばかりの笑みを。

ディアドラは準備運動をしていた。まず一方の脚を曲げてうしろで足首をもち、ついで反対も。スコットは軽食用のテーブルで足を止め(「レース参加者は無料、そのほかのお客さんは一ドル」)、コーヒーをふたつ手に取って、余分のひとつに対して一ドル払った。それからディアドラ・マコームのほうへ歩いていった。下心はなかったし、恋愛感情のようなものもなかったが、スコットもやはり男であり、彼女の姿を称賛の思いで眺めずにはいられなかった。ディアドラのほうは体を伸ばしたりまわしたりするあいだじゅう、石板のようなグレイの雲以外見えるものもない空を、うっとりと見あげていた。

精神の統一をはかっているんだな、とスコットは思った。心の準備だ。彼女が参加する最後のレースではないかもしれないが、本当に意味のあるレースはこれが最後なのかもしれない。

「やあ」スコットは声をかけた。「また邪魔して悪いね」

ディアドラは脚を戻し、スコットを見た。例の笑みが浮かんだ。太陽が東に上るのとおなじくらい予測可能な反応だった。これは彼女の鎧なのだ。鎧の奥には怒りだけでなく傷も抱えた誰かがいるのかもしれないが、ディアドラは世界じゅうの誰にもそれを見せないと決めたのだ。たぶん、ミシーを除いて。そういえば、今朝はミシーの姿が見えなかった。

「あら、ミスター・ケアリー」ディアドラはいった。「番号をつけているのね。それに立派な胸筋も。またすこし大きくなったみたい」

「お世辞をいってもなにも出ないよ。それに、ほら、ただ枕を入れているだけかもしれないじゃないか、人目を欺くために」スコットはそういって、カップのうちのひとつを差しだした。「コーヒーはどう?」

「いいえ。今朝は六時にオートミールと、グレープフルーツを半分食べた。飲食はそれで充分、中間地点につくまでは。中間地点では給水所で止まって、クランベリージュースを取って飲む。さあ、もうよければ失礼して、ストレッチと瞑想をすませてしまいたいんだけど」

「ちょっと待って」スコットはいった。「本当はコーヒーを勧めにきたわけじゃないんだ。飲まないのはわかっていたから。おれは賭けをもちかけにきたんだよ」

ディアドラは、右の足首を体のうしろにもちあげて左手でつかみ、引っぱろうとしていたのだが、その足首を戻してスコットを見つめた。まるでスコットの額のまんなかに角でも生えてきたかのように。「いったいぜんたいなんの話？　それに、何回いったらわかってもらえるのかしら、あなたのその……なんていうか……取り入ろうとするような態度は迷惑なんですけど」

「取り入るのと、友好的にふるまおうとするのはまったくちがう。わかっていると思うけど。いや、そんなにいつも身を低くして防御の姿勢を取るのをやめれば、わかるはずだけど」

「わたしはそんなこと――」

「しかしきっと、防御しなきゃならないと感じるきみなりの理由があるんだろう。いいまわしについての議論はしないでくれ。おれがもちかけようとしている賭けはいたってシンプルだ。もしきみがきょう優勝したら、おれは二度ときみを困らせない。それには犬について文句をいうことも含まれる。どうぞビュー・ドライブを好きなだけ走らせてくれ。犬がうちの芝生にうんちをしても、抗議の言葉などひとことも口にせず、おれが片づける」

ディアドラは信じられないという顔をしていった。「もしわたしが優勝したら？　もし？」

スコットはそれを無視してつづけた。「一方、もしおれがきょう優勝したら、きみとミシーはディナーを食べにうちに来なければならない。ベジタリアン・ディナーにするよ。集中して全力で取り組めば、おれはそれほど料理は下手じゃない。三人でテーブルを囲んで、ちょっとワインでも飲んで、話をする。気まずい空気を壊すんだ。というか、すくなくともその努力をする。なにも親友になろうってわけじゃない、そんな期待はしていない。ひどくむずかしいことだからね、とざされた心に変化をもたらすのは——」

「わたしの心はとざされてなんかいません！」

「だがたぶん、本物の隣人になれると思うんだ。おれがきみたちから砂糖を借りたり、きみたちがおれからバターを借りたり、そういうたぐいのことができるような。もしどちらも優勝しなければ引き分けだ。なにもかもいままでどおりでいい」

レストランが閉店して、きみたちふたりが町を出ていくまでは。

「確認させて。こんなふうに聞こえたんだけど。つまりあなたは、きょうわたしを負かせると思っているのね？　ミスター・ケアリー、率直にいわせてもらうけど、体つきから判断するに、あなたは運動不足でだらしのない、典型的なアメリカの白人男性ね。もし無理をすれば、こむら返りか、ぎっくり腰か、心臓発作を起こして倒れるだけ。きょうのレースでわたしを負かすことなど、あなたにはできない。いいえ、誰にもできない。さあ、もうあっちへ行って、わたしに準備運動をさせて」

「オーケイ」スコットはいった。「わかったよ。きみは賭けをするのが怖いんだな。もしかしたらそうかもしれないとは思ってた」

ディアドラは、さっきとは反対の脚をあげようとしていたのだが、それをもとに戻した。「ちょっとなにをいってるのか意味がわからない。けっこう。賭けに乗るわ。もうわたしをひとりにして」

笑みを浮かべながら、スコットは手を差しだした。「乗ったなら握手をしないと。そうすれば、もしきみが約束を破ったら、おれは面と向かってきみに嘘つきといえる。きみのほうはそれを甘んじて受けいれるしかない」

ディアドラは鼻で笑いながらもスコットの手を一度強く握った。そしてつかのま——本当にほんの一瞬だけちらりと——スコットには本物の笑みが見えた気がした。いまはわずかな気配を見たにすぎないが、その気になればいい笑顔になれるんだなと思った。

「よし」スコットはそういってからつけ加えた。「お話できてよかったよ」そして三百番台の人々のほうへ戻りはじめた。

「ミスター・ケアリー」

スコットはふり返った。

「あなたにとって、どうしてこれがそんなに大事なの？　わたしが――わたしたちが――あなたの男らしさにとって脅威になるからとか、そういうこと？」

ちがうよ、おれが来年には死ぬからだ、とスコットは思った。そのまえに、すくなくともひとつ正しいことをしたいんだよ。自分の結婚生活については無理だ、もう壊れてしまったから。百貨店のウェブサイトについてもあれ以上のことはできない、彼らは自分たちの店が自動車時代の幕開けのころのような時代遅れの工場だってことを理解していないから。

しかしスコットは、そういうことはいわなかった。いっても通じないだろう。どうして彼女に理解できるというのだ、自分でも完全に理解しているわけではないのに？

「ただ大事なんだよ」スコットはようやくそう口にした。

そういい残して立ち去った。

4　ターキートロット

九時十分過ぎ、定刻よりほんのすこし遅れて、ダスティ・コフリン町長が八百人を超えるランナーのまえに立った。参加者の列は五百メートル近くうしろへ延びている。町長は一方の手にスターターピストルを、もう一方の手に電池式の拡声器をもっていた。ディアドラ・マコームを含む、番号の小さい選手は、列のまえのほうにいた。スコットはずっとうしろの三百番台の位置で、腕を振ったり、深呼吸をしたり、パワーバーの最後のひと口を食べたりしている男たち、女たちに囲まれていた。そのうちの多くが顔見知りだった。スコットの左で緑色のハチマキを調節しているのは地元の家具店の経営者だ。

「幸運を、ミリー」スコットは声をかけた。

ミリーはにっこり笑って親指をあげてみせた。「そっちもね」

コフリン町長が拡声器をもちあげた。「第四十五回ターキートロット・レースへようこそ！　みなさん、準備はいいですか？」

ランナーたちは口々に同意の声をあげた。高校のバンドメンバーのひとりがトランペットでファンファーレを鳴らす。

「けっこう！　それでは、位置について……用意……」

いかにも政治家らしい大きな笑みを顔に貼りつけて、町長はスターターピストルを高く掲げ、引き金を引いた。バン、という音が低く垂れこめた雲にこだまするかのように響いた。

「スタート！」

先頭の集団はすんなりまえに進んだ。鮮やかな赤のTシャツを着たディアドラを見つけるのは簡単だった。残りのランナーたちはぎゅうぎゅう詰めで、スムーズなスタートとはいいがたかった。転んだカップルがいて、助け起こされていた。ミリー・ジェイコブズは、自転車用のぴっちりした短パンを穿いて帽子をうしろむきにかぶった若い男性ふたりにはさまれて、ふいにまえへ押しだされた。スコットはミリーの腕をつかんで、彼女の体を支えた。

「ありがとう」ミリーはいった。「これで四回めの参加なんだけど、最初はいつもこうなのよね。ロックコンサートの開場のときみたい」

自転車用の短パンの男たちは空いたスペースを見つけ、マイク・バダラマンテと、走りながらおしゃべりしたり笑ったりしている三人の女性たちをすばやく抜かし、ふたり並んで行ってしまった。

スコットはマイクの横に並んで手を振った。マイクはさっと敬礼し、ついで自分の左胸をぽんぽんとたたいて十字を切ってみせた。

みんなおれが心臓発作を起こすと信じこんでいるんだな、とスコットは思った。どこのふざけた神がおれの体重を減らしたらおもしろいだろうと思ったのかは知らないが、すくなくとももっと筋肉をつけてくれてもよかったのに。

ミリー・ジェイコブズが――そういえば、ノラが昔、彼女からダイニングルームのセットを買ったことがある――横でにやりとしながらいった。「最初の三十分くらいは楽しいんだけど。それから黄泉に入って、八キロの標識が見えるころにはもう地獄。でもそこを乗り越えると、追い風を受けたみたいに楽に走れることもある。ときどきね」

「ときどき？」スコットはいった。

「そう。ことしはそうなるといいけど。完走したいから。まだ一回しか完走したことがなくて。じゃあまたね、スコット」そういって、ミリーはスピードをあげ、先へ進んでいった。

ビュー・ドライブ沿いの自分の家を通りすぎるころには、だんだんと人混みもまばらになり、ゆったり走れた。スコットは速めのジョギングで楽に、着実に進んだ。最初の一キロがスタミナを測るフェアなテストにならないことは承知していた。ずっと下り坂なのだから。だが、いまのところミリーがいったとおりだった――楽しかった。呼吸も楽にできて、気分がよかった。いまはそれで充分だ。

何人か追い抜いたが、ほんの数人だった。それよりずっと多くのランナーに追い抜かれた。五百番台の人もいたし、六百番台の人もいた。猛スピードで追い越していったひとりは721という番号をシャツにつけていた。このおもしろいランナーは、帽子の上にくるくるまわる回転木馬を載せていた。スコットはとりたてて急いではいなかった。すくなくともいまは、まだ。道がまっすぐになるたびにディアドラが見えた。たぶん四百メートル足らず先だ。真っ赤なTシャツと青い短パンは見逃しようがない。落ち着いた走りだった。すくなめに見ても彼女よりまえに一ダースほど、いや、もしかしたら二ダースのランナーがいたが、スコットは驚かなかった。ディアドラにとっては最初のレースというわけではないのだ。大半のアマチュアとちがって、入念に考え抜いた計画があるのだろう。八キロか九キロくらいまではほかのランナーに先を行かせ、その後ひとり、またひとりと追い抜いて、ハンターズ・ヒルに到達するころには先頭を走っているのではないかとスコットは予想した。ラストスパートを町なかに入るまで先延ばしにしてレースを盛りあげることもできなくはないだろうが、きっとそうはしないだろうとスコットは思っていた。ディアドラは大差で勝ちたがるだろう。

スコットの足取りは軽く、脚に力が感じられたが、スピードをあげたい気持ちを抑えた。赤いTシャツを視界にとらえておくだけでいい、とスコットは自分にいい聞かせた。ディアドラは自分がなにをしているかちゃんとわかっているのだから、彼女に先導させればいい。

ビュー・ドライブと一一七号線の交差点で、スコットはオレンジ色の小さな標識を通過した。三キロ地点。前方に、自転車用の短パンのふたりが見えた。黄色いセンターラインをはさむようにして、並んで走っている。彼らがふたり組のティーンエイジャーを抜き、スコットもおなじようにした。ティーンエイジャーたちも体調は悪くなさそうだったが、もう息があがっていた。スコットが追い抜いたあと、ひとりがあえぐようにいうのがうしろから聞こえた。「太ったおっさんに抜かされたままでいいのかよ？」ティーンのふたりはスピードをあげ、両側からスコットを追い抜いた。どちらもそれまでよりずっと激しい息づかいになっていた。

「じゃあな、あんたみたいにはなりたくねえ！」ひとりがあがった息のあいまにいった。

「その意気だ」スコットは笑って応じた。

スコットは楽に、大きな歩幅でがつがつ進んだ。呼吸はまだ問題ない、心拍数もおなじく。当然だ。見かけより四十五キロくらい軽いのだし、しかもそれは有利な点のうちの半分だった。もう半分は、百十キロだったころのままの筋肉がついているところだった。

一一七号線は二回カーブしたあと、ボウイ川に沿ってまっすぐになる。川は浅く、石だらけの川床をさらさらと流れていく。せせらぎがこんなに心地いいのも、肺の奥まで吸いこむ湿った空気がこんなにおいしいのも、道路の反対側から垂れかかってくるマツの大木がこんなにきれいに見えるのも初めてだ、とスコットは思った。マツの葉のにおいがする。鼻にツンときて、いくらか青くさい。呼吸は一回ごとにどんどん深くなり、スコットは自分を抑えつづけなければならなかった。

きょうのこの日に生きていられることがとてもうれしかった。

流れにかかる屋根つき橋の外に、六キロ地点を示すオレンジ色の標識があった。その向こうに、「中間地点」と書かれた看板が見える。屋根つき橋の内部に響く足音は——すくなくともスコットにとっては——ジーン・クルーパのたたくドラムの音とおなじくらいすばらしく聞こえた。頭上では、驚いたツバメたちが屋根の下をあちこち飛びまわっていた。そのうちの一羽がスコットの顔めがけて飛んできて羽が額をこすると、スコットは声をたてて笑った。

橋の出口付近では、自転車用の短パンを穿いたふたりのうちひとりがガードレールに腰をおろし、苦しそうにあえぎながら、つったふくらはぎを揉みほぐしていた。スコットやほかのランナーが通りすぎても顔をあげなかった。一一七号線と一一九号線の交差点では、給水所のまわりに人だかりができていた。ランナーたちは紙コップに入った水やゲータレードやクランベリージュースを飲んでから先へ進む。最初の六キロで力尽きた八人か九人が、草の上で手足を投げだして寝そべっていた。そのなかにトレヴァー・ヨーントも——パッツィの店でスコットと衝突した首の太い公共事業団の男だ——いるのが見えて、スコットは溜飲を下げた。

「キャッスルロック町境」と書かれた看板を通りすぎた。一一九号線がここからバナーマン・ロードになる。町でいちばん長く保安官を務めながら路地裏で殺された、不運な男にちなんで名づけられた道だ。そろそろペースをあげる頃合いだった。八キロを示すオレンジ色の標識を過ぎると、スコットはギアを一速から二速に入れた。問題ない。生温かい肌にあたる風はひんやりして心地よく、絹で撫《な》でられているようだったし、胸のなかの小さくて頑丈なエンジンのような心臓の動きも気に入っていた。このへんまで来ると道の両脇に家があり、人々が芝生に立って看板を掲げたり写真を撮ったりしていた。

ミリー・ジェイコブズがいた。まだ走っていたが、ペースは落ちはじめており、汗でハチマキの緑色が濃くなっていた。

「追い風はどうだい、ミリー？　うまくとらえた？」

ミリーはふり返ってスコットを見ると、あからさまに信じられないという顔をした。

「驚いた、あなたがいるなんて……信じられない」ミリーはあえいだ。「ずっとうしろに……置いてきたと思ったのに」

「すこしだけ余力があったんだ」スコットはいった。「いまやめたら駄目だよ、ミリー、ここが踏んばりどころだ」その後、ミリーはうしろに離れていった。

ゆるやかではあるが上りがつづく丘陵に入ると、スコットはさらにほかのランナーを追い越しはじめた――もうあきらめてしまった人も、まだがんばっている人も。がんばっている人のなかには、さっきスコットを見て驚いていたティーンエイジャーたちもいた。汚らしいスニーカーとテニス用の古い短パンを身につけた太った中年男に追い越されて、ほんのつかのま気分を害していたふたりだ。スコットの姿が目に入ると、ふたりともおなじような驚きの表情を浮かべた。スコットは愛想よく笑いながらいった。

「じゃあな、きみたちみたいにはなりたくないよ」

ひとりが指を立てた。スコットは投げキスをして、それから汚らしいスニーカーの踵をふたりに見せつけた。


九キロめにさしかかったとき、空の西から東へ向かって雷鳴が長くとどろいた。これはよくないな、とスコットは思った。十一月の雷は、ルイジアナならかまわないかもしれないが、メインではよくない兆候だった。

スコットはカーブを曲がりおえると左へよけて、年老いて痩せたコウノトリのような男と並んだ。老人は体のまえで拳を握りしめ、頭をのけぞらせて走っている。ランニングシャツだったので、年季の入ったタトゥーに飾られた、魚の腹のように白い腕が見えた。顔にはいかれたにやにや笑いが浮かんでいる。「雷が聞こえたか?」

「たっぷり降るぞ！　たいした日だな！」

「そのとおり」スコットは笑いながらいった。「最高の日ですよ！」そして通りすぎたのだが、そのまえに、痩せた老人にぴしゃりと尻を叩かれた。

道がまっすぐになり、スコットは赤いTシャツと青い短パンを見つけた。ハンターズ・ヒル、別名心臓破りの丘の中腹にいる。ディアドラよりまえにいるランナーはもうほんの半ダースになっていた。すでに丘を越えたランナーが何人かいてもおかしくなかったが、それはないだろうとスコットは思った。

ギアを一段あげるべきタイミングだった。

スコットはギアをあげた。いまや真剣に走るグレーハウンドのようなランナーたちのあいだにいる。しかし彼らの多くが弱りはじめるか、もっと急な勾配に備えて体力を温存していた。信じられない、という視線を向けられた。なにしろ汗で濡れたTシャツを押しあげる腹の目立つ中年男が、まずは彼らのあいだを縫うように走り、ついでまえへ出ていくのだから。

ハンターズ・ヒルの上りの途中でスコットの息は浅くなり、吸っては出ていく空気も熱く、金属のような味になりはじめた。足取りももうそんなに軽くなくなって、ふくらはぎが燃えるようだった。左脚のつけ根に、筋をちがえたかのような鈍痛があった。上りの残り半分は終わりがないように見えた。ミリーがいっていたことを思いだした——

最初は楽しくて、それから黄泉で、最後は地獄。いまは黄泉だろうか、地獄だろうか？境界線上といったところだな、とスコットは判断した。

本当にディアドラ・マコームに勝てると思っていたわけではなかった（可能性をまったく考慮に入れなかったわけではないが）。しかし完走して上位に入れるだろうとは思いこんでいた。すこしまえまでもっと重い体を支えていた筋肉があれば、走りとおせるだろう、と。いま、レースをあきらめたふたりのランナーのそばを通りすぎながら――ひとりはすわって頭を垂れ、もうひとりは仰向けに寝そべってあえいでいる――スコットは自分の思いこみに疑問をもちはじめた。

もしかしたら、おれはまだ重すぎるんじゃないか？　あるいは、ただ完走するだけのガッツがないのだろうか。

また雷鳴が聞こえた。

ハンターズ・ヒルのてっぺんがいっこうに近づいてこないように思えたので、スコットは下を向いて道路を見た。マカダム舗装で埋めこまれた小石が、ＳＦ映画に出てくる銀河のように流れていく。顔をあげるのがもうすこし遅かったら、赤毛の女性にぶつかるところだった。女性は黄色い線をまたいで立ち、膝に手をついてあえいでいた。スコットはかろうじて彼女をよけ、五、六十メートル先にある丘のてっぺんを見た。オレンジ色の標識も目に入った。十キロ地点。スコットは標識に視線を固定して走った。いまや、あえぐのではなく、空気をぐいと引っぱるようにして息を吸っており、四十二年の人生のすべてがのしかかってきていた。左膝が不平をいいはじめ、脚のつけ根の痛みと同時にずきりずきりと脈打った。汗が湯のように頬を流れおちた。

やりとおすんだ。やるんだよ。すべてを賭けろ。

やるしかないだろう?　もしゼロ・デイが二月や三月でなくきょうであっても、それならそれでかまわない。

標識を通過し、丘のてっぺんに達した。右手にパーディの製材所、左手にパーディの金物店が見える。あと二キロだ。下のほうに町が見えた。万国旗を垂らした商店が両側に二十ほど並び、カトリック教会とメソジスト教会が聖なるガンスリンガーのように相対している。斜めに停める駐車場も（満車だ）、人だかりのできた歩道も、町のふたつの信号機も見えた。ふたつめの信号の向こうにブリキ橋があり、七面鳥の飾りがついた明るい黄色のゴールテープが張ってある。スコットよりまえを走るランナーはあと六人か七人だけだった。赤いTシャツは二番手で、先頭との距離を詰めつつあった。ディアドラが行動を起こそうとしていた。

ディアドラに追いつくのは無理だろう、とスコットは思った。彼女はずいぶん先にいる。あのいまいましい丘はおれの心臓を破りはしなかったが、かなりの圧力をかけてきたことはたしかだ。

ふと、また肺がひらいたような気がした。呼吸が一回ごとに深くなっていく。スニーカーも（まばゆい白のアディダスではなく、古くてみすぼらしいプーマだが）いつのまにかついていた鉛のコーティングが剝がれおちたようだった。すこしまえまでの体の軽さがいきなり戻ってきた。これが、ミリーが追い風と呼んでいたもの、そしてまちがいなくマコームのようなプロがランナーズハイと呼ぶものだろう。スコットはそちらのほうが好きだった。膝を曲げ、ジャンプして、庭の木の枝につかまった日のことを思いだした。野外ステージの階段を駆けあがったり駆け降りたりしたのを思いだした。スティーヴィー・ワンダーの〈迷信〉にあわせてキッチンで踊ったことを思いだした。これもおなじだった。風ではなく、正確にはハイでもなく、飛翔だった。自分自身を乗り越えて、さらに遠くまで行けるような感覚だった。

ハンターズ・ヒルをくだり、一方にオリアリーのフォード販売店、もう一方に〈ゾニーズ・ゴーマート〉がある場所を通りすぎ、ひとり、ついでまたひとりと、ランナーを追い抜いた。これで四人がうしろになった。追い抜きざまに驚いたように凝視されていたかどうかはわからないし、気にもならなかった。意識のすべてが赤いTシャツと青い短パンに集中していた。

ディアドラが先頭に出た。彼女がまえへ出たとき、頭上でまた雷がドカンと音をたてた——神のスターターピストルだ。スコットはひんやりした最初の雨粒をうなじに感じた。ついで腕にも。下を見ると、道路にはもっと落ちており、十セント硬貨大の黒い染みがたくさんできていた。いまやメインストリートの両脇に観客がいた。しかしゴールまではまだ一キロ半ほど、中心街の歩道の入口へも七、八百メートルはあった。沿道で、花が咲くように傘がひらいた。華やかで美しい。すべてが美しかった――暗雲たれこめる空も、道路の小石も、ターキートロットの最後の一キロを宣言するオレンジ色の標識も。世界中のすべてがくっきりと鮮やかに見えた。

前方でひとりのランナーが突然道を逸れ、膝から崩れおちて仰向けに転がると、苦痛をこらえるように口を弓形に引き結んで雨空を見あげた。スコットとディアドラのあいだにいるランナーは、あとふたりだけになった。

スコットは最後のオレンジ色の標識のそばを風のように通りすぎた。あとたった一キロだ、一マイルもないのだ。ギアは一速から二速まであげてあった。歩道の入口に到達したいま――歓声をあげる人々が道の両脇にいて、なかにはターキートロットのペナントを振っている者もいる――三速に入れるだけでなく、トップギアまでもっていけるかどうか試すべきときがきた。

行け、こんちくしょう、とスコットは思い、ペースをあげた。

雨はつかのま降るのをためらっているようだった。レースが終わるまでもつかもしれないとスコットが考える程度の時間はあった。だが、次の瞬間には最大級の土砂降りになり、観客は店舗の日除けの下や戸口への退却を余儀なくされた。視界が遮られてふだんの二十パーセント程度しかものが見えなくなり、ついで十パーセントになり、それからほとんどなにも見えなくなった。スコットには冷たい雨がこのうえなく美味に感じられた。神の恵みといってもいいほどに。

ひとりのランナーを通りこし、もうひとりも追いこした。二番めに追いこしたのは、さっきまでトップにいてディアドラに抜かれたランナーだった。彼はすっかりスピードを落として、頭を垂れ、両手を腰にあてながら川のような道をざぶざぶ歩いている。ずぶ濡れのTシャツが体にはりついていた。

雨でできた灰色のカーテンの向こうに赤いTシャツが見えた。ディアドラを抜けるだけのガソリンは残っていると思ったが、追い抜くまえにレースが終わってしまうかもしれない。メインストリートの入口の信号機が消えた。ブリキ橋も、そのそばに張ってある黄色いテープも消えた。いまここに存在するのは、土砂降りで視界のきかないなかを走るスコットとディアドラだけだった。いままでの人生でこんなに幸せだったことはない、とスコットは思った。幸せなどという言葉では生ぬるいくらいだ。スタミナを限界まで使い尽くそうとして見えたのは、新しい世界だった。

すべてがここにつながっていたのだ。この飛翔に。死がこんなふうに感じられるなら、誰もがよろこんで旅立つだろう。

スコットは、ディアドラ・マコームがふり返るのが見えるくらい近くにいた。そぼ濡れたポニーテールが力なく肩をたたく。誰が自分からトップを奪おうとしているのかわかると、ディアドラは目を見ひらいた。そしてまえを向き、顎を引いて、スピードをあげた。

スコットはまず彼女とおなじだけ速度をあげ、ついで彼女を超えるスピードで走った。ぐんぐん迫り、ディアドラのずぶ濡れのTシャツの背中に触れられそうになる。うなじを流れ落ちる雨の筋がはっきり見える。嵐のうなりよりもはっきりと、彼女が雨のなかで苦しい息をしているのが聞こえる。ディアドラだけが見えた。うしろに流れていく両脇の建物も、最後の信号機も、橋も見えなかった。自分がメインストリートのどこにいるのかまったくわからなくなった。どんな目印も役に立たなかった。唯一の目印は赤いTシャツだった。

ディアドラはまたふり返ったが、それはまちがいだった。左足が右の足首に引っかかって転んでしまった。腕をのばして前方の水に倒れこみ、プールに腹から飛びこむ子供のように両側に水をはねあげながら。体から空気がたたきだされたときの彼女のうめきが、スコットにも聞こえた。

スコットはディアドラに追いつき、足を止めて身を屈めた。ディアドラは体をひねって横を向き、スコットを見た。怒りと痛みで苦悶の表情を浮かべている。「どんな不正をしたの？」ディアドラはあえぎながらいった。「ねえ、いったいどんな手を――」

スコットはディアドラをつかんだ。稲妻が走り、スコットは一瞬の閃光に顔をしかめた。「さあ」スコットはもう一方の腕をディアドラの腰にまわし、ぐいと引き起こした。

ディアドラの目が見ひらかれた。また稲妻がひらめいた。「ちょっとやだ、なにをしているの？　わたしの体はどうなってしまったの？」

スコットはそれを無視した。ディアドラの足が動いたが、水深三センチほどの川と化した道の上を歩いたわけではなかった。彼女の足は宙を掻《か》いていた。ディアドラの体がどうなったか、スコットにはわかっていた。たしかに驚くべきことではあったが、おなじことがスコットに起こっているわけではなかった。ディアドラは自分の体を軽く――もしかしたら軽いどころではなく――感じているのだろうが、スコットにとっては重かった。スリムではあるが、筋肉と腱のぎっしり詰まった体だった。スコットは彼女を放した。ブリキ橋はまだ見えなかったが、ゴールテープらしき黄色い筋がかすかに見えた。

「行け！」スコットは叫び、ゴールを指差した。「走れ！」

ディアドラは走った。スコットもそのうしろを走った。ディアドラがテープを切る。稲妻が光った。スコットはあとにつづいた。両手を雨のなかに突きあげながら走り、ブリキ橋まで達すると徐々にスピードを落とした。橋を半分まで進んだところにディアドラがいて、両手を膝についていた。スコットは彼女の横に倒れこんだ。ふたりとも、液体になったかのような空気を必死に吸いこんだ。

ディアドラはスコットを見た。雨水が涙のように顔を流れ落ちる。

「あれはなんだったの？　あなたがわたしの体に腕をまわしたとき、体重がなくなったみたいだった」

スコットは、初めてドクター・ボブに相談しにいった日にパーカーのポケットに入れておいたコインを思いだした。十キロのウェイトをふたつもって体重計に乗ったときのことも。

「やったな」スコットはいった。

「ディーディー！　ディ、ディ、ディー！」

ミシーがふたりのほうへ走ってきた。そして両腕を差しだした。ディアドラは水を散らしながら立ちあがり、妻を抱きしめた。ふたりはよろめいて倒れそうになった。スコットはふたりを受けとめようと腕をのばしたが、実際に触れるのは思いとどまった。また稲妻がひらめいた。

その後、群衆が彼らを見つけた。三人はキャッスルロックの人々に取り囲まれた。雨のなか、拍手をしつづけるキャッスルロックの人々に。

5　レースのあとで

その夜、スコットはバスタブのなかで体を伸ばしていた。耐えられる限界まで熱くした湯につかって、筋肉の痛みをやわらげようとしていた。スマートフォンが鳴りだすと、バスタブのそばの椅子にたたんで置いてあった清潔な衣類をまさぐって探した。おれはこいつに縛りつけられているな、とスコットは思った。

「もしもし?」

「ディアドラ・マコームです、ミスター・ケアリー。ディナーのために、何曜日の夜をあけておけばいい? 次の月曜日だと都合がいいのだけど。レストランは月曜が定休日だから」

スコットは笑みを浮かべた。「賭けの内容を誤解しているんじゃないかな、ミズ・マコーム。きみが勝ったんだから、おたくの犬たちはうちの芝生の上を自由に歩けるんだよ、これからずっと」

「正確にはちがうと、わたしたちふたりともわかってる」ディアドラはいった。「本当は、あなたがレースを投げだした」

「きみのほうが優勝するにふさわしい」

ディアドラは声をたてて笑った。スコットが初めて聞く笑い声で、その声はとても感じがよかった。「わたしの高校時代のランニングのコーチがそんな感傷的な言葉を聞いたら、きっと頭をかきむしるでしょうね。なにがふさわしいかは、結果とは無関係だって、コーチはよくいっていた。だけどあなたがディナーに招待してくれるなら、わたしは勝ちを受けいれるつもり」

「だったら、ベジタリアン料理の腕を磨きなおさないと。おれも次の月曜日でかまわないよ、ただし、きみがミシーも連れてきてくれればね。七時ごろでいいかな?」

「それでいい。彼女もぜったい来るはず。それから……」ディアドラはためらってからつづけた。「さっきいったことを謝ろうと思って。あなたが不正なんてしていないのはわかってる」

「謝る必要なんかないよ」スコットはいった。本心からの言葉だった。ある意味では不正をはたらいたのだから。選択の余地がなかったとはいえ。

「もしそれはいいのだとしても、あなたへの態度については謝らないと。情状酌量を求めてもいいかと思ったけれど、ミシーがその余地はないというし、それについては彼女が正しいかもしれない。わたしには、ある……習慣があって……それを変えるのは簡単じゃなかった」

　それについてはなにをいったらいいかわからなかったので、スコットは話題を変えた。「ところで、きみたちのうちどちらかがグルテンフリーだったりするのかな？　乳糖不耐性は？　なにかあれば教えてほしい。きみかミシーが――ミズ・ドナルドソンが――食べられないものをつくりたくないから」

　ディアドラはまた笑った。「肉や魚は食べないけれど、それだけ。ほかのものはなんでもテーブルに載せてる」

「卵も？」

「卵もよ、ミスター・ケアリー」

「スコットだ。スコットと呼んでくれ」

「そうする。わたしのほうはディアドラ、もしくはディーディーで。犬のディーと区別するために」ディアドラはためらってからつづけた。「ディナーにお邪魔したら、あなたがわたしを引っぱり起こしたとき、なにがあったのか説明してもらえる？　わたしは走っているあいだによく妙な興奮状態というか、妙な感覚におそわれることがあって、どんなランナーもおなじことをいうんだけど――」

「おれにもあったよ」スコットはいった。「ハンターズ・ヒル以降、いろいろと……奇妙だった」

「だけどああいうのは初めてだった。一瞬、宇宙ステーションかなにかにいるような感じがした」

「それなら説明できる。だけどその話をするなら友人のドクター・エリスも招きたい。その現象についてすでに知っているからね。それに彼の妻も。もし彼女の都合がよければ」もし彼女に来るつもりがあれば、とはいいたくなかった。

「わかった。じゃあ、月曜日に。ああ、それから、ポートランド・プレス・ヘラルド紙を忘れずに見て。もちろん、新聞にはあしたまで載らないけど、オンラインではもう見られるから」

そうだろうとも、とスコットは思った。二十一世紀のいま、印刷された新聞も時代遅れの工場同然だった。

「見てみるよ」

「あれは稲妻だったと思う？　最後に光ったのは？」

「ああ」スコットはいった。ほかのなんだというのか？　稲妻は雷鳴とよく似合う。ピーナツバターがジャムとよく合うのとおなじように。

「わたしもそう思った」ディーディー・マコームはそういった。

スコットは服を着て、コンピューターをたちあげた。記事はプレス・ヘラルドのホームページにあった。きっと土曜日の新聞の一面に載るのだろう、新たな世界的危機でもないかぎり上半分に。見出しにはこう書いてあった——**地元レストランのオーナー、キャッスルロックのターキートロットで優勝**。新聞によれば、町の住民が優勝するのは一九八九年以来とのことだった。オンライン版には写真は二枚あがっているだけだったが、土曜日の本紙にはもっとたくさん載るだろうとスコットは予想した。最後に光ったのは稲妻ではなかったのだ。光源は新聞社のカメラマンで、彼は雨をものともせず、一級品の写真を撮っていた。

最初の一枚にはディアドラとスコットがいっしょに写っていた。ブリキ橋の信号機の薄汚れた赤が背景にあるので、彼女が転んだのはおそらくゴールから六、七十メートル足らずのところだったのだろう。スコットはディアドラの腰に腕をまわしていた。ほつれたポニーテールからの後れ毛が彼女の顔に貼りついている。ディアドラは疲れきった顔に不思議そうな表情を浮かべてスコットを見あげていた。スコットは彼女を見おろしていた……笑顔で。

彼女を優勝に導いた、友人からの小さな助けというキャプションがついており、その下にはこう書いてあった——キャッスルロックの市民、スコット・ケアリーが、ゴール直前で濡れた道路に足を取られ転倒したディアドラ・マコームを助け起こしたところ。

二枚めの写真には、**勝利の抱擁**というキャプションがつき、三人の名前——ディアドラ・マコーム、メリッサ・ドナルドソン、スコット・ケアリー——が書いてあった。

ディアドラとミシーは抱きあっていた。スコットはふたりには触れておらず、もしふたりが倒れたら受けとめようという本能的な動作で両腕を女性たちにまわすようにあげただけなのだが、写真ではハグに加わろうとしているように見えた。

記事の本文には、ディアドラ・マコームが「パートナー」と経営するレストランの名前が書かれ、八月に新聞に載ったレビュー記事が引用されていた。「ぜひ試したい、テキサス&メキシコ風のベジ料理。出向く価値のあるレストラン」と評されている。

ビル・D・キャットは、スコットがコンピューターに向かっているときの定位置であるエンドテーブルにちょこんと乗って、謎めいたグリーンの目で彼のペットの人間を眺めていた。

「思うんだけどさ、ビル」スコットはいった。「これでお客が来なかったら、なにをしても来ないぞ」

スコットはバスルームに入り、体重計に乗った。最新の数字を見ても驚かなかった。六十二キロまで落ちている。きょうの奮闘のせいということも考えられなくはなかったが、本心からそう思っているわけではなかった。むしろ、新陳代謝のギアをあげることで(最後にはトップギアまであげてしまったのだ)体重減少のペースをさらに加速させてしまったと思っていた。

ゼロ・デイは、思ったより何週間も早く来そうだった。

マイラ・エリスは夫とともにディナーにやってきた。最初はおずおず、いや、ビクビクしているといってもいいくらいだった。それはミシー・ドナルドソンも同様だったが、ピノノワール一杯で（スコットはこのワインをチーズ、クラッカー、オリーブとともに供した）どちらもだいぶ気分がほぐれたようだった。それから、奇跡的にも、ふたりとも菌類学に興味があるという共通点を発見し、食事のあいだずっと食べられるキノコの話をしていた。

「キノコのことを本当によくご存じなのね！」マイラが大きな声でいった。「調理学校に行かれたの？」

「ええ、行きました。ディーディーと出会ったあとでしたけれど、結婚するよりはずっとまえに。ＩＣＥに行ったんです。これは――」

「ニューヨークの調理教育研究所《インスティテュート・オブ・カリナリー・エデュケーション》ね！」マイラは大声でいった。食べ物のかけらがフリルのついた絹のブラウスにいくつか落ちたが、マイラは気づかなかった。「有名よね。ああ、なんてうらやましい」

ディアドラはふたりを見ながら微笑んでいた。ドクター・ボブも。これでよかったのだ。

スコットは、その日の午前中を地元のハナフォード・スーパーマーケットで過ごしていた。ノラが置いていった『料理の喜び』をショッピングカートのチャイルドシートに立てかけて買物をした。たくさん質問をして、いつもどおり、リサーチが報われた。結局、フィレンツェ風ベジタリアン・ラザニアにガーリックトーストを添えて出した。ディアドラがひと切れやふた切れでなく、大きめのトーストを三切れもたいらげたのを見て、スコットは満足した。驚きはしなかった。彼女はまだレース後のモードで、炭水化物を詰めこんでいるのだろう。

「デザートは店で買っただけのパウンドケーキだけど」スコットはいった。「チョコレートのホイップクリームは自分でつくったよ」

「それを食べるのは子供のとき以来だ」ドクター・ボブがいった。「なにか特別なことがあると、母がつくってくれたんだよ。子供らはみんなそれをチョコクリームと呼んでいた。早くもってきてくれ、スコット」

「まだワインが飲みたい人には、キャンティもあるよ」スコットはいった。

ディアドラが拍手をした。顔は紅潮し、目はきらきらと輝き、全身が最高のコンディションであるように見えた。「それももってきて！」

おいしい食事だった。ノラがいなくなって以来、キッチンのコンロを全部使ったのは初めてだった。客人たちが食べるのを眺め、しゃべるのを聞いていると、自分とビルがうろついているだけのこの家はなんて空っぽだったんだろうと思った。

五人でパウンドケーキを食べ尽くし、スコットが皿を集めはじめると、マイラとミシーが立ちあがった。「わたしたちがやるわよ」マイラがいった。「あなたは料理したんだから」

「すわっててくださいよ、マーム」スコットはいった。「全部カウンターに運んでおこうとしてるだけだから。あとで食洗機に詰めこめばいい」

スコットはデザートの皿をキッチンに運んで、カウンターに積みあげた。ふり返ると、ディアドラが笑みを浮かべて立っていた。

「もし仕事がほしいなら、ミシーが副料理長を探しているけど」

「彼女についていけるほどの腕はないかな」スコットはいった。「だけど覚えておくよ。週末のあいだ、店はどうだった？　ミシーが手伝いを探してるというなら、きっと大繁盛だったんだろうね」

「完売」ディアドラはいった。「満席だった。お客さんはよそからも来たけど、いままでに会ったこともないような――すくなくともうちの店では初めて見る――キャッスルロックの人たちも来てくれた。この先九日か十日くらいは予約でいっぱいだし。もう一度新しく開店したみたい。どんなものが食べられるか、試しに来てみたんでしょう。出されたものがおいしくなければ、あるいは、まあまあかなという程度なら、大半のお客さんはもう来ない。だけどミシーがつくるものは〝まあまあ〟程度なんてはるかに超えているから。お客さんはきっとまた来る」

「レースで優勝したから状況が好転したんだね」

「好転したのは写真のおかげ。しかもあなたがいなければ、あの写真だって、ビアンが駆けっこで優勝したんだって、すごいね、で終わっていたと思う」

「きみは自分に厳しすぎるよ」

ディアドラは微笑んで首を振った。「そんなことない。さて、覚悟して、ビッグボーイ、これからハグをするから」

ディアドラはまえへ踏みだした。スコットは手のひらをまえに突きだしながら後退した。ディアドラの顔が曇った。

「きみのせいじゃないんだ」スコットはいった。「信じてくれ、おれだってハグできたらどんなにいいかと思うよ。いまのおれたちにはふさわしいと思う。だけど安全じゃないかもしれないんだ」

ミシーがキッチンのドア口に立っていた。ワイングラスのステムを指でつまんでもっている。「どうしたの、スコット？　どこか悪いの？」

スコットはにやりと笑っていった。「そうともいえる」

ドクター・ボブが女性たちに加わった。「みんなに話すつもりかね？」

「ああ」スコットはいった。「リビングでね」

スコットはすべて話した。話せてものすごく安堵《あんど》した。マイラはうまく理解できないとでもいうように、途方に暮れたような顔をしただけだったが、ミシーは信じなかった。

「ありえない。体重が減れば体は変わる。単純明快な事実よ」

スコットはすこしためらったあと、ミシーがディアドラの隣にすわっているソファのほうへ行った。「手を貸して。ほんの一瞬だけ」

ミシーは躊躇なく手を差しだした。完全に信頼している様子で。これくらいなら害にならないだろうとスコットは自分にいい聞かせ、そのとおりであることを祈った。ディアドラが転んだときにも助け起こしたが、結局なんともなかったではないか。

スコットはミシーの手を取り、引っぱった。ミシーはソファから飛びあがった。髪がうしろになびき、目が大きく見ひらかれた。スコットはミシーが自分にぶつからないように押さえ、一度もちあげてからおろして、うしろにさがった。スコットが手を離すとミシーの膝は曲がり、彼女の体に重量が戻ってきたのがわかった。ミシーは驚いてスコットを見つめながら立ち尽くした。

「あなた……わたしは……なんてこと！」

「どんな感じだったかね？」ドクター・ボブがたずねた。椅子のなかでまえに身を乗りだして、目を輝かせている。「教えてくれ！」

「いまのは……ええと……とても言葉にできそうにない」

「やってみるんだ」ボブが促した。

「ちょっとジェットコースターに似ていた。最初の急な山のてっぺんを越えて、くだりはじめるときのような。胃がもちあがって……」まだスコットを見つめたまま、ミシーは震える笑い声をたてた。「すべてが、もちあがった」

「ビルで試したんだ」スコットはそういって、いまは暖炉まえのレンガの上で体を伸ばして寝そべっている猫のほうへうなずいてみせた。「ものすごく興奮してた。急いで跳びおりようとして、おれの腕をさんざんひっかいたよ、ふだんはぜったいひっかいたりしないのに」

「あなたがつかむと、どんなものでも重さがなくなるの？」ディアドラがいった。「本当に？」

スコットはこれについて考えた。これまでもたびたび考えていて、自分の身に起こっていることはなにかの現象ではなく、細菌やウイルスのせいなのではないかと思ったこともあった。

「生き物の重量はなくなる。まあ、当人にとっては。だが――」

「あなたは重量を感じるのね」

「そうだ」

「でも、ほかのものは？　無生物だったら？」

「おれがもてば……あるいは身につければ……そうだ。重量がなくなる」スコットは肩をすくめた。

「どうしてそんなことに？」マイラがたずねた。「どうしてそんなことがありうるの？」

そういって夫を見た。「わかる？」

ボブは首を横に振った。

「どんなふうにはじまったの？」ディアドラがたずねた。「原因はなに？」

「まったくわからない。いつはじまったかさえわからないんだ、毎日体重計に乗るような習慣はなかったからね、この現象がはじまってしばらく経つまで」

「キッチンで、安全じゃないっていっていたけど」

「安全じゃないかもしれない、といったんだよ。たしかなところはわからないが、あんなふうに突然体重がなくなると心臓が駄目になるとか……血圧とか……脳の機能がおかしくなるとか……なにがあるかわからないだろう？」

「宇宙飛行士は体重がないじゃない」ミシーが反論した。「まあ、ほとんどは。地球のまわりをまわっているものにも、すこしは引力が働いてるとは思うけど。それに、月面を歩いた人にも」

「それだけじゃないんでしょう？」ディアドラがいった。「伝染するかもしれないと心配した」

スコットはうなずいた。「そういう考えも頭をよぎったことはある」

全員が呑みこみがたい事実を呑みこもうとするあいだ、しばし沈黙がおりた。それからミシーが口をひらいた。「病院に行かなきゃ！　検査してもらうべきよ。医師に……こういうことがわかる医師に……」

ミシーの声はしだいに小さくなった。気がついてみれば明らかだった――こういうことがわかる医師などいないのだ。

「もとに戻す方法が見つかるかもしれない」最後には、ミシーはそういった。それからボブのほうを向いてつづけた。「あなたは医師なんでしょう。スコットを説得して！」

「したよ」ドクター・ボブはいった。「何回もね。スコットが拒むんだよ。最初はわたしも、スコットがまちがっていると――石頭なんだと――思っていたんだが、考えが変わった。これは科学で解明できるとは思えない。ひとりでに止まるかもしれない……もとに戻るかもしれない……だが、たとえ世界最高の名医でも、これを理解できるとは思えない。ましてやこの現象になにかしら影響を与えるなどとても無理だろう。ポジティブな影響であれ、ネガティブな影響であれ」

「それに、この減量プログラムの残りの期間を病院や政府の施設でいじくりまわされながら過ごしたいとは思わないからね」スコットはいった。

「あるいは、世間の好奇の目にさらされて過ごしたいとも思わない」ディアドラがいった。「よくわかる。完璧にわかる」

スコットはうなずいた。「それなら理解してもらえると思うけど、この部屋でいったことはすべてここだけの話にすると約束してほしい」

「でも、これからどうなるの？」ミシーがたまりかねたようにいった。「体重がなくなったら、あなたはどうなるの？」

「わからない」

「どうやって生活するの？　だって無理でしょう、ずっと……ずっと……」ミシーは必死にまわりを見た。誰かがあとを引きとってくれるのを期待するかのように。しかし誰も言葉をつづけなかった。「ずっと天井にぷかぷか浮かんだままなんて!」

そういう生活もすでに考えたことのあるスコットは、また肩をすくめただけだった。

マイラが身をまえに乗りだしていった。指の関節が白くなるほど両手を固く握りしめている。「すごく怖いんじゃない？　きっとそうよね」

「そこなんだよ」スコットはいった。「怖くないんだ。最初は怖かったけど、いまは……よくわからないんだが……まあ、なんてことないように思える」

ディアドラは目に涙を浮かべながらも、微笑んでいった。「それもよくわかる」

「ああ」スコットはいった。「そうだろうと思うよ」

もし秘密を守ることのできない人がいるとすれば、それはマイラ・エリスだろうとスコットは思っていた。教会の集まりや各種委員会にしじゅう顔を出しているのだから。だが、マイラは約束を守った。全員が守った。彼らは秘密結社さながらに、週に一度はホーリー・フリホールに集まった。いつもディアドラがテーブルをひとつ取っておいた。「ドクター・エリスご一行様」と書かれた小さなプラカードを置いて。店はつねに満席か、ほぼ満席で、年が明けてもこのペースが落ちないようなら、いまより早く店をあけて席を一回入れ替えられるようにするしかない、とディアドラはいう。ミシーはキッチンを手伝ってくれる副料理長を本当に雇った。その際、スコットのアドバイスを受けいれて、地元の住民——ミリー・ジェイコブズの長女——を選んだ。

「ちょっとのんびりした人なんだけど」ミシーはいった。「自分から進んでいろいろ覚えようとするから、夏のお客さんたちが戻ってくるころにはいい働き手になってくれそう。まあ、見てて」

ミシーはそういうとすぐに顔を赤らめ、下を向いて自分の手を見つめた。夏の観光客が戻ってくるころには、スコットはいないかもしれないと気づいたからだった。

十二月十日には、ディアドラ・マコームがキャッスルロックの広場の大きなクリスマスツリーに明かりを灯した。千人近い人々が夕方のセレモニーに集まった。そのなかには高校のコーラス部の面々もいて、クリスマスソングを披露した。コフリン町長は、サンタクロースの恰好をしてヘリコプターでやってきた。

ディアドラが演台に上ると拍手が起こり、彼女が十メートル近いもみの木をさして「ニューイングランドで最高の町の、最高のクリスマスツリーです」と宣言すると、同意を示す歓声があがった。

ツリーに明かりが灯り、てっぺんのネオンの天使がくるくるまわってお辞儀をすると、人々は高校生にあわせて歌った。「もみの木、もみの木、なんと美しいその枝よ」トレヴァー・ヨーントがほかのみんなと声をあわせて歌ったり拍手をしたりしているのを見て、スコットはおもしろいと思った。

その日、スコット・ケアリーの体重は五十二キロだった。

6　存在の信じられない軽さ

スコットが「無重量効果」と呼ぶようになったくだんの現象にはなんらかの境界があった。身につけた衣類が体から浮かんだりはしない。椅子は、腰かけているときには浮かばないが、バスルームに運んでいってもったまま体重計に乗ると、椅子の分の重量はカウントされない。起こっていることになにか決まりがあるのだとしても、スコットにはわからなかった。気にもしなかった。先の見通しについては楽観的でいられたし、夜も途中で目覚めることなく朝まで眠れた。気にかかるのはそういう自分の心もちのほうだった。

年が明けた日、スコットはマイク・バダラマンテに電話をかけ、まずは新年にふさわしい挨拶をしてから、こういった。あと数週間したら、唯一の存命のおばに会いにカリフォルニアまで行こうと思うんだが、もし本当に行くことになったら、猫を預かってもらえないだろうか？

「さて、どうかな」マイクはいった。「たぶん大丈夫だとは思うがね。ちゃんと砂の箱で用を足すかい？」

「もちろんだ」

「なぜ私に？」

「書店には住みこみの猫がつきものなのに、あんたの店にはそれが欠けているからさ」

「どのくらい行ってるつもりだね？」

「わからない。ある程度は、ハリエットおばさんの状況次第かな」もちろん、ハリエットおばさんなどいなかった。おそらく猫はドクター・ボブかマイラに、マイクのところまで連れていってもらわなければならないだろう。ディアドラとミシーはふたりとも犬のにおいがするし、スコット自身は古くからの友だちをもう撫でることさえできなかった。ビルはスコットが近寄ると逃げるのだ。

「なにを食べるんだね？」

「〈フリスキー〉だ」スコットはいった。「猫といっしょに、餌もかなりの量を届けるよ。まあ、もし行くことになったらだけど」

「わかった、引き受けよう」

「ありがとう、マイク。いい友達だな」

「そうだな、だが理由はそれだけじゃない。あんたはこの町に対して、小さいが価値のある善行をほどこした。あのマコームという女性がレースを完走できるように、助け起こしたときに。彼女とその妻はひどい扱いを受けていた。それがいまはましになった」

「ちょっとだけね」

「いや、かなりだよ」

「とにかく、ありがとう。それからもう一度いうけど、いい年になりますように」

「そちらもね、スコット。猫の名前はなんていうんだい?」

「ビル。正式にはビル・D・キャットだ」

「コミックの〈ブルーム・カウンティ〉に出てくるやつか。いいね」

「ときどきは抱きあげて、撫でてやってよ。ビルがよろこぶから。まあ、おれが行くことになったらだけど」

スコットは電話を切ると、なにかを手放すことの意味を——とりわけそのなにかが大事な友だちでもあるときの意味を——思い、目をとじた。


数日後、ドクター・ボブが電話をかけてきて、体重の減少は一日に一キロ足らずのペースでコンスタントにつづいているのかとたずねた。そうだ、とスコットは答えた。嘘だったが、その嘘に悩まされることにはならないとわかっていた。見かけは以前とまったくおなじだった、ベルトにかぶさる腹の肉まで含めて。

「だったら……三月上旬には重量がなくなると、いまでも思っているんだね」

「ああ」

じつはいまでは、一月が終わるまえにゼロ・デイが来るかもしれないと思っていたが、たしかなところはわからなかったし、情報に基づいた推測もできなくなっていた。体重を量るのをやめていたからだ。そう遠くない過去には、そこに出る数字が多すぎるのがいやで体重計を避けていたのに、いまでは反対の理由で近づかずにいる。なんという皮肉。

当面は、減少のペースがあがっていることをエリス夫妻に知らせるつもりはなかったし、それはミシーとディアドラについてもおなじだった。しかしいずれ話さなければならないだろう。最後のときが来たら、誰かの助けが必要だろうから。誰に頼ることになるかはもうわかっていた。

「いまの体重は？」ドクター・ボブがたずねた。

「四十八キロ」スコットはいった。

「なんてこった！」

おれにわかっていることをボブも知ったら、なんてこったじゃすまないだろうな、とスコットは思った。本当は三十二キロだった。広いリビングを大股に歩いて四歩で横切ることができたし、ジャンプすれば頭上の梁につかまってターザンのようにゆらゆらとぶらさがっていることもできた。まだ月面にいるときの体重にはなっていなかったが、どんどんそれに近づいていた。

ドクター・ボブはつかのま口をつぐんでからつづけた。「自分の身に起きていることの原因が、なんらかの生物だと考えたことは？」

「もちろんあるよ」スコットはいった。「もしかしたら外来のバクテリアが傷口から侵入したのかもしれない。あるいは、このうえなく珍しいウイルスかなにかを吸いこんだのかもしれない」

「知覚の異常かもしれないと思ったことは？」

こんどはスコットのほうが黙りこんだ。ようやく口をひらくと、いった。「ある」

「おまえさんはものすごくうまく対処しているよ、まったくね」

「まあ、これまでのところはね」スコットはそういったが、三日後には、終わりを迎えるまえにどれだけのことに対処しなければならないかを改めて思い知らされた。わかっていると思った、準備できていると思ったのだ……そして郵便を取りにいこうとしたのだ。


メイン州西部では元日から雪解けがはじまり、気温も10℃台まであがった。ドクター・ボブの電話の二日後、気温は15℃台まであがり、休み明けの学校に向かう子供たちは薄手のジャケットを着ていった。しかしその晩、気温は急激にさがり、みぞれのようなざらざらの雪が降りはじめた。

スコットはほとんどそれに気づかなかった。夜はコンピューターに向かってさまざまなものを注文しながら過ごしていた。すべて地元の店で――車椅子とチェストハーネスはハロウィンに菓子を買ったドラッグストア〈CVS〉の介護用品コーナーで、スロープとクランプはパーディの金物店で――入手することもできなくはなかったが、地元の人々はおしゃべりをしたがるし、質問をしてくる。それは避けたかった。

雪は真夜中ごろにやんで、夜明けには晴れて冷えこんだ。新しく積もった雪は表面が凍り、まぶしくて直視できなかった。まるで芝生とドライブウェイを透明プラスチックでコーティングしたかのようだった。スコットはパーカーを着て、郵便を取りに外へ出た。最近では階段を飛びこして直接ドライブウェイに降りるのが習慣になっていた。体重のわりに脚の筋肉量が多いので、脚がエネルギーの爆発を求めているようだった。

このときもそうやっておりたのだが、凍った地面についたとたん、足はスコットの下から飛びだしていった。スコットは尻もちをついて笑いそうになったが、体がすべりはじめるとその笑いはすぐに引っこんだ。ゲームセンターのボウリングゲームでワックスのかかったレーンの表面を転がっていくボールさながら、スコットは芝生の斜面を背中ですべり落ちた。道路が近づくにつれてスピードが増していく。草をつかんだが、表面が氷で覆われていたせいで手がすべってしまった。寝返りを打って腹這いになり、両脚を広げてみた。こうすればスピードが落ちるかもしれないと思ったのだ。落ちなかった。横すべりしただけだった。

たしかに表面の氷は厚いが、そこまで厚くはない。仮におれが見かけどおりの体重だったら、氷が割れて止まるだろう。しかしその体重はない。このまま道路に飛びだして、もし車が来たら、おそらく車は止まれないだろう。そうなれば、もうゼロ・デイの心配をする必要もなくなるわけだ。

しかしそこまでは行かなかった。スコットは郵便受けの支柱に激しくぶつかり、体から息をたたきだされた。回復して立ちあがろうとすると、氷ですべって脚がひらき、また倒れた。スコットは支柱にしっかり足をつけ、体を押しだした。これもうまくいかなかった。一メートル半くらい進んだところで勢いが落ち、支柱のほうへすべって戻った。次に、体を引きずって進もうとしたが、地面につかみかかった指が氷ですべっただけだった。手袋を忘れてきたので、手の感覚がなくなりそうだった。

助けが必要だと思ったとき、即座に頭に浮かんだのはディアドラの名前だった。パーカーのポケットに手を伸ばしたが、こんなときにかぎってスマートフォンがなかった。書斎の机の上に忘れてきたのだ。とにかく道路まで体を押しだすことならできるだろう、なんとか道路脇へ移動して、近づいてくる車に手を振ろうと思った。だが、誰かしら止まって助けてくれるとしても、その誰かはスコットが答えたくない質問をするだろう。自分の家のドライブウェイはもっと絶望的だった。スケートリンクのように見える。

こんなところでなにをしているんだろう、甲羅を下にしてもがく亀みたいに。手の感覚がなくなってきたし、すぐに足もそうなるだろう。

スコットは首を伸ばして落葉した木々を見あげた。雲ひとつない青空を背景に、枝がゆらゆらと揺れている。郵便受けに目を向けると、深刻でありながら滑稽なこの問題にかたをつける方法を思いついた。スコットは郵便受けの支柱を股ではさんですわり、郵便箱の横についている金属製の旗をつかんだ。ゆるんでいたので、二回強く引いただけでもぎとれた。ぎざぎざになった金属の端を使って、氷の表面に大きな穴をふたつ掘る。そのうちのひとつに膝を入れ、ついでもうひとつに足を入れた。そして空いた手で支柱をつかんでバランスを取りながら立ちあがった。身を屈めて氷を砕き、一歩まえへ進み、また身を屈めて氷を砕く。そのくり返しで、上りになっている芝生の斜面を玄関まえの階段まで進んだ。

車が何台か通りすぎ、誰かがクラクションを鳴らした。スコットはふり向きもせずに手を振った。玄関まえまで戻ったときには、両手の感覚がまったくなくなり、一方の手は二カ所から血が出ていた。背中が死ぬほど痛かった。ドアへの階段を上りはじめるとすべり、危ういところでなんとか凍りついた金属の手すりにつかまった。もうすこしでまた郵便受けまですべり落ちるところだった。もう一度ここまで上ってくる体力があるかどうかは心もとなかった。たとえすべり止めの穴がすでにあいているとしても。疲労困憊し、パーカーのなかが汗くさかった。廊下に横たわっていると、ビルが様子を見にきて——だが、近づきすぎることはなく——心配そうにミャウと鳴いた。

「大丈夫だ」スコットはいった。「心配するな、餌くらいやれる」

そう、大丈夫だ。ちょっと氷の上で即興のそり遊びをしただけだ。ただ、それがものすごく妙なことになっただけ。

もし慰めがあるとすれば、そのものすごく妙なことが長くはつづかないところだろう。

しかし一刻も早くあのクランプを取りつけて、あのスロープを設置する必要がある。

もうあまり時間がなかった。

一月なかばの月曜日の夜、「ドクター・エリスご一行様」のメンバーが集まって最後の食事をした。スコットは百貨店のプロジェクトを口実にして一週間ほど家にこもり、誰とも会っていなかった。じつは百貨店の仕事は、すくなくとも設計の最初の段階はクリスマスまえに終わっていた。おそらく最終調整はほかの誰かがやることになるだろう。

もち寄りパーティーにして、料理はもってきてもらわなければならない、自分で料理をするのがむずかしくなってしまったから、とスコットはいった。本当のところは、なにをするのもむずかしかった。階段を上るのはまだ簡単だった。大きな三歩で苦もなく階上《うえ》まで行けた。降りるほうがむずかしかった。転げ落ちて脚を折ってしまうおそれがあったので、手すりをつかんで、一歩一歩ゆっくりと、痛風と腰痛のある老人のように進んだ。それから、壁にぶつかることもずいぶん増えた。動くときの勢いの強さを判断するのがむずかしかったし、コントロールするのはもっとむずかしかった。

マイラは玄関まえの階段を覆っているスロープについて質問した。ドクター・ボブとミシーはそれよりもリビングの隅にある車椅子と、その背にかけられたチェストハーネス――まっすぐすわれない人、またはすわる力が弱い人のためにつくられたもの――のほうを気にしていた。ディアドラはなにも訊かず、ただ思慮深い、悲しそうな目でスコットを見ただけだった。

五人は風味のいいベジタリアン・キャセロール（ミシー作）を食べ、ポテトとチーズソースのグラタン（マイラ作）を食べ、ところどころに固まりがあるもののおいしくできた――底がほんのすこし焦げただけの――シフォンケーキ（ドクター・ボブ作）で食事を締めくくった。ワインもよかったが、おしゃべりと笑い声はもっとよかった。

みなが食べおえた頃合いを見はからって、スコットがいった。「告白の時間だ。じつはみんなに嘘をついていた。事態は、話してあったよりも早く進行している」

「やだ、スコット！」ミシーが悲鳴をあげた。

ドクター・ボブはうなずいた。驚いていないようだった。「どれくらい？」

「一日に一・五キロ近く減ってる」

「それで、いまは何キロなんだ？」

「わからない。ここのところ体重計を避けていたから。量ってみようか」

スコットが立とうとすると、体がまえに飛びだして太腿がテーブルにぶつかり、動きを抑えようとした手でワイングラスをふたつひっくり返してしまった。ディアドラがすばやくナプキンを手に取り、こぼれたところにかぶせた。

「失礼、失礼」スコットはいった。「最近、力加減がよくわからなくてね」

スコットはローラースケートを履いているかのようにおそるおそる体の向きを変え、家の奥へ向かった。どんなに注意して歩いても、一歩一歩がジャンプになってしまう。残っている重量はスコットを地面にとどめたがり、筋肉は上へ行こうと主張するのだ。スコットはバランスを崩し、取りつけたばかりのクランプのひとつにかろうじてつかまって、頭から廊下に突っこむのを免れた。

「ああ、たいへん」ディアドラがいった。「きっと歩く方法を一から学びなおすような感じなんでしょうね」

おれがこのあいだ郵便を取りにいったときの姿を見せたかったよ、とスコットは思った。あれこそ本物の学びってやつだった。

すくなくとも、病院に行けという話は誰も蒸し返さなかった。それが意外だったわけではないが。ぶざまで滑稽でありながら妙に優雅でもあるスコットのこの動きをひと目見れば、病院がなにかの役に立つなどという考えを払拭《ふっしょく》するのに充分だった。これはきわめて個人的な問題なのだ。それを理解してもらえているようで、スコットはうれしかった。

全員でバスルームに詰めかけ、スコットが〈オゼリ〉の体重計に乗るところを見守った。「神さま」ミシーが静かにいった。「ああ、スコット」

表示部に出た数字は、十三・七キロだった。

スコットは全員をぞろぞろ引き連れてダイニングに戻った。石橋を叩いて渡るかのごとく慎重に進んだのに、それでもまたテーブルにぶつかった。ミシーがとっさに手を伸ばして支えようとしたが、スコットは触れられるまえにその手をよけた。

みなが席につくと、スコットはいった。「おれは大丈夫だよ。実際のところ、問題ない。本当に」

マイラは青ざめた顔でいった。「どうして大丈夫でいられるの?」

「わからない。とにかく大丈夫なだけ。しかしこれがお別れのディナーだ。おれはもう、みんなに会うことはない。ただ、ディアドラだけはべつだ。最後に手助けしてくれる人が必要なんだ。やってくれるかい？」

「ええ、もちろん」ディアドラにためらいはなかった。ただ、そういいながら、泣きだした妻に腕をまわした。

「おれがいっておきたいのは……」スコットはいったん言葉を切り、咳ばらいをしてからつづけた。「もっと時間があればよかったのに、と思うよ。おれにとって、みんなはいい友人だった」

「これほど心のこもった褒め言葉はないな」ドクター・ボブがいった。ボブはナプキンで目を拭いている。

「こんなのフェアじゃない！」ミシーがたまりかねたようにいった。「ぜんぜんフェアじゃない！」

「そうだね」スコットは同意していった。「たしかに。だけどおれは子供を遺していくわけじゃないし、前妻はいまいる場所で幸せにやってる。それに、がんとか、アルツハイマーとか、重度の火傷で病棟から出られないことやなにかに比べたらまだフェアといえるんじゃないかな。なんたって、誰かが話せば、歴史に名前が残るだろうからね」

「われわれは話さないがね」ドクター・ボブがいった。

「そうね」ディアドラが同意していった。「わたしたちは話さない。わたしがなにをしたらいいか教えてくれる、スコット？」

スコットはそれに応えて、すべて説明した。ただ、廊下のクロゼットにしまった紙袋のことだけはいわなかった。みんな黙って聞き、異を唱える者はいなかった。

スコットが話しおえると、マイラがひどくおずおずとたずねた。「どんな感じなの、スコット？　あなたはどう感じているの？」

スコットは、ハンターズ・ヒルをくだりながらどう感じたかを思いだした。力が戻ってきて、ふだんは隠れている、ありふれた風景が発するかがやきのなかに――いまにも土砂降りになりそうな鉛色の空や、町なかの建物につるされた万国旗がはためくさまや、道端に捨てられたタバコの吸い殻、ビールの空き缶、小石のひと粒ひと粒を背景に――世界の本当の姿が立ちあらわれる。このときばかりは自分自身の体も最大限の力を発揮して動く。すべての細胞にくまなく酸素がいきわたる。

「高揚してる《エレヴェイテッド》」ようやく口をひらくと、スコットはそういった。

スコットはディアドラ・マコームを見た。ディアドラはきらめく目でスコットの顔を見つめている。なぜスコットが彼女を選んだのか、ディアドラは理解している。スコットにはそれが感じとれた。

マイラはビルをなだめすかして猫用のキャリーに入れた。ドクター・ボブはそれを愛車の4《フォー》ランナーに運び、後部に詰めこんだ。その後、四人は玄関ポーチに立った。夜の

つかまっていた。

冷気のなかを、吐く息が白く流れていく。スコットは戸口に残り、クランプにしっかり

「帰るまえに、ひとこといいかしら?」マイラがたずねた。

「もちろん」スコットはそういったが、内心ではなにもいわないでくれと願っていた。ただ立ち去ってほしかった。スコットは人生の一大真実に気がついていた(そしてその真実は避けてとおることもできたはずだった)。一キロ、また一キロとなくなっていく自分自身の一部に別れを告げるのはつらいものだが、ただひとつそれよりつらいのが、友人たちに別れを告げることだった。

「わたしはとても愚かだった。あなたに起こっていることは残念だけど、わたしに起こったことはうれしく思っている。これがなかったら、一部のすばらしい物事や、一部のすばらしい人々のことがずっと見えないままだった。年老いた馬鹿な女のままで終わるところだった。あなたにハグはできないから、代わりにこうさせてもらうわ」

マイラは腕をひろげてディアドラとミシーを引き寄せ、二人を抱きしめた。ふたりはマイラを抱き返した。

ドクター・ボブがいった。「もしわたしの手が必要になったら、全速力で駆けてくるよ」ボブは笑った。「いや、まあね、もう全速力で走れるような年でもないが、いってる意味はわかるだろう」

「わかるよ」スコットはいった。「ありがとう」

「じゃあな、スコット。歩く場所にも、歩き方にも気をつけるんだぞ」

スコットは、みながドクター・ボブの車まで歩くのを見送った。全員が乗りこむまで見ていた。そしてクランプを離さないように注意しながら、手を振った。それからドアをしめ、半分歩くような、半分跳ぶような足取りでキッチンへ向かった。マンガのキャラクターになったような気分だった。内心、秘密にしておくことがとても大事だと感じる理由はここにあると思っていた。きっと馬鹿げて見えるだろうと確信していたし、実際、馬鹿げていた……部外者でいられるかぎりは。

キッチンカウンターのまえにすわり、空っぽになった部屋の隅を眺めた。ここ七年のあいだ、ビルの餌と水の皿があった場所だ。スコットは長いあいだそこを見つめた。それから階上《うえ》へ行ってベッドに入った。


翌日、ミシー・ドナルドソンから電子メールが届いた。

ディーディーに、わたしもいっしょに行きたい、最後のときにその場にいたいといったの。それについてはかなり口論になって、わたしも譲らなかった。ディーディーがわたしの足のことを、小さいころ自分の足をどう感じていたかをもちだすまでは。いまでは走れるけれど——走るのは大好き——わたしはディーディーみたいな競技選手にはぜったいになれない。こんなに何年も経っても、いいペースで走れるのはほんの短い距離だけだから。わたしは生まれつき内反尖足だった。内反足、というほうが一般には通じやすいかもしれない。七歳のときに、それを治すための手術をしたのだけど、それまでは杖をついて歩いていて、その後、ふつうの歩き方ができるようになるまでには何年もかかった。

四歳のとき——これはものすごくはっきり覚えているんだけど——自分の足を友達のフェリシティに見せたら、笑われたうえに、気持ち悪くてみっともない足だねといわれた。その後は、母と医師以外には誰にも見せなかった。みんなに笑われたくなかったから。ディーディーは、あなたもそれとおなじように感じているはずだっていってる。こういってた。「あの人は、自分がふつうだったときの姿をあなたに覚えていてもらいたいの。一九五〇年代のSF映画のお粗末な特殊効果みたいに、家のなかを跳ねまわっている姿じゃなくてね」

そういわれて納得したけれど、やっぱりこの状況は気に入らないし、あなたにふさわしいあり方でもないと思う。

スコット、レースの日にあなたがしてくれたことのおかげで、わたしたちはキャッスルロックにいられるようになった。ここで店をやっているからというだけじゃなくて、いまではれっきとした町の一員になれた。ディーディーは、青年商工会議所の会員になってほしいと誘われると思ってる。本人は笑って、ばかばかしいといっているけど、内心ぜんぜんばかばかしいとは思っていないのをわたしは知ってる。これはトロフィーなのよ、優勝したレースでもらったのとおなじような。まあ、すべての人がわたしたちを受けいれてくれるわけじゃない。わたしだって、そんなことを信じるほど馬鹿じゃない（し、世間知らずでもない）。決して考えの変わらない人もいる。でも大半の人はきっと変わる。多くの人がもう変わりはじめてる。それはあなたがいなければぜったいに起こらなかったことだし、あなたがいなければ、わたしの愛する人は世界に対してずっと心の一部をとじたままだった。本人はきっといわないだろうけど、わたしはいおうと思う——あなたはディーディーの肩から不満の固まりをはたき落としたの。とても大きな固まりだったから、これでようやく彼女もまたまっすぐ歩けるようになった。あの人は昔からウチワサボテンみたいで、もうそれが変わることはないだろうとわたしは思っていたのだけれど、いまでは心がひらかれてる。以前よりも多くを見て、多くを聞いて、もっと大きくなれる。それを可能にしたのはあなただった。彼女が転んだとき、助け起こしたのはあなただった。

ディーディーは、あなたと自分のあいだには結びつきがある、わかりあえる感情がある、だから最後にあなたを助けるのは自分じゃなきゃ駄目なんだっていうの。わたしは嫉妬してるのかな？　ちょっとね。だけど理解はできる。あなたは高揚してるっていっていたから。走っているとき、ディーディーもそういうふうになる。だから走るの。
勇気を出してね、スコット。そしてわたしがあなたを思っていることを知ってほしい。神の御恵みがありますように。

愛をこめて
ミシー

追伸：書店に行ったら、かならずビルを撫でるからね。

スコットはミシーに電話をかけようかと思った。こんなにも心のこもった言葉をありがとうと伝えたかった。だが、それはよくない考えだと思いなおした。お互いよけいな期待をしてしまうだけかもしれない。かわりに、彼女からのメールを印刷してハーネスのポケットのひとつに入れた。
旅立ちのときが来たら、これを身につけてもっていこう。

その週の日曜日の朝、スコットは階下《した》のバスルームに向かって、もはや歩いているとはまったくいえないような歩きぶりで廊下を進んでいた。一歩ごとにぷかぷか浮かんで天井までもちあげられ、三角形に組みあわせた指で天井を押して床に戻ることのくり返しだった。ボイラーが動きだし、排気口からシューッと風が出ると、体がかすかに横に押し流された。スコットは体をひねってクランプをつかみ、風をやりすごした。

バスルームに入ると、体重計へふわふわ移動し、最後には着地した。最初は、もうまったく重量の表示が出ないかと思った。しばらくしてようやく数字が吐きだされた──〇・九キロ。だいたい思ったとおりだった。

その夜、スコットはディアドラのスマートフォンに電話をかけた。シンプルな言葉ですませた。「きみが必要なんだ。来られるかな?」

「ええ」ディアドラの返事はそれだけだった。スコットに必要なのもそれだけだった。

玄関のドアはしまっていたが、鍵はかかっていなかった。ディアドラは大きくドアをあけたりはせず、するりとすべりこんだ。風を起こしたくなかった。廊下の明かりをつけて影をはらいのけ、リビングへ向かった。スコットは車椅子にすわっていた。椅子の背にとめられたハーネスが、なんとか途中まで装着されていたが、体は椅子の座面から離れて浮かび、一方の腕が宙に浮いていた。顔は汗でてかてかになり、シャツのまえも汗で色が濃くなっている。

「ちょっと長く待ちすぎたかもしれない」スコットはいった。息を切らしている。「椅子まで泳いで降りなければならなかった。信じられるかい、まさに平泳ぎだったよ」

信じられた。ディアドラはスコットのそばへ行き、車椅子の正面に立つと、驚嘆の念をこめて見つめた。「どれくらい、ここでこんなふうにしていたの？」

「しばらくまえから。暗くなるまで待とうと思って。外はもう暗い？」

「暗くなりかけてる」ディアドラは膝をついていった。「ああ、スコット。こんなことになって、ほんとうにつらい」

スコットは、水中で首を振っているかのように、スローモーションで頭を動かした。

「それはいわないでくれ」

いわないつもりだった。いわずにいられればいいと、ディアドラは思っていた。

スコットは浮かんでいる腕を苦心して動かし、ようやくなんとかベストの腕の穴に通すことができた。「胸のまえでストラップを締めてもらえるかな？　おれに触れないように気をつけて」

「できると思う」ディアドラはそういったが、車椅子のまえにひざまずこうとして、手の甲が二回スコットをかすめた。一回は体の横を、もう一回は肩を。二回とも、体が上昇してから戻るような感覚があった。どちらのときもヒュッと胃がもちあがり、車が道路の大きなくぼみを通過したときの感覚――運転していた父親がよく「おっと、ごめん」といっていた――を思いだした。あるいは、そう、ミシーのいっていたとおりだった。ジェットコースターが最初の山のてっぺんに到達して、つかのまためらったあと、急降下するときのような感覚。

　時間はかかったが、なんとかできた。「さあ、次は?」

「そろそろ夜風の様子を見にいくよ。だが、先にクロゼットに用がある。ブーツを入れてある玄関のクロゼットだ。そこに紙袋と、ロープの束がある。車椅子を押してもらっても大丈夫だと思うんだが、もしそれができない場合には、椅子のヘッドレストにロープを巻きつけて引っぱることになる」

「それで、本当にこれがあなたの望みなのね?」

　スコットは笑みを浮かべてうなずいた。「残りの一生をこんなものに縛りつけられたまま過ごしたいと思うかい?　あるいは、誰かが脚立に上って食事の世話をしてくれるのをあてにしたりとか?」

「ＹｏｕＴｕｂｅに上げられるいい動画ができるじゃない」

「誰も本気で信じないようなやつがね」

　ディアドラはロープと茶色い紙袋を見つけ、それをもってリビングに戻った。スコットは両手を差しだしていった。「さあ、ビッグガール、腕の見せどころだぞ。そこから紙袋を放ってくれ」

　ディアドラはいわれたとおりにした。うまい一投だった。袋はスコットがひろげた手に向かって弧を描くように飛び……スコットの手のひらの一センチほど上でいったん止まり……それからゆっくりと手のなかに収まった。手のなかでは袋が重量を取り戻したように見え、スコットがこの現象について最初に説明してくれたときにどういっていたか、ディアドラは思いださなければならなかった——スコットは物体の重量を感じるのだ。矛盾しているのではないか？　考えはじめると頭が痛くなった。どんな仕組みであろうと、とにかくいまはそれを考えている時間はない。スコットは紙袋を破き、星模様の厚紙にくるまれた四角いものを取りだした。底から、十五センチくらいの赤くてひらたいひもが突きでている。

「〈スカイライト〉っていうんだ。オックスフォードの花火工場から百五十ドルで買った。オンラインでね。それだけの価値があるといいんだが」

「どうやって火をつけるつもり？　どうやって、いつ……あなたが……」

「できるかどうかわからないけど、自信はかなりある。こすればいいだけの導火線だから」

「スコット、どうしてもやらなきゃ駄目なの？」

「ああ」

「行きたいのね」

「ああ」スコットはいった。「その頃合いだ」

「外は冷えるのに、あなたは汗だくだけど」

「それは問題じゃない」

ディアドラにとっては問題だった。ディアドラは階上の寝室へ行き、ベッドから上掛《コンフォ》け《ター》を引きはがした。ベッドは――とにかく、ある時点までは――使われていたはずだが、マットレスには体の跡がついていなかったし、枕にもへこみがなかった。

「心慰めるもの《コンフォター》、ね」ディアドラは鼻を鳴らした。この状況では、ひどくばかばかしい言葉に聞こえた。ディアドラは上掛けをもって階下に降り、先ほどの紙袋とおなじように放って、それが止まり……花のようにひらき……スコットの上体を包むのを、おなじように強い興味をもって見つめた。

「それを体に巻きつけて」

「イエス、マーム」

ディアドラはスコットがいわれたとおりにするのを見守り、床に垂れていた部分をスコットの足の下にたくしこんだ。今回の浮遊感はさっきよりも深刻だった。「おっと、ごめん」のときの二倍くらいに感じられた。膝が床からもちあがり、髪が逆立つのがわかった。すぐにもとに戻り、膝が床に落ちると、スコットがなぜ笑っていられるのか、ディアドラはまえよりも理解できたような気がした。学生のときに読んだ本を思いだした。たしか、フォークナーではなかったか。「重力は、われわれを墓につなぎとめる錨である」。この人には墓も重力もない。そういうものを、特別に免除されたのだ。

「絨緞のなかの虫《スナッグ・アズ・ア・バグ・イン・ア・ラグ》なみに居心地いい」スコットはいった。

「ふざけないで、スコット。お願いだから」

　ディアドラは車椅子のうしろにまわり、突きでたハンドルにおそるおそる手を載せた。ロープは必要なかった。体の重さはもとのままだ。ディアドラはスコットを押してドアへ向かい、玄関ポーチに出ると、スロープをおりた。

　夜の戸外は寒く、顔の汗が冷えたが、空気は秋の林檎を最初にひと齧りしたときのように甘くシャキッとしていた。頭上には半月と、無数の星があった。

　毎日のように踏んで歩いている無数の小石とおそろいだな、おなじように謎めいている、とスコットは思った。頭上の謎、足もとの謎。重量、質量、実存――まわりじゅう謎だらけだ。

「泣かないでくれ」スコットはいった。「辛気くさい葬式じゃないんだから」

　ディアドラは雪の積もった芝生の上までスコットを押していった。車輪が二十センチほど沈み、止まった。家からそう遠くないが、軒先に引っかかるほど近くはない。そんなことになったら期待はずれもいいところだな、とスコットは思い、声をたてて笑った。

「なにがそんなにおかしいの、スコット？」

「なんでもない」スコットはいった。「いや、なにもかもがおかしい」

「あそこを見て。通りのほう」

寄り集まって立つ三人の人影が見えた。それぞれに懐中電灯を手にしている――ミシー、マイラ、ドクター・ボブだ。

「止められなかったのよ」ディアドラは車椅子をまわりこんで、寄り集まった人影が、スコットのきらめく目や汗でくっついた髪といっしょに見える正面に片膝をついた。

「止めようとしたのかい？　本当のことをいうんだ、ディーディー」スコットがそのあだ名で呼んだのはこれが初めてだった。

「そうね……まあ、あんまり」

スコットはうなずき、微笑んでいった。「お話できてよかったよ」

ディアドラは笑って、それから目を拭った。「準備はいい？」

「ああ。バックルは手伝ってもらいたいんだけど」

ハーネスを椅子の背に留めているふたつをなんとかディアドラがはずすと、スコットはすぐに膝のストラップが伸びきるところまで浮いた。これをはずすのはたいへんだった。固かったし、手が一月の寒さでかじかんでいたからだ。ディアドラは何度もスコットに触れてしまい、そのたびに全身が地表の雪から浮いて、自分の体がおもちゃのホッピングになってしまったように感じた。それでもがんばって、とうとうスコットを椅子に押さえつけている最後のストラップがゆるみはじめた。

「愛してる、スコット」ディアドラはいった。「わたしたちみんな、あなたを愛してる」

「こっちもだ」スコットはいった。「きみのいい人に、おれからのキスをひとつ贈ってくれ」

「ふたつ贈る」ディアドラは約束した。

ストラップはすぐにバックルからするすると抜けた。それで終わりだった。

スコットは椅子からゆっくりと上った。上掛けが垂れてロングスカートの裾のようになり、まるで傘をなくしたメアリー・ポピンズだなと、スコットはおかしく思った。しばらくすると風がスコットをとらえ、上昇の速度があがった。スコットは一方の手で上掛けを握り、もう一方の手で〈スカイライト〉を胸に抱えていた。上を向いたディアドラの顔がだんだん小さくなる。彼女が手を振るのが見えたが、スコットのほうは両手がふさがっていて振り返せなかった。ビュー・ドライブに立っている三人が手を振るのも見えた。懐中電灯の明かりが自分に向けられているのもわかった。高度があがるにつれ、三人がひとつに固まって見えたところも心に留めた。

風にひっくり返されそうになったせいで、転んで凍りついた芝生の上を滑稽にも郵便受けまですべり落ちたときにどうやって体をひねったか思いだしたが、上掛けを一部だけほどいて風が来るほうへ広げると、体が安定した。それも長くはつづかないだろうが、べつにかまわない。いまのところは、下にいる友人たちを見ていたいだけだった。ディアドラは芝生の上の車椅子のそばに、ほかの三人は通りにいるのが見えた。寝室の窓のそばを通りすぎると、ついたままのランプがベッドに黄色い光線を投げかけていた。箪笥の上にあるものも見えた。時計、櫛、折りたたんだ紙幣——もう触れることもないだろう。さらに高くまで昇ると、月が明るかったおかげで、屋根の傾斜に引っかかったままのフリスビーが見えた。たぶん、どこかの子供が放りあげたもので、スコットとノラがこの家を買うまえからあったのだろう。

　その子供ももう大人になったんだろうな、とスコットは思った。ニューヨークで物書きにでもなったか、サンフランシスコで溝でも掘っているか、パリで絵でも描いているだろうか。謎、謎、また謎だ。

　スコットは家から立ちのぼる蒸気をとらえた。また上昇の速度があがった。ドローンか、高度の低い飛行機から見たかのように町が広がる。メインストリート沿いやキャッスルビューの街灯が、ひもを通した真珠のようだ。ひと月まえにディアドラが明かりを灯したクリスマスツリーも見えた。ツリーは二月一日まで町の広場に残されるはずだった。

　ここは寒い、地表よりずっと寒い。しかし大丈夫だ。スコットは上掛けを離し、それが落ちていくのを見守った。落ちる途中でひらき、パラシュートになってスピードがゆるむ。重量がないわけではないが、まあ、ないも同然だ。

誰もがこういう瞬間をもつべきだ。おそらく、最後のときにはみんなそうなるのだろう。死ぬときには誰もが上昇するのだろう。

スコットは〈スカイライト〉をまえに差しだして、導火線を爪でひっかいた。何も起こらない。

くそ、この花火め。最後の食事さえろくに食べられなかったんだから、最後の願いくらい叶ったっていいのに。

スコットはもう一度ひっかいた。

「もう見えない」ミシーがいった。泣いていた。「行っちゃった。わたしたちももう――」

「待って」ディアドラがいった。スコットの家のドライブウェイの端でみなと合流していたのだ。

「なにを待つんだ?」ドクター・ボブがたずねた。

「いいから待って」

四人は待った。暗闇を見あげながら。

「ねえ、もう――」マイラがいいかけた。

「もうすこしだけ」そういいながら、ディアドラは念じていた。さあ、スコット、がんばって、ゴールはもうすぐよ。これはあなたが勝つべきレースで、あなたが切るべきゴールテープなんだから、台無しにしないで。息を詰まらせないで。しっかりして、ビッグボーイ、腕の見せどころよ。

四人の上空で輝く火花が炸裂した。赤、黄、緑。しばらくの間のあと、こんどは混じりけのない金色がほとばしり、ゆらめく滝となって降りそそぎ、降りそそぎ、また降りそそいだ。まるで終わりがないかのように。

ディアドラはミシーの手を取った。

ドクター・ボブはマイラの手を取った。

最後の金色の火花が消え、夜がふたたび闇に沈むまで、そうやって四人で空を見ていた。どこか上空の遠いところで、スコット・ケアリーは上昇をつづけていた。重力から自由になって、星々に顔を向けながら。


（*Elevation*）

（高山真由美・訳）

コロラド・キッド

最高にハードなハードボイルド、
『ゲームの名は死』の作者ダン・J・マーロウに、
賞賛をこめて本書を捧げる。

1

ウィークリー・アイランダー紙の編集部を構成している全スタッフ、すなわちこのふたりの老人からはこれ以上おもしろい話をきだせないと判断すると、ボストン・グローブ紙の記者は腕時計にちらりと目を落とし、急げば一時半のフェリーになんとか間にあいそうだといって、ふたりに時間をとってくれた礼を述べ、テーブルクロスにいくばくかの金をおいたうえ、かなり強い海風に飛ばされないよう紙幣の上に塩入れを乗せた。それから記者は、〈グレイ・ガル〉のパティオ・エリアから急ぎ足で石段を降り、ベイ・ストリートとその下に広がる小さな町にむかった。ふたりの老人にはさまれて若い女がすわっていたが、記者は女の胸におざなりな視線を数回走らせただけで、女本人にはろくに目もくれなかった。

グローブ紙の記者が立ち去ると、ヴィンス・ティーグはテーブルの反対側に手を伸ばし、塩入れの下から紙幣——二枚の五十ドル札——を手にとった。年代物だが、まだ充分に着られるツイードの上着の垂れ蓋《ぶた》つきポケットに紙幣をしまいこむとき、ヴィンスの顔はまぎれもない満足の表情をのぞかせていた。

「いったいなにをしてるんです?」ステファニー・マッキャンはたずねた。もちろんヴィンスが、当人いうところの〝きみの青二才根性〟にショックを与えるのを楽しんでいることは(じっさい、両人ともそれを楽しんでいることは)百も承知だったが、この場面にかぎれば、ステファニーは声にショックの響きがこもるのを抑えきれなかった。

「なにをしているように見える?」ヴィンスは、これまでになく満足しきった顔でいった。紙幣をしまいこんだヴィンスは、ポケットの垂れ蓋を手で撫《な》でつけ、ロブスターロールの最後のひと口を食べおえた。それから紙ナプキンで口もとを拭《ぬぐ》い、またも吹き寄せてきた一陣の潮風にさらわれかけたビニール製のロブスター料理用エプロン――グローブ紙の記者がつかっていた品――を、鮮やかな手つきでつかまえた。手は関節炎でグロテスクといえるほどねじくれていたが、いまなお力強く、動きは敏捷だった。

「ミスター・ハンラッティがわたしたちの昼食代においていったお金を、あなたがねこばばしているように見えます」ステファニーは答えた。

「なるほど、きみは鋭い目のもちぬしだね、ステフ」ヴィンスは答えを正解と認め、テーブルについているもうひとりの男に片目をつぶってみせた。もうひとりの男はデイヴ・ボウイといい、ヴィンスとほぼ同年配に見えるものの、じっさいには二十五歳も年下だった。ヴィンスにいわせれば、すべては福引きで当たった道具とおなじようなものだという――道具は壊れるまでつかいつづけるものだし、途中で必要が生じたら、あれこれ手入れもする、というわけだ。またヴィンスは、たとえ百年も生きる人間でも――というのは、本人が百年は生きたいと願っているからだ――おわりのときには、百年が夏の一日の昼さがりと変わらない長さにしか感じられないはずだ、と信じる者だった。

「でも、どうしてそんなことを？」

「もしや、わたしが〈ガル〉の勘定を踏み倒して、ヘレンに自腹を切らせるのでは、と案じているのかな？」ヴィンスはステファニーにたずねた。

「いいえ……ヘレンというのは？」

「ヘレン・ハフナー。このテーブルの給仕をしてくれた女だ」ヴィンスはあごをぐいとパティオの反対側にむけ、食器を片づけている四十がらみの太り気味の女をさし示した。「なぜかというに、ジャック・ムーディの主義だからだな。ジャックというのは、たまさかこの上等な飲食店のオーナーで、店は先代の親父さんから引きつぎ……と、この先を知りたければ話してやらぬでもないが――」

「話してください」

デイヴィッド・ボウイ――ヘレン・ハフナーの年齢をわずかに下まわるだけの歳月のあいだ、ウィークリー・アイランダー紙の編集人をつとめている男――は身を乗りだし、肉づきのいい手をステファニーの若々しく愛らしい手に重ねた。「わかってる。ヴィンスにもわかってるさ。わかってるからこそ、ヴィンスはロビン・フッドの納屋《なや》をぐるっとまわるような、もってまわった言い方をしているんだ」

「つまり、授業はもうはじまっている、と」ステファニーはにっこりと笑った。

「そのとおり」デイヴはいった。「おれたちみたいな老いぼれには、どんな特典があると思う？」

「向学心のある若者に教えを授けていれば、あとはなにもしなくていいことですね」

「ご明察」デイヴはそういうと、椅子の背もたれに寄りかかった。「それこそ特典さ」

デイヴはスーツの上着でもカジュアルな上着でもなく、古い緑のセーターを着ていた。いまは八月、海から風が吹いているとはいえステファニーには汗ばむ陽気に思えたが、ふたりの男がわずかに肌寒さを感じていることもわかっていた。デイヴの場合は、これがいささか意外だった――まだ六十五歳であり、標準体重をすくなくとも十三キロは上まわっているからだ。しかしヴィンス・ティーグは、せいぜい七十歳程度にしか見えないにもかかわらず（手がねじくれてこそいるが、どう見ても矍鑠《かくしゃく》たる七十歳だ）、じっさいには今年の初夏に九十歳を迎えたところで、鶴のような痩身だった。アイランダー紙の編集室でパートタイムの秘書をつとめているミセス・ピンダーにいわせれば、ヴィンスは〝紐のぬいぐるみ〟だ。そう口にするとき、この秘書は決まって軽蔑をたっぷりこめて鼻を鳴らした。

「この〈グレイ・ガル〉は、担当したテーブルの客が代金を踏み倒した場合、ウェイトレスが埋めあわせをするという決まりなんだよ」ヴィンスはいった。「ジャックは、働き口を求めて店にやってくるご婦人がた全員にその話をきかせてる。あとでウェイトレスが、そんな条件はきいていないと文句をつけてこないよう、予防線を張っているわけだ」

ステファニーはパティオを見わたした。もう午後一時を二十分まわっていたが、テーブルの半分はまだ埋まっていた。そのあとムース入江を見おろせるメイン・ダイニングをのぞきこむ。こちらのテーブルはあらかた埋まっていたし、五月の最終月曜日の戦歿将兵追悼記念日《メモリアル・デイ》から七月末にかけては、午後三時近くまで店の外に客の行列が絶えないこともステファニーは知っていた。言い方を変えるなら、それなりに統制のとれた大混乱の場だ。湯気をあげている茹ロブスターや蛤などの皿を運び、目のまわるような忙しさで働いているウェイトレスに、客ひとりひとりの動向を把握することを求めるのは――

「なんだか、あまり……」いいかけて、言葉が途切れた。目の前のふたりの老人は、おそらくこの国に最低賃金制度が生まれる前から新聞を発行していただろうし、ここで最後まで言葉を口にすれば、そんなふたりから一笑に付されるのではないかと思ったからだ。

「〝公平《フェア》じゃないみたいだ〟とつづけたかったんだろう？」デイヴがそっけなくいい、ロブスターロールを手にとった。バスケットに残っていた最後の一個だった。

〝公平《フェア》〟という単語は、〝フェイ・ア〟ときこえた。〝エイア〟という言葉とおおむね韻を踏んでいる。この〝そうともさ《エィア》〟というのは北部人《ヤンキー》言葉で、〝イエス〟とか〝そういうことだ〟といったような意味だ。ステファニーはオハイオ州シンシナティ出身、ウィークリー・アイランダー紙で大学院の就業体験研修《インターンシップ》のため最初にこのムース・ルッキット島にやってきたときは、絶望《ディスペアード》したといってもいい気分になった（ちなみにこの単語も、ここでは〝そうともさ《エィア》〟と韻を踏んで発音される）。七語に一語の割合でしか人の話がわからないのなら、なにをどう学べばいい？　それに、いつまでたっても、いまの言葉をくりかえしてくれと頼んでいたら、遠からず生まれついてのうつけ者《イディオット》という烙印を捺《お》されてしまうのではないか？（ついでながら、ムース・ルッキット島では、この単語は〝イジット〟と発音される）

オハイオ州立大学がさだめた大学院生のインターンシップの期間は四カ月、そのわずか四日めにしてすべてをあきらめる寸前にいたったある日の午後、デイヴがステファニーをわきに引っぱって、こういった。「あきらめちゃならんぞ、ステッフィ。なあに、わかるようになるって」その言葉どおりだった。ほぼ一夜にして、アクセントが澄みわたったような感じだった。これまでずっと耳の穴に泡が詰まっていたのに、その泡がいきなり奇跡的に〝ぽん〟とはじけて消えたかのよう。これなら、死ぬまでだってここに住める――ステファニーはそう思った――島民同様に話せる域には達しなくても、意味はわかるのでは？　そうともさ《エィア》、そんくらいならなんとかなるさ。

「ええ、〝公平《フェア》じゃない〟といいたかったんです」ステファニーは認めた。

「あいにくジャック・ムーディの辞書には、〝公平《フェア》〟という単語はないんだよ。おなじ綴りで〝快晴《フェア》〟ならあるかもしれんが」ヴィンスはそういい、まったく口調を変えずにつづけた。「そのロールを下におろしたまえ、デイヴィッド・ボウイ。おまえは太る一方だ、まちがいない。ほらほらおいで、おでぶの豚ちゃん」

「このまえ確かめたときには、あんたと結婚しちゃいなかったんだが……」デイヴはそういって、またロールをひと口かじりとった。「頭に浮かんだことをこの子に話すのなら、いちいちおれをからかわんでもよかろうに」

「生意気だろう、こいつは？　それに、口にものを入れたましゃべっちゃいけないと、だれからも教わってこなかったようじゃないか」ヴィンスはそういって椅子の背に片腕をかけた。きらきらと輝く大海原から吹き寄せる風が、細い白髪をひたいからうしろに流していった。「ステッフィ、ヘレンには十二歳から六歳まで三人の子どもがいるのに、亭主は女房を捨てて出ていったきりだ。ヘレン本人は島を出たいとは思っていないし、〈グレイ・ガル〉でウェイトレスの仕事をしていれば――それだけで――やっていける。というのも、冬のシーズンオフよりも夏のほうが少しは実入りがいいからだ。ここまでの話はわかるかな？」

「ええ、もちろん」ステファニーが答えたそのとき、話題の女性がテーブルに近づいてきた。ステファニーは、女が足を保護する効果のあるサポートパンストをはいているにもかかわらず静脈瘤《りゅう》を隠しきれていないことや、両目の下に黒い隈ができていることに目をとめた。

「ヴィンス、デイヴ」ヘレンはいい、残るひとりの愛らしい客——名前を知らない客——には軽い会釈だけですませた。「さっき、お友だちが大急ぎで店を出ていくのを見かけたわ。フェリーに乗るため？」

「ああ」デイヴは答えた。「ボストンくんだりにもどらなくちゃいけないことに気がついたらしくてね」

「そうなの？　じゃ、お皿を片づけてもいい？」

「いや、もうちょっとこのままでいい」ヴィンスはいった。「でも、手すきのときに勘定書きをもってきてくれ。子どもたちは元気かい？」

ヘレン・ハフナーは顔を曇らせた。「先週ジュードが木の上の隠れ家から落ちて、片腕の骨を折ったの。あんな大きな悲鳴をあげるなんて！　怖くて死ぬかと思っちゃった！」

ふたりの老人はしばし顔を見あわせてから……声をあわせて笑いはじめた。ふたりはすぐ正気に立ちかえって恥じいった顔を見せたし、ヴィンスはお見舞いの言葉も口にしたのだが、それでヘレンの気がおさまるでもなかった。

「そりゃ、男は笑えるでしょうよ」ヘレンは皮肉混じりの疲れた笑みを見せながら、ステファニーに話しかけた。「男はひとり残らず子ども時分に木の上の隠れ家から落っこちて腕の骨を折った経験をもってるし、自分たちがどんなちび海賊だったかを思い出すからね。でも男たちは、夜の夜中にママが起きて、痛みどめのアスピリンを飲ませてくれたことは都合よく忘れてる。じゃ、いま勘定書きをもってくる」

そういってヘレンは踵を踏んで履いているスニーカーの足をせわしなく動かして、その場を離れていった。

「ヘレンは善人だな」デイヴがいった。わずかに恥じいった顔をのぞかせるたしなみだけはあった。

「ああ、そのとおり」ヴィンスはいった。「そんなヘレンから厳しいお叱りの言葉を頂戴したとなると、非はこちらにあるのだろうな。いや、それはともかく、この昼食についての取決めの話だったな。ロブスターロール三人前、卓上スチーマーつきロブスターディナー一皿、アイスティーを四人前というこの注文がボストンあたりではどのくらいの代金になるものか、わたしは不案内でね。しかしあの記者は、この島に住むわれわれが、エコノミスト諸氏いうところの〝原産地〟に住んでいることを忘れていたにちがいないよ。だから、百ドルもおいていったんだ。しかし、ヘレンがもってきた勘定書きに五十五ドル以上の金額が書かれていたら、わたしはにっこり笑って豚にキスしてやる。ここまではわかったかな？」

「ええ、もちろん」ステファニーはいった。

「さて、グローブ紙の記者がこれにどう対処するかというなら、まずあの男は本土にもどるフェリーの船上で、ボストン・グローブ紙が社員に支給している小さな経費ノートに《昼食代金、ムース・ルッキット島、〈未解決の謎シリーズ〉取材のため》と書きつけるだろうな。あの男が正直者だったら金額欄には百ドルと書くだろうし、魂に小さな盗み心があれば百二十ドルと書き、儲けた二十ドルで恋人を映画に連れていくだろうな。話はわかるか？」

「ええ」ステファニーはそういうと、残っていたアイスティーを飲みながら軽蔑のまなざしをヴィンスにむけた。「ずいぶんひねくれた性格ですこと」

「よしてくれ。わたしがひねくれた性格だったら、百三十ドルといったはずだぞ。ああ、確実にね」ヴィンスのこの言葉にデイヴが鼻を鳴らして笑った。「どちらにしても、あの記者は百ドルおいていった。チップを二十パーセント足しても、少なくとも三十五ドルはあまる。だから、あいつがおいていった金はわたしがいただいた。ヘレンが勘定書きをもってきたら、わたしはサインをする。アイランダー紙は、この店につけがきくんでね」

「それで、チップの欄に二十パーセント以上の金額を書きこむんですね」ステファニーはいった。「ヘレンの家庭の事情に配慮して」

「そこが心得ちがいだよ」ヴィンスはいった。

「心得ちがい？　どうしてこれが心得ちがいだと？」

ヴィンスは辛抱づよい目つきでステファニーを見つめた。「どうしてだと思う？　わたしがけちだから？　北部人《ヤンキー》ならではの締まり屋だから？」

「まさか。そんなことは信じてません――それを信じるのは、〝黒人男はみんな怠け者〟とか、〝フランス男は朝から晩までセックスのことしか考えていない〟とか、その手のステロタイプな話を信じるようなものです」

「だったら、脳味噌を働かせることだ。せっかく、神様から上物の脳味噌をもらってるんだから」

ステファニーは考えをめぐらせ、ふたりの男はそんなステファニーを興味津々の顔で見つめていた。

「ヘレンに施《ほどこ》しだと思われてしまうからですね」長考のあげく、ステファニーはこう口にした。

ヴィンスとデイヴは、ともに愉快に思っている目つきで顔を見あわせた。

「なんです？」ステファニーはたずねた。

「その答えは、〝怠け者の黒人男と好色なフランス男〟の話にいささか近づいているんじゃないか？」デイヴはいった。もとからあるメイン州訛《なまり》をわざと強調し、喜劇に出てくるような母音を引き伸ばしたしゃべり方をしている。「今回は、〝誇り高き北部人女《ヤンキー》は他人の施しを頑として受けとらない〟という話になってるだけだ」

社会学の藪《やぶ》にこれまで以上に深く迷いこんでしまった気分になりながら、ステファニーはいった。「じゃ、ヘレンは受けとるんですね。自分のためではなく、子どもたちのために」

「われわれに昼食を奢《おご》ってくれた男はよそ者だ」ヴィンスはいった。「ヘレン・ハフナーの観点からいえば、遠くから来たよそ者は、金を落としていく……その……財布にすぎないんだよ」

ヘレンのためを思ってヴィンスが藪から棒に慎みぶかさを発揮したことを愉快に思いつつ、ステファニーはまわりを見まわした。最初は自分たちがすわっているパティオを、つづいてガラスごしに室内のレストラン・エリアをのぞきこむ。そこに見えた光景に、ステファニーは興味をかきたてられた。オープンカフェ・スタイルのパティオで潮風に吹かれている客の多くは——ほぼすべての客といっても過言ではない——地元民だったし、パティオの給仕をしているウェイトレスの大多数も島の者だった。室内のテーブルについているのはいわゆる〝非島民〟であり、その一時滞在者に給仕をしているのは、もっと若いウェイトレスたちだった。若いうえに、もっと愛らしい、よそ者のウェイトレス。夏の臨時アルバイト。その瞬間、ステファニーには事情が飲みこめた。そもそも社会学者の帽子をかぶったのが心得ちがいだった。真相はもっと単純だった。

「この〈グレイ・ガル〉では、ウェイトレスたちが全員でチップを分配しているのでは？」ステファニーはたずねた。「それが理由でしょう？」

ヴィンスは拳銃のように指をステファニーに突きつけて、ひとことこういった。「大正解《ビンゴ》」

「それで、どうするんです？」

「どうするかって？」ヴィンスは答えた。「勘定書きには十五パーセントのチップを書き添えてサインをし、グローブ紙の記者がおいていった金から四十ドルをヘレンのポケットに入れてやるんだ。ヘレンはその金をそっくり自分のものにできるし、うちの社の懐《ふところ》は痛まん。おまけにアメリカ政府《アンクル・サム》は、最初から知りもしないことで頭を痛めはしないという寸法だ」

「それがアメリカン・ビジネスの流儀さ」デイヴが重々しく合いの手をいれた。

「これのなにが気にいっているか、わかるか？」ヴィンス・ティーグはそういいながら、顔をめぐらせて太陽にむけた。まぶしい日ざしに両目を細めると、顔の皮膚に一千もの皺がいきなり出現したように見えた。皺のせいでヴィンスが年齢相応の顔になることはなかったが、八十歳にまで老けこませはした。

「いいえ。答えは？」ステファニーは楽しい気分でたずねた。

「乾燥機のなかの服みたいに、金がぐるぐるまわるのが好きなんだよ。そのようすを見ているのが好きなんだ。しかも今回は、ようやく乾燥機がとまれば、人々が本当に金を必要としている場所、つまりここ、ムース・ルッキット島に金が落ち着くわけでね。おまけにきょうは、都会者がわれわれの昼食代を払っていっただけでなく、手ぶらで歩いて帰っていったという仕上げのひと筆つきだ」

「むしろ、走っていったというべきかな」デイヴがいった。「ほら、船に乗り遅れちゃならないとね。エドナ・セント・ヴィンセント・ミレーの詩を思い出したよ。『わたしたちは疲労困憊し、わたしたちは楽しく夢中、夜が白むまで渡し船《フェリー》に乗って行ったり来たり』という一節だ。まあ、正確ではないだろうが、当たらずといえどもなんとやらだ」

「あの記者はそんなに楽しく夢中でもなかったが、つぎの目的地についたときには疲労困憊しているだろうさ」ヴィンスがいった。「マダワスカに行くとかいってたように思うぞ。あの町に行けば、未解決の謎のふたつや三つは見つかるだろうよ。ところで、なんであんなところに住みたがる者がいるんだ？　デイヴ、ひとつ教えてくれ」

このふたりの老人のあいだにはテレパシーがある、ごく大雑把なものかもしれないが本物のテレパシーがある、とステファニーは信じていた。このムース・ルッキット島に来てからまもなく三カ月だが、そのあいだにも数回の実例を目にしていたし、いままた実例を目撃した。担当のウェイトレスが、勘定書きを手にまたテーブルに近づいてくるところだった。デイヴはウェイトレスに背中をむけていた。しかしヴィンスが近づく女の姿を目にすると、年下のデイヴはアイランダー紙の発行人の望みを正確に察した。ズボンの尻ポケットに手を伸ばして財布をとりだすと、二枚の紙幣を抜きとって折りたたみ、テーブルの反対側まで滑らせたのだ。ヘレンがやってきたのは、その一瞬あとだった。ヴィンスは、指のねじくれた片手で勘定書きを受けとりながら、反対の手でヘレンが着ているお仕着せのスカートのポケットに二枚の紙幣を滑りこませた。

「ごちそうになったね、ダーリン」ヴィンスはいった。

「デザートはいらない？」ヘレンはたずねた。「マック特製のチョコレート・チェリー・ケーキがある。メニューには出てないけど少し残ってるの」

「わたしは遠慮するよ。ステッフィ、きみは？」

ステファニーはかぶりをふった。デイヴ・ボウイも――いささか残念そうな顔を見せつつも――やはり頭を左右にふって断わった。

ヘレンはヴィンス・ティーグに、厳格な判断の目つきという好意で（これが適切な表現であるならば）むくいた。「少しくらい太ってもいいんじゃないの、ヴィンス？」

「ジャック・スプラットとその女房なんだよ、わたしとデイヴはね」ヴィンスは晴れやかな口調で、マザー・グースに出てくる痩《や》せた亭主と太った女房にひっかけた答えを返した。

「たしかに《エイア》」ヘレンはちらりとステファニーに目をむけた。疲れた目の片方が一瞬だけ閉ざされ、驚くほど気だてのいいユーモアのこもったウインクを送ってきた。「名コンビのもとで修行しているのね、お嬢さん」

「ほんとに名コンビです」ステファニーはいった。

「そうよ。ここの修行がおわったら、あとはニューヨーク・タイムズ紙まで一直線ね」ヘレンはそういいながら皿を手にとり、「残りの食器はまたあとで片づけにくるわ」といい添えて、テーブルから離れていった。

「あの人、ポケットに四十ドルがはいっているのを見つけたら――」ステファニーはいった。「――だれが入れたのかもわかるでしょうか?」

そういってふたたびパティオに目を走らせる。ざっと二十人ばかりの客がコーヒーやアイスティーや午後のビールを飲み、メニューには載っていないチョコレート・チェリー・ケーキを食べていた。全員が全員、ウェイトレスのポケットにこっそり四十ドルを滑りこませる懐のもちぬしには見えないまでも、そう見える者も何人かはいた。

「まあ、わかるだろうよ」ヴィンスはいった。「だが、ひとつ教えてくれるか、ステッフィ?」

「ええ、わたしでわかることなら」

「ヘレンにその人物の名前がわからなかったら、あの行為は違法な利益供与にあたるかな?」

「なにをおっしゃりたいのか、わたしには――」

「わかっているくせに」ヴィンスはいった。「さあ、新聞社に帰るとするか。ニュースは待っちゃくれないぞ」

2

これこそステファニーがウィークリー・アイランダー紙でいちばん気にいっている点だったし、かれこれ三カ月ももっぱら広告原稿を書いて過ごしたいまもなお、その魅力は衰えることがなかった――よく晴れた日の午後なら、デスクから六歩ほど歩くだけで、メイン州沿岸のすばらしい景観が楽しめる、という点だ。海峡を見はるかす屋根つきのデッキに出ていって、納屋に似た新聞社の建物の幅だけ歩けばいい。なるほど、魚と海草のにおいが空気に混じっているのは事実だが、どのみちムース・ルッキット島では、なにもかもおなじにおいがする。慣れるしかないとステファニーが観念したとたん、すばらしいことが起こった。鼻がこのにおいを無視すると、においはいったん消え、そののちふたたび、ありとあらゆるところに姿をあらわした。こうして二回めに気づいたときには、このにおいがたまらなく好きになっていたのだ。

晴れわたった午後（たとえば八月もおわりに近いきょうのような午後）ともなれば、海峡のティノック側にある人家や桟橋や漁船のすべてが、まばゆく浮きあがって見えてくる。ディーゼルエンジン用の軽油ポンプの側面にある《SUNOCO《スノコ》》という石油会社のロゴも、鱈《たら》漁に従事する一家の大黒柱である漁師の船に書かれた《リーリー・ベット》という船名も見てとれた。漁船は季節の変わり目を迎え、汚れを掻《か》きとって塗装をやりなおすために浜に引きあげられていた。また《プレストンズ・バー》という看板の下、ごみだらけの板ばり屋根で釣りをしている、ショートパンツと袖を切り落としたペイトリオッツのロゴいりジャージ姿の少年も見えたし、百軒はあろうかという村の建物のブリキ屋根が太陽の光を反射してよこす千ものウインクも見えた。そしてティノック村（とはいいながら、じっさいにはかなりの規模の町）とムース・ルッキット島のあいだに横たわって日ざしにきらめいているのは、ステファニーが見たこともないほど青い海だ。こんな天気の日にはついつい、どうすれば中西部に帰る気になれるだろうか……いや、はたして帰れるものだろうか、と考えてしまう。また、霧が海峡にはいりこんできて本土のすべてが消滅させられたかに見える日、霧笛の物悲しいむせび泣きが太古の巨獣の声のように寄せては返していくような日には……そう、ステファニーはこのときもおなじことを考えた。

《気をつけるにこしたことはないぞ、ステッフィ》ある日、近づいてきたデイヴにそういわれたことがある。そのときステファニーは膝に黄色い法律用箋をおいて、デッキにすわっていた。用紙にはコラム〈芸術あれやこれや〉の原稿が、ステファニーの特徴である左に傾いた大きな文字で書きつけてあった。《島暮らしってやつは、気がつかないうちに人の血に忍びこんでくるぞ。ひとたび感染したら、マラリアみたいなもので、そ

う簡単に出ていっちゃくれないんだ》

そしていま照明のスイッチを入れてから（太陽が反対側にむかって沈みはじめ、細長い編集室が暗くなりかけたからだ）、ステファニーはデスクについて、頼りになる黄色の法律用箋を手にとった。いちばん最初のページには、〈芸術あれやこれや〉の新しい回の原稿が書かれていた。この新作も、これまでに提出した半ダースほどのコラム原稿と差し替えてもかまわない内容だったが、それでも原稿を見ていると否定しがたい愛着の念が湧いてきた。なんといっても、自分の文章だ。自分の作品であり、お金をもらって書いている文章である。しかもステファニーは、アイランダー紙の配達区域（かなりの広範囲にわたっている）にいる人々全員が、自分のコラムを読んでいるはずだと信じて疑わなかった。

ヴィンスは自分のデスクについて、低くはあるが耳にきこえる程度の声でぶつぶつとしゃべっていた。ヴィンスが最初は左に、つぎは右に体をひねると、かん高いきしみ音が響いてきた。本人によれば〝背骨のずれ直し〟とのこと。デイヴはいつも、そのうち〝背骨のずれ直し〟をしているさなかにヴィンスが首から下の全身麻痺になるぞと話しているが、当のヴィンスには格別その可能性を心配しているふしはなかった。そしていまヴィンスがコンピューターの電源を入れていると、新聞社の編集人が近づいてきてデスクのへりに腰をおろして爪楊子をとりだし、上の歯をせせりはじめた。

「さて、どんな記事を書くのかな？」デイヴは、コンピューターの起動を待っているヴィンスにたずねた。「火事か？　洪水？　地震？　それとも大衆の革命？」

「そうさな、手はじめにエレン・ダンウッディの車のサイドブレーキがはずれて、そのままビーチ・レーンの消火栓を押し倒してしまった話だな。それを仕上げてウォーミングアップがすんだら、図書館についての社説を書きなおすつもりだよ」ヴィンスはそういって、拳《こぶし》の関節をぽきぽきと鳴らした。

デイヴはヴィンスのデスクという自分の止まり木から、ステファニーに視線をむけた。「最初は背骨で、おつぎは手の関節だぞ。あとは、あばら骨で〈痩せっぽちの骨鳴らし〉ができるようになったら、びっくり人間としてテレビの《アメリカン・アイドル》のオーディションを受けさせてやれるのに」

「批評家精神をつねに忘れないんだな」ヴィンスは愛想よくいいながら、コンピューターが立ちあがるのを待っていた。「それにしても、ステフ、こいつは話があべこべだと思わないか？　もう九十歳、棺桶に片足を突っこんでいるような年寄りのわたしが最新型のマッキントッシュをつかっている。きみは二十二歳の別嬪《べっぴん》さん、摘みたての桃のようにぴちぴちしていながら……ヴィクトリア朝の恋愛小説に出てくる年寄りのメイドでもあるまいに、黄色い法律用箋に手書きで原稿を書いているんだからな」

「黄色い法律用箋は、ヴィクトリア女王の時代にはまだ製造されていなかったと思いますよ」

ステファニーはそういって、デスクの上の書類をぱらぱらとめくっていった。六月に、ムース・ルッキット島とウィークリー・アイランダー紙の編集室に初めてやってきたときあてがわれたのは、部屋の隅のいちばん小さな――小学校の机より若干大きいだけの――デスクだった。七月なかばになると、部屋の中央にある大きめのデスクに昇格させてもらえた。うれしかった。しかしデスクが広くなれば、それだけいろいろな品物が消えやすくなる。いまもステファニーはあちこちさがして、ようやく鮮やかなピンク色のちらしを見つけだした。

「ガーナード農場で年一回、夏のおわりにひらかれる、この干し草ピクニックと青空パーティーとダンスの会――ちなみに今年の出演はジョナ・ジェイとストロー・ヒル・ボーイズ――ですけど、どちらか、この催しの収益がどこの団体にはいるのかをご存じじゃありません？」ステファニーはふたりにたずねた。

「主催団体は、サム・ガーナードとその女房と五人の子ども、それに一家に金を貸している何人かの連中だね」ヴィンスがそういうと同時に、コンピューターから電子音があがった。「前々からいおうと思っていたんだがね、ステフ、きみが書いたあのちょっとしたコラム、あれはすばらしい出来だぞ」

「ああ、そのとおり」デイヴが同意した。「読者からの手紙だって二十通ばかり来ていたっけ。けなしていたのは一通だけ。それも〈メイン州の文法の女王〉と名高いミセス・エディナ・スティーンの手紙だし、あの女は頭が完璧にいかれてる」

「フルーツポンチなみのいかれぽんちさ」ヴィンスがうなずいていった。

ステファニーは微笑み、子ども時代を卒業したあとでこんな気分を感じるのは、どれほど珍しいことなのだろうか、と思った――瑕《きず》ひとつない完全無欠の幸せな気分を。

「ありがとう。ありがとうございます」ふたりにそういってから言葉をつづける。「ちょっとおうかがいしたい話があるんです。おたずねしてもいいですか?」

ヴィンスが椅子をぐるりとまわして、ステファニーにむきなおった。「なんの話だって大歓迎だよ。ミセス・ダンウッディと消火栓の件から気をそらさせてくれる話ならね」

「おれも請求書をつくる仕事から逃げられる口実になるなら大歓迎さ」デイヴがいった。「といっても、すっかりおわらせるまでは帰れないんだが」

「まだその書類仕事を優先させてやってないのか!」ヴィンスがいった。「何度いえばわかる?」

「あんたはそう簡単にいうけどね」デイヴがいいかえした。「どうせここ十年ばかり、アイランダー紙の小切手帳をもち歩いたことはおろか、中身に目を通したことだって一回もないくせに」

ふたりが昔ながらの口論というわき道にそれることを――および、自分が引きこまれてわき道にそらされてしまうことも――断じて許すまい、とステファニーは肚《はら》をくった。「お黙りなさい、ふたりとも」

ふたりは驚きに口をつぐみ、じっとステファニーを見つめてきた。

「デイヴ、あなたがグローブ紙のハンラッティ記者に話したところによれば、あなたとヴィンスのふたりはアイランダー紙でいっしょに、かれこれ四十年間も仕事をしているということで——」

「そうともさ——」

「——で、あなたが仕事をはじめたのは一九四八年ですね、ヴィンス？」

「そのとおり」ヴィンスは答えた。「当時、一九四八年の夏まではウィークリー・ショッパー＆トレーディング・ポストという名前の週刊新聞でね。島のあちこちのスーパーマーケットや本土のもっと大きな店で配付されるフリーペーパーだった。わたしもまだ若くて強情、しかもとんでもなくツイてもいた。ちょうどそのころ、ティノックとハンコックで大きな火事が立てつづけに起こってね。火事は……いや、その火事が新聞をつくったわけじゃない、そんなことは口が裂けてもいうものか——とはいえ、そのおりに新聞をつくった者もいないではないが——とにかくその火事で、幸先のいい旗揚げができたことは事実だね。一九四八年の夏ほど広告がたくさんとれたのは、そのあとようやく五六年になってからだ」

「ということは、おふたりはかれこれ五十年以上もこの仕事をやっていることになります。それなのに、これまで未解決の謎に行きあたったことが一回もないと？　ほんとうですか？」

デイヴ・ボウイがショックを顔にのぞかせた。「そんなことはいっとらんぞ！」

「なんたる不謹慎。きみだってあの場にいたではないか」ヴィンスも負けじと憤慨した顔でそういった。

それからしばらくは、ふたりともその表情をなんとかたもっていた。しかしステファニー・マッキャンがジョン・フォード監督の西部劇に出てくる女教師なみにしかつめらしい顔でふたりを交互に見つめるうち、どちらもこらえきれなくなった。最初にヴィンス・ティーグの唇の片隅がわななきはじめ、つづいてデイヴ・ボウイの目もとがひくひくしはじめた。そのままだったら、ふたりとも巧《うま》く切り抜けられたかもしれない。しかし、ふたりは顔を見あわせるというミスをおかした。その一瞬後、ふたりは世界最高齢の悪ガキふたり組よろしく馬鹿笑いをしていた。

3

「あの男にプリティ・リサ号の話をしたのはあんたじゃないか」デイヴはようやく落ち着きをとりもどすと、そうヴィンスに話しかけた。プリティ・リサ・キャボット号は一九二〇年代にとなりの島、スマック島の海岸に打ちあげられた漁船だ。前部船倉にひとりの乗組員が死んで横たわっていたが、残る五人の乗組員の姿はなかった。「あのハンラッティという記者、このあたりの沿岸地帯を行ったり来たりしているあいだに、あの話を何回きかされたと思う？」

「さあ、知らんね。そんなことをいうのなら、あの記者がここに来るまでに何カ所で取材してきたかを知ってるのか？」ヴィンスがいいかえし、その一瞬後、老人ふたりはまたも声をあわせて大笑いしはじめた。ヴィンスは骨ばった膝を両手でくりかえし叩き、デイヴはむっちりした太腿の横を手で強く叩いていた。

ステファニーは渋面でふたりを見つめていた――いや、怒っていたわけではないし、といって自分も愉快な思いをしていたわけでもない（いや……多少は）。ただ、ふたりが腹の皮がよじれるほど大笑いしている理由を見さだめようとしていただけだった。個人的には、プリティ・リサ・キャボット号にまつわる話だけでも、全八回におよぶシリーズ記事――そのタイトルは、じゃーん、《ニューイングランドの未解決の謎》――の一回分として充分なネタに思えた。しかしステファニーは、愚か者でもなければ感性の鈍い女でもない。ハンラッティ記者が、あの話では記事にするには不充分だと考えていたことは十二分に察しとっていた。それに……そう、あのときの記者の顔つきから、こんなことも察しとっていた。グローブ紙の経費でボストンからムース・ルッキット島のあいだの沿岸地帯をあちこち取材するあいだ、あの記者は以前にもおなじ話をきいたにちがいない。それも、おそらく二度、三度と。

ステファニーがこうした考えを口にすると、ヴィンスとデイヴのふたりはうなずいていた。

「そうともよ」デイヴはいった。「ハンラッティはよそ者だが、だからって、怠け者や愚か者とはかぎらん。プリティ・リサ号の謎は、もうずっと前から広く知られていた――カナダから密造酒を運んでいた、やたらに拳銃の引金を引きたがる密輸業者どもが謎を解く鍵だろうが、いまとなっては真相は永遠に藪のなかだ。とにかくあの話は、ヤンキー誌とダウンイースト誌の両方はいうまでもなく、それ以外にもざっと半ダースばかりの本にも書いてある。それだけじゃない。なあ、ヴィンス。たしか、当のグローブ紙だって――？」

ヴィンスはしきりにうなずいていた。「たぶん。七年前、ことによると九年前だったか。日曜版の付録に掲載されていたよ。いや、ひょっとするとプロヴィデンス・ジャーナル紙だったかもしれん。フリーポートの街のあちこちにモルモン教徒が突如として出現し、氷河の置き土産であるメイン砂漠に地雷を仕掛けようとしたとかいう件、あれを記事にしたのがポートランド・サンデイ・テレグラム紙だったことは確かなんだが……」

「それに一九五二年の沿岸地帯の怪光現象の話は、ほぼ毎年ハロウィンの時期になると新聞で大々的に書き立てられるな」デイヴがうれしそうな声でいいたした。「UFO関連のウェブサイトはいうにおよばずだ」

「それから、タシュモアで起こった教会ピクニックの毒殺事件については、去年どこかの女性が本にまとめたではないか」ヴィンスはそう話をしめくくった。これは昼食の席でふたりがグローブ紙の記者にむかって、最後に投げ与えた〝未解決の謎〟だった。これをきかされるなり、ハンラッティ記者は一時半のフェリーに乗る決意を固めたが、ある意味ではそれも無理からぬことだった、とステファニーは感じていた。

「つまり、おふたりはあの記者をかついでいたんですね。つかい古された話ばかりをきかせて、あの人をからかっていたんです」ステファニーはいった。

「滅相《めっそう》もない！」ヴィンスはいった。今回ばかりは本物のショックを感じている声だった（《まあ、本物かもしれないけど》ステファニーはそう思った）。「記者に披露した話は、どれをとっても——われわれが住むこの島さえ含めた——ニューイングランド沿岸地帯の正真正銘《ボナ・ファイド》の未解決の謎にちがいないよ」

「なに、おれたちが教えてやる前に、あの男がどの話も知っていたとは断言できないしな」デイヴが理づめでいった。「ただし、すっかり知っていたとしたって、おれたちには意外でもなんでもないが」

「たしかに」ヴィンスはうなずいた。両目がきらきらと輝いていた。「愛《いと》しき老いたる栗毛さん、わたしもその意見には賛成するしかないよ。しかし、おかげでわれわれは旨い昼食にありつけただろう？　それに金がぐるぐると回転したのち、あるべき場所におさまった現場を目にもした……金の一部がちゃんとヘレン・ハフナーのポケットにはいっていったではないか」

「それで、あなたたちが知っているその手の話は、あれですっかりおしまい？　これまでに何冊もの本や大手の新聞で、それこそぐずぐずになるまで嚙み砕かれた話しか知らないと？」

ヴィンスは長年の相棒であるデイヴを見やった。「わたしはそんなことをいったかな？」

「いいや」デイヴは答えた。「おれも、そんなことはいった覚えがないぞ」

「だったら、おふたりはほかにどんな未解決の謎を知っているんですか？　どうしてそれをあの記者に話さなかったんです？」

ふたりの老人は目と目を見かわした。ステファニー・マッキャンはこのときも、テレパシーが働いていることを感じた。ヴィンスがかすかにあごを動かして、ドアを示した。デイヴが立ちあがって、この細長い部屋で照明が明るく照らしている半分の側を横切っていき（暗い側の半分には、すっかり時代遅れになって、もう七年以上も動かされたことのないオフセット印刷機の巨体がうずくまっていた）、ドアにかかっていた《営業中》のプレートを裏返して《準備中》の側を表示させてから引き返してきた。

「社を閉めるんですか？　こんな昼日なかに？」ステファニーはたずねた。声には出ていなかったかもしれないが、内心ではかすかな動揺をおぼえていた。

「ニュースをたずさえてきた訪問者ならノックするだろうよ」ヴィンスはいった。「いたって当然の話だ。大ニュースだったら、ドアを打ち破ってでもはいってくるさ」

「ダウンタウンで火事があれば、サイレンの音がきこえるしな」デイヴが口をはさんだ。「さあ、デッキに出ていこうじゃないか、ステッフィ。八月の夕暮れを見のがす手はないぞ——あっという間に暗くなってしまうからね」

ステファニーはまずデイヴを見つめてから、目をヴィンス・ティーグにむけた。当年九十歳だが、頭の切れ具合は四十五歳のころとくらべてなんら遜色ない。ステファニーは確信をもった。

「授業開始ですか？」と、ふたりにたずねる。

「正解」ヴィンスはいった。その顔にはまだ微笑が浮かんでいたが、ヴィンスが真剣であることをステファニーは察した。「われわれ老いぼれには、どんな特典があると思う？」

「向学心のある若者に教えを授けていれば、あとはなにもしなくていいことです」

「そうともさ。さて、きみにはなにかを学びたいという向学心があるかね？」

「あります」ステファニーは、内心で奇妙にも落ち着かないものを感じていながら、打てば響くように答えていた。

「だったら、外に出てすわりたまえ」ヴィンスはいった。「外に出ていって、しばらく腰をすえていることだ」

ステファニーはその言葉に従った。

4

日ざしは暖かく、空気は涼しく、そよ風は甘い磯の香りと、鐘やクラクションや打ち寄せる波の音をはらんでいた。ここにきてわずか数週間で、ステファニーがたまらなく好きになった物音だった。ふたりの男はステファニーの左右にすわった。ステファニーは知らなかったが、ふたりはおなじことを思っていた――《老いぼれが美女をはさんでいるわけか》と。その思いに、うしろ暗いところはなかった。ふたりとも、自分たちの意図が完全にまっとうであることを承知していたからだ。ふたりともステファニーが仕事にどれほど優秀で、どれほど向学心に燃えているのかを理解してもいた。知識に貪欲な愛らしい者を前にすれば、人はだれしも教えたい気持ちに駆られるものだ。

「さてと」三人が腰を落ち着けると、ヴィンスが口をひらいた。「われわれが昼食の席でハンラッティ記者に教えてやった話を考えてみるといい――リサ・キャボット号の事件、沿岸地帯の怪光現象、さまよえるモルモン教徒の一件、そして迷宮入りになったタシュモアの教会ピクニック毒殺事件の話。そのうえで、このすべてになにが共通しているのかを教えてくれないか」

「どれも未解決です」

「もうちょっと頭をつかえんものかな、かわい子ちゃん」デイヴがいった。「おれをがっかりさせるもんじゃない」

ちらりとデイヴを見やったステファニーは、これが決して冗談ではないことを見てとった。そもそもハンラッティが昼食に大盤ぶるまいをした理由をちょっと考えてみれば、火を見るよりも明らかではないか。グローブ紙が九月からハロウィンにかけて、八回のシリーズ記事を掲載するからだ（謎めいた実話を充分なだけ仕入れられたら十回シリーズになるかもしれない、とはハンラッティの言）。「どの話も飽きるほどくりかえされているという点ですね」

「少しはましな答えだな」ヴィンスはいった。「しかし、まだまだ突破口にはほど遠いぞ。こう考えてみたまえ、若いの。その手の話は、なぜ飽きるほどくりかえされているのか？　なぜニューイングランドの新聞は最低でも年に一回、沿岸地帯の怪光現象の話を――それも半世紀も前に撮影されたピンぼけ写真の束とともども――引っぱりだしてくるのか？　どうして、ヤンキー誌やコースト誌といったこの地方の雑誌は、年一回かならずクレイトン・リグズかエレン・ファーガスンにインタビューしている？　あれだけを見ると、ふたりがいきなり絹のズボンをはいた悪魔みたいに飛びあがって、まったくの新事実を明かしだすと思いこんでいるみたいじゃないか」

「そのふたりの名前には、心あたりがないんですけど……」ステファニーはいった。

ヴィンスが自分の後頭部を平手でぴしゃりと叩いた。「これはしたり、このざる頭にもほどがある。きみが遠くから来たよそ者だということを、しじゅう忘れてしまうんだから」

「それは誉め言葉と受けとったほうがいいでしょうか？」

「ああ、かまわん。いや、そう受けとるべきだ。クレイトン・リグズとエレン・ファーガスンとは、あの日タシュモア湖でアイスコーヒーを飲みながら命拾いした、ふたりきりの生存者なんだよ。エレン・ファーガスンのほうは無事だったが、リグズは左半身麻痺という後遺症に苦しんでる」

「それは気の毒に。で、新聞や雑誌はそのふたりにインタビューしつづけていると？」

「そうともさ。事件発生から十五年、人の半分しか脳味噌のない手あいですら容疑者逮捕など金輪際ありえないことはわかってるはずだ――湖畔で八人が毒を盛られて、六人が死んだあの事件でね。それなのにファーガスンとリグズのふたりはいまなお、マスコミに登場しては年々衰えゆく姿をさらしている。《あの日なにが起こったか？》だの《湖畔の惨劇》だの……まあ、きみにも想像はつくだろう。人々がくりかえしききたがるたぐいの話のひとつというにすぎない。『赤ずきんちゃん』とか、『三びきのやぎのがらがらどん』とおなじだ。問題は……なぜなのかという点だ」

しかしステファニーは、話を一足飛びに進ませた。「まだなにかあるんですね？　ハンラッティ記者にきかせていない話が。どんな話なんです？」

ふたりはまたしても、例の視線をかわしていた。しかし今回ステファニーには、ふたりの視線にどんな思いがこめられていたのかがさっぱりわからなかった。三人は、いずれもおなじローンチェアに腰かけており、ステファニーは自分がすわる椅子の肘かけに腕を載せていた。デイヴが手を伸ばしてきて、ステファニーの片手を軽く叩いた。「おまえさんになら、話してもかまわんさ。そうだろう、ヴィンス？」

「ああ、かまわないとも」ヴィンスがそういって笑顔で太陽を見あげると、ふたたびあのたくさんの皺が出現した。

「しかし、フェリーに乗ろうと思ったら、舵取り《かじと》りにお茶を奢らなくてはならん。この歌詞をきいたことは？」

「どこかで」ステファニーがそのとき考えていたのは、屋根裏部屋にしまってあった母親の古いLPレコードだった。

「オーケイ」デイヴはいった。「では、質問に答えてもらおうかな。ハンラッティがあの手の話をもうききたくないと思ったのは、いいかげん書き古されて、ぼろぼろになっていたからだった。どうしてそんなことになったと？」

ステファニーは考えをめぐらせ、このときもふたりはそのままにまかせていた。このときもふたりは、考えをめぐらせるステファニーを見て楽しんでいたのだ。

「こういうことですね」しばらくして、ステファニーは口をひらいた。「人は冬の夜長に一、二回ほど背すじをぞくりとさせてくれる話が好きなんです。照明が明るくて、煖《だん》炉《ろ》に暖かな火が燃えさかっていればなおさら。つまり、ええ、未解決の謎がある話を」

「では、ひとつの話には未解決の謎がいくつある?」ヴィンス・ティーグがたずねた。やさしげな声音だったが、眼光は鋭かった。

ステファニーは教会ピクニックの毒殺事件を思いつつ、口をひらいて《もっとも多い場合でも六つ》と答えかけ——また口を閉ざした。あの日タシュモア湖の湖畔では、六人が死亡した。しかし、その全員の命を奪ったのはひと山の毒物であり、毒を盛った犯人はひとりだろう、とステファニーは見当をつけた。沿岸にいくつの怪光が見られたのかは知らないが、人々がそれをひとつの現象ととらえていることはまちがいない。となれば——

「ひとつですか?」ステファニーは、クイズ番組《ジェパディ!》で最終問題を答える挑戦者になった気分でそういった。「ひとつの話につき、未解決の謎はひとつですね?」

ヴィンスがステファニーに指を突きつけ、これまで見せたためしのない満面の笑みを浮かべた。ステファニーは肩の力を抜いた。ここは本物の学校ではないし、たとえ答えをしくじったところで、ふたりの男から好かれなくなることはない。それでも気がつくとステファニーは、ふたりを喜ばせたくなっていた。こんな気持ちになったのは、ハイスクールやカレッジで最高の教師たちと出会い、彼らを喜ばせたいと思ったときだけだった。教師と生徒の関係に本腰で取りくんでいた教師たち。

「もうひとつ、人々がそれぞれの話のどこかの部分で、なにかを〝そうにちがいない〟

と心から信じているはずだ、ということもあるな」デイヴがいった。「プリティ・リサ号の話の場合にはこうだ。あの船がスマック島のディングル・ヌークのすぐ南の磯に打ちあげられたのは、一九二六年で――」

「二七年」ヴィンスがいった。

「はいはい、お利口さん、わかりましたよ、二七年だ。で、そのとき船内にいたのはシオドア・リポノーひとりきり。でも、もう息はまったくなかったし、それ以外の五人の乗組員は影も形もなかった。血痕もなかったし、揉みあった形跡もなかったが、それでも人々はこういった。海賊に襲われたに〝ちがいない〟とね。そこから、漁船の乗組員たちが宝の地図を見つけて、埋まっていた金銀財宝を見つけだしたものの、宝を守っていた連中が盗まれた品を奪い返し、宝のありかだのなんだのを知ってしまった乗組員を残らずさらっていった――という話が生まれたんだ」

「あるいは、乗組員同士で喧嘩になったという説もある」ヴィンスがいった。「これも昔から、プリティ・リサ号がらみの話では人気のある説だよ。要点をいうならば、人々が口にするような話、人々がききたがるような話はあれこれあれど、ハンラッティだって馬鹿じゃないから、陳腐《ちんぷ》な話の焼き直しでは編集長が納得しないことも見えていた、ということさ」

「だけど、あと十年もすれば話は変わってくるかもな」デイヴがいった。「遅かれ早かれ、あらゆる古いものが新しくなる。ステッフィ、おまえさんには信じてもらえないかもしれないが、これはまぎれもない真実だ」

「いいえ、信じてます」ステファニーは答えて、こんなことを思った。《舵取りにお茶を、って、アル・スチュアート？　それともキャット・スティーヴンス？》

「沿岸地帯の怪光現象の場合はこうだな」ヴィンスがいった。「あれがなぜ、あそこまで人々に人気を博しているのか、その理由を教えてあげよう。怪光現象の写真がある――といっても、たまさか円盤そっくりの形に寄りあつまって低く垂れこめた雲の下側に、エルズワースの街の灯が反射していただけだろうね。で、写真ではこの雲の下に、リトル・リーグのハンコック・ランバーのチームメイトがあつまって、空を見あげてる姿が写っている。全員がユニフォーム姿だ」

「で、少年のひとりがグローブで空を指さしてる」デイヴがつづけた。「これが仕上げのひと筆だ。それで写真を見た人は口をそろえて、『そうとも、これは宇宙からやってきた連中に〝ちがいない〟。ちょっとばかり地面近くまで降下してきて、偉大なるアメリカ野球を見物にきたんだ』というんだよ。でも、これはいまなお真相が謎のままになってる事件のひとつだ。しかも、ああだこうだと論じあうにうってつけの写真という材料までそろってる。だから、人々はなんどでもこの話を蒸しかえすわけだね」

「しかし、ボストン・グローブ紙は蒸しかえさない」ヴィンスはいった。「いやまあ、ネタがあつまらずに窮したら、記事にするかもしれないね」

ふたりの男は、いかにも旧友同士のように、のびのびと声をあわせて笑っていた。

「さて」ヴィンスがいった。「われわれも、ひとつふたつは未解決の謎を知っているかもしれないし――」

「もうそんなことにはこだわりたくない」デイヴがいった。「おれたちが確実に知っている話がひとつあるじゃないか。だけど、あの話にはひとつも〝ちがいない〟って部分がないし――」

「いや……ステーキがあるぞ」ヴィンスはいったが、その口調は心もとなげだった。

「ああ、そうともさ。でも、それですら謎じゃないか？」デイヴはいった。

「たしかに」ヴィンスは答えた。その口調は前ほどのびやかではなくなっていたし、見れば表情もおなじように変化していた。

「話がよくわからないんですが」ステファニーはいった。

「そうともさ。コロラド・キッドの話はわからないことだらけだ」ヴィンスはいった。

「だからこそボストン・グローブ紙むけの話じゃない。わかるかな。そもそも不可解な謎が多すぎる。〝ちがいない〟という部分がひとつもないことも理由だ」そういってヴィンスは身を乗りだし、北部人《ヤンキー》ならではの澄んだブルーの瞳でステファニーを見すえた。「きみは新聞記者になりたいんだろう？」

「ええ、ご存じのとおりです」ステファニーは驚いて答えた。

「だったら、ここで秘密を――男女問わず、多少の経験を積んだ新聞記者ならたいてい知っている秘密をひとつ教えてやろう。現実世界では本物の物語――つまり、はじまりがあって中間があって、結末がちゃんとあるような物語は、ごくごく少ないか、まったく存在しない、ということだよ。しかし、読者に不可解な謎をひとつ（あるいは、せいぜいふたつ）提供したら、そこにいるデイヴ・ボウイがいった〝ちがいない〟要素を記事に蹴《け》りいれてみたまえ。そうすれば、あとは読者が自分に物語を語るんだ。いやはや、驚くべきことだとは思わないか？

教会ピクニックの毒殺事件を例にとろう。あれだけの死者を出した犯人の正体はだれにもわからない。ただし、わかっていることもある。タシュモア・メソジスト教会の事務職員だったローダ・パークスと、おなじくメソジスト教会の牧師だったウィリアム・ブレイキーのふたりが、毒殺事件発生に先だつ半年前、短期間ながら交際していたということだ。ちなみにブレイキー牧師には妻があり、ローダ・パークスとの交際を断ち切った。ここまではわかったかな？」

「ええ」ステファニーはいった。

「さらに、こういう事実もわかっている。ローダ・パークスは牧師との別れで――少なくともしばらくのあいだは――意気銷沈《しょうちん》していた。妹がそう話していたんだ。わかっている事実の三番めはなんだと思う？　ローダ・パークスとウィリアム・ブレイキーのどちらもがピクニックで毒いりアイスコーヒーを飲み、ともに死亡したという事実だ。さて、この事件には、どんな〝ちがいない〟要素があると思う？　命がけですばやく答えてみたまえ、ステッフィ」

「ローダは捨てられたことを恨みに思って元恋人の牧師を殺そうと思い、アイスコーヒーに毒を盛り、さらにそれを自分で飲んで自殺をくわだてたにちがいありません。それ以外の四人の犠牲者——および具合がわるくなったものの命拾いをしたふたり——は、なんといいましたっけ……そう、軍事用語でいう付随的損害《コラテラル・ダメージ》ですね」

ヴィンスは指をぱちりと鳴らした。「そうとも。それこそ、人々が勝手につくりあげた物語だったんだよ。新聞や雑誌は、いっぺんだってそんな話を活字で発表したりしなかった。必要がなかったからだ。ほうっておいても、読者が勝手に点を線でつなぐと見こしていたんだよ。では、この説への反論は？　今回も命がけだと思ってすばやく答えてみたまえ」

しかしながら、今回ステファニーは賭けるべき命を罰金として没収されてしまった。というのも、反論をひとつも思いつけなかったからだ。意見をいえるほど事件のことをくわしく知らないとステファニーが口にしかけたとき、デイヴが立ちあがってポーチの手すりに近づき、海峡ごしに見えるティノックの街の方角に視線を投げつつ、落ち着いた声でいった。「じっと待っているには、半年はいささか長すぎるとは思わないかな？」

ステファニーはいった。「復讐は冷めてこそ美味なる料理——そんな言葉がありませんでしたっけ？」

「あったとも」デイヴは、あいかわらず穏やかそのものの声音だった。「しかし六人もの人間を殺すとなると、これはもう復讐の枠にはおさまらん。復讐だったとは考えられないといってるんじゃない――復讐でなかったとしてもおかしくないだ、といっているだけだ。沿岸地帯の怪光現象が、雲に反射した光だったとしてもおかしくないのとおなじ……いや、空軍の連中がバンゴア基地から打ちあげた、なにやら秘密のしろものだったとしてもおかしくないのとおなじ……いやいや、いっそこういってもいい――あれは本物のちっちゃな緑色の宇宙人で、ハンコック・ランバーの少年選手たちがティノック・アートボディの連中を相手にダブルプレーができるかどうかを見るため、ちょっとばかり地上に接近したのかもしれない、というのとおなじことだ、とね」

「ほとんどの場合、人々が勝手に物語をつくりあげ、それをくりかえすんだ」ヴィンスはいった。「未解決の要素がたったひとつにとどまっているかぎり、それも簡単だな――ひとりの毒殺者、ひとそろいの正体不明の光、乗組員があらかた姿を消して帰ってきた一艘の漁船。ところが、コロラド・キッドがらみの話になると、いくつもの未解決の要素しかない。だから、物語は生まれなかった」ヴィンスはいったん言葉を切った。「たとえるなら、煖炉からいきなり列車が飛びだしてきたとか、ある朝いきなり自宅のドライブウェイのまんなかに、何頭分もの馬の生首がずらりとならんでいたとか、そんなようなものだ。いや、そこまで派手じゃなかったよ。しかし、奇妙さでは一歩もひけをとるものじゃない。しかも、その手の話は……」ヴィンスはかぶりをふった。「ステッフィ、その手の話は人々のお気に召さないんだよ。人々はそんな話を求めてはいない。海岸に打ち寄せて砕けていくさまを見ているぶんには波はきれいだが、波が多すぎると人は船酔いを起こすんだ」

ステファニーは光の煌《きら》めく海峡に視線を投げ――たくさんの波が立っていたが、きょうは大きな波はひとつもなかった――いまの言葉に無言で思いめぐらせた。

「それだけじゃないんだな、これが」ややあって、デイヴがいい添えた。

「というと？」ステファニーはたずねた。

「これはおれたちの話なんだ」デイヴはいった。驚くほど力のこもった声で。まるで怒っているみたいだ、とステファニーは思った。「グローブ紙の記者――よそ者の男――あいつではこの話をずたずたに切り裂くのがおちだ。なにひとつ理解できないに決まってる」

「あなたは理解していると？」ステファニーはたずねた。

「いいや」デイヴはそういって、また椅子に腰をおろした。「ついでにいえば、理解する必要なんかない。ことコロラド・キッドにかんするかぎり、おれはイエスを産んだあとの聖母マリアみたいなもんさ。ほら、聖書にこんなような一節があるだろう？『しかし、マリアはこれらのことをすべて心に留《と》めて、思い巡らしていた』とな。謎を前にしたら、この流儀が最善という場合もある」

「でも、わたしには話してくれますね？」

「なにをいう、決まってるじゃないか！」デイヴは、意外な言葉に驚いているかのような声を出した。それればかりか、半分眠りかけていたところから急に目覚めたかのような雰囲気も――いくぶん――あった。「おまえさんは、おれたちの仲間なんだぞ。なあ、そうだろう、ヴィンス?」

「そうともさ」ヴィンスはいった。「きみはもう、夏至の前後に試験に合格してる」

「ほんとに?」このときもまた、ステファニーはふいに幸せを感じた。「どうやって? どんな試験だったんです?」

ヴィンスは頭を左右にふって、「それは明かせん。ある時点を境として、きみがふさわしい人間だと思えてきた、ということ以外にはね」といい、デイヴに目をむけた。デイヴはうなずいた。ヴィンスはまたステファニーに目をもどした。「さて、と。昼食の席では明かさなかった話をしようか。ほかならぬ、われわれ自身の未解決の謎。コロラド・キッドの物語を」

5

しかし、じっさいに話しはじめたのはデイヴだった。

「いまから二十五年前」デイヴはいった。「一九八〇年のことだ。この島に朝七時半のフェリーではなく、わざわざ六時半のフェリーに乗っていたふたりの若者がいた。ふたりとも、ベイヴュー統合ハイスクールの陸上部員。片や男子部員、もうひとりはその彼女だった。冬がおわると——このあたりの沿岸地帯では、内陸部ほど冬は長くないんだよ——ふたりは島を横断するジョギングをしていた。ハンモック・ビーチにそって走ってメイン・ストリートまで行き、ベイ・ストリートに出て、町営の船着き場までね。話が見えてるかな、ステッフィ？」

　見えていた。この話のロマンスも見えていた。ただし見えていなかったこともある。〝男子部員とその彼女〟が、海峡をフェリーで横断してティノックに到着したあと、なにをしていたのかだ。いまムース・ルッキット島にいる十人ばかりのハイスクールに通う年齢の生徒たちのほぼ全員が、七時半のフェリーに乗船していることは知っていた。彼ら若者たちは舵取り——ハービー・ゴッスリンかマーシー・ラガッセのどちらか——に定期券をわたして乗船する。古いレーザー式の読み取り機《リーダー》が定期券のバーコードにウインクして、乗船を記録するからだ。ティノック側に到着すれば、スクールバスが彼らを待っており、約四・八キロの道のりを走ってベイヴュー統合ハイスクール《BCHS》にまで連れていく。ステファニーは、ふたりの陸上選手はそのバスを待っていたのかとたずねた。

　しかし、デイヴは笑顔でかぶりをふった。

「大はずれ。本土にわたってからも走ってたんだよ。手はつないじゃいなかったが、なに、つないでいるも同然だったな。いつもならんで走ってた。ジョニー・グレイヴリンとナンシー・アルノー。二年のあいだ、ふたりは離れがたき恋人たちだった」

ステファニーは椅子のなかで背すじを伸ばしてすわりなおした。ステファニーが知っているジョン・グレイヴリンという男は、ムース・ルッキット島の町長だ。だれにでも愛想のいい言葉をふりまく社交的な男で、州都オーガスタにある州上院の議席を片目で虎視眈々《こしたんたん》とうかがっている。髪の生えぎわは後退しつつあり、腹まわりは膨張の一途。ステファニーは、グレイヴリンがグレイハウンドのように走っている姿を――海峡のこちら側の島では毎日三キロ以上を、本土にわたってからも毎日さらに五キロ弱も走っている姿を――想像しようとしたが、どうにも無理だった。

「どうかな、話がずいぶん見えてきたか?」ヴィンスがたずねた。

「いいえ」ステファニーは素直に認めた。

「それもそうだ。きみはいま、サッカー選手でマイル競走の選手、金曜の夜はたちのわるい悪戯にはげみ、土曜の夜は彼氏になるジョニー・グレイヴリンを、いまのジョン・グレイヴリン町長と重ねて見ろといわれているのだからね。町長は、たまさかこの島という小さな池に一匹しかいない政界のひきがえるだ。ベイ・ストリートを行ったり来たり、だれかれかまわず握手をかわし、口の片側からこれ見よがしに金歯を光らせつつ、だれであろうと会った相手におべんちゃら、人の名前はぜったい忘れず、どこの誰兵衛がフォードのピックアップに乗っていて、親父の代からのぽんこつ同然になったインターナショナル・ハーヴェスターにいまも乗っているのは誰兵衛と、そこまでちゃんと覚えてる。昔々の一九四〇年代に、小さな町の政界のてんやわんやをテーマにした映画があったが、まさにあの映画からそのまんま抜けだしてきたような政治家のパロディ同然の男だが、田舎者の悲しさ、自分じゃとんとご存じない。あと一回ジャンプすればいい——絵本じゃないが、〝さあ跳べ、やれ跳べ、ひきがえる〟だな——それでオーガスタという池の睡蓮の葉にたどりつく。目はしがきけば、そこでやめるだろうが、もう一回ジャンプしようとしたら、叩きつぶされるのがおちだな」

「そこまでひねくれなくても……」ステファニーはいったが、いまの描写への若者らしい賞賛がその声になかったといったら嘘になる。

ヴィンスは骨ばった肩をすくめた。「おやおや、このわたしにしてからが型にはまった人間なものでね。ただしわたしがいう映画とは、ワイシャツにアームバンドをつけて、おでこに目庇《まびさし》をかぶった新聞記者が、ラスト近くになって『輪転機をとめろ！』と叫ぶ映画だよ。ともあれわたしがいいたかったのは、この話のころのジョニーがいまとはちがう人間だったということだ——羽根ペンのようにスリムで、水銀のようなすばやい身ごなしの若者だったんだ。あのころのジョニーを見たら、きみだって神のごとき男前だというだろうな——ただし、不幸にも出っ歯だったがね。歯を矯正したのは、そのあとのことだ。

それからナンシー……ああ、ぴちぴちの小さな赤いショートパンツ姿のナンシーときたら……まぎれもなく女神だったね」ヴィンスはいったん言葉を切った。「そう、十七歳の女の子の大半の例に洩れずだよ」

「そろそろ、そっち方面の妄想から這いでてきたらどうだ？」デイヴがいった。

ヴィンスはびっくりした顔を見せた。「まさか。そんな気はこれっぽっちもないとも。妄想じゃない、空想だ」

「ものはいいようだな」デイヴはいった。「まあ、ナンシーが目だつ美人だったことは、おれも認めるにやぶさかじゃない。たしかジョニーより、背が四、五センチ高かったんじゃなかったか。ハイスクールの三年生の春にふたりが別れた理由は、ま、そのあたりにあるのかも。だけどその前、八〇年にはふたりはあつあつのカップルで、島では毎日いっしょに走ってフェリーに乗り、ティノックに着けば、ベイヴュー・ヒルを走って登ってハイスクールに通ってた。ナンシーがいつジョニーの子を孕《はら》むのかをねたにした賭けがあったくらいでね。でも、妊娠することはなかった。ジョニーが根っからの堅物だったか、さもなくばナンシーがすこぶる用心ぶかかったかだ」ジョニーが言葉に間をおいた。「いや、ふたりが当時の島のおおかたの若者よりも、ちょいとばかり知恵者だっただけかもしれん」

「ジョギングが秘訣《ひけつ》だったのかもしれんぞ」ヴィンスが賢者の口調でいった。

ステファニーは口をはさんだ。「お願いですから、ふたりとも寄り道しないで本題にもどってください」

ふたりの男は声をあげて笑った。

「では本題だ」デイヴがいった。「一九八〇年のある日の朝のこと——四月だったはずだが――このふたりはハンモック・ビーチにひとりの男がすわっているのを見つけた。ほら、町はずれの海岸だよ」

いわれずともステファニーはそのビーチをよく知っていた。夏の観光客でいくぶんにぎわいすぎだとはいえ、美しい場所だ。九月の第一月曜日の労働者の日《レイバー・デイ》を過ぎたら、どんなようすになるのかは想像できなかったが、現物を目にする機会はあるはずだ。インターンシップの期間は十月五日までだからだ。

「いや、〝すわっていた〟というのは正確じゃないな」デイヴは自分の言葉を訂正した。「あとからふたりは、男が〝半分伸びていた〟と語ったんだ。男は海岸のあちこちにある屑《くず》かごのひとつによりかかっていたんだよ。ほら、台座が砂に埋めてあって、強風でも吹き飛ばされないようになってる屑かごだ。しかし男が寄りかかってたんで、屑かごはこんな具合に傾いてた。ちょうど……」デイヴは片手を垂直に立ててから、傾けてみせた。

「ちょうど、ピサの斜塔のように」ステファニーがいった。

「まさにそのとおり。おまけに男は、早朝にふさわしい服装じゃなかった。寒暖計の針は摂氏五度を指してはいたが、海風が吹きつけていたから摂氏一度にさえ感じられる寒さだった。それなのにくだんの御仁は、しゃれたグレイのスラックスに白いワイシャツという姿だった。足にはローファー。上着もコートもなし。手袋もしてなかった。

ふたりの若者は、その場であれこれ話しあったりしなかった。ふたりはすぐに駆けよって男の無事を確かめようとして……これまたすぐに、無事どころではないことを見てとった。あとになってジョニーは、顔をひと目見るなり男が死んでいるとわかったと話し、ナンシーもおなじことをいっていたが、もちろんふたりとも男の死を認めたくはなかった——おまえさんだってそう思うだろう？　確かめもしないで認めたくはないと？」

「ええ」ステファニーは答えた。

「男はただそこに腰をおろしていただけ（いや、半分伸びたようになっていただけ）。片手は腿の上においてあって、もう一方の手——右手——は砂の上だった。顔は蠟《ろう》をひいたみたいにまっ白だったが、左右の頰だけには小さな紫色の斑点があった。男は目を閉じていた。ナンシーは、男の瞼《まぶた》が青っぽくなっていたと話してる。唇も青ざめていた。また男の首は、ナンシーの言を借りれば、腫れているように見えた。サンディブロンドの髪は短めのスタイルだったが、そんなに短くはなかった——風が吹くと髪の毛がかすかにひたいをなぶっていく程度で、このときはほとんど絶え間なく風が吹いていたんだ。

ナンシーは男に話しかけた。『すいません、寝てるんですか？　寝てるのなら、起きたほうがいいですよ』

ジョニー・グレイヴリンはいった。『この人は寝てるんじゃないよ。それに、ただ気をうしなってるだけでもない。ほら、息をしてないじゃないか』

あとになってナンシーは、息をしていないことは自分も見ただけでわかったが、信じたくなかった、と話してる。それも当たり前だろうさ、かわいそうに。だからナンシーはこう答えた。『息をしてるのかもしれないし、寝てるだけかもしれないよ。息をしてても、見ただけじゃわかんないこともあるし。この人を揺さぶって、起きるかどうか確かめてよ、ジョニー』

　ジョニーはそんなことをしたくはなかった。でも、ガールフレンドの前で臆病者みたいにふるまうのも気がすすまなかった。それでジョニーは、手を下へむけ――何年もあとになって〈ブレイカーズ〉で一、二杯飲んだときに打ち明けてくれたが、このときジョニーは自分に活を入れてようやく手を動かしたそうだ――男の肩を揺さぶった。肩をつかんだその瞬間、確信がもてた、とジョニーは話していたよ。本物の人間の肩をつかんだという気がまるでしなかった、彫刻の肩をつかんだような感じだった、とね。それでも一応ジョニーは肩を揺さぶって、こう話しかけた。『おおい、起きろ、目を覚ませ――』それにつづけて、〝いますぐ《ダイ・ライト》〟というつもりだったんだが、場合が場合だもんで〝死ぬ《ダイ》〟という単語は縁起でもないと思いかえし（そのころから、政治家らしい考え方をしていたんだな）、こんな決まり文句を口にした。『目を覚まして現実を見つめるんだ！』

　ジョニーは男を二回揺さぶった。最初のときは、なにも起こらなかった。二回めに揺さぶったとき、男の頭がごろりとめぐって左の肩に落ちた――ジョニーが揺さぶっていたのは右の肩だった。男はそのまま、寄りかかっていた屑かごから体を滑らせ、横向きに倒れた。頭が砂地に落ちて、どすんと鈍い音をたてた。ナンシーは悲鳴をあげ、精いっぱいの速さで道路まで駆けもどった……そりゃもう、本当に速かったはずだ。ナンシーが道路で足をとめたからよかったが、そうでなかったらジョニーはベイ・ストリートのとっつきまでナンシーを追いかける羽目になったかもしれん……いやいや、それどころかAドックまで行っても不思議はない。とはいえナンシーは足をとめ、追いついたジョニーは両の腕でナンシーを抱きしめた。命ある人間の体を腕に感じられて、あれほどうれしかったことはないと、そうあいつは話していたな。死んだ男の肩の感触は、どうしたって忘れられるものじゃない、白いワイシャツの下に木の彫刻があるような、あの感触は忘れられないと、そうも話していたよ」

デイヴは唐突にここで話をいったん打ち切ると、椅子から立ちあがった。

「冷蔵庫からコカ・コーラをもってくるよ。のどがからからだし、これは話せば長くなるからな。ほかにコーラを飲みたい者は？」

ほかのふたりもコーラを飲みたがっていることがわかった。この場で歓待されているのはステファニーなので――〝歓待〟なる言葉がふさわしいかどうかはともかく――飲み物をとりにいくことにした。ステファニーがもどると、ふたりの老人はともにポーチの手すりの手前に立って、海峡と、遠くその先に見えている本土に目をむけていた。ステファニーはふたりのもとに近づいて、幅のある手すりの上にブリキのトレイをおき、飲み物をくばった。

「さて、どこまで話したかな？」たっぷりとコーラを飲んでから、デイヴはそういった。

「そんなこと、きかないでも知っているくせに」ヴィンスがいった。「われらが未来の町長閣下とナンシー・アルノーが……ときにナンシーがいまどこにいるのかはわからないが、カリフォルニアあたりだろうな。優秀な人間は決まって、パスポートがいらない範囲で、この島からできるかぎり遠く離れた地に落ち着くみたいだ。で、話はふたりがハンモック・ビーチで死せるコロラド・キッドを見つけたところまでさ」

「そうだった。それで……ジョニーがまず最寄りの公衆電話に駆けつけて――公共図書館の外にある公衆電話だろうな――ジョージ・ウォーノスに電話をかけてくるといった。当時ムース・ルッキット島の保安官だった男さ（とうの昔に天国に行ったよ――心臓でね）。ナンシーはこれになんの異論もなかったが、その前に〝あの男〟に元どおりのすわった姿勢をとらせるようジョニーにいったんだ。そう、ナンシーはかならず〝あの男〟といっていた。ぜったいに〝死んだ男〟とか〝死体〟という言い方はせず、決まって〝あの男〟といっていたっけ。

ジョニーはこういった。『いろいろ勝手に動かしたら、警察の大目玉を食うんじゃないかな』

ナンシーは答えた。『でも、あなたはもうあの男を動かしたでしょ。だから、あの男をまた元どおりにしてあげてほしいだけ』

これにジョニーはこう答えた。『肩を揺さぶったのは、きみがそうしろといったからだぞ』

この答えに、ナンシーはこう応じた。『お願いよ、ジョニー。あの人があんな格好をしてるところには、とても目をむけられないの。ううん、あんな格好をしてるところを考えるだけでも耐えられない……』そういってナンシーは泣きだした。いうまでもない、涙が話しあいに決着をつけた。ジョニーは死体のところへ引き返した。死体は屑かごの横で、あいかわらず腰を曲げてすわった姿勢をとってはいたさ——ただしそのときには、左のほっぺを砂に押しつけていたがな。

〈ブレイカーズ〉で飲んだ夜、ジョニーはおれにこんな話をした。ナンシーがあの場で見まもり、自分をあてにしてくれていたからできたが、そうでなかったら頼まれたこともできなかった、とね。嘘じゃないと思う。男という生き物は、まわりにだれもいなければ一瞬で背中をむけて逃げだすたぐいの仕事でも、女の頼みならやるものだ。たとえ酒に酔っていて、おまけに悪友連中からけしかけられても、やはり十回のうち九回は退散するたぐいの仕事でもだ。ジョニーは、砂地に横たわっている男に近づけば近づくほど——すわっているといっても、じっさいには見えない椅子に腰かけているような、横向きに転がって膝をあげた姿勢だ——男がいきなり目をかっと見ひらいて自分につかみかかってくるにちがいないという思いが、ますます強まってきた、と話してた。頭では男が死んでいるとわかっていたが、それもこの気分を払拭《ふっしょく》してくれなかったどころか、その思いをますます強めただけだった、ともね。それでも最後にはジョニーは気力をふりしぼり、男のもとにたどりついて木彫りの肩に手をかけ、斜めに傾いた屑かごに寄りかかってすわる体勢にもどしてやった。頭のなかでは、屑かごが押し倒されて大きな音をたてるに決まってる、そうなったらぜったいに自分は悲鳴をあげる、と思いこんでいたとのことだ。しかし屑かごは倒れず、ジョニーも悲鳴をあげなかった。ステッフィ、おれの個人的な考えだが、人間というのは哀れな生き物で、いつも決まって最悪の事態が起こると思いこむ回路が頭に組みこまれちゃいるが、最悪の事態はめったに起こらない。だけどそう思っていれば、ちょっとみじめなことになっても、まずまずだと思えるようになる——それどころか、いいことにも思えるわけで、それでこそ人間は生きていけるわけだな」

「本気でそう考えてます？」

「もちろんだとも！　で……ジョニーはその場を離れかけ、そのとき砂地にタバコの箱が落ちているのに気がついた。最悪の事態が過ぎ去って、みじめなだけの事態にいたっていたせいなのかどうなのか、ジョニーにはタバコの箱を拾いあげることができたし——それどころか、州警察の調べで包装のセロハンから自分の指紋が見つかった場合にそなえ、自分の行動をジョージ・ウォーノスに忘れずに話しておくこと、と自分に念を押しつつ——拾った箱を死んだ男の白いワイシャツの胸ポケットにもどすことさえやってのけた。それからジョニーは、立っているナンシーのもとに引き返した。ナンシーは両腕でBCHSのウォームアップ・ジャケットを着た自分の体を抱きしめ、踊るように片足ずつ踏みかえていた。小さなショートパンツのせいで寒かったんだろうな。もちろん、ナンシーがふるえていたのは寒さのせいばかりじゃなかったはずだ。

ともあれ、ナンシーもそういつまでも寒さを感じてはいなかった。ふたりで走って公共図書館にむかったからだ。ストップウォッチをもった人間がその場にいれば、ハーフマイル競走の新記録か、それに近い数字を出していたと思うぞ。ナンシーのウォームアップ・ジャケットのポケットには小さな小銭いれがあって、二十五セント硬貨がいっぱいあった。ジョージ・ウォーノスに電話をかけたのはナンシーだった。ジョージは、ちょうど着替えて出勤するところだった――〈ウエスタン・オート〉の自動車整備工場のオーナーでもあってね。そのころ工場があった場所では、当節は教会のご婦人方がバザーをひらいてる」

ステファニーはうなずいた。〈芸術あれやこれや〉のコラムでバザーのいくつかを取材したことがあった。

「ジョージはナンシーに、男が死んでいるのは確かかとたずねた。ナンシーはイエスと答えた。それからジョージは、電話をジョニーに替わってくれといい、おなじ質問をした。ジョニーもイエスと答えた。つづいてジョニーは自分が男の体を揺さぶったことや、男の体が木のように硬直していることを話した。さらに男が倒れたいきさつや、そのときにポケットからタバコの箱が転がり落ちたこと、その箱を自分がポケットにもどしたことなどを話した。ジョニーはてっきりジョージから大目玉を食うものと思っていたが、そんなことはなかった。だれひとり、ジョニーに大目玉を食わせたりはしなかった。テレビのミステリー番組とは大ちがいだろう？」

「それほどちがわないわ」ステファニーはいった。これまでの話に、昔見た《ジェシカおばさんの事件簿》のあるエピソードをわずかに連想していたのも事実だったからだ。材料として、話を先に進めているこの手の会話しかなかったら、アンジェラ・ランズベリーが登場して快刀乱麻を断つごとく事件の謎を解決することはありそうもない……ただし、何者かが多少は捜査を進めたことはまちがいなかった。少なくとも、死んだ男がどこから来たのかだけはわかったのだから。

「ジョージはジョニーに、ナンシーといっしょに急いでビーチにもどり、自分の到着を待つようにいったんだ」デイヴはいった。「だれも現場に近づかないように確実を期しておけ、とね。ジョニーはわかった、と答えた。さらにジョージはこういった。『ジョン、きみたちが七時半のフェリーに乗れなかったら、わたしがきみとガールフレンドのために遅延証明書を発行してもいいぞ』とね。ジョニーは、そんなことはこれっぽっちも心配していないと答えた。それからジョニーとナンシー・アルノーは、ハンモック・ビーチに引き返した。ただし今回はさっきのように全力疾走はせず、ただジョギングをしていっただけだった」

その理由はステファニーにも察せられた。ハンモック・ビーチからムース・ルッキット町のはずれまでは下り坂だ。この坂道を走って引き返すのは骨が折れる――アドレナリンをほぼつかいきった状態で走らざるをえないとなれば、なおさら苦労させられるだろう。

「そのあいだジョージ・ウォーノスは、ビーチ・レーンの自宅にいたロビンスン医師に電話をかけた」ヴィンスはそういって間をおき、回想に笑みをのぞかせた。いや、たんに劇的効果を狙っただけかもしれない。「ジョージがつぎに電話をかけたのが、このわたしだ」

6

「島に一カ所きりの公営海水浴場で殺人の被害者の死体が見つかり、島の法執行機関の担当者が地元新聞の発行人に電話をかけたんですか？」ステファニーはたずねた。「なんとまあ――ほんとに《ジェシカおばさんの事件簿》とは大ちがい」

「メイン州沿岸地帯の人々の暮らしが、《ジェシカおばさんの事件簿》に似ることはめったにないんでね」デイヴが、とっておきの冷ややかな口調でいった。「それに当時から、おれたちはいまのおれたちとおんなじ感じだったんだよ、ステッフィ。とくに夏の観光客が引きあげていって、われわれ島民だけになるとね――そう、みんなで団結するんだ。だからって、なにかロマンティックなものが生まれるわけじゃない。ある種の……どういえばいいか……太陽政策とでも呼んでもらおうか。知っておくべき情報をはなから全員に行きわたらせていれば、無駄なおしゃべりの大部分は省けるわけさ。それに殺人！　法執行機関！　おいおい、おまえさんはちょいと先走っちゃいないか？」

「その点は大目に見てやれ」ヴィンスがいった。「ステファニーの頭にその手の考えを植えつけたのは、ほかならぬわれわれ自身だ。タシュモアでの毒いりコーヒー事件のことを話してね。ステッフィ、クリス・ロビンスンは、わたしのふたりの子どもをとりあげた医者だ。わがふたりめの妻――ジョアンが死んだ六年後に再婚したアーレットは、もともとロビンスン一家と親交があったし、クリスの兄のヘンリーとは学校がいっしょで、デートもした仲だった。デイヴがいったとおりだけど、実利以上のものもあるんだ」

ヴィンスはコーラ（ヴィンス本人はこれを〝ヤク〟と呼んでいた）のグラスを手すりにおき、大きく広げた手のひらを顔の左右両側にかかげた。この動作がステファニーの目には魅力的で、人の怒りを和らげる効果をもっているように見えていた。《わたしはなにひとつ隠しごとをしていないよ》と語る動作だった。

「われわれは、内輪の仲よし集団なんだ。昔からずっとそうだったし、これからもずっとそうだと思う。というのも、われわれの人数はこれ以上増えっこないんだから」

「ありがとう、神さまといいたいよ」デイヴがうなるようにいった。「クソいまいましい〈ウォルマート〉がないんだから。いや、汚い言葉で失敬、ステッフィ」

ステファニーは微笑み、これを許すという意味の言葉を返した。

「ともあれ」ヴィンスはいった。「殺人という単語は、いったん棚あげにしてもらいたい。そうしてもらえるか？」

「はい」

「最後には殺人という単語を完全にテーブルから追いはらうこともできず、かといってテーブルにもどすこともできないことが、きみにもわかると思う。コロラド・キッドがらみでは、じつに多くのことがそんな感じなんだ。だからこそ、ボストン・グローブ紙にはふさわしくない。ヤンキー誌やダウンイースト誌やコースト誌はいわずもがなさ。それをいうなら、ウィークリー・アイランダー紙にだってふさわしくない。いや、当然この話は紙面で報じたとも。われわれは新聞人、報道こそわれらが仕事だ——かくいうわたしも、エレン・ダンウッディと消火栓の件の記事を考えないといけないし、もちろん、腎臓移植手術のために——それまで命がもったらの話——ボストンへ行く予定のレスター少年の件もある。きみは当然ながら、ガーナード農場で夏のおわりにひらかれる干し草ピクニックとダンスの会について、人々に知らせる義務があるのではないかな」

「青空パーティーを忘れてますよ」ステファニーは低い声でつぶやいた。「どんなパイでも食べ放題――人々が知りたがるのはそういったことですから」

ふたりの男は笑い声をあげた。デイヴにいたっては両手でどんどんと胸を叩いて、ステファニーが――島民の表現にならうなら――〝巧《うま》いことをいった〟と示した。

「ああ、そうともさ！」ヴィンスが笑顔のまま同意した。「しかし、ときには事件が起こりもする――ふたりのハイスクールの生徒が朝のランニングの最中、町でもいちばん美しいビーチに死体があるのを発見するような事件がね。そうすると、人は心中でこう思う。『ここには物語が秘められているはずだ』と。ただの報道、つまり〝いつ〟〝どこ〟で、〝なに〟が〝どうして〟〝どうなった〟かという点だけじゃない、物語があるにちがいないというわけだ――しかしそのあとで、物語など存在していないことが判明する。そこには、真に解決できない謎をとりまく、相互に無関係な事実がどっさりあるだけだ。そして読者はそんなものを欲しがらない。不安にさせられるからだ。あまりにも多すぎる波だな。人々は船酔いを起こしてしまうんだ」

「アーメン」デイヴがいった。「さあ、いっそ残りの部分も話したらどうだ？　あまりにもあたりがまだ多少明るいうちに」

ヴィンス・ティーグはその言葉に従った。

「われわれは、ほぼ最初の時点から立ちあっていた——〝われわれ〟というのは、デイヴとわたし、すなわちウィークリー・アイランダー紙のことだよ。しかし、ジョージ・ウォーノスから紙面に掲載しないでくれといわれたことは掲載しなかった。それで気がとがめることもなかったな。この件には島全体の生活に影響する要素がひとつもなかったからだ。これは新聞関係者がしじゅうくだしている判断の一種でね、ステッフィ。いずれはきみもそうした判断をするようになるし、おいおい慣れもするだろうよ。あとはただ、判断をくだすことに決して安住してしまわないよう肝に銘じておくことが大事だな。

7

さて、ふたりの若者は現場に引き返し、死体ガードマンの仕事についた。といっても、ガードマンとしての仕事はほとんどなかった。ジョージとドク・ロビンスンが到着するまでに、ふたりの若者が目にした車はたった四台。四台が四台とも町を目ざしていたし、ハンモック・ビーチの狭い駐車場のそばで、ひとつところをまわってジョギングをしたり、ストレッチをしたりしている十代の若者ふたりを目にしても、車のスピードを落とした運転者はひとりもいなかった。

ジョージとドクは現場に到着すると、ジョニーとナンシーを本来の目的地にむかわせた。ふたりはこの時点で、物語の舞台を去った。そこは人のつね、好奇心にかられてはいたが、それでもふたりは立ち去れて、ほっとしていたと見てまちがいはない。ジョージがフォードを駐車場に入れ、ドクは商売道具の鞄をつかんで、ふたりは男が小さな屑かごにもたれてすわっているところに近づいた。男の体はまた少し片側にかしいでいた。ドクは手はじめに男の体を引っぱって、まっすぐすわる姿勢にもどした。

『死んでいるのかい、ドク？』ジョージがいった。

『そりゃもう。死後少なくとも四時間はたってる。いや、おそらく六時間以上は経過しているな』ドクはそういった（ちなみにわたしがジョージのフォードのとなりのスペースに自分のシボレーを入れたのは、ちょうどこのときだった）。『板っ切れみたいに硬くなってる。死後硬直《リゴー・モーティス》だよ』

『じゃ、こいつは……そうだな……真夜中すぎからここにいたということか？』ジョージはたずねた。

『なにもわからん以上、去年の労働者の日《レイバー・デイ》からこっち、ずっとここにいたとしても不思議はないね』ドクは答えた。『しかし、ひとつだけ断言できることがある。この男は、きょうの夜中の二時には死んでいたということさ。その根拠は死後硬直だ。おそらく真夜中の十二時には死んでいたと見ていいだろうが、その手のことはあいにく専門じゃない。海から潮風が強く吹きつけていたのなら、そのせいで死後硬直がはじまる時間に影響が出たことも考えられるし――』

『いや、ゆうべは風は吹いていなかったな』と、わたしはここで口をはさんで会話にくわわった。『教会の鐘の内側みたいに凪いでいたよ』

『いやはや、余計な口をはさまんでくれ』ドク・ロビンスンはいった。『それとも、おまえさんが死亡時刻をきっちり判定してくれるのか、ジミー・オルセンさん』

『まさか』スーパーマンの親友の新聞記者ならぬわたしはそう答えた。『先生におまかせします』

『わたしは郡の監察医にまかせようと思っているよ』ドクはいった。『ティノックにいるカスカートにね。州は知識にもとづく腑《ふ》わけをさせるため、あの男に年間一万一千ドルの追加手当てを出してる。はばかりながらいわせてもらえば、充分な額とはいえんが、人の意見は十人十色。わたしはただの一般医で、専門医じゃない。しかし……ああ、そうともさ……この男は夜中の二時には死んでいた。その程度はいえるとも。月が沈んだときには死んでいたね』

そのあと一分ばかり、われわれ三人は弔問客よろしく、男を見おろしたまま黙って立っていた。時と場合によっては、一分間が恐ろしく短くなる。しかし、このような場合には、とてつもなく長い時間になる。いまでも、あのときの風の音を覚えているよ――まだ弱い風だったが、それでも東風がだんだん強くなっていた。風がそっちの方角から吹き寄せるときに島の本土側にいると、風の音がたとえようもなく寂しい響きになって――」

「知ってます」ステファニーは静かにいった。「梟《ふくろう》の鳴き声のようになりますね」

ふたりの男はうなずいた。これが冬になると、その風の音がときに身の毛もよだつような音になる――愛する人に先立たれた女の泣き叫ぶ声そっくりに。そのことをステファニーは知らないが、あえて教える理由もなかった。

「それからしばらくして――まあ、話の継ぎ穂をさがしていただけだろうが――ジョージがドクに、死んだ男は何歳ぐらいだと思うかという質問をした。『そう思わんか、ヴィンセント？』」

『まあ、だいたい四十歳、プラスマイナス五歳というところかな』ドクは答えた。『そう思わんか、ヴィンセント？』

わたしはうなずいた。四十歳というのは適切な見立てに思え、それからふと、四十歳で死ぬなんて災難もいいところだ、さぞや無念だっただろう、という思いが頭をかすめた。それに男にとっては、いちばん年齢のわかりにくい年代でもある。

そのときだった。ドクがなにかを目にとめて興味を引かれ、片膝を地面につくと（かなり太っていたから、これは並大抵のことじゃなかった――当時ドクの体重は百三十キロ近くあったはずだが、身長はせいぜい百七十七、八センチ程度だったからね）、死んだ男の右手、すなわち砂地に落ちていたほうの手をとりあげた。指がわずかに曲がっていた。のぞきこめる筒をつくっている途中で死んだみたいにね。ドクが手をもちあげると、指の内側にわずかながら砂粒がへばりついているのが見えた。手のひらにも、砂が少しついていた。

『それがどうした?』ジョージがたずねた。『おれの目には、ただの砂浜の砂に見えるぞ』

『そのとおり。しかし、なぜ砂粒がへばりついているんだ?』ドク・ロビンスンはたずねかえした。『この屑かごやほかの屑かごは、どれもみな高潮線《こうちょうせん》より上に設置されてる。人なみの半分の脳味噌があれば、理由はわかるな。それに、ゆうべは雨は降ってない。だから、海岸の砂は骨のように乾ききってる。それだけじゃない、これを見たまえ』

そういってドクは、死人の左手をもちあげた。三人とも、男が結婚指輪をしていることを見てとった。それだけではなく、左手は指にも手のひらにも砂がついていないこともわかった。ドクは左手をおろすと、また右手をもちあげてわずかに傾け、内側の手のひらに、もう少し光が当たるようにした。

『ほら』ドクはいった。『見えるか?』

『なんですかね?』わたしはたずねた。『油脂《グリース》?　なにかの油が少しついてるとか?』

ドクはにやりと笑った。『賞品のテディベアはきみのものだな、ヴィンセント。それに、指がどんなふうに曲がっているかも見えるだろう?』

『ああ——望遠鏡ごっこでもしてるみたいだ』ジョージがいった。このときにはわれわれ三人ともが砂地に膝をついていた。はたから見たら屑かごが祭壇で、われわれが死せる男を生き返らせてほしいと祈りを捧げているように見えただろうな。

『いいや、わたしはこの男が望遠鏡ごっこをしていたとは思わん』ドクがそういうと同時に、わたしはあることに気がついたんだよ、ステッフィ——ドクが昂奮《こうふん》していることにね。それも、いつもの仕事ならドクやその同類たちには見つける義理もないようなことを見いだした者ならではの昂奮ぶりだった。ドクは死人の顔をのぞきこみ（というか、そのときには顔を見ているとばかり思ったんだが、あとでドクがもうちょっと下を見ていたことがわかった）、それからもう一度、指の曲がった右手に目を落とした。『そう、望遠鏡ごっこというのはまったく見当はずれだね』

『だったら、なんだ？』ジョージはいった。『おれはこの事件を州警察と州の司法長官に報告したい。逆にあんたがエラリー・クイーンを気どっているあいだ、ここで午前中ずっとひざまずいているのはごめんだね』

『ほら、親指が人さし指と中指にふれそうになっているのが見えるかね？』ドクはわれわれにたずねた。きかれるまでもなく見えていた。『もしこの男が手を丸めて望遠鏡ごっこをしている最中に死んだのだとしたら、親指がほかの指にかぶさっていたはずだ——親指の先が中指と薬指にふれていたはずだよ。信じられんのなら自分でやってみるといい』

わたしは試した。はたせるかな、ドクのいったとおりだった。

『だから、この手は望遠鏡のような筒をつくっていたんじゃない』ドクはそういいながら、また自分の指を死んだ男の硬直した右手にふれさせた。『これはなにかをつまんでいた手だ。さて、手のひらや指の内側に油やわずかな砂粒がついていたこととこれを考えあわせて、なにかわかることはないかね？』

わたしにはわかったが、この場での法律はあくまでもジョージだった。だから、答えはジョージの口からいわせることにした。

『この男がなにかを食べている最中に死んだのなら』ジョージはそういった。『その食い物はどこにある？』

ドクは死人の首を指さし――ナンシー・アルノーでさえ気がついて、腫《は》れているように見えたと話していた首だ――こういった。『食べたものの大部分は、この男がのどを詰まらせたときのまま、まだこのあたりにあるように思えるな。すまんが、鞄をとってくれ、ヴィンセント』

わたしは鞄をドクにわたした。鞄の中身をあさろうとしたドクは、自分がその作業を片手でしなくてはならず、そのあいだも自分のたっぷり肉のついた体のバランスを両膝でとらなくてはならないことに気がついた――ほら、かなり太った男だったので、片手を地面について支えていないことには、体がひっくりかえってしまうんだな。そこでドクは鞄をわたしに押しつけて、こういった。

『鞄に耳鏡がふたつはいっているよ、ヴィンセント――わが小さな診察用照明だ。片方がふだんづかいで、もうひとつ、新品同様のほうは予備だ。両方とも必要になりそうだな』

『おいおい、そんなことをしてもいいのか』ジョージはいった。『そのたぐいの仕事は、ぜんぶまとめて本土のカスカートにまかせるはずだぞ。やつは、そのために州に雇われている男なんだから』

『責任はわたしがとる』ドク・ロビンスンはいった。『好奇心は猫を殺すが、好奇心を満足させてやれば猫はたちまち息を吹きかえす、というじゃないか。いいか、わたしは朝のお茶一杯も飲まず、トーストの一枚も食べていないのに、きみに引きずられて、こんな寒くてじめついた場所に来ているんだ。そのわたしが、できることならわずかな好奇心を満足させようとしてるんだぞ。いや、満足は得られないかもしれない。でも、なにか予感がするんだよ……ヴィンセント、きみはこっちをもっていてくれ。ジョージ、きみがもつのはこっちの新品だ。頼む、頼むから、どうか砂の上に落とさんでくれ。ひとつ二百ドルと値の張る品でね。さて、両手両足を地面についてするお馬さんごっこなどは、ええと、そうだな……七歳のときからやっていないが、かりにそんな姿勢をたもっていられるにしたって、いずれはこの男の上にのしかかってしまうことになりそうだから、きみたちふたりには手早く、わたしの指示どおりに仕事をしてほしい。で、小さな絵がちゃんと明るく美しく見えるよう、美術館のスタッフが左右から絵に当ててるピンスポットライトを調節しているところを見たことがあるかな？』

ジョージは見たことがないと答えたので、ドク・ロビンスンは説明をした。説明をおえると（すなわち、ジョージ・ウォーノスにもまちがいなく理解できたと確信できると）、島の新聞発行人のわたしがすわりこんだ姿勢の死体の片側に、島の保安官が反対側に膝をついていた。ふたりとも、ドクの小さな銃身のような照明器具を手にしていた。しかしわたしたちが光で照らしたのは芸術作品ではなく、死人ののどの奥だ——ドクがのぞきこめるように。

ドクはかなり盛大にうなり声をあげ、ぜいぜいと苦しげに息をしながら、先ほど口にした姿勢をとった。周囲の事情がここまで奇々怪々でなければ、ドクがこの場でいますぐ心臓発作を起こすのではないかと冷やひやしていなければ、あるいは笑いを誘われたかもしれない。それからドクは片手を伸ばして男の口に滑りこませ、男のあごを下に引きあけた——蝶番《ちょうつがい》を扱うようにね。いや、もちろんちょっと考えればわかるとおり、あごの関節は蝶番のようなものだ。

『いまだ』ドクはそういった。『もっと近づいて。この男が嚙みついてくることはないと思うが、万一見立てちがいだったら、わたしが自腹で診断ミスの責任をとるさ』

わたしとジョージはさらに近づき、耳鏡のライトを死んだ男ののどの奥にむけた。赤いものと黒いものしか見えなかった。そうでないのは、ピンク色の舌だけだった。ドクの荒い息づかいとうなり声がきこえ、こんな声がきこえた——いや、われわれに話しかけていたわけではなく、ひとりごとだった。

『もうちょっとだ』いうなりドクは、男の下あごをさらに少し引きさげ、われわれにいった。『耳鏡をもちあげて、こいつの食道に上からまっすぐ光を当ててくれんか』

わたしもジョージも、その言葉に精いっぱい従った。光の向きが若干変化したせいで、男の舌がピンク色に見えなくなり、口の奥にぶらさがっているあの器官が照らしだされた。あそこはなんという名前だったか――」

「口蓋垂《こうがいすい》」ステファニーとデイヴの口から、同時に答えが出た。

ヴィンスはうなずいた。「ああ、そうともさ。で、そのすぐ奥に、なにかが見えた――なにかの物体の上だけというべきかな。濃い灰色をしていた。見えていたのはほんの二、三秒だったが、ドク・ロビンスンが満足するには充分だった。ドクは指を死人の口から引き抜いた――下唇は〝ぴちゃ〟という音を立てて、また歯茎にくっついたが、下あごは引きさげられたままの位置にほぼとどまっていた。それからドクは六回の呼気を十二回にわけて、せわしなく吐きだしつつ、すわりこむ姿勢にもどった。

『こりゃ、おまえたちに手を貸してもらわんことには、立ちあがれそうもないな』ようやく話すのに充分な空気を肺に溜めこめるようになると、ドクはいった。『両足の膝から下が眠りこんだような状態だよ。まったく、こんなに体重を増やすとは、われながら愚か者だったとしかいえんね』

『いってくれたら、いつでも立ちあがるのに手を貸そう』ジョージがいった。『で、なにか見えたのか？　いや、おれにはなにも見えなかったものでね。おまえはどうなんだ、ヴィンセント？』

『なにか見えたような気がするよ』口ではそう答えたものの、自分がなにかを目にしたことは、頭にクソがつくほどわかりきった話だった——いや、汚い言葉ですまなかったね、ステッフィ。しかし、ドクの顔をつぶしたくはなかったんだ。

『そうともさ、やっぱり、のどに詰まっていたな』ドクはいった。まだ息切れがおさまっていないようすだったが、声には昂奮の響きがあった。気になってたまらなかった痒《かゆ》い箇所に、やっと指が届いた男のような声だったよ。『カスカートがあれをのどから引っぱりだせば、ビーフステーキなのか豚肉なのか、それともほかの物なのかもわかるはずだな。しかし、それは重要ではなかろう。重要なのは——この男はひと切れの肉を手にしてビーチにやってくると、ここに腰をおろし、海峡を照らす月明かりを見ながら肉を食べた、ということだ。この屑かごに背をあずけてすわってな。それで、のどを詰まらせた。あの童謡に出てくるインディアンの少年とおなじように。小腹の足しにしようと、もってきた食べ物の最後のひと口でのどを詰まらせた？　そうかもしれないが、かならずしも最後のひと口だったとはかぎらないだろうよ』

『この男が息絶えたあとで鷗《かもめ》が近寄ってきて、男の手から残り物をさらっていったとしてもおかしくないな』ジョージがいった。『それで、油だけが手に残った、とね』

『そのとおり』ドクはいった。『さてと、きみたちふたりは立ちあがるわたしに手を貸してくれるかね？　それとも、わたしはジョージの車まで這いずって引き返し、ドアのハンドルをつかんで立ちあがらなくてはならないかな？』」

8

「で、きみはどう思うね、ステッフィ？」ヴィンスはそうたずねると、のどを冷やしてくれるコーラを飲んだ。「謎は解決されたと？　これにて一件落着だと？」

「あなたのお祖母《ばあ》ちゃんの名にかけて――ノーです！」ステファニーは声を張りあげた。ふたりの男が愉快そうに笑っていることにも気づいていなかった。両目がきらめいていた。「死因については、ええ、解決したのかもしれません。でも……いったいなにが詰まっていたんですか？　のどにはなにが？　それとも、こんなことをきいたら物語の先まわりをすることになると？」

「ダーリン、そもそも存在しない物語の先まわりは不可能だよ」ヴィンスがいった。この男もおなじように目を輝かせていた。「先まわりでも逆もどりでも、わき道でもいい、好きに質問したまえ。どんな質問にも答えよう。デイヴも答えてくれると思うぞ」

この言葉が事実であることを証明しようとしているかのように、ウィークリー・アイランダー紙の編集人であるデイヴがいった。「詰まっていたのは牛肉だった。おそらくステーキ。それも、かなり高級な肉だ。テンダーロインかサーロイン、あるいはフィレミニヨン。焼き加減はミディアムレア、死亡証明書には《呼吸口閉塞《へいそく》による窒息死》と書かれはしたが、おれたちがコロラド・キッドと呼びならわしてきたこの男は広範囲におよぶ脳塞栓症——簡単にいえば脳梗塞《のうこうそく》だな——も起こしていた。カスカートは、窒息が脳塞栓症を引き起こしたと結論づけはした。でも、正確なところがだれにわかる？ その反対だったかもしれないぞ。これでわかるだろう、死因ひとつとっても、間近からつぶさに調べなおせば、あやふやになってくるんだよ」

「ただし、ここには少なくともひとつだけ、物語があってね。ささやかな物語だ。それをこれから、きみに話そうと思う」ヴィンスはいった。「ある意味では、きみに似た立場の男にまつわる物語だ。ただしね、ステファニー、きみが教育に磨きをかける段階にいたったら、この男よりもましな教師に恵まれることを祈るよ。もっと情熱的な教師にね。この男はまだ若かった——たしか二十三歳だったな。それに、きみとおなじく遠い土地から来たよそ者で（とはいえ中西部出身じゃなく、南部だったが）、やはり大学院のインターンシップ中だったからね——ただし分野は法医学だ」

「ということは、ドクター・カスカートのもとで仕事をしていて、なにかを発見したんですか？」

ヴィンスはにやりと笑った。「論理的というにふさわしい推論だが、あいにくだれの下で働いていたかという点がまちがいだったな。男の名前は……あの男はなんという名前だったかな、デイヴ？」

デイヴィッド・ボウイ――人の名前を覚えるとなったら、かの名射手のアニー・オークリーがライフルで狙いをつける鋭さに匹敵する記憶力の男――は間髪をいれずに答えた。「ディヴェイン。ポール・ディヴェインだ」

「そうだ。いわれて思い出したよ。このディヴェインという若い男は、大学院のインターンシップとして、州司法省に所属するふたりの州警察刑事のもとでの三カ月の研修を課されたんだ。ただしこの男の場合には、〝刑を宣告された〟という形容のほうがふさわしいかもしれん。というのも、ふたりの刑事からひどい扱いをされたからだよ」ヴィンスの瞳が曇った。「若者の望みは学ぶことなのに、その若者を手荒くこきつかう年長者は――ああ、そういった人種は残らず職を追われるべきだと思う。しかし現実はと見れば、そのたぐいの連中が解雇票を受けとることよりも、悲しいかな、昇進させられることのほうが多い。神は世界をくるくる回転させはじめたとき、地球をわずかに傾かせたが、このことをわたしはいっぺんだって意外に思ったことはないよ。その傾きを真似た出来ごとが、地上でうんざりするほど起こっているからね。

　さて、このディヴェインという若者は、悪党をつかまえるのに役立つ科学を学びたいとジョージタウン大学あたりで四年間を過ごし、この話のときには、ドーナツを食べるしか能のない刑事ふたりのもとで働くという貧乏籤《くじ》をうっかり引き当ててしまったわけだ。ふたりの刑事はディヴェインを使い走り同然の立場におとしめて、書類運びでオーガスタとウォーターヴィルを往復させ、交通事故の現場では野次馬を追いはらう役目を押しつけた。まあ、何回かに一回くらいはご褒美として、足跡の計測だのタイヤ痕《こん》のフラッシュ撮影だのをさせてもらったかもしれない。しかし、めったになかっただろうな。ああ、めったにね。

それはともかくね、ステッフィ、この絵に描いたような刑事ふたりは——とうの昔に引退していることを祈るばかりだ——ハンモック・ビーチでコロラド・キッドの死体が発見されたとき、たまたまティノックの町にいた。ふたりが捜査していたのはアパート火災、われわれが紙面に掲載する記事では〝不審火〟と形容するたぐいの火事だった。ふたりはデイヴェインを子分として引き連れていた。ふたりの下で仕事をしていたせいで、この若者は、はやおのれの理想をうしないかけていた。

もし州司法省で働く優秀な刑事のコンビと組まされていれば——わが州の法執行システムには馬鹿ばかしい官僚主義による幾多の問題がありはするが、それでもそれなりに優秀な刑事たちと会ったこともある——あるいは、所属していた法医学部から、大学院生を受け入れる他州での研修を割りふられていたら、デイヴェインはテレビの《CSI：科学捜査班》に出てくるような人物になったかもしれないが——」

「あの番組はいいね」デイヴがいった。「《ジェシカおばさんの事件簿》より、よっぽどリアルだ。だれかマフィンを食べたい者は？　食品庫に何個かあるんだ」

全員がマフィンを希望し、デイヴがペーパータオルとマフィンをもってくるまで物語の時間は一時中断になった。三人の全員に〈ラブリーズ〉のスカッシュマフィンと、こぼれた屑を受けとめるペーパータオルが行きわたると、ヴィンスは話の先をつづけてくれとデイヴに頼んだ。「というのも、わたしはだんだん説教じみた気分になっていてね。このままだと、暗くなるまで全員を引きとめてしまいそうだ」

「あんたは上手に話していたじゃないか」デイヴはいった。

ヴィンスは骨ばった手で、いきなりそれ以上に骨ばった胸をわしづかみにした。「ステッフィ、九一一に電話して救急車を呼んでくれ。たったいま心臓がとまった」

「いざ本番になれば、そう笑っていられなくなるぞ、老いぼれ」デイヴはいった。

「あの男が食べかすを散らすようすを見たまえ」ヴィンスがいった。「わたしの母親がよくいっていたよ──人間の一生は涎《よだれ》を垂らすことにはじまって、涎を垂らすことにおわるとね。さあ、話の先を頼むよ、デイヴ。ただ、われわれにかける情けがあるのなら、どうか話は口の中身を飲みこんでからにしてくれよ」

デイヴはマフィンを飲みこむと、つづいてコーラをたっぷりと飲んで、すべてを流しこんだ。ステファニーは自分がデイヴの年齢になっても、あれだけ負担になる食生活に耐えられる消化器をそなえていることを願うばかりだった。

「さて」デイヴは話しはじめた。「ジョージは砂浜をわざわざ封鎖したりしなかった。そんなことをしても、牛のクソに蠅が群がりあつまってくるように、野次馬をどっさり引《ひ》き寄せる役にしか立たないからさ。だからといって、州の司法省から来たふたりの木偶《で》の坊《ぼう》もやらないかといえば、そんなことはなかった。なんでそんなことをするのかと片方に質問したら、あの野郎、生粋の天然百パーセント馬鹿を見る目をおれにむけて、『ここは犯罪現場じゃないのかい?』といいやがった。

『そうかもしれないし、そうじゃないかもしれないな』おれはいった。『でも、いったん死体が運びだされたいま、どんな証拠が風に吹き飛ばされずに残ってて、ここから収集できるんだ?』

そんなことをいったのも、このときには東風がこれ以上ないほど強く吹きまくっていたからだよ。それでも連中が強くいいはっていたし、おれだって現場が封鎖されていたほうが紙面で見栄《みば》えのする写真が撮れることを認めるにやぶさかじゃない。そうだろう、ヴィンス?」

「そうともさ。《犯罪現場》と書いてあるテープが写真に写っていると、新聞の売上が増えるんだよ」ヴィンスは同意した。ヴィンスのマフィンはもう半分になっていたし、ステファニーが見た範囲ではペーパータオルには食べこぼしひとつ落ちていなかった。

デイヴがいった。「監察医のカスカートが死体を調べるあいだ、ディヴェインもその場に立ちあっていた。砂がついていたほうの手、ついていなかったほうの手。そのあとは口のなか。九時のフェリーで島にやってきたティノック葬儀社さしまわしの霊柩車《れいきゅうしゃ》が現場に近づいてきたところで、ふたりの刑事ははたと気づいた。若いのがまだ現場にいるじゃないか、大変だ、教育の場に危険なほど接近しているぞ、とね。そんな事態をほっておくものかとばかり、ふたりはディヴェインにコーヒーとドーナツとペストリーを買ってこい、と命じたんだ。自分たちとカスカート、カスカートの助手、それに姿を見せたばかりの葬儀社のスタッフふたりの分をね。

といわれても、どこに買いにいけばいいやら、ディヴェインにはさっぱりわからず、おれはおれで連中が張ったテープの外側にいたものだから、〈ジェニーズ・ベーカリー〉にディヴェインを連れていってやった。それには三十分、いや、もうちょっとかかったかな。ほとんどは車を走らせる時間に費やされ、そのあいだにこの若者がどんな目にあわされているのかがあらかたわかった。そうはいっても、思慮深さではディヴェインに満点をやったよ。あの男は悪口なんかひとつも口にしないで、期待していたほど学ぶ機会が多くなかった、というにとどめてた。でも、せっかくカスカートが現場《イン・サイチュー》で死体を調べてるっていうのに、ディヴェインがどんな用事をいいつけられたかはわかっていたので、点をつなげて線を描くのは簡単だったさ。

おれたちが現場に引き返したときには、検証はおわっていた。死体はもう、ジッパーつきの納体袋におさめられていた。それでも刑事の片割れ――筋肉自慢タイプのでかぶつで、オシャニーという名前だった――は、ディヴェインを口汚く罵《のの》らずにはいられなかったようだ。

『なんでこんなに時間がかかった？　いいか、おれたちはこの寒いなか、ケツが凍りそうになりながら待ってたんだぞ』うんぬんかんぬん、なんたらかんたら。

ディヴェインはよく耐えていたよ。文句もいわず、言いわけもしなかった。よほど、まっとうな親に育てられたにちがいないね。そこでおれは割ってはいっていき、おれたちはだれよりも速く行って速く帰ってきた、と前置きしてから、『だけど、おれたちにスピード違反をさせたかったわけじゃないだろ、おまわりさん？』といってやった。まあ、笑いのひとつも引きだして、場の雰囲気を少しでもなごませようと思ってね。ところが効き目はゼロだ。もうひとりの刑事――こっちの名前はモリスン――が、『だれがおまえに用事を頼んだんだ、ぼんくら？ ガレージセールの取材とか、その手の仕事があるんだろう？』といいやがった。相棒のオシャニー刑事は、こっちの冗談には笑ってやがった。しかし法医学を学ぶという建前のもと、現実にはオシャニーがクリームいりのコーヒーを好み、モリスンがコーヒーをブラックで飲むことしか教わっていない若者は、首までまっ赤になっていたな。

いいかい、ステッフィ。男なら――当時のおれくらいの年齢なら――ろくな権限ももっていない馬鹿にケツを蹴りあげられた経験をいやというほど重ねてるもんだ。でも、おれはディヴェインが心から哀れに思えた。なにせ自分のことを恥ずかしがっていただけじゃない、おれのことも気づかって、穴があったらはいりたい顔を見せてたからな。手だてがあったら、おれに謝りたいと考えていることもわかった。けれども、ディヴェインがその手だてを見つける前に（というか、謝る必要はないとおれがやつに断わりをいれる前に――というべきだな。それもそうだろう、ディヴェインはなにひとつわるいことをしてなかったんだから）、オシャニーがコーヒーのトレイをとってモリスンに手わたし、さらにおれの手からペストリー類のはいったふたつの紙袋をとっていった。それがすむとオシャニーはディヴェインに、現場封鎖用のテープをくぐって死人の所有物をおさめた証拠品袋をとってこいと命じた。

『ちゃんと取扱記録票にサインをしてこいよ』五歳児を相手にしているみたいな口調で、オシャニーはディヴェインに話した。『おれが受けとるときまで、おまえ以外の人間の手がふれないように目を光らせていろ。中身をのぞこうなんて、つまらん料簡《りょうけん》は起こすな。話はぜんぶわかったな?』

『イエス・サー』ディヴェインはそう答え、おれにむかって小さく微笑んだ。おれは、やつが証拠品袋をドクター・カスカートの助手から受けとるのを見まもっていた――袋とはいいながら、じっさいにはそのへんのオフィスによくある、アコーディオンファイルのたぐいに似た外見だった。おれが見ていると、ディヴェインは袋の外についている透明な封筒から取扱記録票を抜きだして……そうだ、この取扱記録票なる書類がなんのためにあるのかは知ってるかい、ステッフィ?」

「わかってると思います」ステファニーは答えた。「もし刑事裁判が起こされて、犯罪現場から見つかった品が証拠物件として裁判の場で利用されるとなったら、当初その品が発見された場所から最終的に証拠物件Aとして法廷に提出されるまでのあいだ、法律でいう〝物証保管の連続性〟がきちんと保たれており、証拠品が発見当初のままの状態を保っていることを示す必要が検察側に生じるからでは?」

「文句のつけようがないまとめ方だな」ヴィンスはいった。「きみは記者になるべきだ」

「あら、すてきな冗談ですね」と、ステファニー。

「そのとおり。これぞわれらがヴィンセントの本領発揮さ。骨の髄までオスカー・ワイルド——といっても、グラウチ族のオスカーになっていないときにかぎられるがな。ほら、《セサミ・ストリート》でごみ缶に住んでる緑色のやつだよ。そんな話はどうでもいいが、とにかくおれが見ていると、若きディヴェイン氏は取扱記録票にサインし、その書類を証拠品袋の前についている封筒にもどしていた。それからディヴェインはふりかえって、ふたりの屈強な葬儀社スタッフが死体を霊柩車におさめるようすを見ていたっけ。そのときにはヴィンスはもうこっちにもどって、記事を書く準備にかかってた。おれはここで現場をあとにして、なにか質問してくる者がいれば——というのは、砂糖が蟻を引き寄せるように、馬鹿みたいな現場封鎖用の黄色いテープがかなりの野次馬を引き寄せていたからだが——もうじきたった二十五セントですっかり読めるようになる、と答えたよ。あのころ、アイランダー紙は一部二十五セントで売られてたんだ。

とにかく、それがポール・ディヴェインの現実の姿の見おさめになった。砂浜に立ち、霊柩車に遺体を積みこむふたりの屈強な男をじっと見つめている姿がね。だけど、おれはディヴェインがオシャニーの命令、証拠品袋をのぞくなという命令に従わなかったことを知ってる。一年と三、四カ月たってから、ディヴェインがアイランダー紙に電話をかけてきたからさ。あの男は法医学者になる夢をあきらめて、弁護士になるべく学校にもどって勉強していたんだ。いいかわるいかはともかく、進路を変えたのは州司法省のオシャニーとモリスンというふたりの刑事のせいだといえる。しかし、ハンモック・ビーチの身元不詳の男にコロラド・キッドの名がついたのはポール・ディヴェインのおかげだし、それをきっかけに身元が確認できたのもポール・ディヴェインのおかげなんだ」

「しかも、われわれはスクープ記事を載せることができた」ヴィンスがいった。「それもこれも、ここにいるデイヴ・ボウイがくだんの若者にドーナツを奢ったうえ、金では買えないものを与えたからだ――理解ある耳と、ささやかな共感をね」

「よせやい。ちょいと買いかぶりすぎだ」デイヴは椅子にすわったまま、もぞもぞと体を動かした。「あいつといっしょにいたのは三十分ちょっとだぞ。いや、ベーカリーで列にならんでいた時間を勘定にいれたって、せいぜい四十五分だ」

「それだけで充分だという場合もありますよ」ステファニーはいった。

デイヴが答えた。「そうともさ。それで充分ってことだって、あるかもしれん。だいたい、それのどこがいけない？　人間が肉切れをのどに詰まらせて死ぬまでに、どのくらいの時間がかかると思ってる？」

答えられる者は、この場にひとりもいなかった。海峡では、裕福な避暑客のものだろう、一艘のヨットが空虚なうぬぼれにあふれた汽笛を鳴らして、ティノックの町営ドックへ近づいていった。

9

「ポール・ディヴェインには、しばらくひとりでいてもらおう」ヴィンスはいった。「さっきのくだりで残っている部分を、デイヴが数分でまとめて話してくれる。わたしからは、まず腑わけのくだりを話そうと思う」

「そうともさ」デイヴがいった。「これは物語じゃないんだよ、ステフ。まあ、本物の物語なら、その部分がつぎに来るんだろうが」

ヴィンスはいった。「カスカートがただちに男の検屍解剖をしたなんて勘ちがいをしてはいけないよ。すぐには検屍にかからなかったのが事実なんだ。そもそもオシャニーとモリスンがこの界隈にやってきた理由はアパート火災で、この火事ではふたりの死者が出たし、まずそっちの検屍があった。いや、先に死んだからという理由だけじゃない。ふたりが殺人の被害者だったからだ。一方、われらが名なし男は、ただの事故の犠牲者にしか見えなかったしね。カスカートが名なし男の解剖にかかったときには、ふたりの刑事はもうオーガスタに帰っていた。まあ、いい厄介払いだったよ。

ようやく検屍がはじまったとき、わたしはその場にいたんだよ。当時この近辺でプロのカメラマンにいちばん近い存在といえばわたしだったから、〝寝顔ID〟の撮影を頼まれたからだ。これはヨーロッパの用語で、新聞に掲載しても見苦しくない程度にした顔写真の一種のことだ。死体を撮影したものでありながら、寝ているだけのように見せかける、というふれこみでね」

ステファニーは驚きつつ、あきれたような顔を見せていた。「ふれこみどおりにいったんですか?」

「まさか」ヴィンスはいったんそう答え、すぐにいい足した。「いや……子ども騙しにはなったかな。あるいは、片目をウインクの要領でつぶりつつ、ちらっと目を走らせるだけなら騙されたかもしれん。撮影は解剖の前にすませなくちゃならなかった。死人ののどの奥に異物が詰まっていたりなんだりする以上、下あごをかなり下まで派手に引きあけなくてはならない、とカスカートが考えていたからじゃないかな」

「それに、口を閉ざしておくためにベルトをあごに巻きつけられていては、とても寝ている人に見えないという事情もあるのでは?」ステファニーはわれ知らず唇に笑みをただよわせながら、そういった。この手の話に笑いを誘われるのは恐ろしく不謹慎だと思ったが、笑いを誘われたのは事実だった。ステファニーの裡《うち》に棲《す》む忌まわしい怪物が、病的な漫画を脳裡につぎつぎに出現させつづけていた。

「ああ、寝ているようには見えんだろうな」ヴィンスは賛成した。やはり微笑みながら。デイヴもにやついていた。わたしは病的かもしれないけど、それはわたしだけじゃない――ステファニーは思った。「そんな写真がなにに見えるかといえば……ふむ……歯痛に悩まされている死体といったところか」

そのとたん、三人の全員が声をあげて笑っていた。このふたりの悪趣味な老いぼれが大好き――ステファニーは思った――心の底からふたりが大好きだ、と。

「死神を笑い飛ばさなくてはだめだ」ヴィンスはそういって手すりからコーラのはいったグラスをとりあげ、ひと口飲んでグラスをもどした。「とりわけ、このわたしの年齢になるとね。わたしには、どこのドアの裏にも死神の野郎が潜んでいるのが感じられるし、夜になって明かりを消せば、枕のすぐとなりの部分、ふたりの妻が生前――ああ、ふたりに神のお恵みを――それぞれの頭を載せていたあたりから、あいつのにおいがただよってくるのも感じられるのさ。

ああ、死神を笑い飛ばさなくてはだめだ。

それはともかくね、ステッフィ、わたしは死人の顔写真を――〝寝顔ID〟を――撮影した。結果はきみの想像どおりだ。いちばん出来のいい写真でも、したたかに酔っぱらって前後不覚に眠りこけているか、そうでなかったら昏睡状態にある人のようにしか見えなかった。一週間後、うちの紙面に掲載されたのがその写真だよ。バンゴア・デイリーニューズ紙も掲載したし、エルズワースとポートランドの新聞も掲載した。むろん、なんの役にも立たなかった。少なくとも、死んだ男の知りあいが写真を見てふるえあがるようなことはなかった。ほどなくして、それにももっともな理由があったことがわかるんだが。

一方では、そのあいだもカスカートは仕事を進めていたよ。そのころには、オーガスタからやってきたふたりの愚か者が元の場所に引き返したあとだったので、カスカートはわたしが近くをうろついても文句をいうことはなかった。話を紙面に出さないかぎり、という条件でね。もちろん、そんなことはしないと答えたし、紙面に出しはしなかった。

トップダウンの流儀で話せば、いちばん上にあるのは、ドク・ロビンスンがすでに見つけたステーキの栓になる。

『これが死因だね、ヴィンス』カスカートはそういったし、脳塞栓症のことが判明しても（ちなみに判明したのは、わたしがムース・ルッキット島にもどるフェリーに乗るために辞去してから、だいぶあとだった）、この監察医が自説を変えることはなかった。さらにカスカートは、そばにだれかがいて、その人物が横隔膜を拳で押すことでのどの異物を押しだすハイムリック法を手当てとしてほどこしていれば――あるいは自分で自分にほどこしていれば――液体を流す溝が左右にあるスチール製の解剖台に横たわらずにすんだかもしれない、と語った。

つぎは〈胃の内容物その一〉。これは、いちばん上にあった食べ物という意味だよ。真夜中の軽食。男が死んでしまって、全身が操業停止になったため、ろくに消化される機会のなかった食べ物。ステーキだけだ。おそらく六口か七口ぶんで、よく嚙み砕かれていた。カスカートの推測では、百十グラム前後だろうということだったね。最後は、〈胃の内容物その二〉だ。死んだ男の夕食のことだ。こちらの食べ物はかなり……いや、あまり立ちいって語りたくはないな。だからここでは、消化プロセスがずいぶん進行していたので、ドクター・カスカートが徹底した検査をせずに推測できたのは、以下のことだけだったというにとどめよう——男が食べたのは魚料理、おそらくサラダとフライドポテトをいっしょにとったらしく、食事は死に先立つこと六時間から七時間だった、と。

『わたしはシャーロック・ホームズではありませんがね』わたしはいった。『でも、それよりずっとましな推理をひとつ提供できますよ』

『ほんとに？』ドクターは疑わしげな顔つきだった。

『もちろん』わたしは答えた。『男が本土で夕食を食べたのなら〈カーリーズ〉か〈ジャンズ・ウォーフサイド〉、ムース・ルッキット島だったら店は〈ヤンコーズ〉です』

『どうしてその三軒に絞れる？　いま立っているこの場所から半径三十キロの範囲なら、四月にもその手の魚料理を出しているレストランは五十軒はあるにちがいないぞ。たとえば、そう、なぜ〈グレイ・ガル〉ではないと？』

『なぜかというと、〈グレイ・ガル〉はフィッシュ＆チップスを売るほど落ちぶれてはいないからです』わたしは答えた。『そう、この男が食べたのはフィッシュ＆チップスですよ』

それでね、ステッフィ――じっさいの解剖のあいだはまずまず大丈夫だったのに、このとき突然、胃がむかむかしてきて吐き気がこみあげてきたんだよ。『さっき口にした三軒は、いずれもフィッシュ＆チップスを売ってます』わたしは答えた。『さっき、先生が胃を切り裂いたとき、酢の香りが鼻をついたんですよ』

そこまでいうと、わたしは小さなバスルームに駆けこんで吐いた。

しかし、わたしの推理が正しかった。その夜わたしは〝寝顔ＩＤ〟写真を現像し、さっそく翌日にはフィッシュ＆チップスを売っている店に写真を見せてまわった。〈ヤンコーズ〉には男に見覚えがあるという店員はひとりもいなかったが、〈ジャンズ・ウォーフサイド〉でテイクアウト・カウンターを担当していた女の子が、すぐに男のことを思い出した。女の子は、男が死体となって発見される前日の夕方近く、フィッシュ＆チップス・バスケットを男に売った、と話してくれたよ。コークかダイエットコークも添えたはずだが、どちらだったかは思い出せない、ともね。男は注文した品を受けるとテーブル席のひとつにもっていき、海を見ながら食べていた。男がなにか話をしていなかったかとたずねてはみたが、ちゃんとした話はしていなかった。〝どうも〟とか〝お世話さま〟とか、そんなことを口にしていただけだ、という返事だった。男が食事をしたのは五時半前後だったが、食べおえた男がどちらの方向にむかったかを目にとめていたか、と質問しても、女の子はなにも見ていないと答えただけだった」

ヴィンスはステファニーに目をむけて、こうつづけた。

「わたしの推理をいわせてもらうなら、男はそこから町営ドックにむかって、六時のフェリーに乗り、ムース・ルッキット島に来たんだな。それなら時間の辻褄があう」

「そうともさ、おれもそうじゃないかとにらんでいたよ」デイヴがいった。

ふっとあることに気がついて、ステファニーは背すじをまっすぐ伸ばした。「事件は四月でしたね。メイン州沿岸地帯の四月中旬なのに、見つかったとき、男は上着を着ていませんでした。〈ジャンズ〉で食事をしたとき、男は上着を着ていたんですか？」

ふたりの老人は、たったいまステファニーが難易度の高い方程式を見事に解いたといいたげに、そろってにやりと笑顔をむけてきた。とはいえ、ステファニーは知っていた。ふたりの仕事は——ウィークリー・アイランダー紙のようなつつましやかなメディアであっても——方程式を解き明かすことではなく、解き明かす必要のある方程式を詳述することにある、と。

「いい質問だな」ヴィンスはいった。

「すばらしい質問さ」デイヴが同意した。

「その部分は、あとのためにとっておいたんだ」ヴィンスがいった。「しかし、正確には物語がそもそも存在しないのだから、いい部分をとっておいても仕方がない……それに、きみが答えを求めているのなら、あいにくきょうは店じまいだ。〈ジャンズ〉のテイクアウト担当の女店員には確かな記憶がなかったし、ほかに男を覚えている者はいなかった。ある意味では、これでも幸運だったと思うべきだろう。男がカウンターに近づいてきたのが七月中旬だったら……あの手の店に百万からの客がひしめき、その全員がフィッシュ&チップス・バスケットだのロブスターロールだのアイスクリームサンデーだのを欲しがる季節だったら、男がズボンをおろして尻を見せつけでもしないかぎり、係の女の子は男を覚えていなかっただろうからね」

「それだって覚えてなかったかもしれません」ステファニーはいった。

「いえるな。しかし現実には、店の女の子は男をたしかに覚えていた……だが、上着を着ていたかどうかは覚えていなかった。だからといって、しつこく問いただすことは避けた。そんなことをすれば、女の子がわたしを喜ばせたい一心でなにかを思い出したり……あるいは、わたしを厄介払いするために思い出したりするのは目に見えていたからね。女の子は、『この人が薄緑色のジャケットを着ていたのを見たような気もします、ティーグさん。でも、勘ちがいかもしれません』といった。そう、そのとおり勘ちがいだったかもしれない。しかし、どうだろう……わたしとしては、女の子の記憶が正しかったのではないかという気がする。男がそんなようなジャケットを着ていたのではないか、とね」

「だったら、そのジャケットはどこに行ったんです？」ステファニーはたずねた。「その種のジャケットが見つかったんですか？」

「いいや」デイヴはいった。「だから、ジャケットなんぞほんとは着ていなかったのかもしれないな。ただし、四月の夜の肌寒い海岸で、男がジャケットも着ないでなにをしていたのか、そのあたりはおれの想像力のおよぶところじゃないが」

ステファニーはヴィンスにむきなおった。いきなり千もの疑問が吹きあがってきていた。急を要する質問ばかりなのに、はっきり形をなしている質問はひとつもなかった。

「どうして、にこにこ笑っているんだね？」ヴィンスがステファニーにたずねた。

「わかりません」そういって、いったん黙ってから、ステファニーはつづけた。「いえ、わかってます。頭のなかに腹立たしいほどたくさんの質問があるのに、どれから口に出せばいいかがわからなくて」

ふたりの老人はどちらも、これに腹をかかえて大笑いをした。デイヴにいたってはズボンの尻ポケットから大きなハンカチを引きだし、目もとを拭ってさえいた。

「巧いことをいってくれるな！」デイヴは大声をあげた。「見事なもんだ！　解決法を教えてやろうか、ステッフィ。いいか、どこかの婦人会がひらいた秋のガレージセールで、賞品のタッパーウェアのセットの当たり籤を引こうとしている気分になってみるといい。目を閉じて、金魚鉢から一本だけ抜くんだよ」

「わかりました」ステファニーは答えた。いわれたとおりにはできなかったが、近いことはできた。「死んだ男の人の指紋は？　それに歯医者の治療記録は？　死人の身元確認にあたっては、そうした方法がかなり確実なものだと思うんですが」

「たいていの人はそう考えているし、そのとおりだと見ていいだろうな」ヴィンスはいった。「しかし、これが一九八〇年の事件だったことは忘れないでほしいね」顔にはまだ笑みが残っていたが、目は真剣な光をたたえていた。「コンピューター革命以前、きみをはじめとする今どきの若者があって当然だと見なしているインターネット、あの驚くほど便利な道具が出てくるよりもずっと昔だ。一九八〇年にも、警察のいう身元不明者——行き倒れの変死体のことだ——の指紋や歯科治療記録を、当人ではないかと思われる人物のその種の記録と照合することは可能だった。しかし、不明者の指紋と歯科治療記録を、各地の警察に保管されている指名手配中の重罪犯の指紋や歯科治療記録、および毎年アメリカ合衆国で失踪宣告が出される人物の同種の記録と照合するだけでも、手作業では何年もかかってしまうではないか？　たとえ三十代と四十代の男性に絞りこんでも、やはり時間がかかるのでは？　現実味のある話ではないよ」

「それはそうですが、当時でも軍隊にはコンピューター化された記録があったのでは……」

「それはどうかな」ヴィンスはいった。「かりにあったとしても、コロラド・キッドの指紋が軍に送られていたとは思えないね」

「そのあたりの真偽はどうあれ、身元確認ができたのは、男の指紋のおかげでも歯科治療記録のおかげでもなかったんだ」デイヴが口を出した。たっぷり肉のついた胸の上で手を組みあわせているその姿は、昼の最後の日ざし——傾いてはいたが、まだぬくもりに満ちていた——を浴びながら身づくろいしているかに見えた。「たしか、こういう話し方を単刀直入というんじゃなかったかな」

「だったら、身元はなにから判明したんですか？」

「そこで、話はポール・ディヴェインに逆もどりだ」ヴィンスはいった。「ポール・ディヴェインに逆もどりするのは好きだよ。前にもいったとおり、ここだけには物語があるからだし、首尾一貫した物語はわたしの本業だからね。これが昔々なら、〝そいつはおれの十八番《おはこ》だ〟という言い方をしたところだ。ディヴェインの一件は、ホレイショ・アルジャーの立志伝風の小説のようなものだな。小味だが、満足できる。そう、『精励と成功』や『刻苦と功労』といったあたりだ」

「いっそ『小便と酢』なんて題名は？」デイヴがいった。

「好きにいってろ」ヴィンスは平板に答えた。「ああ、そうとも、好きにいっていればいい。とにかくディヴェインは、オシャニーとモリスンという木偶《でく》の坊《ぼう》刑事コンビと帰っていった。アパート火災で焼け死んだふたりの予備的報告書をカスカートから受けとるなり、すぐに引きあげていったよ。というのも、ムース・ルッキット島でのどを詰まらせて事故死した男のことなんか、なんとも思っていなかったからだな。一方カスカートは、このわたくしめが同席して身元不明の死者の腑わけをおこなった。死亡証明書には、《のどを詰まらせての窒息死》だか、おなじ意味の医学用語だかが書かれた。新聞各紙には、わたしが撮影した〝寝顔ＩＤ〟――ヴィクトリア朝に生きていたわれらの祖先が、もっと正直に〝死人の肖像画〟と呼んでいたもの――が掲載された。しかし、これぞ行方不明の父親だとか叔父だとか、あるいは兄か弟だと名乗りをあげる電話は、州司法省にもオーガスタの州警察本部にも、一本もかかってこなかった。

ティノック葬儀社は、男の死体を六日間にわたって冷蔵室に保管していた――いや、法律で定められているわけじゃない。ステッフィ、おっつけわかるとは思うが、この手の事柄のご多分に洩れず、これも長年の習慣のひとつなんだよ。葬儀屋業界の人間なら――たとえ理由はだれひとり知らずとも――全員が知っていることだ。この六日の期間がおわっても、あいかわらず男は身元不明のまま、遺体の引きとり手はあらわれなかった。そこでエイブ・カービーは先の段階に進むことにし、遺体衛生保全《エンバーミング》をほどこした。死体は、葬儀社がシーヴュー墓地にもっている自社の地下霊安室に安置されることになった――」

「こっちのほうが、さっきの話よりもずっと不気味です」ステファニーはいった。なぜか、地下霊安室に安置されている男の姿が本当に見えるような気分だった。どうしたことか男は棺《ひつぎ》におさめられてはおらず（現実には安物の棺をあてがわれたに決まっているが）、石の台座の上にじかに横たえられ、シーツをかぶせられているだけだった。死者の国の郵便局に保管されている、引きとり手のない小包。

「そうともさ、薄気味がわるい話だな」ヴィンスは平板な口調でいった。「で、まだ先をききたいのかい？」

「ここで話をやめたら、あなたを殺します」ステファニーはいった。

ヴィンスはうなずいた。その顔に笑みはなかったが、それでもいまの答えに喜んでいた。なぜそれがわかったのか、ステファニーには理由まではわからなかったが、とにかくわかった。

「男は夏いっぱいと秋の半分をそこで過ごした。やがて十一月になって、男がまだ名なしのまま、死体の引きとり手も出てこないままになると、死体は埋葬されることになった」ヴィンスの北部人《ヤンキー》風のアクセントだと、〝埋葬する《ベリー》〟が〝毛皮の《ファーリー》〟という単語と韻を踏んでいるようにきこえた。「わかるだろうが、寒くなって地面がまた固くなり、穴を掘るのに手間がかかるようになってしまう前に、ということだよ」

「ええ、わかります」ステファニーは静かにいった。嘘ではなかった。今回はふたりの老人のあいだにテレパシーは感じられなかったが、存在はしていたらしい。というのも、アイランダー紙の発行人からうながされずとも、デイヴが話を（そこに存在している話を）引き継いだからだ。

「ディヴェインは、オシャニーとモリスンのふたりといっしょのツアーを、とにもかくにも最後までやりとおした。その期間が三カ月だか一学期丸々だったかどうか、そんなことは知らないが、別れのときにはふたりの刑事それぞれにネクタイの一本も贈りさえしたかもしれん。さっきも話したがね、ステファニー、あの若者の辞書には放棄の二文字がなかったんだよ。しかし、研修がおわるとディヴェインはすぐに必要な書類を、どこかは知らないが通っていた先の大学当局に提出し――いや、やつからジョージタウン大学だときいたような気はするんだが、その点はおれの話を鵜のみにしちゃいけない——ロースクール入学に必要な講座を受講しはじめて、新規まき直しの準備にとりかかった。もし、ふたつのことがなければ、ポール・ディヴェインはこの時点で物語から退場していたかもしれない。いや、ヴィンスはたしかにこれが物語じゃないといってはいたが、ことこの部分にかぎっては物語かもしれないんだ。最初は、ディヴェインが——いつの時点でかはともかく——例の証拠品袋をのぞき、名なし男の所持品を自分の目で調べたことだ。ふたつめは、ディヴェインがひとりの女の子と真剣に交際したことだよ。交際が真剣になったときの女の子の例に洩れず、この子もディヴェインを自宅に連れていって、両親に紹介した。娘の父親には、当節よりもありふれていた悪癖がひとつだけあった。タバコを吸っていたんだよ」

　その言葉をきくなり、ステファニーの優秀なる頭脳に（しかり、ふたりの男はともに、優秀な頭脳であることを知っていた）、死んだ男の体が横倒しになった拍子にハンモック・ビーチの砂の上に転がり落ちたというタバコの箱の映像が閃いた。ジョニー・グレイヴリン（現在はムース・ルッキット島の町長）がタバコの箱を拾って、死人のシャツのポケットにもどした。つづいて、またほかのことが頭に浮かんできた。今回は閃光どころか、目が眩《くら》むほど強烈なぎらぎらとする光をともなって。ステファニーの体が、刺されたかのようにぎくりと動いた。片足がグラスを蹴って倒した。残っていたコーラが風雨にさらされたポーチの羽目板に泡をたてながら広がり、板の隙間から下の岩と雑草にしたたり落ちはじめた。ふたりの老人は気づきもしなかった。ふたりには、神の恩寵を受けている者をひと目で察することのできる目がそなわっていた。いまふたりは、関心と喜びを同時にたたえた目でインターンの学生を見まもっていた。

「州税の印紙ですね！」ステファニーは金切り声に近い声で叫んだ。「タバコの箱の底には、かならず州税印紙が貼ってあります！」

ふたりはステファニーに拍手をした――静かな拍手だったが、心からの賞賛の拍手だった。

10

デイヴがいった。「それでは、若きミスター・ディヴェインが禁を破って証拠品袋をのぞき、そこでなにを見たかを話してしんぜようかな、ステッフィ。ディヴェインが袋の中身を見たのは、ふたりの刑事への意趣がえしというよりも、わびしいほど乏しい所持品のなかに多少なりとも意味のあるものを目にできそうだと信じていたからにちがいないと、そうおれはにらんでる。さて、最初の所持品は名なし男の結婚指輪だ。シンプルな金の指輪で、文字は彫りこまれていなかった。結婚式の日付さえなかったよ」

「指輪は指にはめたままだったのでは……」

そういいかけたところで、ステファニーはふたりの老人が自分を見ている目つきに気がつき、自分が愚かな発言をしかけていたことに気がついた。男の身元が特定できていたら、指輪は返還されていたはずだ。遺族が望めば、結婚指輪をはめたまま埋葬されていたはずでもある。しかし、そうなるまで指輪は証拠物件であり、そのように扱われるべきだ。

「そうですね」ステファニーはいった。「そんなはずがありません。まったく、馬鹿なわたし。でも、ひとつだけ——だったら、どこかに名なし妻がいたはずですね。あるいは、ミセス・キッドが。いたんですか？」

「いたとも」ヴィンス・ティーグが、いくぶん重々しい口調でいった。「しかもわれわれは、その女性を見つけもしたよ。最終的には」

「名なし子どももいたんですか？」ステファニーは、死んだ男が妻子に囲まれていてもおかしくない年齢だったことを思いながらたずねた。

「きみに異存がなければ、さしあたっていまは、その部分から離れていようじゃないか」デイヴはいった。

「あら……」ステファニーは答えた。「すみません」

「謝ることなどありはせん」デイヴは淡い笑みを浮かべていった。「どこまで話したのかを忘れたくないだけさ。こういうときは忘れがちじゃないか……どういうときかといえば……あんたならどう表現するね、ヴィンス？」

「〝一本、筋が通っていない〟だな」ヴィンスはいった。この男もおなじように微笑んでいたが、目には若干遠くを見る光がのぞいていた。遠くを見る光が目にのぞいたのは名なし子どもたちを思ったことが理由なのだろうか、とステファニーは思った。

「そのとおり、どこをさがしても、ぜんぶを通っている筋なんぞ一本もありはせん」デイヴはそういって考えこみ、ついですばやく指を折り曲げながら品物の名前をあげていけば、どこまで話したのかを決して忘れないことをみずから実証した。「証拠品袋の中身は、死者の結婚指輪、紙幣が総額十七ドル——十ドル札と五ドル札が一枚ずつ、それに一ドル札が二枚——それに、合計一ドル前後の雑多な硬貨。さらにディヴェインの話によれば、一枚だけはアメリカの硬貨じゃなかったらしい。硬貨にあった文字がロシア語のように思えた、と話してたよ」

「ロシア語ですって」ステファニーはすっかり驚かされていた。

「キリル文字と呼ばれているものだな」ヴィンスが低い声でつぶやいた。

デイヴが話を先に進めた。「それから〈サーツ〉のミントキャンディが一本、リグレー社の〈ビッグレッド〉のガムがひとつ——なくなっていたのは一枚だけだ。それからブックマッチがひとつ。カバーに〝買い物でスタンプをためよう〟という宣伝がはいっている品で、おまえさんも見たことがあるだろうが、どこのコンビニエンスストアでもサービスで配っているたぐいのマッチだよ。ディヴェインは、カバー裏側のいちばん下の擦り紙にマッチを擦った痕《あと》がひとつだけあった、と話していた。鮮やかなピンク色だったとね。それから、もう話の出たタバコの箱だ。封は切られ、なくなっていたのは一本ないし二本。ディヴェインは一本だけだと考えていた――マッチを擦った痕がひとつしかないので、そう考えるのが妥当だと思う、といっていたよ」

「しかし、財布はなかった……」ステファニーはいった。

「そう、なかった」

「身元を明かす品はなにひとつなかった、と」

「そうだ」

「何者かが近づいてきて、名なし男の手から残ったステーキだけでなく財布まで、盗んでいったという仮説が出たことは、これまでにありましたか?」ステファニーはそうたずね……あわてて片手で口をふさぐよりも早く、自分からくすくすと小声で笑いだしていた。

「ステッフィ、その仮説も検討したし、それ以外にもわれわれはあらゆる仮説を検討したんだよ」ヴィンスはいった。「男が例の怪光現象を起こした円盤にさらわれて、ハンモック・ビーチに落とされたのではないか、という仮説まであったくらいでね」

「ジョニー・グレイヴリンとナンシー・アルノーが男を見つけてから約一年四カ月後――」デイヴが話を再開した。「ポール・ディヴェインは、ペンシルヴェニア州の恋人の実家で週末を過ごすよう招待された。そのころディヴェインの頭のなかでは、ムース・ルッキット島やハンモック・ビーチや名なし男のことなど、いちばんちっぽけな存在でしかなかったはずだ。話によれば、ディヴェインは恋人と映画を見にいくとか、その手の夜のデートに行くところだったらしい。恋人の父母はキッチンで、夕食につかった皿を洗っていた――このへんの言葉でいえば〝片《かた》してた〟わけだな。ディヴェインは手伝いを申し出たが、食器類のしまい場所をひとつも知らないという理由から居間に行っているようにいわれてしまった。そこでしかたなく居間で腰をおろし、そのとき放映されていたテレビ番組を見ていたんだが、やがてなにげなく視線を父さん熊《ぐま》愛用の安楽椅子と、その横にあった父さん熊用のエンドテーブルにむけた。その上には父さん熊のＴＶガイド誌と父さん熊の灰皿があり、すぐ横に父さん熊のタバコの箱がおいてあった」

　デイヴはいったん言葉を切って、ステファニーに笑みを見せながら肩をすくめた。

「物事がうまくいくときというのは、考えるとおかしなもんだな――うまくいってはじめて、うまくいかない場合がどれだけ多いかに気がつくわけさ。もしタバコの箱が反対においてあったら――上の部分がディヴェインのほうをむき、底が反対をむいていたら――名なし男がコロラド・キッドになり、そののちボールダーから少し西にあるニーダーランドという町のミスター・ジェイムズ・コーガンになることもなく、いつまでも名なし男のままだったかもしれない。しかし現実にはタバコの箱はディヴェインに底をむけていたし、ディヴェインの目に印紙が飛びこんできもした。そう、印紙だ――郵便切手そっくりの。それを見てディヴェインは、あの日のぞいた証拠品袋にあったタバコの箱を思い出したんだ。

そうそう、ステッフィ。ポール・ディヴェインのお目付役だったふたりの刑事のうち、どちらかが喫煙者だったんだよ——いや、オシャニーとモリスンのどっちだったかは、あいにく記憶にない。で、ディヴェインが押しつけられた雑用のひとつが、この喫煙者刑事にキャメルを買ってくるという仕事だったんだ。そっちのタバコにも印紙らしきものがあるにはあった。しかしディヴェインには、それが証拠品袋にあったタバコの箱の印紙とはちがっているように思えた。ディヴェインが刑事のためにメイン州で買っていたタバコには、印紙《スタンプ》代わりのインクスタンプが捺《お》してあったんだ。ほら、入場料を払ったしるしに、手にスタンプをぺたんと捺されることがあるだろう？　小さな町のダンス・パーティーとか……それから……なんだ……」

「ガーナード農場の干し草ピクニックと青空パーティーとダンスの会とか？」ステファニーは笑みをのぞかせてたずねた。

「それだ！」デイヴは、肉づきのいい指を拳銃のようにステファニーにつきつけた。

「ともあれ、これは思わず人が飛びあがって、『ユーレカ！　われ発見せり！』と歓喜の声を張りあげるような瞬間ではなかった。それでも週末のあいだ、ディヴェインは気がつくとこの印紙のことを考えていた。証拠品袋で見たタバコの記憶が頭にひっかかってしょうがなかったからだ。ひとつには、名なし男がどこから来たかに関係なく、あのタバコには本来なら、メイン州の州税スタンプがあったはずだ、とポール・ディヴェインが感じていたからだね」

「そう考えた理由は？」

「なくなっていたタバコが一本だけだったからだ。六時間で一本しかタバコを吸わないなんて、どんな喫煙者なんだ？」

「軽度の喫煙者？」

「ひと箱丸々手もとにありながら、六時間でわずか一本しか吸わないなんて、そんなのは軽度の喫煙者とはいわないよ。むしろ非喫煙者というべきだ」ヴィンスが穏やかな声でいった。「それに、ディヴェインは男の舌を見ていた。わたしも見たよ——男のすぐ前で膝をつき、ドク・ロビンスンの耳鏡で男の口のなかを照らしていたんだから。舌はペパーミントキャンディみたいなピンク色だった。どう見ても喫煙者の舌ではなかったね」

「そうだ、それにブックマッチのこともありますね」ステファニーは考えをめぐらせながらいった。「マッチを擦った痕がひとつだけでしたね？」

ヴィンス・ティーグはステファニーに笑みをむけていた。微笑みながら、しきりにうなずいていた。「そう、擦った痕はひとつしかなかった」

「ライターはなかった？」

「ライターはなかった」ふたりの男は異口同音にいい、笑い声をあげた。

11

「ディヴェインは月曜日まで待った」デイヴはつづけた。「それでもタバコの一件が静まるどころか、どうにも気になってたまらなく思えたので——その一件のあと、人生という川を下流方向へ一年半近くも進んでいたのに、それでも気になっていたんだぞ——ディヴェインはおれに電話をかけ、ひょっとしたら……ひょっとしたらというだけだが、名なし男がもち歩いていたタバコがメイン州以外で売られていた品だった可能性があるように思える、と打ち明けてきた。もしそうだったら、底に貼ってある印紙から出どころが明らかになるのではないか、とね。さらにディヴェインは、名なし男が喫煙者だったのかどうかは疑わしいが、喫煙者でなかったにしても、印紙が手がかりになるかもしれないと思う、といった。おれはそれに同意しつつも、どうしておれに電話をかけてきたのかに好奇心を感じてね。そしたらディヴェインのやつ、これだけ月日が流れたあとでも、あの事件に関心をもっているとおぼしい人間を、ほかにひとりも思いつかなかったからだ、と答えたよ。図星だった。たしかにおれはまだ事件が気になっていたし、それはヴィンスもおなじだった。おまけに印紙についても、ディヴェインの見立てが正しかったことがわかった。

さて、おれはタバコは吸わないし、吸っていたこともない。六十五歳のいまもなお、これほど美しい体形を保っていられる理由のひとつは、そのあたりにあるんだろうな——」

ヴィンスがうなり声をあげ、デイヴにむかって手をふった。デイヴは動じた顔ひとつ見せず、話をつづけた。

「——そんなこんなで、おれはちょっくら町まで歩いていって〈ベイサイド・ニューズ〉まで足を運び、ちょっとタバコの箱を調べさせてくれと頼んでみた。店の者は頼みをききいれてくれた。観察したところ、タバコの箱の底に州税のインクスタンプが捺してあった。切手タイプの印紙ではなかった。そのあと州司法省に電話をかけて、証拠品保管記録部とかなんとかいう部署のマレイという男と話をした。このときには、もてる外交的手腕をフルに発揮したんだぞ、ステファニー。というのも、例の木偶《でく》の坊《ぼう》刑事コンビが現役で勤務していてもおかしくなかったし——」

「そのふたりが、重大な価値があるかもしれない手がかりを見のがしてしまっていたから——ですね?」ステファニーはたずねた。「うまくすれば、名なし男の身元捜査をひとつの州にまで絞りこめたかもしれない手がかり。しかも、その手がかりは、ふたりの刑事の目の前にあったも同然ですから」

「そうだ」とヴィンス。「しかもふたりには、責任をインターンの学生におっかぶせる道も封じられてる。証拠品袋をのぞくなんてつまらぬ料簡《りょうけん》を起こすなと、ほかならぬふたりがはっきり釘を刺していたんだから。それに、インターンの学生がふたりの刑事の命令に従わなかったことが明らかになっても――」

「――ディヴェインはもう、ふたりの手の届かないところにいる、と」ステファニーが言葉を引き継いだ。

「そのとおり」デイヴがうなずいた。「しかし、どのみちふたりの刑事がそれほど厳しく叱られることはなかったろうさ。忘れちゃいないと思うが、ふたりはティノックで本物の殺人事件の捜査を進める立場だった――厳密にいうなら、アパート火災でふたりの焼死者が出た故殺事件だな。一方、名なし男は窒息死の犠牲者にすぎん」

「それでも……」ステファニーは疑わしげな顔を見せた。

「それでも、ふたりはぼんくらだ。かしこまって遠慮するな。気のおけない友だち同士の席じゃないか」デイヴはにやりと笑いながら、ステファニーにいった。「しかし、われらがアイランダー紙には、ふたりの刑事を窮地に追いこもうという意図なんぞ、これっぽっちもなかった。マレイという係員にはその点をはっきり話したし、これが刑事事件ではないこともはっきり話した。こんな頼みをしているのも哀れな死者の身元を確かめたいからだ、なぜならあの死人が姿を消したことを悲しみ、その身になにがあったのかを知りたがっている人たちが、この広い空の下、きっとかならずどこかにいるはずだからだ――とね。マレイの返事は、即答はできかねる、結果はのちほど連絡する、というもの。これは、まあ予想どおりだったな。それでも、その日の午後は鬱々《うつうつ》たる気分だったさ。もしかしたら、もうちょっとちがうカードの切り方をするべきじゃなかったかと、くよくよ思い悩んでね。その気になれば、ちがうアプローチだってできたんだ。ドク・ロビンスンに頼んでオーガスタに電話をかけてもらったってよかった。カスカートを説得して電話してもらう手もあった。だけどふたりのどちらかを隠れみのにつかうのが、どうにもおれの性《しょう》にあわなくてね。どうも小ずるく思えたんだ。十回のうち九回までは真正直に正面からぶつかっていくのが最善の策だと、そう本気で信じてるんだな。だけどこのときは、十回のうちの十回めになるんじゃないかと心配でたまらなかった。

しかし、結局は上首尾におわった。もう電話はこないなと思い、きょうは家に帰ろうと上着に袖を通しかけたそのとき、当のマレイが電話をかけてきた——物事っていうのは、決まってこんなふうに展開するものじゃないか？」

「じっと見つめていたらお鍋は決して煮立たない、というな」ヴィンスがいった。

「こりゃ驚いた、まるで詩じゃないか、その文句は。おおい、ぜひ書きとめておきたいから、おれにメモ用紙と鉛筆をもってきてくれ」

デイヴは、これまで以上に大きく口をあけてにやにや笑っていた。笑顔は、デイヴの顔から何年分もの年齢を拭い去っただけではなかった——年齢をはるか彼方《かなた》にまで蹴《け》り飛ばしてしまったのだ。そのせいでステファニーには、かつてのデイヴ、少年時代のデイヴの面影が見てとれた。ついでデイヴが真剣な表情に転じると、少年はまた消えていった。

「これが大都会だと、証拠物件がしじゅう行方不明になってるというな。でも、オーガスタはそこまで大きな都会にはなっていないようだ。マレイ巡査部長はポール・ディヴェインのサインが取扱記録票にはいっている証拠品袋を苦もなく見つけだしてきたよ。話によれば、電話をおえてから十分後には見つけていたそうだ。それからこの時間まで、なにをしていたかといえば、しかるべき人間から中身をおれに教える許可をとりつけようとしていたんだと……で、やっと許可がおりた。タバコの銘柄はウィンストン。箱の底にあった印紙は、まさにポール・ディヴェインの記憶どおりだった。普通のシールタイプの小さな印紙で、そこには小さな黒い活字で《**コロラド**》と印刷されていた。マレイはこの情報を州司法省に報告するといい、〝コロラド・キッド〟の身元が判明するなりしたら〝紙面掲載前に〟一報してもらえるとありがたい、といった。マレイが男をそう呼んだんだよ。だから命名の主は、州司法省は証拠品保管記録部所属のマレイ巡査部長だ、といってもいいだろうよ。さらにマレイは、もしおれたちが幸運に恵まれてコロラド・キッドの身元が本当に判明したら、記事には州司法省の協力があったと明記してほしい、といってきた。まあ、虫のいい話だとは思ったね」

ステファニーはすっかり話に釣りこまれて、目をきらきらさせながら身を乗りだした。「それで、つぎはなにをしたんです？　どうやって調査を進めたんですか？」

デイヴが口をひらいて答えかけたが、言葉がその口から出てくるよりも先に、ヴィンスが編集人のがっしり肉のついた肩に手をおいて黙らせ、こうたずねた。「われわれがどうやって調査をすすめたと思う?」

「授業がはじまってるんですか?」ステファニーはたずねた。

「もちろん」

ヴィンスの両目にも口もとにも（わけても後者の比重が高かった）、この男が本気であることが見えていたので、ステファニーはまず慎重に考えをめぐらせてから答えた。

「まず……あなたは〝寝顔ＩＤ〟写真の焼き増しをつくって――」

「そうともさ。焼き増しをつくったな」

「そのあとは……ええと……写真に新聞記事のコピーを添えて送った――送った先は――コロラド州には新聞がいくつあったんです?」

ヴィンスはステファニーに笑顔を見せてうなずき、ぐいっと親指を突き立てるサインをしてきた。「七十八紙だよ、ミズ・マッキャン。デイヴがどう思ったかは知らないがね、一九八一年当時でさえ、それだけの数のコピーを送ったのに送料がかなり安くすんだので驚かされたっけな。郵便料金を勘定に入れても、トータルでの現金支出は百ドルにも達しなかったはずだ」

「もちろん、おれたちはその全額を会社の経費につけた」アイランダー紙の経理係でもあるデイヴがいった。「一セント残らずだ。その権利がおれたちにあったからね」

「そのうち、何紙が掲載してくれたんです？」

「一紙残らず、全部だよ！」ヴィンスはそういうと、自分の細い腿を強い力でぴしゃりと叩いた。「そうともさ。デンヴァー・ポスト紙やロッキーマウンテン・ニューズ紙までが掲載したんだぞ！　というのも、そのときには奇妙な要素がひとつだけになっていたからだし、筋が一本ちゃんと通っていたからさ――美しい筋がね。わかるだろう？」

ステファニーはうなずいた。すっきりとした美しい筋。それが見えていた。

ヴィンスも、心からの笑顔に顔を輝かせてうなずきかえした。「コロラドから来たと見られる正体不明の男が、三千三百キロ以上離れたメイン州の島の浜辺で死体となって発見された！　食道の半分にまでステーキを詰めこまれていた話は出なかったし、どこに消えたともわからない上着の件も（あるいは、上着なんかはなからなかったのかもしれないが）、ポケットにロシアの硬貨があった件も報じられなかったがね！　これぞ絵に描いたような〈未解決の謎〉、その名もコロラド・キッドだ。ああ、そうとも、どこの新聞もこぞって記事にした。そればかりか、紙面の八割九割までがクーポン券でできているようなフリーペーパーにさえ記事が出たくらいだ」

「そして一九八一年十月下旬のある日、ボールダーの新聞が記事を載せた二日後のことだ」デイヴがいった。「おれのもとに、アーラ・コーガンと名乗る女性から電話があった。自宅はニーダーランドという、ボールダーから少し山地にはいった小さな町だった。話をきくと、ご亭主が前年の四月に失踪し、ご亭主の失踪当時は生後半年だった息子と自分のふたりが残されたという。アーラは、夫の名前はジェイムズだ、そのジェイムズがそもそもメイン州沿岸くんだりの島でなにをしていたのかは見当もつかないが、それでもカメラ紙に掲載された写真はかなり夫に似ている、と話していた。いや、恐ろしいくらい似ている、とね」デイヴは間をおいた。「他人の空似じゃすまないことも、アーラにはもうわかっていたと思うよ。そこまで話したところで、アーラが泣きはじめたからね」

12

ステファニーはデイヴに、ミセス・コーガンの〝アーラ〟というファーストネームの綴りを教えてくれと頼んだ。母音の発音が強いデイヴ・ボウイのメイン訛《なまり》できくと、一連の〝アア〟という音のまんなかに、l《エル》の〝ラ〟がはさまっているようにしかきこえなかったからだ。

デイヴは綴りを口にしてから、こう話をつづけた。「奥さんの手もとにはご亭主の指紋なんかなかった——それも当然だよ、残された者は哀れなり。しかし、ご亭主のかかりつけの歯医者を教えてくれた。それで——」

「待って、待って、ちょっと待って」ステファニーはそういって、交通整理の警官のように片手をかかげた。「コーガンという男の人は、どんな仕事をしていたんです?」

「デンヴァーの広告代理店に勤務する商業イラストレーターだった」ヴィンスが答えた。「身元が判明したあとで作品を何点か見たが、かなりの腕前だったといわざるをえないな。なるほど、全国的に有名ではなかったが、自力で立派な鱒を釣りあげたばかりのようにトイレットペーパーを高々ともちあげている女性のイラストが広告ちらし用に欲しくなったら、声をかけるべき男はコーガンだった。週に二日、火曜と水曜はデンヴァーの会社で会議に出たり作品の打ちあわせをしたりして、それ以外の日は自宅で作業をしていたそうだ」

　ステファニーは視線をデイヴに移した。「で、さっきの歯医者は監察医のカスカートに話をしたんですね? そうなんでしょう?」

「脳味噌エンジン全開の勢いだな、ステッフ」デイヴはいった。「カスカートの手もとには、コロラド・キッドの受けた歯科治療がわかるようなレントゲン写真がなかった。そんな設備がなかったからだし、郡記念病院ならレントゲン写真も撮影できたはずだが、キッドの死体をわざわざ送る理由は見あたらなかった。それでも、歯の詰め物はすべて記録してあったし、歯冠がかぶさっていた歯も二本あった。すべてが一致したよ。つづいてカスカートは、死人の指紋をニーダーランド警察に送った。警察はデンヴァー警察署から鑑識技官を呼んでジェイムズ・コーガンの自宅に派遣し、コーガンの自宅仕事場のあちこちに粉をふりかけて指紋を採取させた。コーガン夫人――アーラ――は指紋採取をしていた技官に、指紋が見つかるとは思えない、夫の仕事部屋は隅々まですっかり掃除したからだ、といった。掃除をしたのはもう夫が帰ることはないとようやくあきらめがついたからだ……夫は自分を捨てて去ったか（本心からそう信じてはいなかった）、あるいはその身になにか恐ろしいことがあったのだろう（こちらを信じつつあるところだった）。

指紋採取担当の技官は、仕事場にしていた書斎でコーガンが〝かなりの長期間にわたって〟過ごしていたのであれば、指紋がまったくないということはない、と答えたよ」デイヴはここで間をおいて、ため息をひとつ洩らし、まだかろうじて残っている髪の毛を手で梳《す》きあげた。「指紋はちゃんとあった。かくして名なし男、またの名コロラド・キッドの身元が判明した。ジェイムズ・コーガン、四十二歳、コロラド州ニーダーランド在住。アーラ・コーガンの夫にして、マイクル・コーガンの父親。ジェイムズ失踪時に生後半年だった息子マイクルは、父親の身元が判明したときには、まもなく二歳を迎える幼児になっていた……」

ヴィンスは立ちあがると、両手の拳《こぶし》を背中のくぼみにあてがった姿勢で伸びをした。

「さて、もう部屋にもどらないかね、諸君？　外はそろそろ肌寒くなってきたし、まだ多少の話が残っているのだからね」

13

三人は、もうつかっていない旧式のオフセット印刷機の裏側のアルコーブに隠れている洗面所を交替でつかった（ちなみに二〇〇二年からこっち、新聞はエルズワースで印刷されている）。デイヴが洗面所をつかっているあいだ、ステファニーは〈ミスター・コーヒー〉のスイッチを入れた。この物語ではない物語があと小一時間もつづくのなら（ステファニーはつづいてもおかしくないと感じていた）、三人ともコーヒーの一杯をありがたく感じるはずだ。

ふたたび三人がひとつところにあつまると、デイヴは小さな簡易キッチンからただよってくる芳香に鼻をひくつかせ、得たりとばかりにうなずいた。「おれが好きなのは、暮らしのために働く場所だからという理屈でキッチンを奴隷労働の場だと決めつけたりしない女だよ」

「ええ、わたしも男についてはまったくの同意見です」ステファニーはいった。デイヴが笑い声をあげてうなずくと（またもや〝巧いことをいった〟のである。午後だけで二回も。新記録だ）、ステファニーは巨大な古い印刷機のほうに頭を傾けた。「わたしにはあのしろもののほうが奴隷労働の場に見えますね」

「いやいや、見た目ほどではないぞ」ヴィンスがいった。「しかし、あいつの先代の機械は恐怖そのものだったな。ちょっと油断しただけでも、あっさり腕をもぎとられてしまうほどだった。いや用心してたって、手痛い一発を食らわされたものさ。さて、話はどこまでだった？」

「ひとりの女性が、夫に先立たれていたことを知らされたところです」ステファニーはいった。「奥さまは遺体を引きとりにやってきたんですね？」

「ああ」デイヴが答えた。

「おふたりのどちらかが、バンゴアの空港で奥さまを出迎えて、この島に連れてきたのでは？」

「きみはどう思う？」

　これはステファニーにも長考せずに答えられる質問だった。一九八一年の十月下旬、あるいは十一月の初旬にもなっていれば、コロラド・キッドはメイン州の当局関係者にとって重要な事案ではなくなっていた……いや、そもそも窒息死した男にすぎないのだから、最初からきわめて些細《ささい》な事案でしかなかった。ありていにいえば、身元不明の死体というだけだった。

「あなたがたはそうしたに決まっています。奥さまには、メイン州にはおふたり以外に頼れる友人がひとりもいなかったんですから」この考えが、ステファニーに奇妙な影響をおよぼした――こんなふうに考えることで、アーラ・コーガンがアガサ・クリスティの推理小説や《ジェシカおばさんの事件簿》のエピソードに登場するチェスの駒などではなく、れっきとした現実の人間だったことが（それをいうなら、いまもどこかでほぼ確実に生きている人間であることが）改めて実感されてきたのだ。
「わたしが迎えに出たよ」ヴィンスが静かにいった。椅子に腰かけたまま身を乗りだし、両手に目を落とす。いまその両手は膝の下で組みあわされて、流木の瘤《こぶ》の形をつくっていた。「それにアーラは、わたしの予想とはまったく異なっていた。どういう女性かを頭で勝手に想像していたんだな――見当ちがいの考えをもとにね。迂闊《うかつ》もいいところだ。新聞業界に身をおいて六十五年――そこにいるわが相棒の一生に匹敵する歳月だし、その男ももう自分で思っているような頭の切れる若者ではないわけだが――その六十五年のあいだには、それなりに死体を見てきた。そのほとんどは、ひと目見るだけでも、人の頭のなかに巣食っているロマンティックな詩のような考えを――たとえば〝われは見た、静かに横たわりし美しき乙女を〟みたいな考えを――叩き飛ばしてしまうような死体だった。だいたいにおいて、死体は醜悪だ。十中八九は、もはや人間にさえ見えない。しかし、コロラド・キッドにはこれがあてはまらなかった。それこそ、エドガー・アラン・ポー氏によるロマンティックな詩の題材になっても不思議はないほど見栄《みば》えがよかった。むろん写真を撮影したのは解剖の前だし、その点は覚えていてほしい。修正ずみの写真でも、一、二秒より長く見ていれば、やっぱり死人にしか見えなくなる（少なくともわたしには）。それはそれとして、灰色の頬と青ざめた唇、それに瞼が淡いラベンダー色を帯びていたコロラド・キッドには、どことなくハンサムな雰囲気があったのも事実だね」

「ぶるるっ」ステファニーはそういったが、ヴィンスがいったこともわかるような気がしたし、たしかに頭に浮かんできたのはポーの詩だった。亡きレノアを主題にした詩。

「そうともさ。おれにはまことの愛にきこえるね」デイヴはそういって立ちあがり、コーヒーをカップにつぎにいった。

14

ヴィンス・ティーグは、ステファニーにはカートンの半分にも見えるほど大量の〈ハーフ&ハーフ〉をコーヒーに入れると、話をつづけた。話をつづけるヴィンスの顔には、どことなく悲しげな笑みが宿っていた。

「要するに、わたしが青ざめた黒髪の美女を予想していただけだ。ところがじっさいやってきたのは、ずんぐりした体形で、顔にいっぱいそばかすのある赤毛の女性だった。一瞬たりとも、この女性の悲しみや不安が本物ではないかもしれないと疑ったことはないよ。しかし、心配に神経が蝕《むしば》まれたときに食欲をなくすタイプではなく、むしろ口寂しくなるタイプの女性だとはいえると思う。オマハだかデモインだか、そのあたりの土地から実家の人が子守りに来てくれたという話だった。ジェットウェイから出てきたときの姿……機内にもちこんでいた小さなバッグを肩にかけず、鳩胸の胸もとにかかえこんでいた姿がどれほど途方に暮れて、どこかよるべない雰囲気をただよわせていたか、この先もずっと忘れそうもないな。予想とはまったくちがう女性だったし、亡きレノアではなかったが――」

ステファニーはぎくりとして、こう思った。《いまでは、三人のあいだにテレパシーが通じるようになったのかも》

「――それでも、ひと目で目的の人物だとわかったよ。わたしが手をふると、奥さんはわたしに近づいてきて、『ティーグさんですね？』といった。わたしが、そのとおりの人物だと答えると、奥さんはバッグをおろし、わたしを抱きしめてこういったんだ。『わざわざのお出迎え、ありがとうございます。いろいろとしていただいたこと、すべてにお礼をいわせてください。とても夫だとは信じられません……でも、写真を見て、すぐにあの人だとわかったんです』とね。

空港からここまでは、長時間のドライブだった――きみはだれよりも、そのことをよく知っているよね、ステッフ――だから、話をする時間はたっぷりとあった。最初にアーラがたずねてきたのは、夫のジムがメイン州の沿岸地帯でいったいなにをしていたのか、そのあたりに心あたりはないか、ということだった。だから、心あたりはなにもないと答えた。つづいてアーラは、例の水曜日の夜に夫が地元のモーテルにチェックインしていたのか、と質問して――」と、ここでヴィンスは言葉を切って、デイヴに目をむけた。「合ってるかな？　水曜日の夜で？」

デイヴはうなずいた。「ああ、奥さんがたずねた日なら、水曜でまちがってない。なぜなら、ジョニーとナンシーがコロラド・キッドの死体を発見したのは、一九八〇年四月二十四日、木曜日の朝だったんだから」

「全部覚えているんですね」ステファニーは目を丸くした。

デイヴは肩をすくめた。「その手のことは、頭にこびりついて離れないんだよ。それなのに家に帰る途中でパン一斤を買うって用足しはころっと忘れ、雨のなか、また出かけて買いにいく羽目になるんだから世話はないな」

ステファニーはまたヴィンスにむきなおった。「もちろん、死体になって発見される前の晩、コーガンはどこのモーテルにもチェックインしていなかったに決まってます。チェックインしていたら、あれほど長いあいだ名なしの男だったはずはありません。チェックインしていれば、たとえ偽名でもその名前で呼んだはず……でも、〝名なし〟なんて名前でモーテルにチェックインする人はいませんよね」

ステファニーが話をおえるずっと前から、ヴィンスはなんどもうなずいていた。「デイヴとわたしは、コロラド・キッドが発見されてから三、四週間というもの、このムース・ルッキット島を中心に、かのイエーツ氏なら〝しだいに広がりゆく螺旋《らせん》〟とでも形容したようなルートをたどり、その範囲のモーテルを虱《しらみ》つぶしにあたったよ。もちろん、余暇を利用してね。いっちゃなんだが、夏の観光シーズンだったら不可能といってもいい難事だよ。モーテルや民宿や貸しコテージや一泊朝食つきの宿屋が、ざっと四百軒はあるうえに、ティノック・フェリーの船着き場から車で半日の範囲では、種々さまざまな部屋貸し商売がしのぎを削っているんだ。しかし四月なら、ちょっとしたアルバイト仕事みたいなものさ。十一月末の感謝祭から五月末の戦歿将兵追悼記念日《メモリアル・デイ》までは、七割の宿泊施設が休業しているからね。だからわれわれは、例の写真を片はしから見せてまわったよ」

「成果はなかった?」

「まるっきりの無駄足さ」デイヴが認めた。

ステファニーはヴィンスにむきなおった。「その話をあなたからきいて、奥さまはなんと?」

「なにもいってなかったよ。当惑していたんだ」ヴィンスは言葉を切った。「少し泣いていたな」

「そりゃ泣きもするさ。かわいそうに」デイヴがいった。

「それで、あなたはなにをしたんです?」ステファニーは全神経をヴィンスに集中させたまま、そう質問した。

「わが仕事を」ヴィンスは一瞬のためらいもなく答えた。

「なぜなら、あなたはいつでも知らずにはいられない人だから」ステファニーはいった。

ヴィンスは、もつれあったげじげじ眉を吊りあげた。「そう思うのか?」

「ええ、思います」ステファニーは答え、確認を求める視線をデイヴに投げた。

「図星をさされたようじゃないか、相棒」デイヴはいった。

「問題は――それもきみの仕事なのか、ということだよ、ステッフィ」ヴィンスは意地のわるい笑みをのぞかせた。「わたしはそうだとにらんでるよ」

「もちろん」ステファニーは、ほとんど考えないまま答えていた。数週間前からわかっていたことだった。アイランダー紙で働く前にたずねられたら、こんなへんぴな土地でのインターン経験をもとに一生の仕事を決めるなどという話は一笑に付していたはずだ。けれども、メイン州の沖合にあるムース・ルッキット島とニュージャージーを天秤にかけて後者に決めかけていたステファニー・マッキャンが、いまでは自分でも別人に思えていた。本土者だと。「奥さまはどんな話をきかせてくれたんです? なにを知っていたんです?」

ヴィンスは答えた。「ただでさえ奇々怪々な話を、輪をかけて奇々怪々な話にするだけのことを話してくれたよ」

「早く教えてください」

「よかろう。しかし、事前に警告しておく──一本通っていた筋は、ここでおわりだ」

ステファニーにためらいはなかった。「話してください」

15

「一九八〇年四月二十三日の水曜日、ジム・コーガンはデンヴァーの広告代理店、マウンテン・アウトルック社に行くために家を出た──いつもの水曜日とまったく変わったようすはなかった」ヴィンスはいった。「これはアーラが話したことだよ。そのときジム・コーガンは、当時とりくんでいたサンセット・シボレー社のための絵をまとめたポートフォリオをもっていた。サンセット・シボレー社は地元の大手自動車会社で、マウンテン・アウトルック社に山ほどの印刷広告を発注していた──別格の上得意だったわけだ。ジムは過去数年間このサンセット・シボレー社の広告を担当していた四人のイラストレーターのひとりであり、アーラは同社がジムの作品に満足し、ジムも同社の仕事で満足を得ていたことはまちがいない、と話していた。話によれば、ジムがいちばん得意としていたのは〝びっくり女〟のイラストだったそうだ。なにかとたずねると、アーラはちょっと微笑んで教えてくれたよ──目と口を大きくひらき、決まって両手で自分のほっぺたをぴしゃりと叩いている愛らしい女のイラストのことだ、とね。つまり、『びっくり、サンセット・シボレーでなんていい買い物ができたんでしょう!』といっているようなイラストということだな」

ステファニーは笑った。そういえば、そんなイラストを目にしたことがある——よく見たのは、海峡をわたった先のティノックの町の〈ショップ&セイブ〉においてある、無料のPR誌のページだ。

ヴィンスはうなずいていた。「アーラにもけっこうな芸術の才があったよ——ただし言葉の面でね。そんなアーラが言葉で描いてくれたのは、妻と赤ん坊と自分の仕事をこよなく愛していた、しごくまっとうな男の肖像だった」

「ときに愛は目を曇らせて、見たくないものを見ないことがあります」ステファニーは意見を述べた。

「若いのに、ずいぶんひねくれたご意見を!」デイヴは叫んだが、そこにはステファニーの発言を美味に思っている響きがないではなかった。

「そうともさ。しかし、いい指摘ではあるな」ヴィンスはいった。「ただし、これだけはいえる——一年と四カ月の歳月があれば、人は愛で薔薇色《ばらいろ》に曇っていた眼鏡をはずすものだ、とね。なにかあれば——たとえば仕事上での不満か、こちらのほうがありふれた話だが、奥さんに秘密のかわいい愛人がいたとか、そういったことがあれば、男が全知全能で、全知全能ならではの用心ぶかさをそなえていないかぎり、アーラがかならず気配を嗅ぎつけていたはずだと思う。というのも、その一年四カ月のあいだ、アーラは夫ジムの知りあい全員から話をきいているんだよ。それも大半からは二回もだ。話をきいた全員が異口同音におなじ話をした。ジムは仕事を愛していた、妻を愛していた、子どもを心の底から溺愛していた、とね。どんな話をしても、最後にはその点にもどっていたな。『あの人がマイクルをおいて出ていくはずがないんです』アーラはそういっていたよ。『それだけはわかるんですよ、ミスター・ティーグ。わたしの魂がそういっていますから』」ヴィンスは、《わたしを好きに訴えろ》というように肩をすくめた。「わたしはその言葉を信じたよ」

「ジム・コーガンが仕事に飽きていたということはないんですか？」ステファニーはたずねた。「転職願望があったということは？」

「そういうことはなかったという話だ。ジムは山のなかにあった自分たちの家のことも愛していたし、玄関のドアにはミュージカルの曲にひっかけた《ヘルナンドの隠れ家《ヘルナンドス・ハイダウェイ》》というプレートまで飾っていたというよ。それにアーラは、サンセット・シボレー社の仕事で何年もいっしょに仕事をしていた同僚からも話をきいていてね。あの男の名前はなんといったっけな、デイヴ、覚えているかい——？」

「ジョージ・ランキンかジョージ・フランクリンだ」デイヴがいった。「どっちだったかは思い出せない。頭からすっぽ抜けててね」

「あんまり気に病むな、ロートル」ヴィンスはいった。「かの名選手のウィリー・メイズも、たまに凡フライを捕りそこねていたじゃないか——引退の間近には」

デイヴは舌を突きだした。

ヴィンスは、こういった子どもっぽい反応こそ編集人に期待していたものだといいたげにうなずいてから、中断していたところから話を再開した。

「ランキンかフランクリンという苗字のイラストレーターのジョージは、ジムがおのれのもてる才能が許す範囲で、すでに頂点をきわめていたといっても過言ではない、とアーラに話したそうだ。さらに、ジムは自分の限界を知っているだけではなく、それに充分満足していた幸運な人間のひとりだった、ともね。ジョージによれば、ジムに野心が残っていたとすれば、マウンテン・アウトルック社のアート部門の責任者になることだったという。そんな野心のもちぬしだったら、ふとした気まぐれでニューイングランド地方の沿岸地帯にふらりとやってくるというのは、どう考えてもジム・コーガンらしくはないね」

「しかし、アーラは夫がまさにそうしたと考えていたのですね」ステファニーはいった。「ちがいますか？」

ヴィンスはコーヒーのカップをおいて、柔らかな白髪に指を通した。髪の毛は、それでなくてもかなり乱れていた。「アーラ・コーガンも、われわれみんなとおなじなんだよ。そう、証拠から逃れられない囚人だったんだ。

さて、ジェイムズ・コーガンは問題の水曜日の朝六時四十五分に自宅を出ると、車でボールダー・ターンパイクを経由してデンヴァーにむかった。荷物は、先ほどわたしが話したポートフォリオだけだった。服装はグレイのスーツと白いシャツ、赤いネクタイとグレイのコート。ああ、そうだ、足には黒いローファーを履いていたそうだ」

「緑のジャケットではなかった？」ステファニーはたずねた。

「緑のジャケットではなかった」デイヴがいった。「だけど、グレイのスラックスと白いシャツ、黒いローファーというのは、ジョニーとナンシーが発見したときの――つまり、海岸で屑《くず》かごによりかかって死んでいたジェイムズ・コーガンの服装とほぼ一致するね」

「スーツの上着は？」

「発見されなかった」デイヴがいった。「ネクタイもね――だけど、ふつうネクタイをはずしたら、男はスーツの上着のポケットにしまいこむもんだ。行方不明のグレイのスーツの上着がもし本当にどこかで発見されれば、ポケットにネクタイがあるほうに賭けてもいいとさえ思うな」

「そして午前八時四十五分、ジム・コーガンはオフィスの製図板の前に立っていた」ヴィンスはいった。「描いていたのは、〈キングスーパーズ〉の新聞広告用のイラストで――」

「なんですか、それは――？」

「スーパーマーケットのチェーンだよ」デイヴが説明した。

「そして十時十五分ごろ」ヴィンスは話をつづけた。「ランキンかフランクリンという苗字のイラストレーターのジョージは、エレベーターにむかうわれらがコロラド・キッドと出くわした。コーガンは、昼食をデスクでとるつもりだから、これから角を曲がったところの〈スターバックス〉まで行って、当人いうところの〝本物のコーヒー〟とエッグサラダ・サンドイッチを仕入れてくる、と話し、なにか買ってきてほしいものはあるか、とジョージに質問した」

「ティノックまで車を走らせてくるあいだに、そういう話をアーラからききだしたんですか?」

「そうだよ。アーラをカスカートのところに連れていって話をさせ、写真を見たうえでの正式な身元確認をしてもらい――『これはわたしの夫、ジェイムズ・コーガンにまちがいありません』――遺体の発掘許可証にサインしてもらうためだ。カスカートはわたしとアーラを待っていたよ」

「わかりました。横槍入れちゃってすみません。つづけてください」

「質問したことを謝るものじゃない、ステファニー。質問をするのは記者の仕事なんだ。さて、イラストレーターのジョージ――」

「――苗字はランキンかフランクリン」デイヴが合いの手をいれた。

「そう、そのジョージだ。ジョージはコーガンに、コーヒーはいらないと答えたものの、エレベーター・ホールまでいっしょに歩いていった。だからふたりは、近づく退職祝いのパーティーについてちょっと話すことができた――退職するのはヘイヴァティという男で、この広告代理店の創設者のひとりだった。パーティーは五月中旬に予定されていて、イラストレーターのジョージがアーラに話したところでは、ジム・コーガンはパーティーにたいそう乗り気で心待ちにしているようすだった、という。ふたりが退職記念のプレゼントについてのアイデアをあれこれ交換していたところに、エレベーターが到着した。コーガンはエレベーターに乗り、また昼休みにでも打ちあわせをしよう、それからほかの人の――というのは、同僚の女性社員のことだが――意見もきこう、とイラストレーターのジョージにいった。イラストレーターのジョージはそれは名案だと賛成し、コーガンが小さく手をふったところで、エレベーターのドアが閉まった。かくしてジョージは、コロラド州内でコロラド・キッドを見たと記憶している最後の人間になった」

「イラストレーターのジョージ……」ステファニーは驚嘆に近い口調だった。

「もしジョージが、『あ、ちょっと待ってくれ。いま上着をとってくるから、角を曲がるところまでいっしょに行こう』といっていたら、はたしてどうなったことと思います？」

「それを知るすべはないな」とヴィンス。

「その人はコートを着てたんですか？」ステファニーはたずねた。「ジム・コーガンは？　会社から外に出ていくときに、グレイのコートを着てたんですか？」

「おなじことをアーラも質問したが、イラストレーターのジョージには記憶がなかった」ヴィンスは答えた。「着ていなかったと思うというのが、ジョージには精いっぱいの答えだった。しかし、おそらく正解だろうな。〈スターバックス〉とサンドイッチ屋はとなり同士で、その二軒は本当に角を曲がってすぐだったんだから」

「アーラは、それ以外にも受付係がいたといってる」デイヴが割ってはいった。「しかし、受付係の女は、コーガンとジョージがエレベーターにむかうのを見た覚えはないと答えた。おそらく自分は〝一分ほどデスクを離れていたにちがいない〟といってね」そういって不興もあらわに頭を左右にふる。「ミステリー小説なら、こんな展開はありえないな」

しかし、ステファニーの頭はべつのことをとらえていた。いま自分は、テーブルにロースト料理が載っていないながらパン屑を拾っているのではないか、という思いが頭をよぎった。ステファニーは左手の人さし指を左頬の横に立てた。「イラストレーターのジョージがコーガン――コロラド・キッド――にバイバイと手をふったのは、午前十時十五分前後ですね。いえ、じっさいにエレベーターが到着してコーガンが乗りこんだときには、十時二十分になっていたかもしれません」

「そうともさ」ヴィンスはいった。いまヴィンスは目を輝かせてステファニーを見つめていた。いや、ふたりともそうしていた。

つぎにステファニーは右手の人さし指を右頬の横に突き立てた。「そして、この島と海峡をはさんだ反対のティノックにある〈ジャンズ・ウォーフサイド〉のカウンター係の女の子が、海を見晴らすテーブルでフィッシュ&チップス・バスケットを食べているコーガンを見かけたのは、午後の五時半前後でした」

「そうともさ」ヴィンスはおなじことをくりかえした。

「メイン州とコロラド州の時差は？　一時間ですか？」

「二時間だ」とデイヴ。

「二時間」ステファニーはそういっていったん言葉を切り、こうつづけた。「二、二時間。つまり、イラストレーターのジョージが最後にコーガンを見たとき……問題のエレベーターのドアが閉まったとき、メイン州ではすでに正午をまわっていたことになります」

「時刻がどれも正しいと仮定すればね」デイヴがうなずいた。「ま、おれたちには仮定することしかできない——そうだろ？」

「そんなことが可能ですか？」ステファニーはふたりにたずねた。「コーガンはそれだけの時間でデンヴァーからここまでやってこられたんでしょうか？」

「イエス」ヴィンスがいった。

「ノー」デイヴがいった。

「かもしれないな」ふたりが同時にいった。ステファニーは手にしたコーヒーカップさえ忘れ、狐につままれたような気分でふたりの顔を交互に見つめていた。

16

「この話がボストン・グローブのような新聞にむかない理由は、まさにこの点にある」ヴィンスは小休止をとってミルクをたっぷり入れたコーヒーをひと口飲み、考えをまとめてから、おもむろに話をつづけた。「たとえ、われわれが先方にこの話を明かしても、だ」

「しかし、おれたちは明かさなかった」デイヴが割りこんだ（それも、いささか不機嫌そうに）。

「そう、明かさなかった」ヴィンスはうなずいた。「しかし、もし明かしていたら……。いいかね、グローブやニューヨーク・タイムズといった大都会の新聞が単発なり連載なりで特集記事を掲載するときには、なんらかの答えを読者に提供したいと考えるんだよ――それが無理でも、せめて答えをほのめかしたい、とね。では、それがわたしにとって問題になるのか？　ああ、問題は大ありだ！　大都会の新聞ならどれでもいいが、一面にはどんな記事が載っている？　ニュース記事に見せかけた疑問ばかりじゃないか。オサーマ・ビンラーディンはどこにいるのか？　不明。大統領は中東でなにをしているのか？　われわれにはわからない——大統領当人にだってわかっていないのだからね。卵は景気はこれからよくなるのか、どん底に落ちこむのか？　専門家さえ百家争鳴だ。卵は健康にいいのか、わるいのか？　どの研究結果に目を通すかに左右される。それどころか天気予報を読んでも、この地方でいう〝北東風〟がその名のとおり北東から吹いてくるのかどうかも判然としない。この前の予報でしくじって、予報官が大恥をかいたからだ。だから、たとえば少数民族の住宅問題をあつかった特集記事を載せるとなれば、大新聞は〝AとBとC、およびDを実行しさえすれば、この問題は西暦二〇三〇年には解決を見るだろう〟といえるようにしたいわけだ」

「で、そんな新聞が〈未解決の謎〉シリーズの記事を載せるとなったら——」デイヴがいった。「連中はこういえるようにしたいんだよ。沿岸地帯の怪光現象は雲に地上の光が反射したものであり、教会ピクニックの毒殺事件はおそらく交際相手に袖にされたメソジスト教会の事務職員の仕業だ、とね。しかし、こちらの時間の問題をうまく処理しようとなると……」

「そう、きみがたまたま指摘した問題だね」ヴィンスが笑みをのぞかせていった。

「もちろん、どんなふうに考えようとも、こいつは支離滅裂だ」デイヴはいった。

「しかし、わたしはあえて支離滅裂になろうと思っているよ」ヴィンスはいった。「だいたいわたしは、この問題に首をつっこんだ当人だぞ。それこそダイヤルのまわしすぎで、電話が壁からはずれて落ちそうになったほどだ。だから、支離滅裂になる権利はあ

いた。

「おれの親父が昔よくいっていたよ。朝から晩までチョークを切り刻んでいても決してチーズにはならない、ってな」デイヴはそういったが、顔には淡い笑みがたたえられるのではないかな」

「至言だな。それでも、ちょっとばかりチョークを削らせてもらうよ」ヴィンスはいった。「エレベーターのドアが閉まったのが、コロラド州の属する山地標準時で十時二十分だったと仮定しよう。いいな？　また純粋に議論の前提として、これがすべて事前に計画されており、コーガンがエンジンをかけた車を路上に待たせていたとも仮定しようじゃないか」

「わかりました」ステファニーは真剣な目をヴィンスにそそぎながら答えた。

「空理空論の見本だな」デイヴは鼻を鳴らしたが、言葉と裏腹に興味をかきたてられた顔を見せていた。

「どのみち、現実味のない議論には変わらんさ」ヴィンスは同意した。「しかし、コーガンが十時十五分すぎにデンヴァーにいたことも、それから五時間と少しののち、〈ジャンズ・ウォーフサイド〉にいたことも事実。これも現実味のない話だが、事実は事実だ。さあ、話を先に進めてもいいか？」

「案内を頼むぞ、マクダフ」デイヴはシェイクスピアをまちがって引用した。

「もしコーガンがエンジンをかけた車を待たせていたとすれば、ステープルトン空港には三十分で到着できたはずだ。ただし、航空会社のフライトをつかったとは思えない。航空券を現金で買い、偽名をつかうことも不可能ではなかったが——当時はまだ可能だったんだ——そもそもデンヴァーからバンゴアまでの直行便は存在しなかった。それどころかメイン州のどこの空港にも、デンヴァーからの直行便はなかったんだ」

「調べたんですね」

「もちろん。航空会社のフライトを利用した場合、コーガンがもっとも早くバンゴアに到着できたのは午後六時四十五分だ。しかしこれでは、カウンター係の女の子がコーガンを目撃した時点のずっとあとになってしまう。じっさい一年のその時期では、もうムース・ルッキット島行きの最終フェリーは出航ずみだった」

「最終フェリーは六時だった？」ステファニーはたずねた。

「そう。五月中旬までは」デイヴが答えた。

「となると、コーガンはチャーター機を利用したにちがいありません」ステファニーはいった。「ジ、ジ、ジェット機をチャーターしたのでは？　デンヴァーからチャーターでジェット機を飛ばしている会社はありましたか？　それに、コーガンには飛行料金を払える余裕があったんですか？」

「どちらの質問への答えもイエスだ」ヴィンスはいった。「しかし、ジェット機をチャーターしたとすれば費用は約二千ドルにもなり、それだけの出費ならコーガン家の銀行口座になんらかの記録が残っているはずだな」

「ところが、そんな記録はなかった?」

ヴィンスはうなずいた。「コーガンの失踪に先立つ期間に、目立った大金が引きだされた記録はなかった。それはそれとして、コーガンはジェット機をチャーターしたにちがいないんだ。何社ものチャーター機の会社に問いあわせてみたところ、どこの会社の担当者も、好条件の日であれば——強いジェット気流が吹いていて、小型のリアジェットの35型あるいは55型が気流中央にまで上昇できる日ということだが——所要時間はわずか三時間か、それを若干うわまわるだけだ、といっていたからね」

「デンヴァーからバンゴアまでということですね」

「そうとも、デンヴァーからバンゴアだ——というのも、このあたりの沿岸地帯には、あの手のジェット機が着陸できる空港はないからね。わかるとは思うが、滑走路がどこも短すぎるんだ」

ステファニーにもわかる話だった。「で、あなたはデンヴァーのチャーター機会社を調べてみた?」

「調べようとはした。だが、この面でも収穫はほとんどなかった。機体の大きさにかかわらず、ジェット機を飛ばしていたチャーター会社は五社。そのうち話だけでもきかせてくれたのは、わずか二社だ。本来なら、わたしに話をする義理などないんだからな。それもそうだろう、わたしは事故死を調べているだけの小さな町のしがない新聞記者で、犯罪捜査にたずさわっている警官ではないからね。それに、話をきいたうちのひとりから指摘されたことだが、ステープルトン空港からジェット機を飛ばしているＦＢＯ各社を調べればいいだけの話ではなく――」

「そのＦＢＯというのは？」

「フィックスト・ベース・オペレーターの略だ――ビジネスジェット機支援サービス会社とでもいうかな。チャーター機の運航も、そういった会社の事業のひとつにすぎない。離着陸の許可をとり、お忍びの飛行でそのお忍び状態をたもちたい客のために小さなターミナルを整備し、さらに飛行機旅行の販売、整備、修理も請け負っている。大半のＦＢＯではアメリカ税関を通過することもできるし、高度計が故障していれば新品を買うこともできる。飛行時間が限界になったら、パイロット用ラウンジで八時間睡眠をとることもできる。ＦＢＯのなかには、シグナチャー・エア社のような大企業もある――ホリデイイン・ホテルやマクドナルドとおなじく全国にチェーン展開しているんだ。その一方、室内にスナックの自動販売機をおいて、滑走路のわきに吹き流しを立てているだけのような、経験と勘だのみの昔ながらの小さな会社もあるんだよ」

「ずいぶん調べたんですね」ステファニーはすっかり感じいっていた。

「そうともさ。おかげでわかったよ――ステープルトンにかぎらず、ほかのコロラド州内の空港をつかっているのは、コロラド州のパイロットとコロラド州の飛行機ばかりじゃないし、当時もいまもそれは変わらないということがね。たとえばニューヨークのラガーディア空港にあるＦＢＯの機が、コロラドにいる親戚のもとで一カ月ばかり過ご

そういう客を乗せてデンヴァーに来ることもある。その場合パイロット諸氏は、デンヴァーでニューヨークに行きたい客はいないかときいてまわるんだ——そうすれば空席のまま帰らずにすむからね」

「あるいは当節ではコンピューターのおかげで、あらかじめ帰りに乗せる客まですっかり決めていてもおかしくはないね」デイヴはいった。「わかるかい、ステフ?」

ステファニーには話はわかったし、それ以外のことも見えてきた。「つまりコーガン氏の飛行機強行軍の旅の記録が、ニューヨークから飛行機を飛ばしているエア・イーグル社のファイルにおさまっている可能性もないではないと」

「あるいは、ヴァーモント州はモントピーリアのエア・イーグル社かもしれず——」ヴィンスがいった。

「ワシントンDC発の——鷲《イーグル》なんて立派な名ではなく——子鴨ちゃん《ジャスト・ダッキー》ジェット社あたりかもな」デイヴはいった。

「しかもコーガンが料金を現金で支払っていたら」ヴィンスがいい添えた。「記録がまったく残っていない可能性も大いにある」

「でも、いろんなお役所がからんでくる話ですから——」

「そうとも」デイヴがいった。「数えあげてもきりがないほどね——連邦航空局《FAA》にはじまり国税庁《IRS》まであるんだから。いやいや、アルファベット順で途中のどこかに農業後継者協会《FFA》がなかったら驚きだ。しかし現金商売となると、書類は薄くなりがちだよ。ヘレン・ハフナーを覚えているだろ？」

もちろん覚えていた。〈グレイ・ガル〉のウェイトレス。息子が最近、樹上の隠れ家から落ちて腕を骨折したという女だ。《ヘレンはその金をそっくり自分のものにできる》ヴィンスはヘレン・ハフナーのポケットに入れるつもりの金について、そう話していた。

《おまけにアメリカ政府《アンクル・サム》は、最初から知りもしないことで頭を痛めたりしないという寸法だ》と。それにデイヴはこういい添えた。《それがアメリカン・ビジネスの流儀さ》

そのとおりだろう、とステファニーは思った。しかし、こういった事件の場合には、これがとびきり頭の痛い問題になった。

「つまり、わからなかったんですね」ステファニーはいった。「全力を尽くした……しかし、わからなかった、と」

最初ヴィンスは驚いた顔を見せたが、すぐ愉快そうな顔つきになった。「全力を尽くすという件についていわせてもらえばね、ステファニー、自分が全力を尽くしたかどうかを確実に知るすべはないように思うよ。大多数の人間は、自分はあと少しは力を出せたのではないかと思うよう運命づけられているのではないかな——いや、そう呪われているともいえる！　努力がむくわれて目標が達成できたときにさえ、そんなふうに思うくらいだからね。しかし、きみはまちがっている——わたしにはわかっているんだよ。コーガンはジェット機をチャーターして、ステープルトンから出発した。それが事実だったんだ」

「しかし、先ほどあなたは——」

ヴィンスは組みあわせた両手よりも、さらに前まで身を乗りだすと、視線をしっかとステファニーの目にすえた。「いいか、真剣に話をきき、こっちの指示には従うことだ。シャーロック・ホームズものの小説を読んだのははるか昔のことだから、正確な引用なんぞできはせん。しかしある作品に、この偉大なる名探偵が助手役のワトソン博士に大意こんなようなことをいう場面があるんだ。『ありえない可能性をすべて排除したあとでも残っている可能性があれば、どれほど突拍子もない可能性でも、それが答えにちがいない』とね。さて、われわれはコロラド・キッドが水曜日の午前中、それも十時十五分から十時二十分までは、デンヴァーのオフィスビルにいたことを知っている。さらにこの男が、同日午後五時半に〈ジャンズ・ウォーフサイド〉にいたと見て、ほぼまちがいはあるまい。さあ、さっきみたいに指を立てて見せてくれないか、ステファニー」

ステファニーはいわれたとおりにした。左の人さし指はコロラドにいたキッド。右の人さし指はメイン州にいたジェイムズ・コーガン。ヴィンスは組んでいた手をほどき、自身の右の人さし指をステファニーのおなじ指に一瞬だけふれさせた——老いと若さの中空での出会い。

「しかし、こちらの指を五時半とは呼べん」ヴィンスはいった。「カウンター係の娘を全面的に信頼する必要はないからだ。たしかに七月ほどてんてこまいな思いをしてはいなかったとはいえ、夕食《サパー》どきだったことを思うなら、やはり忙しかったことに変わりはないのだからね」

　ステファニーはうなずいた。このあたりでは、夕食《サパー》が早く来る。ディナー――ただし発音は〝ディナアッ〟――とは、昼に弁当箱から食べる食事のことで、漁に出ているロブスター漁船の船上でとることも珍しくない。

「だから、こっちの指は午後六時としよう」ヴィンスはいった。「最終フェリーの出航時間だ」

　ステファニーはまたうなずいた。「コーガンはそのフェリーに乗ったはず……ですよね？」

「まあ、海峡を泳いでわたったのならともかくね」デイヴがいった。

「あるいは、船をチャーターしていなければ……」ステファニーはいった。

「それもきいてまわったよ」デイヴはいった。「だけどもっと大事なのは、八〇年の春にフェリーの船長をしていたガード・エドウィックに話をきいたことだな」

《コーガンは船長にお茶をもっていったんだろうか？》気がつくとステファニーは、ふいにそんなことを考えはじめていた。《だってフェリーに乗りたかったら、人は舵取り《かじと》にお茶を奢《おご》ると決まっているのだから。あなたがいったことよ、デイヴ。それとも、舵取りとフェリーの船長さんはちがう人？》

「ステフ？」ヴィンスは心から気づかわしげな声でいった。「どうかしたのか？」

「いえ、なんとも。どうしてです？」

「なんだか……どういったものか……そう、奇妙なものに出くわしたみたいな顔をしていたぞ」

「ある意味ではそのとおりです。だって、これは奇妙な物語ですから」ステファニーはいいなおした。「いえ、これは物語じゃない。おふたりのおっしゃるとおりです。わたしが奇妙なものに出くわしたら、理由はそこにあると思います。たとえるなら、ありもしない綱の上を自転車で綱わたりするようなものですから」

ステファニーはそこでためらった。しかし、あえて先に話を進めて、自分をとことん馬鹿に見せようと肚をくくった。

「エドウィック船長がコーガンのことを覚えていたのは、船長になにかをあげたからではないですか？　コーガンが舵取りにお茶を奢ったという理由があったのでは？」

ふたりの男はしばらく黙ったまま、内心をうかがわせない目でステファニーを見つめているだけだった。年老いたふたりの顔のなかでは目だけが奇妙なほどに若く、甘やかなほどに若々しかった。やがてステファニーは、いまの不安と、自分をとことん馬鹿に見せてしまったという強まる一方の確信の息の根をとめるためだけに、笑うなり泣くなり、とにかくこの膠着《こうちゃく》を打破することを自分がしでかしそうだ、と思った。

ヴィンスが口をひらいた。「背すじの寒くなる偶然とはこのこと。たしかに、何者かが——男が——操舵室を訪れて、もってきた紙コップいりのコーヒーをガードに手わたしていたんだよ。ふたりがかわした会話は、二言三言にとどまった。忘れていないと思うが、時節は四月、あたりははや暗くなりかけていた。男は『波も穏やかで揺れないね』といい、これにガードは『ああ、そうともさ』と答えた。それから男は、『長いとここには来ていなかった』といったか、あるいは『ここに来るには長くかかった』だか、そんなようなことをいったらしい。ガードは、もしかしたら『リドル、が来るには長くかかった』だったかもしれないと話していたよ。そんな名前があるんだな。ティノックの電話帳には見つからなかったが、ほかの何カ所かの電話帳では見つけたよ」

「そのときコーガンは、緑のジャケットを着ていたんですか？　それともコートを？」

「ステフ」ヴィンスはいった。「男のコートのあるなしを覚えてなかったどころじゃない——いや、法廷での宣誓証言となったら、ガードは男がはたして徒歩だったのか馬に乗っていたのかときかれても、証言できなかったはずさ。ひとつには、あたりが暗くなりかけていたからだ。ちょっとした親切なおこないとわずかな会話を、一年半もたってから思い出したというのが、ふたつめの理由。そして三つめの理由は……うむ、老ガードは……その……」そういってヴィンスは、酒瓶を傾けるしぐさをして見せた。

「死人をわるくいうものじゃないが、ガードは底抜けの大酒飲みだったよ」デイヴがいった。「八五年にはフェリーの舵取りの職をうしなって、町役場から除雪車の運転手の職につけられた。まあ、これは家族が飢えないようにという配慮だな。なにせ、ほら、子どもが五人もいたうえに、かみさんが多発性硬化症をわずらっていてね。だけど最後には、除雪車を大破させちまった。べろんべろんに酔っぱらってメイン・ストリートの除雪作業をしていたときだった。やつのせいでケツも凍える二月のクソ寒いときに、町が一週間も停電しくされやがった——いや、これはクソ汚いお下品言葉で失礼。そんなこんなでガードは馘《くび》になり、町に食わせてもらう身分になった。そんな男がそれ以上は思い出せないといって、それで驚くことがあるか？　まさか。おれはちっとも驚かないね。だけど、ガードが思い出したことから、これだけは確実にいえると思う——そうともさ、コロラド・キッドはその日の最終フェリーで本土から島にやってきた。それに、ああ、そうともさ——やつは舵取りにお茶だかなんだか、その手の品の同等品を操舵手に奢ったんだな。おまえさんのおかげで、思い出せてよかったよ、ステフ」

　そういってデイヴは、ステファニーの手をやさしく叩いた。ステファニーはデイヴに笑みをむけたが、その笑みにはどことなく困惑があった。

「きみも話していたとおり」ヴィンスが話を再開した。「二時間の時差という要素を考えに入れなくてはいけないね」いいながらヴィンスは、ステファニーの左手の指を右手の指に近づけた。「コーガンがオフィスを出たのは、メイン州の属する東海岸時間で十二時十五分すぎ。オフィスのあった建物のロビー階でエレベーターのドアがひらくなり、コーガンはのんびりとした変わりばえのない毎日の行動パターンをかなぐり捨てる。まさにその瞬間に。コーガンは全速力で外へ出る。がむしゃらに走っていった先は、スピードの出る車と、それに負けないスピード狂のドライバーが待っている場所だ。

そして三十分後、コーガンはステープルトン空港のFBOに到着、五分後にはプライベートジェットのタラップをあがっていく。このあたりも決して偶然に頼ったりせず、周到にお膳立てしていたんだ。そうに決まっている。定期的といえるペースでプライベートジェットで旅をし、到着先で二週間を過ごすような人種はたしかに存在する。そんな人々を目的地まで運んでいく人たちは、その二週間のあいだ、ほかのチャーター仕事をして過ごすわけだ。われらがコロラド・キッドならそういった飛行機のひとつに目をつけたはずだし、ステープルトン空港から——東へむかって——引き返していくジェット機に乗れるよう、現金で話をつけていたと見ていい」

ステファニーはいった。「自分が乗るはずのジェット機の前の乗客が、直前にフライトをキャンセルしていたら、コーガンはどうしたんでしょう？」

デイヴは肩をすくめた。「まあ、天気がわるかった場合とおなじことをしただろうな。つまり、決行を延期したはずさ」

そのあいだヴィンスはステファニーの左の人さし指を、またわずかに右の指に近づけていた。「さてと、東海岸では時間は午後一時近くだ。しかし、われらが友コーガンは、少なくとも保安検査がらみの時間を食う手続にやきもきする必要はない。一九八〇年にはそんなものはなかったし、プライベートジェットで飛ぶとなれば、なおさらだ。さらにわれわれは——ここでも——以下のように推定するしかない。一本だけの滑走路を利用するために、ほかの飛行機ともども順番待ちの列にならぶ必要はなかった、と。順番待ちをしたら、コーガンのスケジュールが大幅に狂ってしまうからだし、そのあいだこちら側では――」ヴィンスはステファニーの右手の指にふれた。「――くだんのフェリーが待っていた。その日の最終フェリーがね。

さて、フライトの所要時間は三時間だ。なにがどうあれ、その点はいえるな。ここにいるわが同僚はインターネットにハマっていてね。首ったけというくらい惚れこんでいるんだが、そのわが同僚がいうには、当日は飛行に適した天候だったし、天気図を見ればジェット気流がまさしく、どんぴしゃりの場所を吹いていたと――」

「ただし、気流がどの程度の強さだったかという点については、情報が見つからなくてね」デイヴがいい、ちらりとヴィンスに目をむけた。「そもそも、おまえさんの議論は牽強付会《けんきょうふかい》なんだから、それを思えば、これも真の問題点ではなかろうが」

「フライトの所要時間は三時間、これはいえると思う」ヴィンスはくりかえし、ステファニーの左手の指（いつしかステファニーが〝コロラド・キッド指〟と考えるようになっていた指）を動かして、右手の指（こちらの指のことは〝間近に死が迫ったジェイムズ・コーガン指〟と考えるようになっていた）と五センチも離れていないところにまで近づけた。「それ以上の時間がかかったはずはないからね」

「事実がそれを許さないから……ですね」ステファニーはつぶやいた。この考えに魅了されていた（と同時に真実をいうなら、少し恐ろしく感じてもいた）。昔、ハイスクール時代に『月は無慈悲な夜の女王』という題名の長篇SFを読んだことがあった。月がその題名どおりの存在かどうかは知らないが、いまステファニーは、時間についてはそのとおりだと信じるようになっていた。

「そう、事実がそれを許さない」ヴィンスがくりかえした。「午後四時、あるいは四時五分に――四時五分としておこうか――ジェット機は着陸し、コーガンはツインシティ・シヴィル・エア航空社を利用して降機した。この会社は、当時バンゴア国際空港にたった一社だけあったFBOで――」

「コーガンが到着した記録は残っていたんですか?」ステファニーはたずねた。「その点は確認しましたか?」

もちろん、ヴィンスが確認したことはわかっていた。確認したに決まっているし、そこからどんな結果が出たにせよ、たいして役に立たなかったこともわかっていた。これは、そういった種類の物語。いまにも噴きあげそうな気配をうかがわせていながら、決して飛びだしてこないくしゃみのような物語だからだ。

ヴィンスは微笑んだ。「もちろん確かめたとも。しかし、国土安全保障体制以前の牧歌的な時代には、ツインシティ社が一定期間にわたって保管している記録は会計帳簿だけだった。問題の日には、かなりの現金収入があった。なかには、午後遅い時間に大量の燃料を補給したことを示す伝票もあったよ。しかし、なんの意味もないかもしれないね。われわれに確かなことがなにもわかっていない以上、コロラド・キッドを運んできた人物がその夜はバンゴアのホテルに宿泊し、翌朝になってから飛行機を飛ばしたかもしれないし――」

「あるいは週末をこちらで過ごしたかもしれないぞ」デイヴがいった。「いやいや、パイロットがまたすぐ飛び立っていてもおかしくない。燃料を補給せずにね」

「デンヴァーから飛んできたのに、どうして燃料を補給せず出発できるんです?」

「近くのポートランドまでひと飛びしただけってこともある」デイヴはいった。「で、そっちの空港で燃料を補給したわけさ」

「どうしてそんなことを?」ステファニーはたずねた。

デイヴはにやりと笑った。そんなふうに笑うと、ふだんの生まじめな表情、わずかに愚かしくさえある正直そうな顔つきががらりと一変し、驚くほど狡猾《こうかつ》な顔つきになった。いくぶん子どもっぽい肉づきのいい丸顔の奥には、ヴィンス・ティーグに一歩もひけをとらないほど鋭く俊敏な知性が秘められているのではないか、という思いがステファニーの頭に浮かんだ。

「コーガンがミスター・デンヴァー・パイロットに金を払って、そうさせたのかもしれないぞ。書類という痕跡を残したくないという理由でね」デイヴがいった。「ミスター・デンヴァー・パイロットも、納得できる額の金さえもらえば、いわれたとおりにしたと考えるのが、妥当じゃないか」

「コロラド・キッドについていえば」ヴィンスが話を再開した。「この男にはまだ二時間近くの時間が残されている――その二時間でティノックへ行き、〈ジャンズ・ウォーフサイド〉でフィッシュ&チップス・バスケットを買い、テーブル席で海をながめながら食事をし、ムース・ルッキキット島行きの最終フェリーに乗るわけだ」話しながらヴィンスはゆっくりとステファニーの左手と右手の人さし指を近づけていき、最後にふれあわせた。

ステファニーはうっとりと見いっていた。「そんなことができたんですか？」

「そりゃできたかもしれん。しかし、言語道断にきついスケジュールだったはずだ」デイヴがため息とともにいった。「コロラド・キッドが死体でハンモック・ビーチに出現したという事実がなけりゃ、おれだったらそんな話を信じなかっただろうよ。あんたはどうだ、ヴィンス？」

「信じるものか」ヴィンスは考えるための一拍の間さえおかずに即答した。

デイヴはさらに話しつづけた。「ティノックの町から半径約十五キロの範囲には、未舗装の滑走路をもった飛行場が四カ所ある。どこも季節限定の飛行場だ。商売の大半は、夏場の観光客を相手にした遊覧飛行か、紅葉たけなわの時期の野山見物ツアーあたり。といっても、紅葉シーズンはせいぜい二週間しかないがね。コーガンが二機めの飛行機を――パイパーカブのようなプロペラ機あたりを――チャーターして、バンゴアから沿岸地帯まで飛んだのではないかという、まずありそうもない話をもとに、そっちのほうも調べてみたよ」

「で、そちらからも成果はひとつもあがらなかったんですね？」ステファニーはいった。

「ご明察だな」ヴィンスはそういって、にやりと笑った。こちらの笑顔は狡猾な雰囲気というよりも、むしろ陰鬱《いんうつ》な雰囲気だった。「デンヴァーのオフィスビルでコーガンを乗せたエレベーターのドアが閉まった瞬間からあとは、なにからなにまで、はっきりとつかむことのできない影ばかりなんだよ……あとは、死体がひとつあるだけだ。

　四カ所ある飛行場のうち三カ所は四月には閉鎖され、人っ子ひとりいない。だから、飛行機はそのどこにでも着陸することが可能だったはずだし、だれかに気づかれることもなかったはずだ。四カ所めの飛行場だが、その近くにメイジー・ハリントンという女が父親と六十頭ばかりの雑種犬といっしょに住んでいてね。この女がいうには、一九七九年の十月から一九八〇年の五月まで、飛行場には一機も着陸していない、ということだった。しかしこの女は、それこそ蒸留酒の工場みたいなにおいをさせていてね。だから、一年半も前のことは当然、それこそわたしと話をした日の一週間前のことだってまともに思い出せたかどうかは怪しいな」

「その人のお父さんは？」ステファニーはたずねた。

「全盲で、しかも片足を切断していたよ」デイヴがいった。「糖尿病だ」

「かわいそうに」ステファニーはいった。

「そうともさ」

「ジャックとメイジーのハリントン父娘《おやこ》には、しばしそのあたりをうろついていてもらおう」ヴィンスがじれったい声でいった。「コーガンがらみでは、〝二機めのチャーター機〟仮説を信じたことはないよ。ケネディ大統領暗殺にからんで、〝ふたりめの狙撃者〟仮説を信じたためしがないのとおなじだな。コーガンがデンヴァーで車を待機させていたのであれば——これを回避することはできないというのがわたしの意見だ——バンゴア空港の一般民間航空用ターミナルにも車を待機させていてもおかしくはないし、コーガンがじっさいにそうしたと信じているよ」

「突拍子もないにもほどがある」デイヴはいった。その口調に侮蔑《ぶべつ》の響きはないどころか、むしろ悲しげな響きだった。

「かもしれん」ヴィンスは臆するところもなく応じた。「しかし、ありえない可能性を除外したあとに残ったものが……おや、きみの頭のなかで犬が部屋に入れてくれといって、ドアを外からひっかいているんじゃないのか？」

「コーガンが自分で車を運転したとも考えられます」ステファニーは考えをめぐらせながらいった。

「レンタカーか？」デイヴが頭を左右にふった。「それはないんじゃないか。レンタカー会社はクレジットカード払いしか受けつけず、カードをつかえば書類の足跡が残るからね」

「それに——」ヴィンスがいった。「コーガンには、メイン州東部や沿岸地帯の土地鑑がまったくなかった。われわれが調べた範囲では、それまでメイン州に足を踏みいれたことは一回もない。きみなら、もう道はわかっているだろうな、ステッフィ。バンゴアからこの地方に来る道は、とりあえずエルズワースまでは主要な道路が一本あるだけだ。しかしエルズワースからこっちには、三通り、あるいは四通りのルートがあるし、この地方の出ではない本土の人間なら、たとえ地図があっても道に迷いがちだ。いや、ここはデイヴが正しいと思う。コロラド・キッドが車で陸路を移動するつもりであり、さらに自分の行動可能時間がどれだけ短いかを事前に知っていたのなら、おそらくドライバーを確保し、待機させておいたはずだよ。現金払いを受けつけて車を猛スピードで飛ばせるばかりか、道に迷わないドライバーをね」

ステファニーはしばし考えこんだ。ふたりの老人は、ステファニーにそのまま考えさせていた。

「ぜんぶで三人のドライバーですか」しばらくして、ステファニーは口をひらいた。「いや、これは途中でプライベートジェットを操縦したパイロットも勘定に入れての話ですが」

「副操縦士がいたかもしれないぞ」デイヴが静かに口をはさんだ。「なんにせよ、規則で定められているんだからね」

「突拍子もないにもほどがあります」ステファニーはいった。

ヴィンスはうなずき、ため息を洩らした。「お説ごもっとも」

「ドライバーであれパイロットであれ、ひとりも判明しなかったんですね？」

「そのとおり」

ステファニーはさらに考えをめぐらせた。今回は顔を伏せていたし、いつもはなめらかなひたいに深い皺が刻みこまれていた。今回もふたりの老人はステファニーの思索の邪魔をしなかった。おそらく二分ばかりたったと思われるころ、ステファニーは顔をあげた。「でも、どうしてですか？　これほどの大旅行をするなんて、コーガンにとって、なにがそれほどまでに大事だったんでしょう？」

ヴィンス・ティーグとデイヴ・ボウイはたがいに顔を見あわせてから、ふたたびそろってステファニーを見つめた。口をひらいたのはヴィンスだった。「それはいい質問ではないか」

デイヴがいった。「立派な質問だよ」

ヴィンスがいった。「核心に切りこむ質問だ」

「そりゃそうだ」デイヴはいった。「それこそずっと核心だったんだ」

そしてヴィンス――とても静かな声で。「われわれにはわからないよ、ステファニー。皆目わからなかったんだ」

つづいてデイヴ――ヴィンス以上に静かな声で。「ボストン・グローブ紙にはお気に召してもらえそうもないよ。ああ、これっぽっちも気にいってはもらえんな」

17

「いうまでもなく、うちの新聞はボストン・グローブ紙ではない」ヴィンスはいった。「バンゴア・デイリーニューズ紙でさえない。でもね、ステファニー、男であれ女であれ、一人前の大人がいきなり常軌を逸した挙に出たら、新聞記者たる者は——大都市の新聞でも小さな町の新聞でも変わらず——それなりの理由をさがすものだよ。そんな挙の結果、メソジスト教会のピクニックに参加した人たちのほぼ全員が毒殺されようが、結婚生活を送っていたひとりの紳士がウィークデイの朝にふっつりと姿を消し、それを境に二度と生きている姿をだれにも目撃されなくなろうが関係ない。さて——姿を消した男がどこにあらわれたのかも、そもそも男にはそんな場所に行きつくことすら不可能に思えることも、さしあたって忘れたうえで——そんなふうに常軌を逸した挙に出た理由として、どんなことが考えられるかを教えてほしい。ひとつ理由をあげるごとに指を立てていき……そうだな、最低でも指が四本立つまで教えてくれ」

《授業がはじまってるんだ》ステファニーは思い、さらにひと月ほど前にヴィンスがまるでその場の思いつきのように口にしていた言葉を思い出した。《ニュース商売で成功したければ、下品な心根をもつのも損にはならない》という言葉。そのときには奇妙な発言だと思ったし、耄碌《もうろく》した老人の言葉すれすれにさえ思えたものだったが、いまになればそれよりは多少理解できた気がした。

「セックスですね」ステファニーはそういって、左手の人さし指、別名〝コロラド・キッド指〟を立てた。「たとえば、ほかに交際していた女がいたとか」つぎの指を立てる。「お金の問題。思いつくのは借金か横領です」

「国税庁がらみを忘れちゃまずいな」デイヴがいった。「政府《アンクル・サム》に借金があって、その返済を迫られると、雲隠れしようとする連中もいるからね」

「この子はまだ、国税庁がどれほど始末のわるい相手になるのかを知らないんだ」ヴィンスがいった。「だから、その件でステファニーを減点してはいかん。ともあれ、妻の話ではコーガンには酷税庁がらみの問題はなかったというぞ。さあ、つづけたまえ、ステッフィ。いい線をいっているよ」

立てた指はまだヴィンスを満足させる数には届かなかったが、いまのステファニーはあとひとつしか理由を思いつけなかった。

「人生を新しくやりなおしたいという衝動ですか？」おぼつかない口調でたずねるその声は、ふたりの老人にきかせる言葉というよりも自分への質問にきこえた。「その……どういえばいいんでしょう……あらゆる関係を断ち切り、まったく新しい土地で新しい人間になって心機一転、まきなおしをはかりたいとかではないですか？」そのとき、ほかの理由がひょいと頭に浮かんできた。「狂気では？」これで立てた指は四本になった。セックスで一本、金で一本、変化を求める心で一本、そして狂気で一本。ステファニーは疑わしげな目で、最後の二本を見つめた。「それとも……変化を求める心と狂気はおなじものでしょうか？」

「かもしれないね」ヴィンスはいった。「さらにいえば、狂気という言葉には、人がなんとか逃げたいと思うような、あらゆる種類の依存症も含まれる――という議論も成りたつかな。そうやって依存症から逃げる行為が、〝地理療法〟と呼ばれる場合もある。わたしがいまとりわけ念頭においているのは、ドラッグとアルコールの依存症だな。ギャンブル依存症からも地理療法で脱出をこころみる人がいるが、こちらの問題は金のカテゴリーに分類してもいいのではないか」

「コーガンには、ドラッグかアルコールの問題があったんですか？」

「アーラ・コーガンは、なにもなかったといっていたよ。その手の問題が夫にあれば、アーラが勘づかなかったはずはないと思う。さらに一年四カ月も考える時間があったうえ、そのあげくに夫が死んでいたとわかったんだ。夫に問題があったら、隠さず話したはずではないか」

「でもね、ステッフィ」デイヴがいった（それも、いくぶんやさしげな口調で）。「考えてみれば、この一件のどこかには狂気の要素がかならずや潜んでいる、といいたくなってはこないか？」

ステファニーは、ハンモック・ビーチで屑かごに背をもたせかけてすわり、その姿勢で死んでいたジェイムズ・コーガンの姿を、コロラド・キッドの姿を想像した。肉の塊でのどを詰まらせ、瞼を閉じた目をティノックと目の前に広がる海峡にむけていた姿を。それから、深夜の軽食の残りをつまんでいるかのように指を曲げていた手を想像した。食べ残しのステーキは飢えた鷗がさらっていったにちがいなく、あとに残っていたのは手のひらを汚していた油に張りついた砂粒のべとつく模様だけだった。

「ええ」ステファニーはいった。「この件のどこかには狂気が潜んでいますね。あの人は知っていたのですか？　奥さまは？」

ふたりの男は顔を見あわせた。ヴィンスはため息をつき、剃刀《かみそり》のように細い鼻の側面をこすりはじめた。「知っていたかもしれない。しかし、そのときアーラは自分自身の生活という心配ごとをかかえていたんだよ。自分と息子の生活という心配ごとをね。あんなふうに夫がふいっと姿を消したら、残された女は大変な苦労をすると決まってる。アーラは昔の職場に復帰して、ボールダーの銀行で働きはじめはしたが、ニーダーランドの一軒家までは維持できなかった――〈ヘルナンドの隠れ家《ハイダウェイ》〉……」ステファニーは同情からくる胸の痛みをおぼえながら、低い声でつぶやいた。

「そうともさ、その家だ。アーラは自分の実家からの借金はわずかにとどめ、夫の実家からはまったく金を借りずに、なんとかやりくりをしていた。しかしその過程で、小さなマイクの大学進学のためにと夫婦で貯めていた金をあらかたつかってしまったんだな。ふたりでアーラに会ったとき、わたしはこの女性がふたつのものを求めていると判断するほかはなかった。ひとつは現実的なもので、もうひとつは……なんといえばいい……精神的なものか？」

ヴィンスはそういうと、自信のなさそうな目をデイヴにむけた。デイヴは肩をすくめ、その単語でいいといいたげにうなずいた。

ヴィンスは自分にうなずきかけ、話をつづけた。「アーラは、〝なにもわからない状態〟から脱したいと思っていたんだよ。夫は生きているのか、それとも死んでいるのか？　自分にはまだ夫がいるのか、それとも先立たれたのか？　希望をすべて捨て去るべきなのか、それともまだしばらく希望を背負っていなくてはいけないのか？　最後の疑問は、いささか人情味に欠けるようにきこえるかもしれないし、じっさいそのとおりかもしれない。でも一年四カ月もあれば、希望は肩にずんと重くのしかかってくるにちがいない——背負っていては歩けないほどの重さでね。

現実的な面での希望は単純なものだった。当然支払われるべき保険金の支払を、保険会社に求めていたにすぎないんだよ。保険会社憎しの気持ちに駆られた人間は、歴史をふりかえればアーラ・コーガンだけではないのはわかっている。しかし、その気持ちの強烈さで順位をつけるとするなら、アーラの名前をリストのかなり上位につけたいね。それまでもアーラは忍耐に忍耐を重ねてきていた。自分と息子のマイクルとで、ボールダーの三間か四間しかないアパートメントに住み——ニーダーランドのしゃれた一軒家とは雲泥の差だ——保育園や、かならずしも信頼がおけるとはかぎらないベビーシッターに息子をあずけ、本当はやりたくもない仕事をこなし、何年ものあいだ身をすり寄せる相手のいたベッドでひとり寝をかこち、請求書に頭を痛め、ガソリンの値段があがっていく一方なので車の燃料計の針から目を離せず……そんなこんなの毎日、アーラは心の奥底で夫がすでに死んでいると確信していたが、いくらアーラが心でわかっていても、死因がわからないばかりか、そもそも死体もない以上、保険会社がアーラの確信だけを根拠に保険金支払に応じるはずもなかった。

アーラはくりかえしわたしに、あの〝人でなしども〟——保険会社のことを、アーラは決まってそういっていたんだが——は、もしや夫の死を自殺だと主張して、保険金支払の義務から〝うまいこと逃げ〟ようとするのではないか、と質問してきたよ。だから、自分でのどにステーキ肉を詰まらせて自殺した人間なんてきいたこともない、といってやった。そのあとカスカートが同席して遺体写真による正式な身元確認がおわると、この監察医もおなじ話をアーラにきかせた。それでアーラも、いくぶんかは安心したみたいだった。

カスカートはすぐにこんな言葉を口にした。自分からコロラド州ブライトンの保険会社の代理店に電話をかけて、指紋の件やアーラが写真で身元を確認したことを説明しよう、とね。万事遺漏がないようにする、ということだ。それをきいて、アーラは少し泣いていたよ――ひとつには安心の涙、ひとつには感謝の涙だっただろうし、わずかに疲れからの涙もまじっていただろうよ」

「そうでしょうね」ステファニーは低い声でいった。

「それからわたしはフェリーでアーラをムース・ルッキット島に連れてきて、〈レッドルーフ〉に案内したんだ」ヴィンスはつづけた。「最初に島に来たときは、きみもあのモーテルに泊まっていたのではなかったかな？」

「ええ」ステファニーは答えた。過去一カ月ほどは賄《まかな》いつきの下宿に住んでいたが、十月になったらもっと本格的に腰を落ち着けるための住まいをさがすつもりだった。もちろん、このふたりの老いたる鳥が、自分をここにおいてくれたらの話。ふたりが自分をおいてくれそうな気がした。この話をいまきかせてくれているのも、広い意味ではそのためのようにも思えた。

「翌朝、おれたちはアーラと朝食をともにした」デイヴがいった。「うしろ暗いことの経験をもたず、新聞記者を相手にした経験もほとんどない人の例に洩れず、アーラはおれたち相手にも臆せずに、いろいろ話してくれた。まあ、話のどこかの部分がいずれ新聞の第一面を飾るなんて感じていなかったんだな」デイヴはいったん間をおいた。「もちろん、話のほとんどは紙面に出なかったよ。そもそもが、事件の基本的な事実を《ハンモック・ビーチで男の死体発見》《事件性なし――監察医見解》という具合に流しおえたら、のちのちまで紙面を賑《にぎ》わせるたぐいの話じゃない。それに、アーラが来たころには、すっかり過去のニュースだったし」

「一本、筋が通っていなかった……」ステファニーはいった。

「そう、まったく筋が通っちゃいなかったんだ！」デイヴが声高にいってから笑いだし、笑っているうちに咳きこみはじめた。咳がおさまると、デイヴはペイズリー柄の大きなハンカチをズボンの尻ポケットから抜きだして、目もとをぬぐった。

「アーラからは、どんな話をきかせてもらったんです？」ステファニーはたずねた。

「アーラにいったいなにが話せたというんだ？」ヴィンスがたずねかえした。「むしろ、アーラはもっぱら質問ばかりしてきたよ。わたしから質問したのは、チェルヴォネッツは幸運のお守りとかなにかの記念品とか、そういう品だったのか、ということぐらいさ」ヴィンスは鼻を鳴らした。「あの日のわたしは、新聞記者としてはからきしだめな人間だったな」

「そのチェルヴォ――」ステファニーは発音をあきらめて、かぶりをふった。

「コーガンのポケットにはいっていた何枚かの小銭に一枚だけ混じっていた、ロシアの硬貨だよ」ヴィンスはいった。「チェルヴォネツ。十ルーブル貨だよ。ご主人はその硬貨を幸運のお守りかなにかとして、肌身離さずもっていたのか、と質問したんだ。見当もつかないという答えだったよ。これまでにジムがいちばんロシアに近づいたのは、ふたりで〈ブロックバスター〉からジェイムズ・ボンド映画の《ロシアより愛をこめて》のビデオをレンタルしたときだ、というんだ」

「もしかしたら、浜辺で拾ったのかもしれませんね」ステファニーは考えをめぐらせながらいった。「ほら、海岸ではありとあらゆるものが見つかるじゃありませんか」

そう話すステファニー自身、ハンモック・ビーチから三キロ強離れているリトルヘイ・ビーチで、女もののハイヒールの靴の片割れを拾ったことがある。海と海岸のあいだで数えきれないほど突き転がされたせいだろう、靴は不思議なほどすべすべになっていた。

「ああ、そういうことかもしれないな」ヴィンスは同意し、じっとステファニーを見つめた。深い眼窩《がんか》の奥で両目がきらきらと光っていた。「ティノックでカスカートと会った翌日の朝のアーラについて、わたしがいまでもよく覚えているふたつの事実については知りたいかね？」

「もちろんです」

「まず、アーラがよく休んだように見えた点だな。それから、いっしょにテーブルを囲んだときのアーラが食欲旺盛《おうせい》だったことさ」

「そいつは事実だな」デイヴが同意した。「そりゃ、死刑囚がどれくらいたっぷりと食べるかにまつわる昔ながらの言葉もあるさ。だけどおれは前から、ようやく刑期をおえたり恩赦をあたえられたりした男——いや、女もだが——ほど健啖《けんたん》家ぶりを発揮するやつはいないと思ってる。ある意味では、アーラは恩赦を与えられたようなものだ。たしかに、どうして亭主がはるばるこんな土地にやってきたのか、こっちに到着してから亭主の身になにがあったのか、そんなことがアーラにわかる日は来ないかもしれないし、永遠にわからないことくらいわかっていたかもしれないが――」

「アーラはわかっていたとも」ヴィンスが肯定した。「空港まで送っていく車のなかで、わたしにそう話していたよ」

「――でも、重要なたったひとつのことだけは確実にわかった。そう、夫のジムが死んだ、という事実だけは。心はずっと前から、夫はもう死んでるとアーラにいいつづけていたかもしれません。でもアーラの理性をつかさどる頭は、証拠がないかぎりは先へ進めなかったと、そういうことですね」ステファニーはいった。

「いうまでもなく、厄介な保険会社を納得させるためにも証拠が必要だった」デイヴがいった。

「アーラは保険金を受けとれたんですか?」ステファニーはたずねた。

デイヴは微笑んだ。「受けとれたよ。会社はいくらか往生ぎわのわるさも見せたが――ほら、保険会社の連中は、契約をとるときは仕事が速いくせに、保険金の請求が寄せられると急にのろまになる傾向があるからね――最終的には保険金を支払ったよ。そういう意味の手紙がアーラから来たんだ。おれたちの骨折り仕事への感謝の念を書きつづった手紙がね。その手紙でアーラは、おれたちがいなかったら自分はいまも真実を知らずにあれこれ考えていただけだったろうし、保険会社の連中はいまもまだ、ジェイムズ・コーガンはブルックリンか、さもなかったらタンジールあたりでぴんぴんしてるかもしれないという主張をとりさげなかっただろう、と書いていたっけ」

「アーラはどういった質問をしていました？」ステファニーはたずねた。

「きみが予想するような質問だよ」ヴィンスはいった。「最初に知りたがったのは、フェリーをおりたコーガンがどこに足を運んだのか、ということだった。これには答えられなかった。わたしたちも、あちこちきいてまわったが――そうだよな、デイヴ？」

デイヴ・ボウイはうなずいた。

「しかし、コーガンの姿を覚えてる者はひとりも見つからなかった」ヴィンスはつづけた。「もちろん、そのときにはあたりはかなり暗くなっていたから、目撃者がいるはずだと考える根拠はひとつもないよ。ほかの乗客もわずかながらいたが――そもそも、その季節にはあまり乗客はいないし、最終フェリーならなおさらだ――みんなまっすぐにベイ・ストリートの駐車場目ざして歩いていったうえ、海峡から強い風が吹きつけていたもので、だれもがコートの襟に顔を埋めていたんだ」

「アーラはご亭主の財布のことも質問していたぞ」デイヴがいった。「おれたちに答えられたのは、だれも財布を見つけてないってことだけだった……というか、少なくとも警察に拾得物として届けてきたやつはいなかった。まあ、フェリーの船上でだれかがポケットから財布を掏摸《すり》とって現金だけを抜きだし、あとはまとめて船っぺりから投げ捨てた線もないわけじゃないがね」

「天国がロデオ会場だという可能性もないわけじゃないが、まずありそうもないな」

ヴィンスがそっけなくいった。「もし財布に現金を入れていたのなら、それ以外にもどうして金を——紙幣で十七ドルも——スラックスのポケットに入れておいたんだ？」

「万一のことを考えていただけかも」ステファニーはいった。

「そうかもしれない」ヴィンスはいった。「しかし、わたしにはしっくり来ないな。率直にいわせてもらえば、ティノックとムース・ルッキット島を結ぶ午後六時発のフェリー船上で掏摸が仕事に精を出していたという話は、デンヴァーの広告代理店に勤務する商業イラストレーターが、ジェット機をチャーターしてニューイングランドにやってきたという話以上に信じがたく思えるね——といっても、その差はわずかだが」

「ま、真相はどうあれ、おれたちはご亭主の財布のありかをアーラに答えてやれなかった、と」デイヴがいった。「それをいうなら、コーガンのコートとスーツの上着がどこに行ったのかも、シャツとスラックスだけという服装のご亭主が、あそこの砂浜でずわったまま死んでいるところを発見された理由も答えてやれなかったがな」

「タバコは？」ステファニーはたずねた。「奥さまはタバコのことで好奇心をかきたてられたはずです」

ヴィンスはいきなり大声で笑いはじめた。「好奇心なんていう言葉では足りないくらいだったさ。コーガンがタバコの箱をもっていたという話に半狂乱になっていたほどだよ。夫がなぜタバコをもっていたのかがまったく理解できなかったんだ。それにこっちも、コーガンがしばらく禁煙していたものの、またあの悪癖に染まろうと思いたつ人種でなかったことは、アーラから教えられるまでもなくわかっていたよ。検屍解剖にあたってカスカートは、かなり綿密にコーガンの肺を調べた。きみなら理由はわかるはずだが――」

「コーガンの死因が溺死《できし》ではないことを確かめたかったのでは？」ステファニーはたずねた。

「そのとおり」ヴィンスはいった。「もしドクター・カスカートの解剖の結果、ステーキ肉の塊よりも下の肺から水が発見されれば、何者かがコーガン氏の真の死因を隠蔽《いんぺい》しようと工作したことが示唆されたはずだ。それ単体では殺人だと立証するには不足だが、少なくとも殺人だったとしてもおかしくないという指標にはなる。ただしカスカートの解剖ではコーガンの肺から水は発見されなかったし、同時に喫煙の兆候も見つからなかった。ドクターの言を借りれば、きれいなピンクの肺だったそうだ。しかしコーガンはオフィスのあったビルからステープルトン空港までの道のりのどこかで――一秒も無駄にできないほど急いでいたに決まっているにもかかわらず――ドライバーに車をとめさせて、タバコを買ったにちがいないんだ。そうでなければ、それ以前に買っておいたかだな。わたしとしては、後者の仮説に傾きつつある。おそらくロシア硬貨もいっしょに」

「その話をアーラにきかせたんですか？」ステファニーはたずねた。

「いや」ヴィンスがそう返事をすると同時に、電話の呼出音が鳴った。ヴィンスはひとこと、「失礼」といって座をはずし、電話に出た。

電話での会話は手短だった。ヴィンスは一、二回、〝そうともさ〟と応答したのち、また何回か背すじを伸ばしながら引き返してきた。「エレン・ダンウッディからの電話だったよ。道路の消火栓を押し倒して、みずから〝とんでもない見世物〟になってしまったことでこうむった重度の心的外傷《トラウマ》について話す決心がついたんだそうだ。いや、これは本人の発言そのままの引用だが、この事件を報じるわが血湧き肉躍る記事にはつかわないだろうな。ともあれ、すぐにご本人のもとへ足を運んだほうがよさそうだ。まだ記憶が鮮明なうち、ご本人が夕食の支度にとりかかる前にね。妹さんといっしょの夕食が遅い時間でよかったよ。そうでなかったら運に見はなされてしまったところだ」

「おれのほうは、いよいよあの請求書を片づけないといけないな」デイヴがいった。「なんだか、〈グレイ・ガル〉にむけてここを出たときから、また十枚ばかり増えているみたいでね。誓ってもいい、あの手の書類はデスクに放置しておいて目をはなすと、その隙に繁殖してやがる」

ステファニーは混じり気のない警戒心をたたえて、ふたりを見つめた。「ここで話をやめられちゃ困ります。宙ぶらりんのまま、わたしを残していくなんて」

「だからといって、どうしようもなかろう」ヴィンスが穏やかにいった。「われわれだって宙ぶらりんにされたままだ。かれこれ二十五年間もね。この件には、情人に捨てられた教会の事務職員はいないんだ」

「メイン州沿岸地帯上空の雲に反射していたエルズワースの街の灯りも、この話にはないな」デイヴがいった。「それをいうなら、この話にはシオドア・リポノーも存在してない――ほら、想像上の海賊の財宝がらみで殺されたことになっている、かわいそうな船員だ。ほかの船員仲間はみんな船っぺりから投げだされたのに、こいつひとりは前部船倉に置き去りにされ、自分の血の海のなかで死んでいった。なんのために？　知れたこと、お宝をさがそうっていうほかの連中への警告さ！　ほうら、これで話に一本、きれいに筋が通ったじゃないか！」

そういってデイヴはにやりと笑った……が、その笑みがかき消えた。「ところがどっこい、コロラド・キッドの事件にはそんな筋なんぞ、どこにもありゃせん。ビーズをまとめる糸が存在しないんだよ。わかるだろう？　どこをひっくりかえしたって、ビーズに糸を通してくれるシャーロック・ホームズもエラリー・クイーンもいない。いるのは、一週間に百ばかりの記事を仕立てなくてはいけない、ふたりきりで新聞をつくっている記者だけ。ま、百のうちのどの記事も、ボストン・グローブ紙の物差で見ればとるにたらない記事だろうが、それでもやっぱり島の人が読みたがるような記事だ。ああ、記事の話で思い出した。おまえさん、サム・ガーナードのところに行くはずじゃなかったか？　ほら、かの有名な干し草ピクニックと青空パーティーとダンスの会について、委細あまさず取材する予定だったのでは？」

「たしかに……いまも行くつもりで……ええ、行きたいのは山々です！　信じてもらえませんか？　わたしは本心から、ガーナードさんと話をしたいと思ってます……くだらない行事の話がききたくてたまりません！」

ヴィンス・ティーグがいきなりからからと高笑いをあげはじめ、デイヴもいっしょに笑いはじめた。

「そうともさ」笑いが一段落して、また話せるようになるとヴィンスはいった。「きみの大学のジャーナリズム学科のトップがどう思うかは知らないし、もしかしたらよよと泣き崩れるかもしれんが、ああ、わたしはきみを信じるよ」そういって、ちらりとデイヴを見やる。「いや、われわれは信じているとも」

「もちろん、おふたりにお仕事があることくらい百も承知です……でも……でも……そんなに昔のことだったら、おふたりにはなにか考えが……仮説があるはずです」ステファニーはふたりを悲しげな瞳で見つめた。「というか……そのあたりはどうなんです？」

ふたりはここでも目と目を見かわした。今回もステファニーは、ふたりの老人のあいだにテレパシーが通いあったのを感じたが、今回は内容をまったく察しとれなかった。ついでデイヴが、ふたたびステファニーに目をむけた。「さてと、ステファニー、おまえさんがいちばん知りたがっているのはどんなことだ？　話してみな」

18

「ジェイムズ・コーガンは何者かに殺害されたのだと思いますか？」それこそ、ステファニーのいちばん知りたいことだった。ふたりの男はいったんその考えをわきにおけといい、ステファニーもその言葉に従ってはいたが、コロラド・キッドにまつわる議論も終盤を迎えているいまなら、この話題をふたたびテーブルにのぼらせても、ふたりが許すだろうと踏んだのである。

「おれたちのこれまでの話をすっかりきいたうえで、それでも事故死よりそっちの可能性のほうが高いと考えたのなら、その理由を教えてもらえるか？」デイヴがいった。その声には本心からの好奇心がうかがえた。

「理由はタバコです。コーガンがタバコをもっていた裏には、特定の意図があったと断じてさしつかえありません。ただしコーガンは、コロラド州の印紙が発見されるまでに一年半もかかるとは思ってもいなかった。身分を明かすものをひとつももたずに海岸で死体となって発見された人間なら、じっさいにおこなわれた捜査より、もっと綿密な捜査がなされるはずだと予想していたのです」

「いいぞ」ヴィンスがいった。声は低かったが、驚いたことに片手を握って拳をふっていた——贔屓《ひいき》の野球選手が好プレーを見せたり、ここぞというチャンスでヒットを打ったりしたときのファンそのままに。「いい子だ。いいところに目をつけたな」

まだ二十二歳だが、それでもステファニーは人から子ども呼ばわりされると、相手によってはむっとしてしまう。しかし、頼りない白髪を生やして細い顔をもち、突き刺すような鋭い青い目をもつこの九十歳の老人は、むっとする相手のひとりではなかった。それどころか、うれしさのあまり頬が赤らんだほどだ。

「コーガンには知るよしもなかった……自分が死んだ事件が捜査される段になると、担当がオシャニーとモリスンという、いずれ劣らぬ木偶《でく》の坊《ぼう》コンビになるとはね」デイヴがいった。「捜査の行く先を左右するのが、それまでの二カ月間、ずっと鞄持ちのかたわらコーヒーを買う使い走り仕事しかしていなかった大学院生になることも知らなかった。スーパーマーケットのラックでフリーペーパーよりたった一段上にあるだけの新聞をつくっている老人ふたりが捜査を左右するとは、いうまでもない、夢にも思わなかったはずさ」

「その段にしがみついていろよ、兄弟《ブラザー》」ヴィンスはいった。「それこそが言論という戦いなればな」そういって老いた拳を突きあげたが、同時ににやにやと笑ってもいた。

「コーガンは立派にやってのけたと思います」ステファニーはいった。「最後には見事にやってのけたのだ、と」それから、残された女性と赤ん坊のマイクル（いまではもう二十代なかばになっているはずだ）のことを思って、こういい添えた。「意外かもしれませんが、その点はアーラもおなじです。ポール・ディヴェインとあなたたちがいなかったら、アーラ・コーガンは保険金を受けとれなかったのですから」

「いくばくかの真実はあるな」ヴィンスは譲歩した。いまの自分の発言のどこかしらが、この老人に居ごこちのわるい思いをさせたとわかり、ステファニーはうれしい気分になった。コーガンがうまくやりとげたという部分ではない……しかし、コーガンが見事にやりおおせたことを知っている人間がいたという点だろう、とステファニーは思った。いまの時代はインターネットもある。ほぼどこの家にもディレクTV用のパラボラアンテナがあり、GPSを起動せずに出漁する漁船は存在しない。それでもいまなお、カルヴァン主義の考えは底流に潜んでいる。《右の手のしていることを左の手に知らせてはならない》という考えが。

「本当はなにがあったとお考えなのですか？」ステファニーはたずねた。

「ちがうな、ステッフィ」ヴィンスはいった。親切ではあるが、きっぱりした口調だった。「きみはまだ、レックス・スタウトがワルツを踊りながらクロゼットから姿をあらわしたり、エラリー・クイーンとミス・ジェイン・マープルが腕を組んで姿を見せたりするのを期待してる。なにがあったのかを知っていれば、あるいはなんらかの見解にたどりついていれば、われわれは倒れるまでその線を追ったさ。ボストン・グローブ紙の鼻を明かすためなら、掘りあてた話をのきなみアイランダー紙の一面にでかでかと掲載したはずだよ。八一年当時は、われわれはとるにたらない新聞人だったかもしれないし、いまではとるにたらない老いぼれの新聞人かもしれない——しかし、とるにたらない老いぼれのくたばった新聞人ではないんだ。いまでも大スクープに憧れていることに変わりはないね」

「おれもおなじさ」デイヴがそういって立ちあがった。例の請求書のことが頭にひっかかっていたのだろう。しかし結局は自分のデスクの隅に腰をすえ、太った足の片方をぶらぶらさせはじめた。「昔っから、全国レベルに配信されるような記事を載っけるのが夢でね。たぶん、その夢をかかえたまま棺桶にはいるんだろうよ。先をきかせてやれよ、ヴィンス。おまえさんの考えを、そっくりこの若いのにきかせてやるんだ。なに、ほかに洩らすはずはないとも。ステファニーはもうおれたちの仲間なんだから」

歓喜のあまり、ステファニーの背すじがぞくぞくしかけたほどだった。しかし、ヴィンス・ティーグには気づいたようすはなかった。いまヴィンスは身を乗りだし、ステファニーの淡いブルーの瞳におのれの青い瞳をすえていた。ステファニーにくらべると、ヴィンスの瞳のほうがかなり翳《かげ》りを帯びていた——それは快晴の日の大海原の色だった。

「ああ、わかった」ヴィンスはいった。「コーガンがここに来たいきさつだけじゃなく、その死に方にもどこか妙なところがあるなと思いはじめたのは、例の印紙の一件が出てくるよりもずっと前だった。そのあと、コーガンが遅くとも午後六時半から島にいたにもかかわらず、もっていたタバコの箱からなくなっていたのが一本だけだと知るにおよんで、自分であちこち質問してまわりだしたんだ。〈ベイサイド・ニューズ〉の店では、本気で煙たがられたものさ」

当時を思い起こしていたのだろう、ヴィンスは顔をほころばせた。

「店にいた全員に、それこそ掃除のアルバイト少年にまでコーガンの写真を見せたよ。〈レッドルーフ〉や〈シャッフルイン〉みたいなモーテル、〈サニーズ・スノコ〉のようなガソリンスタンドの自動販売機で買ったのならともかく、そうでなかったらコーガンがあの店でタバコを買ったにちがいないと思いこんでいたからね。フェリーをおりたあとでムース・ルッキット島をあちこちめぐっているあいだに、もっていたタバコを吸いきってしまったので、新品をひと箱仕入れたとばかり思っていてね。さらに、コーガンがそのタバコを〈ニューズ〉で買ったとすれば、店の閉店時間である午後十一時の直前だろうとも推測したんだ。そうすれば、死ぬまでに一本しか吸っていなかったこと、新品の紙マッチを一回しかつかっていなかったことにも説明がつくからね」

「しかし、そのあとでコーガンがタバコと無縁の人物だとわかった……」ステファニーはいった。

「そのとおり。細君のアーラがそういっていたし、カスカートもそれを裏づけた。しばらくして、わたしはあのタバコの箱がメッセージだったにちがいないと確信するようになった——《わたしはコロラドから来た、身元についてはそっちを調べてくれ》というメッセージだとね」

「どうしたって断言はできないがね、あのタバコにはそんな意味があったんだろうと考えてるよ」デイヴがいった。

「び、っ・く、り」ステファニーはささやき同然の声でいった。「その話はどこへつながるんです？」

このときもふたりの老人は顔を見あわせ、ほぼおなじしぐさで肩をすくめた。

「影と月明かりの支配する地だ」ヴィンスがいった。「表現を変えるなら、ボストン・グローブ紙の特集記事担当記者が、まず足を踏みいれようとしない地だよ。しかし、わたしが心のなかでのみ確信していることなら、いくつかないではない。どうだ、ききたいか？」

「もちろん！」

ヴィンスはゆっくりと、しかし言葉をえらびながら話していった。その口調は、これまで何度も足を運んでいる深い闇の回廊を、手さぐりしながら進んでいる男を連想させた。

「コーガンは自分が逃げ場のない窮境におちいることや、自分が死んだ場合に身元不明とされることがわかっていた。そんな事態は現実になってほしくなかった。おそらく、あとに残してきた妻を無一文の身にしてしまうことを憂慮してのことだろう」

「そこでコーガンはタバコを買った……タバコが見すごされることに賭けて」

ヴィンスはうなずいた。「そうともさ。じっさい、タバコは見すごされたんだ」

「でも……だれに見すごされたんです？」

ヴィンスはステファニーのこの質問に答えないまま、話をつづけた。「コーガンはエレベーターで下へおり、オフィスのあるビルのロビーを抜けて外に出た。ビルのすぐ前、あるいは角を曲がってすぐの場所には、ステープルトン空港までコーガンを乗せていく車が待機していた。車にはドライバーとコーガンのふたりしかいなかったのかもしれないし、それ以外の人物がいたのかもしれない。それを知るすべは、われわれにはないな。先ほどきみは、ビルから出たときにコーガンがコートを着ていたのかと質問した。わたしはその質問に、イラストレーターのジョージはその点を覚えていなかった、と答えた。しかしアーラにきいたところ、コートは二度と見つからなかったそうだ。だからその時点では、コーガンはコートを着ていたのだろう。着ていたとしたら、車か飛行機のなかでコートを脱いだのだろう。そのときいっしょに、スーツの上着も脱いだのだと思うよ。さらに何者かが、代わりに着るようにと緑のジャケットをコーガンに与えた……あるいは、あらかじめコーガン用にジャケットが用意されていたのではないか、とも思う」

「車内、あるいは機上で」

「そうともさ」デイヴがいった。

「タバコは……？」

「確実なところはわからない。しかし賭けろといわれたら、コーガンがあらかじめ準備していたほうに賭けたいね」デイヴはいった。「やつは、いずれこれが来るとわかっていたんだ……これがなんなのか、きかれても困るがな。だから、タバコをズボンのポケットにしまいこんでたんだと思う」

「そして、そのあと砂浜で……」ステファニーにはコーガンの姿が見えた。心の目が描きだしたバージョンのコロラド・キッド。生涯で最初の――最初にして最後の――タバコに火をつけ、そのタバコを手にしてゆっくりと歩いて汀《みぎわ》に近づく姿。場所はハンモック・ビーチ、月明かりにただひとり。真夜中の月明かり。馴染みのない味のいがらっぽい煙をひと口吸いこむ。いや、二回は吸いこんだかもしれない。それからコーガンは、タバコを海に投げ捨てる。そのあと……なにをしたのか？

なにをしたのか？

「バンゴアまでは飛行機でやってきた、と」気がつくと、ステファニーはそう口にしていた。自分自身の耳にさえ馴染みのない響きの、いがらっぽい声で。

「そうともさ」デイヴが肯定した。

「そしてバンゴアからは、人の運転する車でティノックまでやってきた、と」

「そうともさ」と、こちらはヴィンス。

「それから、フィッシュ&チップス・バスケットを食べた、と」

「ああ、食べたね」ヴィンスがうなずいた。「検屍解剖で裏づけられた。わたしの鼻でもね。酢のにおいを嗅ぎつけたんだから」

「そのときには、もう財布をなくしていた？」

「それはわからん」デイヴが答えた。「わかる日は来るまい。でも、おれはおまえさんのいうとおりだと思ってる。コートやスーツの上着や、変わりばえのしない日常生活といったものといっしょに、財布も手放したんだ。その代わりに手に入れたのが緑のジャケットで、これもあとで手放すことになるんだがな」

「あるいは、死体から盗まれたか、だな」ヴィンスがいった。

ステファニーは身をふるわせた。ふるえを抑えこめなかった。「そして六時のフェリーで海峡をわたって、ムース・ルッキット島にやってきた……その途中、ガード・エドウィックに紙コップにはいったコーヒーを手わたした──舵取りか船長さんに奢るお茶の代用品として」

「そうとも」デイヴはいった。えらく神妙な顔つきだった。

「そのときには、もう財布も身分証のたぐいももっていなかった。もっていたのは十七ドルと若干の小銭だけ……おそらくそのなかには、ロシアの十ルーブル硬貨がまじっていた。どうでしょう、その硬貨がもしかしたら……ええと、なんといえばいいか……その……スパイ小説に出てくるような身分を示す小道具だったとは思いません？　だって、そのころはまだロシアとアメリカのあいだは冷戦の時代のはず……ですよね？」

「冷戦たけなわだったな」ヴィンスはいった。「しかしね、ステッフィ──ロシアの秘密諜報部員と接触する立場になったとして、きみならルーブル硬貨を自己紹介に利用するか？」
「いいえ」ステファニーはすなおに認めた。「でも、それ以外にコーガンがそんなもの
をもっていた理由がありますか？　だれかに見せるため——わたしにはそれしか思いつ
きません」
「おれは前々から、だれかがコーガンにわたしたんじゃないかという気分が拭《ぬぐ》えなくて
ね」デイヴがいった。「たぶん、アルミホイルに包んだ冷えたサーロインステーキのひ
と切れといっしょにね」
「どうしてです？」ステファニーはいった。「なぜそんなことを？」
デイヴはかぶりをふった。「わからん」
「現場からアルミホイルが見つかったんですか？　たとえば、砂浜のいちばん奥にある
雑草の茂みに投げ捨ててあったとか？」
「オシャニーとモリスンがさがさなかったのは確かだな」デイヴがいった。「だから、
あの黄色いテープがなくなるとすぐ、おれとヴィンスのふたりは目を皿にしてさがした
よ——いや、アルミホイルだけをさがしてたわけじゃない。わかるだろう、死人に関係
ありそうなものなら、およそなんでもいいと思ってのことだ。だけど見つかったのは、
ありふれたごみだけさ——キャンディの包み紙だのなんだの、そのたぐいだ」
「ステーキ肉がアルミホイルかポリ袋のたぐいにはいっていたのなら、コロラド・キッ

ドがそれを一本きりのタバコ同様、海に投げ捨てたと見るのが妥当だろうな」ヴィンスはいった。

「のどに詰まっていたステーキ肉の件ですが……」

ヴィンスは淡い笑みをたたえていた。「そのステーキ肉については、ドク・ロビンスンとドクター・カスカートのふたりを相手に、ずいぶん長い時間をかけた話しあいを何度もしたさ。そのうち二、三度はデイヴもいっしょだったな。いまでもカスカートのこんな言葉を覚えているよ——たしか六年か七年前、カスカートが心臓発作で天に召されたのは、それからひと月もたたないうちだったはずだが、そのときいわれたんだ。『きみが昔のあの事件にくりかえし立ちもどるようすは、歯を抜かれた子どもがいつのまにか舌先で歯茎の穴をさぐってしまうところに似ているな』とね。そういわれて、そう、そのとおり、まさにそんな感じだ、と思ったよ。わたしにとってこれは、底を見つけようとして、舌先でつついたり、さぐったりせずにいられない歯茎の穴みたいなものだ、と。

まず最初に知りたかったのは、ステーキ肉が他人によって——素手であれ、ロブスターピックのような器具をつかってであれ——死後のコーガンののどに押しこめられた可能性があるのか、ということだった。きみの頭にもおなじ疑問がよぎったのだろう？」

ステファニーはうなずいた。

「カスカートは、ありえないとはいいきれないものの、その可能性は薄いという意見だった。というのも、ステーキ肉には嚙み痕があっただけじゃなく、飲みこめるほどよく嚙み砕いてあったからだ。じつをいえば、もうステーキ肉といえる状態ではなかった。カスカートの言葉を借りれば、〝パルプ状になったどろどろの有機物〟になりはてていたんだよ。たしかに、他人が肉を嚙み砕いてそんな状態にすることも不可能ではない。しかし、いったん嚙んだ肉を、それだけでは死因として不充分に見えるという恐れからのどの奥に詰めこんだというのはありそうもない話だ。どうだ、わたしの話がわかるか？」

ステファニーはまたうなずいた。

「さらにカスカートは、パルプ状になるまで嚙み砕いた肉は、器具ではきわめて扱いにくいとも話していたな。口の奥からさらにのどまで押しこめようとしても、そこでばらばらになってしまうだろう、とね。指なら押しこめられないこともない。ただしカスカートは、もしそんなことがあったのなら、痕跡を見つけなかったはずはないともいっていた。なかでも、あごの筋肉のねじれが残りそうなものだ、ともね」ヴィンスはいったん黙って考えをめぐらせている顔を見せていたが、やがて頭を左右にふった。「そんなふうに、あごをこじ開ける行為をあらわす専門用語があったんだが、いまは思い出せないね」

「ロビンスンからきいた話を教えてやったらどうだ？」デイヴがいった。両目をきらきらと輝かせて。「結局は、ほかの話と大差なかったが、おれは前々からあの話が気色わるくておもしろい、と思ってるんだ」

「ロビンスンは、ある種の——それもかなり珍しい種類の——筋弛緩《しかん》剤があって、コーガンがとった真夜中の軽食に、そうした薬が盛られていたのかもしれない、といっていたんだよ」ヴィンスはいった。「胃から発見されたものからして、最初の何口かは、なんの問題もなく飲みこめたと見ていい。そして突然、口のなかでよく嚙んだ肉を飲みこもうとしても飲みこめないことに気がついた、とね」

「そうにちがいありません!」ステファニーは声を張りあげた。「だれが肉をコーガンに与えたにせよ、その人物はコーガンが窒息するのをただ見ていたんです! そのあとコーガンが死んだのち、その人物はコーガンを屑かごによりかからせ、鑑識に調べられないように残ったステーキをもち去ったんです! 鷗なんかじゃなかった! それで……」ステファニーはいきなり口をつぐみ、ふたりの男を見つめた。「どうして、そんなふうに頭をふってるんです?」

「検屍解剖だよ」ヴィンスはいった。「血液をガスクロマトグラフィ法で検査したが、そんな薬剤はいっさい検出されなかった」

「でも、それがかなり珍しい薬だったとしたら——」

「アガサ・クリスティの小説のように?」ヴィンスがウインクと淡い笑みとともに、そうたずねた。「それもないではないかもしれない……しかし、コーガンののどには当の肉の塊が詰まっていたのを、よもや忘れてはいないな？」

「そ、そうでしたね。はい。ドクター・カスカートはステーキ肉も検査したんでしょう？」ステファニーの体がわずかに沈みこんだ。

「そうともさ」ヴィンスはうなずいた。「検査はしたよ。われわれは田舎のネズミかもしれないが、そんなわれわれも、おりおりに邪《よこし》まな思いを胸にいだくことがあるからね。よく嚙み砕かれた肉の塊から検出されたもののうち、もっとも毒物に近いものといえば……わずかな塩だったよ」

ステファニーはしばらく黙っていてから、口をひらいた（かなり小さな声だった）。

「もしかしたら、消えてしまうタイプの薬だったのかもしれません」

「そうともさ」デイヴがそういって、片方の頰を舌で内側からふくらませた。「一時間か二時間すると消えてしまう、沿岸地帯の謎の怪光とおなじだな」

「あるいは、リサ・キャボット号のほかの乗組員とおなじだ」ヴィンスがいった。

「フェリーをおりたあとのコーガンの足どりは、まったくわからなかったんですか？」

「まったくね」ヴィンスはいった。「これまで二十五年間にわたって、おりおりにさがしてはいるが、四月二十四日の朝六時十五分にジョニーとナンシーが死体を見つける前にコーガンを見かけたという人間は、ひとりも見つかってない。それに記録のためにいっておけば――いや、だれも記録なんかとっていないんだが――コーガンが生涯最後に口に入れた肉で窒息死したあとに残っていたステーキ肉は、他人が盗んでいったのではない、と思うよ。前々からの推測のとおり、死せるコーガンの手から残っていた肉を鷗がかすめとっていったにちがいないと思う。おっと、これは大変——そろそろ本当に腰をあげないと、厄介なことになるな」

「おれはあの請求書を片づけないとならないし」デイヴがいった。「だけどその前に、トイレ休憩がもう一回必要になったみたいだ」そういって、よろよろと洗面所にむかう。

「わたしは例のコラムを仕上げたほうがいいでしょうね」ステファニーはそういってから、一気にまくしたてた——半分は笑いながら、半分は真剣に。「でも、このまま宙ぶらりんにされるのなら、いっそ最初から話をしてもらわないほうがよかったといいたい気持ちです！ きょうの話を頭からすっかり消し去るには、何週間もかかりそう！」

「もう二十五年も前のことなのに、われわれはまだ頭から消し去れずにいるんだよ」ヴィンスはいった。「ともあれ、われわれがこの話をグローブ紙に明かさなかった理由だけはわかったんじゃないか」

「ええ、わかりました」

ヴィンスは微笑んで、ひとつうなずいた。「きみなら立派にやりとげる。見事にやりおおせるとも」

ヴィンスは情愛のこもった手つきでステファニーの肩を一回だけぎゅっとつかむと、出口にむかって歩いていった。その途中、自分のちらかったデスクから細長い取材記者用の手帳をとりあげて、ズボンの尻ポケットにつきいれる。九十歳になるのに足どりはなめらかで、腰もほとんど曲がっていなかった。紳士用の白いワイシャツを身にまとい、シャツの背中では紳士用のサスペンダーのストラップが交差している。編集室を半分ほど歩いたところでヴィンスは立ちどまり、いま一度ステファニーにむきなおった。夕刻の日ざしにとらえられたために、赤ん坊の髪のように細い白髪が光って、後光のように見えていた。

「きみといっしょに仕事ができてうれしかった」ヴィンスはそういった。「そう思っていることを、きみにも知っておいてほしくてね」

「ありがとうございます」いきなり涙があふれそうになってきたが、そんな気持ちが声に出ていないことをステファニーは祈った。「これまでもすばらしい日々でした。最初のうちこそ迷いがありましたが……でもいまは、わたしなりにあなたとおなじ気持ちです。ここに来られてよかったと思います」

「では、残ることを考えていたのかな？　ああ、考えたのだろうね」

「はい。おっしゃるとおりです」

ヴィンスは重々しくうなずいた。「デイヴとも、その件で話しあったんだよ。編集部に新しい血を入れるのもわるくないということになった。若い血をね」

「おふたりとも、まだ何年も現役で活躍できますよ」ステファニーはいった。

「まあな」ヴィンスはそれが当然の事実であるかのように、こともなげな口調でいった。そのヴィンスは半年後に他界し、ステファニーは寒い教会の椅子にすわって、自分自身の細長い記者用の手帳に葬儀の取材メモを書きつけながら、《ヴィンスはこうなることを知っていたんだ》と考えることになる。「わたしはこの先何年も現役でいるとも。それでも、きみさえよければ、われわれは喜んできみを迎えたい。いや、いますぐ諾否の返事をする必要はないよ。われわれからの打診と考えてくれ」

「ええ、そうします。でも、もうどういう答えになるか、わたしもあなたも知っているような気がするんですが」

「それならそれでけっこうなことさ」ヴィンスは体の向きを変えかけ、最後にもう一度だけふりむいた。「きょうの授業はもうおわりかけているが、われわれの仕事について、あとひとつだけ話しておきたい。いいかな?」

「もちろん」

「新聞は何千紙とあり、そこに記事を書いている記者は数万人単位だ。しかし、新聞記事には、たったふたつの種類《ストーリー》しかない。まず、ニュースを伝える記事だ。記事《ストーリー》とはいいながら、こちらはふつう物語とはまったく無縁で、現在進行中の出来ごとをそのまま伝えているにすぎない。いや、こういった記事が物語である必要はないんだ。人々が新聞を手にとって血や涙にまつわる記事を読むのは、高速道路で人々が車のスピードを落として事故現場をちらっと見ていくようなもので、そういった人々はまたそのまま車を走らせていくわけさ。しかし、人々が新聞の内側のページで目にするのはどういった記事かな？」

「特集記事です」ステファニーは、ハンラッティとその未解決の謎シリーズの記事を念頭におきながら答えた。

「そうともさ。こっちの特集記事《ストーリー》こそ物語《ストーリー》だよ。どの記事をとっても、そこにははじまりがあり、中間があって、結末がある。そのパターンがあればこそ、心楽しい記事になるわけだ。いいかな、ステッフィ、いつも決まって心楽しい記事なんだよ。たとえそれが、情人から捨てられたことを恨みに思い、教会主催のピクニックで信徒の半分を毒殺した教会事務職員をあつかった記事であっても、それは心楽しい記事なんだ。どうしてだと？」

「わかりません」

「知っておいたほうがいいぞ」デイヴがペーパータオルで手を拭き拭き洗面所から出てきて、そういった。「この業界にもぐりこみたければ知っておいたほうがいいし、自分がどんな仕事をしているのかは、はっきり理解しておいたほうがいい」そういって歩きながら、ペーパータオルを屑かごに投げ捨てる。

ステファニーは考えをめぐらせてから答えた。「特集記事が心楽しい記事になるのは……おわったことを扱っているからですね」

「そのとおり！」ヴィンスが顔を笑みに輝かせて声を張りあげ、信仰復興集会の説教師のように大きく顔をうしろにのけぞらせた。「特集記事には解決がある！　しめくくりがあるんだ！　しかし現実の生活には、そんなふうにはじまりがあって、中間があって、結末があるかね？　自分の経験に照らして、きみはどう思う？」

「新聞の仕事という意味でしたら、経験といえるほどのものはありません」ステファニーは答えた。「大学新聞と、それからここで書いた〈芸術あれやこれや〉のコラムだけですから」

ヴィンスは手をふって、ステファニーの返答を払いのけた。「自分の心と頭にきくんだ。心や頭はどういってる？」

「現実の生活は、ふつうそんなふうにはなりません」いいながらステファニーが頭で考えていたのは、ひとりの若い男のことだった。四カ月間のインターンをおえてもなおここにとどまると決断をくだせば、自分はその若い男と話しあって問題を解決しなくてはならない。荒れ模様の話しあいになるかもしれない。いや、十中八九は荒れ模様になる。リックがこの知らせを快く受けとめるはずはない。リックの頭のなかでは、物語がそんなふうに展開することは想定されていないからだ。

「嘘でない特集記事にはお目にかかったことがないよ」ヴィンスは穏やかな声でいった。「しかしたいていは、嘘をうまく加工して紙面にあてはめるんだ。だけど、この話はどうやっても紙面むきに加工できない。加工するとすれば――」ヴィンスはそこまでいって、小さく肩をすくめた。

つかのま、ステファニーには肩をすくめたヴィンスの真意がわからなかった。ついでステファニーは、三人がデッキにならんですわり、八月の夕方の日ざしを浴びはじめてほどなくしてから、デイヴが口にしていた文句を思い出した。

《これはおれたちの話なんだ》デイヴは本気で怒っているかのような声音でいっていた。《グローブ紙の記者——よそ者の男——あいつではこの話をずたずたに切り裂くのがおちだ》

「この話をハンラッティに与えていたら、あの記者はこの話を利用したのではありませんか？」ステファニーはたずねた。

「そもそもわれわれが所有しているわけじゃないんだから、与えるもなにもないよ」ヴィンスはいった。「だれであれ、手がかりを追って調べる人間のものさ」

ステファニーは淡い笑みをたたえながら、頭を左右にふった。「正直な答えとは思えませんね。一部始終を知っている生き証人は、いまではあなたとデイヴのふたりしかいないくせに」

「そのとおり」デイヴがいった。「そこに三人めとして、おまえさんが加わったわけさ、ステッフィ」

ステファニーは行間にこめられた誉め言葉を理解したしるしとして、デイヴにうなずきかけてから、ふたたびヴィンスに注意をむけて両眉を吊りあげた。一、二秒の間をおいて、ヴィンスが小さく含み笑いを洩らしはじめた。

「われわれがあの記者にコロラド・キッドの件を明かさなかったのは、あの記者がこの本物の未解決の謎をとりあげて、なんの変哲もない、お定まりの特集記事に仕立ててしまうからだよ」ヴィンスはいった。「事実を改竄《かいざん》するようなことはせず、ある特定の部分だけを強調し――たとえば、食べ物を飲みこみにくくしたり、まったく飲みこめなくしてしまったりする筋弛緩剤の話とかね――それ以外の部分を切り捨てることでね」

「たとえば、この事件にはそれ以外の部分がひとつも存在しないような記事になってしまう、ということですね」ステファニーはいった。

「そうともさ。そのとおりかもしれないし、それ以外があるのかもしれない。あるいは、あの記者が自分でそんな線の記事を勝手に書きあげてしまったかもしれないね。物語が存在しない材料から物語を組み立てるのは、この業界に何年かいれば習慣になってくるから、そうなってもおかしくはないし、あるいは編集長からつっかえされて書きなおしを命じられたかもしれないな」

「締切が間近に迫っていたら、編集長おんみずから書きなおしたかもしれないし」デイヴが会話に口をはさんだ。

「ああ、編集長というのはその手のこともすると相場が決まっているからね」ヴィンスが同意した。「ともかくコロラド・キッドの話は、結局はハンラッティの〈ニューイングランドの未解決の謎〉というシリーズ記事の連載七回めだか八回めとして紙面に掲載されることになっただろうね。で、日曜日に記事を読んだ人々は、ざっと十五分ばかりのあいだ、なんと不思議な話もあったことかと驚嘆し、明けて月曜日にはその新聞を猫のトイレに敷くわけだ」

「そして、この話はもうおふたりのものではなくなってしまう、と」ステファニーはいった。

デイヴはうなずいたが、ヴィンスのほうは《馬鹿をいうな》といいたげに手で払いのける動作をした。「わたし個人は、まあ我慢できなくはない。しかし、そういう言い方をすれば、もう死んでいて反論できない人間の首に嘘を吊ることになるし、そっちのほうは我慢できないね。わたしには、そっちまで我慢する義理はない」そういうと、ヴィンスは腕時計をちらりと見た。「どのみち、わたしはもう行かなくては。きみたちのどちらでもいい、最後に出ていく者はきちんと戸締まりをしたまえ。頼んだぞ」

ヴィンスは出ていった。ふたりで去っていくヴィンスを見おくったあと、デイヴはまたステファニーにむきなおった。「まだ、なにか質問はあるかな?」

ステファニーは笑った。「ざっと百ばかり。でも、あなたにもヴィンスにも答えられない質問ばかりだと思います」

「質問することに飽きないかぎり、それでいいんだ」そういうとデイヴはのんびり歩いてデスクに引き返し、椅子に体を落ち着け、ため息とともに伝票の山を引き寄せた。ステファニーはいったん自分のデスクに向かいかけたものの、そこで部屋の反対側にある、壁とおなじ幅の掲示板に目がとまった。ヴィンスのちらかったデスクの向かい側だ。もっとよく見たくて、ステファニーは掲示板に近づいた。

掲示板の左半分には、古いアイランダー紙の一面が何重にも張りだされていた。大半はもう紙が黄ばみ、隅がめくれあがっていた。そして掲示板の上の隅に、これだけは独立して張りつけてあったのは、一九五二年七月九日号の第一面だった。見出しには《ハンコック上空の謎の発光現象、数千の人々を魅了》とあった。そのすぐ下に、撮影者としてヴィンセント・ティーグの名前のある写真が掲載されていた。計算にまちがいがなければ、撮影当時のヴィンスはまだ三十七歳だったことになる。コントラストのはっきりしたモノクロ写真にはリトル・リーグの球場が写っていて、センター後方のビルボードには《ハンコック・ランバーはいつだって真相《スコア》を知っている！》とある。ステファニーの目には、夕方に撮影された写真に見えた。ひとつきりの、しかもたわみかけた階段状の外野席に数人の大人が立って、空を見あげていた。おなじくアンパイアも、はずしたマスクを右手にもってホームベースにおおいかぶさるようにして立ち、空を見あげている。数人の選手たち——おそらくビジター・チーム側だろうとステファニーは見当をつけた——が、たがいに心の慰めを得ているかのような雰囲気で三塁ベースのまわりに寄りあつまっていた。ほかの子どもたち、《ハンコック・ランバー》というチーム名が背中にはいっているジャージとジーンズという服装の少年たちが内野におおざっぱに一列にならんで、全員がやはり空を見あげていた。マウンドではピッチャーをつとめていた小柄な少年が、グローブをはめた手を上に伸ばし、空を覆う雲のすぐ下で輝く光の輪のひとつにむけていた——この謎に触れたい、もっと近くに引き寄せて真相を解明し、謎が秘めている物語を知りたいと願っているかのように。

あとがき

本書『コロラド・キッド』がお気に召したか、あるいは腹立たしくてならなかったかにも左右されるが（この作品にかぎって中間領域はなさそうだと作者は思っているし、それはそれでかまわない）、あなたが感謝を捧げるべき相手、あるいは責任を負わせるべき相手は、わが友人のスコットだ。この作品のきっかけになった新聞の切り抜きをくれた男だからである。

およそ小説を書く作家の身近には、おりおりに新聞の切り抜きをくれる人間がかならずいるものだ。そういった人々は、記事の題材がすばらしい小説になると信じて疑わない。「なに、ほんのちょっと手直しすればいいだけだ」切り抜き持参人は楽観的な笑顔でそういってくる。ほかの作家の場合にこれが役立っているのかどうかは知らないが、わたし自身には役に立ったためしがないし、スコットからメイン州の新聞の切り抜きのはいった封筒を手わたされたときにも、どうせまた五十歩百歩の結果だろうと予想していた。しかし、わたしの母親は恩知らずの徒を育てたりはしていない。そこでわたしは礼を述べ、封筒を家にもち帰り、デスクに投げだした。一日か二日後に封筒をあけて、なかにおさめられていた特集記事を読むなり、わたしの体を電流が走り抜けた。

当該の切り抜きはそのあと紛失してしまったし、今回も二十一世紀の博覧強記の愚者《イディオ・サヴァン》ともいうべき検索エンジンのグーグルは頼りにならず、あとは記憶をもとに要約を再構成するほかはなかったが、わが記憶は信用のおけない参考文献として悪名高い。しかし今回の場合、これはほとんど問題にならなかった。というのも、新聞記事はあくまでも本書の全ページを通して燃えつづける小さな火を最初にともした火花にすぎず、火そのものではなかったからだ。

新聞の切り抜きをひらいたとたん、わたしの目を引き寄せたのは鮮やかな赤いハンドバッグだった。記事は、このバッグのもちぬしだった若い女性にまつわるものだった。この若い女性は、ある日メイン州の沿岸地帯の沖あいに浮かぶ島の小さな町で、このバッグを小わきにかかえてメイン・ストリートを歩いている姿を目撃された。翌日、女性は島の海岸のひとつで死体となって発見された。ハンドバッグもなければ、いかなる身分証明書も携行していなかった。死因さえもが謎だった。やがては溺死《できし》だろうという ことになり、補助要因としてアルコール摂取があったかもしれないという話にはなったが、こんにちにいたってもなお、この鑑定はあくまでも暫定的なものだ。

ほどなくして女性の身元は判明したが、それまで遺体は本土の地下霊安室で長く孤独な時間を過ごすことを強いられていた。かねてからクランベリー島やモンヒーガン島といったメイン州の島々がわたしをとらえて放さなかったのとおなじく、この謎もあと味を残していった――そういった島々には、小さな共同体と孤独な暮らしがそなえる、息づまるようでありつつ、奇妙にも好意的な空気がある。アメリカ広しといえども、〈内部〉の狭い世界と〈外部〉の広大な世界のあいだに、これほど明確かつ深い境界線が引かれている場所はほかにない。島の住民は、そこに属する者には手ばなしにあたたかな気持ちで接するが、そうでない者には決して簡単に秘密を明かさない。さらに――アガサ・クリスティが忘れがたき名作『そして誰もいなくなった』で示したように――島ほど壮大な密室は存在しない。快晴の夏の午後には、本土が手を伸ばせば届くように見えている島でさえも。ミステリーのために、これほどうってつけの場所はほかにない。

そして本書でわたしが題材にしたのは、その謎《ミステリー》そのものである。多くの読者が、本書で提示した謎にわたしが解決を示さなかったことで裏切られたと感じることや、さらには怒る向きも出てくることさえ、わたしは織りこみずみだ。そうなったのは、わたしに解決法が思いつかなかったからか？　いや、答えはノーだ。わたしとて機知を働かせれば（リチャード・アダムズが『シャーディック』の前書きで示したように）、半ダースほどの解決を示せたはずだ。そのうち三つはまずまずの出来、ふたつはちょっと気がきいており、残るひとつは一幅の絵のような解決といったところか。すでにこの事件《ケース》のことを読みおわった読者なら、その解決のいくつか、あるいは全部を知っていることと拝察する。しかし、この事件《ケース》にかぎっては――いや、本書が出版されるさいに表紙に刷りこまれる叢書《そうしょ》名にちなんだ駄洒落を大目に見てもらうなら、この手ごわい事件《ハード・ケース》にかぎっては――わたしは本当に解決には興味がなかった。わたしの興味はもっぱら謎にむいていた。わたしを日に日にこの物語へ引きもどしたのは、その謎にほかならなかった。（訳注　本書は〈ハード・ケース・クライム〉というペーパーバック叢書の一冊として発表された。）

ではわたしは、ふたりの老変人のことはどうでもいいと思っていたのか？　事件発生から何年も何年も、飽くことなく根掘り葉掘り調べつづけ、その歳月のあいだにますます変人の度を増したふたりのことを？　もちろん、気にかけていた。ではわたしは、ステファニーのことを気にかけていただろうか？　明らかにある種の試験を受けさせられていたステファニー、親切ではあるものの厳しい試験監督たちに裁かれているステファニーのことは？　もちろん――ステファニーが試験に合格することを願っていた。では、小さな発見がなされるたびに、ささやかな光明がひと筋射してくるたびにうれしさを感じていただろうか？　もちろん。しかし、わたしがなによりも引き寄せられたのは、コロラド・キッドの姿だ――屑《くず》かごに背をあずけて、海を見つめていた姿。どんな伸縮性抜群の胃袋さえも確実に弾けさせるまで膨らませてしまう例外的存在。いや、その域すら若干凌駕しているかもしれない。最終的には、コロラド・キッドがいかにしてこの海岸にたどりついたのかということさえ、どうでもよく思えてきた。砂漠でナイチンゲールがちらりと見えたときにも似て、コロラド・キッドそのものに、わたしはただ息を飲んでいたのだ。

そしてもちろん、わたしはわがキャラクターがコロラド・キッドの事実にどう対処するのかを確かめたかった。結果として、彼らは見事な働きを見せてくれた。わたしは彼らを誇りに思う。さて、これからは電子メールと、かたつむり《スネイル》メールと呼ばれる昔ながらの郵便の双方で、あなたがた読者のみなさんがコロラド・キッドにどう対処したのかを教わる機会を待つとしよう。

　この論点をあまりくだくだしく述べるつもりは毛頭ないが、みなさんのもとを去る前に、ひとつだけお願いをしておく。われわれ人間が謎の織りなす蜘蛛の巣のなかで日々暮らしているという事実、そしてそのことにあっさり慣れきってしまっているがゆえに、われわれ人間がその単語をバツで消し、もっと心地いい現実なる単語に置きかえている、という事実に思いをいたしてほしい。われわれはどこから来たのか？　ここに来る前、われわれはどこにいたのか？　わからない。われわれはこの先どこに行くのか？　わからない。たくさんの教会がお墨つきで〝これが答えだ〟と告げてはいるが、われわれの大多数は、そのどれもが献金皿を満たすための信用詐欺ではないかという疑念が頭に忍びこんでくるのをふり払えずにいる。そうこうしているあいだも、わたしたち人間は、〈どこか〉から〈どこだか見当もつかない〉ところへの自由落下をつづけつつ、義務として課せられた一種のドッジボールの試合をしているところだ。爆弾が爆発することもあれば、飛行機が無事に着陸することもあり、血液検査の結果が問題ないこともあれば、生体組織検査の結果が陽性になることもある。わるいニュースを告げる電話が真夜中にかかってくることはまずないが、かかってくることもないではない。いずれにせよ、われわれ人間はいずれアクセルを限界まで踏みこんだ車で謎に突っこんでいくのだ。

そんな状態で日々暮らしていながら正気をたもっていること自体が狂気の沙汰だが、それはまた美しいことでもある。わたしが書くのは、自分の考えを見つけだすためだ。『コロラド・キッド』を書きながらわたしが見いだしたのは、自動車を破壊しあうスタントカーレースじみた世界で壊れやすい肉体を操縦していながら、それでもわたしたちが正気をたもって生きていけるのは、もしかすると――あくまでも、もしかするとという限定つきで――ひとえにこの謎の美しさゆえではないのか、ということだった。われわれはいつも天の光にむかって手を伸ばし、コロラド・キッドがどこから来たのかを知りたいといつも願っている（世界はコロラド・キッドに満ちている）。いざ知ってしまうよりも、知りたいと願っているうちが花かもしれない。この点は断言を控え、そうではないかと示唆するにとどめよう。しかし、もしあなたが作者はこの仕事をしくじったとか、作者はこの物語で語るべきことのすべてを語っていないというのなら、わたしはそれは見当はずれだと答えたい。

その点には確信がある。

スティーヴン・キング

二〇〇五年一月三十一日

（*The Colorado Kid*）

（白石朗・訳）

ライディング・ザ・ブレット

この話はだれにもきかせたことがないし、この先も人に話すことはぜったいにないと思っていた——信じてもらえないことを恐れていたからではなく、自分を恥じていたから……これが自分の話だったからだ。以前は、この話を人にきかせれば、ぼく自身と話の両方を貶《おとし》めることになると感じていた……この話がありふれた俗っぽいものになる——つまり、キャンプの消灯時間の前に指導員が披露する怪談と五十歩百歩のものになる、と。そればかりか、この話を人に語りきかせる声を自分の耳できけば、ぼく自身が話を信じられなくなるのではないかという恐れもあったように思う。しかし母が死んでから、ぼくはあまり熟睡できなくなった。まどろみはするが、いきなり、はっとして目が覚め、体をふるわせているようになったのだ。ベッドサイドのスタンドをつけっぱなしにしておけば心づよかったが、人が思うほど頼りにはならない。お気づきだろうか、夜にはいたるところに多くの影があるのを。明かりをつけていても影はある。長く伸びた影なら、なんの影でも不思議ではない。

そう、なんの影であっても。

ぼくがメイン州立大学の一年生だったある日、ミセス・マカーディから母のことで電話がかかってきた。父はぼくがまだ物心つかないうちに死んでおり、ぼくはひとりっ子だったから、アランとジーンのパーカー母子はふたりで世界に立ち向かっていたことになる。おなじ通りのすぐ先に住んでいたミセス・マカーディは、ぼくがほかの三人の男子学生と共同生活を送っていたアパートメントに電話をかけてきた。ここの番号は、母さんが冷蔵庫に貼りつけて心覚えをあれこれ書いていたマグネットボードを見て知った、という。

「脳卒中よ」ミセス・マカーディは、北部人《ヤンキー》特有の母音をゆったり引き伸ばす話し方でいった。「レストランで発作を起こしたの。でも、あなたは大あわてで駆けつけなくてもいい。お医者さんはたいしたことはないと話してるから。お母さんはちゃんと意識もあって、話もできる状態だし」

「うん。でも、母さんはちゃんと筋の通った話をしてる？」ぼくはたずねた。冷静な声を出そうとしてはいたし、ちょっと茶化すような調子をまじえようとさえしてはいたが、そのじつ心臓は激しく鼓動を搏《う》っており、おまけに居間の気温がいっきょに上がったように感じてもいた。このときアパートメントには、ぼくしかいなかった。水曜日ということもあって、ルームメイトは全員一日じゅう授業があった。

「ええ、もちろん。目が覚めて最初にわたしにいったのが、あなたに電話をかけてもいいけど、あなたを怖がらせないで、という言葉だった。とても筋の通った言葉だと思わない？」

「そうだね」とはいえ、ぼくはもちろん怯えていた。だれかから電話で、母親が仕事中に倒れて救急車で病院にかつぎこまれたと教えられたら、ほかにどんな気持ちになれるだろう？

「お母さんは、あなたは週末まではそっちで勉強に専念していなさい、といってた。週末になって、勉強がそんなに忙しくなければ来てもいい、とね」

そうかい――ぼくは思った――そいつは甘い見とおしだね。その言葉にしたがったら、母が百五十キロ以上も南にある病院のベッドに横たわって、ひょっとしたら死にかけているかもしれないとき、ぼくはビールの臭気が立ちこめる薄汚れたこのアパートメントで過ごすことになる。

「まだ若いのよ、あなたのお母さんは」ミセス・マカーディはいった。「ただ、この何年かでかなり太って、高血圧の持病もある。おまけにタバコ。いいかげん、タバコはきっぱりやめてもらわなくちゃ」

とはいえ――脳卒中を起こそうと起こすまいと――母がタバコをやめるとは思えなかったし、この点についてはぼくの見立てが正しかった。母はタバコに惚れこんでいたのだ。ぼくは、ミセス・マカーディに電話の礼を述べた。

「家に帰ってきて、まっさきにあなたに電話をかけたの」ミセス・マカーディはいった。「で、いつこっちに来るつもり、アラン？　土曜日？」

その声には、〝あなたの考えはお見とおしよ〟といいたげな、いたずらっぽい響きがあった。

ぼくは窓から外に目をむけ、完璧な十月の午後の光景をながめた——青く澄みわたったニューイングランドならではの空のもと、木々が揺れ、黄色い枯葉をミル・ストリートに散らしていた。ついで、腕時計に目をやる。三時二十分。電話がかかってきたのは、四時からはじまる哲学の講義のために出かけようとしていたときだった。

「冗談でしょう？」ぼくはいった。「今夜のうちに、そっちへ行くよ」

ミセス・マカーディは、へりがひび割れているような乾いた笑い声をあげた——禁煙の話をするのに、これほどの適任者もいないだろう。ミセス・マカーディのウィンストン好きといったら。「立派な心がけね。まず、まっすぐ病院に行って、そのあと車で家に行くんでしょう？」

「うん、そのつもりだよ」ぼくは答えた。いま乗っているぽんこつ車はトランスミッションがいかれていて、当分はドライブウェイから外に出られない状態だったが、そんなことをミセス・マカーディに話しても仕方がない。そんなわけで、まずルイストンまでヒッチハイクで行き、それほど遅くならなければ、ハーロウにある実家まで行くつもりだった。遅い時間になっても、病院の待合室で仮眠をとればいい。学校から帰省するのに親指を立ててヒッチハイクをするのは初めてではなかった。それをいうならコークの自動販売機に頭をもたせかけて眠るとしても、初めてになるわけではない。

「だったら、あの赤い手押し車の下におうちの鍵を入れておくわ」ミセス・マカーディはいった。「どこのことだか、あなたならわかるわね?」

「もちろん」母は前々から、裏の納屋《なや》に通じているドアの横に、古くなった赤い手押し車をおいていた。夏になると、手押し車にはあふれんばかりの花が咲いた。手押し車に考えがおよんだせいで、ミセス・マカーディのもたらしたニュースがまぎれもない事実だと、このときはっきり思い知らされた。母がいま病院にいるのだから、ぼくが育ったあのハーロウの小さな家は今夜は明かりひとつなく暗いままになる——日が暮れても、明かりのスイッチを入れる人間がいないからだ。ミセス・マカーディは母がまだ若いといったが、二十一歳の人間には四十八歳の人間がとんでもなく高齢に思えるものだ。

「運転には気をつけるのよ、アラン。くれぐれもスピードを出さないでね」

もちろん車のスピードは、ヒッチハイクでぼくを乗せる車の運転手に左右される。内心では、それがどんな人物であれ、まっしぐらに地獄まで突っ走るほど飛ばす人間であってほしかった。それというのも、セントラル・メイン医学センターにいくら早く到着しても早すぎることがないと思えたからだ。とはいえ、ここでミセス・マカーディを心配させても意味はない。

「飛ばさないよ。ありがとう」

「どういたしまして。お母さんはきっとよくなるわ。それに、あなたの顔を見れば喜ぶでしょうし」

ぼくは受話器をおくと、これからどんな事情でどこへ行くかをメモに走り書きした。それからヘクター・パスモア——ルームメイトのなかでは、まだしも責任感の強い男——にむけて、ぼくの学生生活アドバイザーに電話をかけ、担当の教師たちに事情を説明するように頼んでおいてほしい、という内容のメモを急ぎしたためた。そうでもしないと、授業をサボったことでこっぴどい目にあうからだ。教師のなかには、学生の無断欠席にきわめて厳しい者が二、三人いたのである。それから着替えをバックパックに詰めこみ、くりかえし読んだせいでページがくたびれている『哲学入門』の本を追加して外に出た。あくる週にぼくは、それまで順調な成績をおさめていたものの、哲学の授業の履修《りしゅう》をとりやめた。なぜなら、この日の夜、ぼくなりの世界観が変わったからだ——そう、大幅に変わってしまい、哲学の教科書のどこを見ても、その変化と釣りあっていると思える箇所がひとつもなかったからだ。ぼくは、この世界の表面の下になにかが存在していることを理解するようになった。そう、表面の下に。それを説明している書物はどこにもない。そんなものが存在していることを、あっさり忘れてしまうのがいちばんいい場合もある。忘れられれば、という意味だが。

メイン州立大学オロノ校からアンドロスコッギン郡ルイストンまでは、二百キロをわずかに下回る道のりだ。最短ルートは州間高速道路九五号線。ただし、高速道路はヒッチハイカーに推薦できない。州警察の連中は、道路を歩いている人間を蹴《け》りだすと相場が決まっている――高速道路の入口傾斜路《ランプ》に立っているだけの人間さえ蹴り飛ばすのだ――し、おなじ警官に二度見つかれば違反切符を切られる羽目にもなる。そこでぼくは、バンゴアから曲がりくねりながら南東に伸びている州道六八号線をえらんだ。かなり交通量の多い道路でもあり、ひと目で頭のいかれた人間だとわかるような風体《ふうてい》でさえなければ、ヒッチハイクはおおむね成功する。警官たちも、だいたいは見て見ぬふりをしてくれる。

最初にぼくを拾ってくれたのは陰気な顔つきの保険屋の男で、まずニューポートまで連れていってもらった。そのあと州道六八号線と二号線の交差点に二十分ほど立っていると、ボウドゥインハムまで行くという年配の男に拾ってもらえた。この老人は車を運転しながら、しじゅう股間をわしづかみにしていた。またぐらのあたりでなにかが走りまわっていて、そいつをとっつかまえようとしているかのような動作だった。

「女房にしじゅういわれてたよ。ヒッチハイクの連中をほいほい車に乗せてやってると、いつか背中をナイフで刺される目にあうよ、ってね」老人はいった。「でも、道ばたに若い男が立ってるのを見かけるたびに、若い時分のことを思い出すんだ。ああ、おれも昔はずいぶん親指を突き立てて、車に乗っけてもらったもんさね。改造車《ロッド》でがんがん飛ばしてもいたさ。それがいまじゃどうだ。女房は四年も前におっ死《ち》んだってのに、おれはまだぴんぴんして、そのころとおんなじ、ぽんこつのダッジを走らせてるときた。たまに死んだ女房が恋しくてたまらなくなるよ」老人は、またぐらをつかんだ。「で、どこへ行きたい？」

そこでぼくは、目的地がルイストンであることや、そこに行く目的などを話した。

「そりゃ大変だ！」男はいった。「おふくろさんか！　そりゃ気の毒だ！」

老人が即座に心からの同情を見せてくれたおかげで、目の隅がしくしくと痛くなってきた。ぼくは目をしばたたいて、涙をこらえた。小刻みに震動しながら苦しげにもがいて前進する老人の車、強烈な小便の臭気が立ちこめるこの車のなかで、いきなり声をあげて泣くような真似だけは、死んでもしたくなかった。

「ミセス・マカーディ——電話をくれた女の人です——がいうには、そんなに深刻じゃないということでした。母はまだ若いんです——四十八歳ですから」

「そうはいってもだな！　脳卒中だぞ！」老人は心底から不安に思っている口調でいうと、緑色のスラックスのだぶついた股間をつかみ、いかにも年寄りらしく体に不釣り合いなほど大きい鉤爪《かぎづめ》じみた手でぐいと引っぱった。「脳卒中となりゃ深刻に決まってらあな！　若いの、あんたをセントラル・メイン医学センターまで送っていきたいのはやまやまだが――この車を玄関に横づけしてやりたいよ――あいにく兄貴のラルフってやつを、ゲイツの老人ホームまで送る約束をしちまっててな。やつのかみさんが入居してるんだ。あの物忘れがひどくなる病気にかかっててね。なんて名前の病気だったかは思い出せないが……アンダースンだかアルバレスだか、その手の病気で――」

「アルツハイマーですね」ぼくはいった。

「それだ。ひょっとして、おれもその病気にかかってるのかも。くそ、どうあってもあんたを病院まで送っていきたいよ」

「それにはおよびません」ぼくはいった。「ゲイツまで行けば、また乗せてくれる車もすぐ見つかりますから」

「そうはいってもだな」老人はいった。「おふくろさんだぞ！　脳卒中だ！　四十八歳の若さだぞ！」そういって、スラックスのだぶついたまたぐらをぎゅっとつかむ。「クソったれなヘルニアバンドめ！」老人は笑った――困りはてた気持ちと愉快に思っている気持ちが半々に入りまじった笑い声だった。「クソったれヘルニアめ！　いいか、若いの。人間ってのは長生きしてると、体じゅうの部品がいかれてくるんだよ。で、とどのつまり、神さまにケツを蹴り飛ばされるわけだ。だけど、あんたは立派な息子だよ――こんなふうに、なんもかんもおっぽらかして、おふくろさんのところに駆けつけようってんだから」

「いい母親なんです」ぼくはいい、またしても涙がちくりと目を刺すのを感じた。親もとを離れて大学に通っていても、ホームシックになったことはない――最初の一週間は、ちょっとそんな気持ちにもなりかけたが、それだけだった――が、このときはホームシックになった。ぼくと母のふたりきり、ほかに近しい親戚もいない。母のいない人生は想像もできなかった。たいしたことはない――ミセス・マカーディはそういっていた――脳卒中だが、たいしたことはない、と。あの老女の言葉がどうか真実であってほしいと、ぼくは思った。なんとしても真実であってほしい。

そのあとしばらく、ふたりとも黙りこんでいた。車はぼくが望んでいた猛スピードを出してはいなかった――老人は一貫して時速七十キロを維持しつづけ、ときたまセンターラインの白線をまたいで対向車線を味見してもいた。それでも長距離を乗せてもらっていることもあって、いっこうに気にならなかった。ぼくたちを乗せた車の前に伸びている州道六八号線は何キロにもおよぶ森林を抜け、つぎつぎにあらわれては、ゆっくりまばたきしているあいだに消えていくような、そこかしこの小さな町を突っきってつづいていた。ニューシャロン、オフェリア、ウエスト・オフェリア、ガニスタン（妙な話もあったものだが、この町はもともとアフガニスタンという名前だった）、メカニックフォールズ、キャッスルヴュー、そしてキャッスルロック。日光がしだいに薄れ、澄みわたった青空が暗い翳《かげ》りを帯びはじめた。老人は最初スモールライトを点灯し、つづけてヘッドライトをともした。ヘッドライトはハイビームになっていたが、老人はいっこうに――それこそ、対向車線を走る車が一瞬だけハイビームにして警告を送ってきても――気づかないようすだった。

「兄貴のかみさんは、もう自分の名前さえ思い出せないんだよ」老人はいった。「そればかりか、〝はい〟も〝うん〟も〝いいえ〟もわからず、〝もしかしたら〟もわからなくなってる。アンダースン病にかかると、そんなふうになっちまうのさ、若いの。目の光がまた一種独特なんだな……なんだか〝わたしをここから出してちょうだい〟と訴えかけているようなというか……言葉で考えられたら本気でそう口にしそうな目の光なんだ。わかるかな、おれがなにをいいたいか？」

「わかります」ぼくはそういって深呼吸をし、いま鼻をついている小便の臭気は老人のものだろうか、それとも老人がときおり愛犬を車に同乗させているせいだろうか、と思いをめぐらせていた。それから、もし車の窓を細くあけたら老人が気分を害するだろうか、とも思った。結局、ぼくは窓をあけた。老人に気づいたようすはなかった――対向車がハイビームで送ってよこす警告に気づかないのとおなじだった。

七時ごろ、ぼくたちを乗せた車が息も絶えだえにウエスト・ゲイツの丘をのぼったそのとき、わがおかかえ運転手が大声を張りあげた。

「あいつを見ろや、若いの。月だ！　こりゃまた見事じゃないか！」

たしかに、思わず息をのむほど見事な月だった――地平線のすぐ上に浮かぶ巨大なオレンジ色の球体。それでもぼくには、どことなく不気味な雰囲気があるようにも思えた。なにかを孕《はら》んでいるかのように、なにかに感染しているかのように見えたのだ。昇りつつある月を見ているうちに、いきなり世にも恐ろしい思いが胸につきあげてきた。病院のベッドにたどりついたはいいが、母がぼくのことをわからなかったら？　母の記憶がきれいさっぱり、ひとつ残らず消え失せていて、〝はい〟も〝うん〟も〝いいえ〟もわからず、〝もしかしたら〟もわからなくなっていたら？　もし医者から、母には死ぬまで介護する人間が必要だなどといわれたら？　そうなれば、その役目をこなすのはぼくに決まっている。ほかにはだれもいない。大学よ、さらば。友人たちや隣人たちよ、そういう話をどう思う？

「願《がん》をかけるんだよ、若いの」老人が大声で叫んだ。昂奮《こうふん》していたせいだろう、老人の声は棘々しく、耳ざわりな響きをともなっていた――きいていると、耳の穴にガラスの破片を詰めこまれた気分にさせられる声だった。ついで老人は、ズボンの股間をひときわきつく引っぱった。そのあたりで、なにかが〝ぱちん〟と弾ける音がした。あれほど強くまたぐらを引っぱっていながら――ヘルニアバンドをしていようといまいと――きんたまの袋が付け根からひっこ抜けてしまわないのが不思議でならなかった。「親父がよくいってたよ――秋の満月に願をかけりゃ、願いはかならず叶うってな！」

そこでぼくは、病室にはいっていったとき、母にだれだかわかってもらえますようにと祈り、母がぱっと目を輝かせて、ぼくの名前を口にしますようにとも祈った。願をかけたとたん、いまの願いを撤回できればいいのにとも祈った。あんな熱病にかかったようなオレンジ色の光に願をかけても、願いごとはひとつも叶わないように思えたからだ。

「ああ、若いの！」老人はいった。「おれは女房がここにいてほしいと祈ったよ。そうすりゃ、これまであいつにぶっつけたきつい言葉だの、思いやりのない言葉だののありったけを詫びることができるのに！」

そして二十分後、日の光の最後の一片が空気にまだ残り、月が水ぶくれしたような姿でまだ空の低いところに浮かんでいるころ、ぼくたちはゲイツフォールズの町にたどりついた。州道六八号線とプレザント・ストリートの交差点には、黄色い注意信号が明滅していた。その交差点の直前で、老人はいきなり歩道のほうに急ハンドルを切った——ダッジの右前方タイヤが歩道の縁石に乗りあげ、すぐにがくんと落ちた。おかげで、ぼくの歯は音が出るほどぶつかりあった。老人はなにかにとり憑かれ、相手かまわず噛みつく域に達した昂奮の面もちで、ぼくをじっと見つめた。最初は気づかなかったが、この老人のすべてが狂熱の雰囲気を帯びていた——どこをとっても、あのガラスの破片じみた雰囲気に満ちていたのだ。さらにいうなら、老人の口から飛びだす言葉には残らずびっくりマークがついているようにも思えた。

「おまえさんを病院まで連れてってやるよ！　ああ、連れていってやる！　ラルフなんぞ知ったことか！　やつがどうなろうと知ったことか！　おまえさんがひとことといえば、ああ、連れてってやるとも！」

母のもとへ行きたい気持ちはやまやまだが、小便の臭気をたたえた空気を吸って、反対車線の車からハイビームの光を浴びせかけられながら、あと三十キロ以上もこの車に乗っているのは、あまり愉快そうに思えなかった。老人の車が四車線あるリスボン・ストリートをふらふら蛇行《だこう》しながら車線をはみだしていく光景にも、やはりあまり心を惹かれなかった。しかし、いちばん大きな理由は老人そのものだった。あと三十キロ以上もの道のりのあいだ、股間を強く引っぱる例の動作とガラスの破片じみた声に耐えられるとは思えなかった。

「いや、けっこうです」ぼくはいった。「お気づかいなく。お兄さんを送ってあげてください」

そういって車のドアをあけたとたん、恐れていた事態が現実になった——老人が手をぐっと伸ばし、年寄りそのもののねじくれた手でぼくの腕をつかんできたのだ。それは、老人がしじゅう股間をわしづかみするのにつかっていた手だった。

「ひとことでいい！」老人はいった。その声はしゃがれ、秘密めかした響きを帯びていた。老人の指先が、腕の下近くの腕の肉に食いこんできた。「そうすりゃ、おまえさんを病院の玄関まで送っていってやるって！　そうともさ！　おまえさんがおれには初対面で、おれがおまえさんには初対面だってかまうものか！　〝はい〟でも〝うん〟でもいい、いや〝わるくない〟でもいい！　おまえさんを連れてってやる……あそこにな！」

「お気づかいなく」ぼくはくりかえした。

いきなりぼくは、車から一気に外に飛びだしたいという衝動——自由になるための代償だというなら、シャツを老人の手に握らせたまま残していってもかまわないくらいだ——と必死に戦っていた。老人は、まるで溺れかけた人だった。ぼくが体を動かせば、老人は握った手に力をこめるにちがいない、そればかりか、首根っこを押さえつけてくるに決まっている——しかし予想に反して、そんなことにはならなかった。老人の指から力が抜けていったかと思うと、そのまま滑るように腕から完全に離れ、同時にぼくは車外に足を降ろしていた。そしてぼくは——理不尽なパニックの瞬間が過ぎ去ったときの例に洩れず——そもそも、最初になぜあんな恐怖を感じたのだろうか、といぶかしんでいた。しょせんこの老人は、年代物のダッジの小便くさい生態系に住み、いまは申し出を断わられたことで落胆の表情を見せている高齢の炭素系生命体にすぎない。そう、ヘルニアバンドがうまくおさまらずに苦労しているだけの年寄りでしかない。いったいぼくは、なにをそんなに怯えていたのか?

「乗せてもらってありがたく思っていますし、いまのお誘いはそれ以上にありがたく思います」ぼくはいった。「でも、こっちの道路にそって歩いていけば——」とプレザント・ストリートを指さす。「——すぐに乗せてもらえる車が見つかりますから」

老人はしばらく無言だったが、やがてため息を洩らしてうなずいた。「そうとも、そいつがいちばんの上策だ。だけど、町から出ていろよ。町なかでヒッチハイカーを車に乗せたがるやつはいないんだ。下手にスピードを落として、ほかの車からクラクションを鳴らされたくはないからね」

鋭い発言だった。町なかでのヒッチハイクは——それがゲイツフォールズのような小さな町でも——うまくいかない。どうやらこの老人には、親指を突き立てて車に乗せてもらった時代が本当にあるらしい。

「でもな、若いの、ほんとにいいのか？　手中の一羽の鳥がどうとかいう諺《ことわざ》だって、知らないわけじゃあるまい」

またしても、ためらいの気持ちが生まれた。手中の一羽の鳥は藪《やぶ》のなかの二羽の価値がある——老人の言葉も鋭いところを突いていた。明滅する黄色の注意信号がある交差点を過ぎて一キロ半ばかり先に進むと、プレザント・ストリートはリッジ・ロードと名前を変える。リッジ・ロードは森林地帯を二十五キロ弱つづいたのち、ルイストン郊外で州道一九六号線と接続する。あたりはほとんど夜の暗さだった。昼間にくらべ、夜のヒッチハイクは格段にむずかしい。田舎道でヘッドライトの明かりに照らされたヒッチハイカーは——髪を櫛でととのえ、シャツの裾をズボンに入れていても——ウィンダム少年院からの脱走者そっくりに見えてしまう。それでもぼくは、もう老人の車に同乗していたくはなかった。こうして無事に車から外に出たいまでさえ、老人にはどこか不気味な雰囲気があるという思いをぬぐえなかった。そんなふうに思ったのは、老人の言葉がびっくりマークだらけに思えていたせいだろう。それに、ぼくはこれまでずっとヒッチハイク運に恵まれていた。

「大丈夫です」ぼくはいった。「ありがとうございました。ほんとうに感謝してます」

「いいってことよ、若いの。いいんだよ。おれの女房は……」

老人の言葉が途切れた。ふと見ると、その両目の隅から涙が流れ落ちていた。ぼくは重ねて礼を述べると、老人がそれ以上なにもいわないうちに車のドアを一気に閉めた。

急ぎ足で交差点をわたるあいだ、注意信号の明滅にあわせて、ぼくの影があらわれたり消えたりをくりかえしていた。反対側までわたってから、ふりむいてうしろに目をむけた。ダッジはまだ、〈フランクス・ファウンテン&フルーツ〉という店の前に停車していた。明滅する信号の光と、車から五メートルばかり先にある街灯の光とで、ハンドルにもたれかかった姿勢ですわる老人の姿が見えた。ふっと、こんな考えが頭に浮かんだ——あの人は死んでいる、あの人の助力の申し出をすげなく断わることで、ぼくはあの人を殺したんだ。

そのとき一台の車が交差点を曲がり、ハイビームの光を一瞬だけダッジに浴びせた。そして今回ばかりは、老人はヘッドライトを通常の位置にまで落とした。これでぼくにも、老人が生きていることがわかった。一拍おいて老人は車を道路にもどし、ダッジはのろのろと交差点の角を曲がっていった。車が見えなくなるまで見おくってから、ぼくは空の月を見あげた。オレンジ色の輝きは薄れつつあったが、月はあいかわらず不気味な雰囲気をたたえていた。そのときふと、月に願をかける話などきいたこともない、ということに思いいたった――宵の明星の話はきいたことがあるが、月に願かけをする話はきいたことがない。またしても、自分の願いを撤回したくなった。闇がひたひたと迫りくるなかで交差点に立っているいま、猿の手にまつわる有名な話がなんなく思い出されてきた。

プレザント・ストリートを歩きながら、通りかかる車に親指を突き立てて見せてはいたものの、スピードを落とす車すら一台もなかった。最初のうちこそ道路の左右両側に商店や人家があったが、まず歩道がなくなり、やがて両側からふたたび森が迫ってきて、ひそやかに土地を奪還していった。道路にヘッドライトの光があふれ、自分の影が前方に長く引き伸ばされるたびに、ぼくはふりむいて親指を高くかかげ、これが相手を安心させる笑みであればいいと思いながら笑顔をつくった。そしてそのたびに、近づいてくる車はまるでスピードを落とさず、風のように走りすぎていった。一回などは、「ちゃんと働け、穀《ごく》つぶし！」という叫び声につづいて、笑い声も浴びせられた。

闇を恐れてはいない――いや、当時は恐れていなかった――が、このときは病院までまっすぐ連れていってやるという老人の申し出を断わったのは致命的なミスだったのではないか、という恐怖を感じはじめていた。出発前に《**母急病につきヒッチハイク希**

望》とでも書いたプラカードをつくってきてもよかったが、そんなものが役に立つとは思えなかった。頭のいかれた変質者でも、その手のプラカードをつくることはできる。

ぼくは舗装されていない路肩の砂利まじりの土にスニーカーの足を引きずって歩きながら、深まりつつある夜の物音に耳をかたむけていた。遠くにいる犬の遠吠え、もっと近くの梟《ふくろう》の声、強まりつつある風の吐息。空は月明かりで明るかったが、このときには月自体は見えなかった——このあたりでは木々が高く聳《そび》え、ひととき月を隠していたからだ。

ゲイツフォールズが背後に遠ざかるにつれて、車が減ってきた。ぼくは病院のベッドに横たわる母の姿を想像しはじめた。口もとはねじくれて嘲笑の形に凍りつき、命にしがみつく手から力が抜けかけてはいても、なおぼくを思って滑りやすい木の樹皮に必死でしがみついている……当のぼくが、老人の疳高《かんだか》い声と車内にたちこめる小便くさい臭気が気にくわなかったというだけの理由で、死に目に会えなくなったことも知らずに。

急勾配の坂をあがって丘のてっぺんに出ると、ふたたび月明かりのなかに出た。右手からは森がなくなっていた——かわって出現したのは、小さな田舎墓地だった。仄白《ほのじろ》い光に墓石が光っていた。ひとつの墓石のそばに、なにやら黒くて小さいものがうずくまり、ぼくをじっと見つめていた。好奇心にかられて一歩近づくと、黒いものが動いて、ウッドチャックに変じた。ウッドチャックは赤く輝く片方の目で憎々しげにぼくを一瞥《いちべつ》したきり、丈の高い草のなかに姿を消した。ふいにぼくは、自分がかなり疲れていることを――体力を消耗する寸前であることを強く意識した。五時間前にミセス・マカーディから電話をもらって以来、ぼくはずっと混じりけなしのアドレナリンを燃料として動いていた。そしていま燃料切れになった。これがマイナス面だった。プラス面は、それまで感じていた、いてもたってもいられない焦燥感という、なんの役にも立たない感情が――少なくとも当座は――消えてくれたことである。ぼくは選択を迫られ、州道六八号線ではなくリッジ・ロードをつかうという決断をくだした。決断をくだした自分を、いまさら責めても仕方がない。先立つ後悔ありもせず――母はたまにそんな言葉を口にした。母の頭には、この手のいかにもありがたそうな禅《ゼン》の教えめいた格言や諺のたぐいがどっさり詰めこまれていた。ありがたい教えかどうかはともかく、この文句はいまのぼくの心を慰めてくれた。ぼくが病院にたどりついたとき、すでに母が死んでいたら……そう、そういうことだ。おそらく、死んでいることはあるまい。ミセス・マカーディによれば、医者はそれほど重症ではないという意見なのだから。それにミセス・マカーディは、母がまだ若いともいっていた。いささか太り気味で、おまけにヘビースモーカーでもあるけれど、母はまだ若いのだ。

一方ぼくはといえば、こんな草深い山のなかで、いきなりへとへとに疲れはてていた――足がセメントに沈みこんだような気分だった。

墓地の道路に面した側に、石の塀が伸びていた。塀の途中に切れ目があり、そこの地面に二本の轍《わだち》が掘りこまれていた。ぼくは石塀に腰かけて、足を轍の一本におろした。

この位置からだと、リッジ・ロードが両方向によく見わたせた。西、つまりルイストン方面にむかう車のヘッドライトが見えたら、道路ばたにもどって親指を突き立てればいい。それまではバックパックを膝に載せた姿でこうしてここに腰かけ、両足にいくらか力がもどってくるのを待つとしよう。

ほのかに光る細やかな霧が草藪から立ち昇って、地面近くに広がっていた。だんだん強くなる風に、墓地を三方からかこむ森の木々が葉ずれの音をたてている。墓地のさらに向こう側からはせせらぎがきこえ、ときおり蛙の〝げろ・げろ〟という野太い声もきこえた。ここの風景は美しく、また奇妙にも心をなごませてくれた――たとえるなら、ロマンティックな詩集の挿絵というところだろうか。

ぼくは、道路の両方向を見わたした。近づいてくる光はひとつも――それこそ地平線のあたりのかすかな光さえ――なかった。ぼくはそれまで足を垂らしていた轍にバックパックを降ろすと、立ちあがって墓地に足を踏みいれた。ひと房の髪がひたいに垂れてきた――風に髪が乱されたせいだった。靴のまわりで、霧がものうげにのたうっていた。墓地の奥のほうにならんでいたのは古い墓石だった。倒れたままになっているものも少なくない。墓地の道路側には、もっと新しい墓石がならんでいた。ぼくは両膝に手をついて上体をかがめ、摘みとられたばかりのような花束にかこまれている墓石を見おろした。月明かりのおかげで、名前はなんなく読みとれた――**ジョージ・ストーブ**。その下に、ジョージ・ストーブの生涯が短かったことを物語る日付が彫りこまれていた

——片方は一九七七年一月十九日、もう一方は一九九八年十月十二日。この数字で、花束が萎《しお》れかけたばかりであることも納得できた。一九九八年はわずか二年前のことで、十月十二日はわずか二日前のことだからだ。ジョージの友人や親戚が、命日に墓参りをしたのだろう。名前と日付の下にも、なにか短い文章めいたものが彫られていた。ぼくはさらに上体をかがめて、その文字を読み——

——よろけながら、あとじさった。恐怖を感じ、月明かりに照らされた墓地をたったひとりでおとずれているという事実をいやというほど感じながら。

先立つ後悔ありもせず

墓石には、そう彫りこまれていた。

母はもう死んでいるんだ、いまこの瞬間に息を引きとったのかもしれず、何者かがこのメッセージをぼくに送ってよこしたんだ。悪趣味きわまるユーモアのセンスをもった何者かが。

ぼくはのろのろと道路のほうへ引きかえしはじめた——森を吹きぬける風の音をきき、せせらぎをきき、蛙の声をきいているうちに、別の物音がきこえてくるのではないかという恐怖が突然こみあげてきた。そう、なにかが地面をこすり、木の根を引きちぎる音が……そして、完全に死んではいないなにかが手を突きあげ、ぼくの片足のスニーカーに手を伸ばし――

足がもつれて、ぼくは倒れこんだ。片肘が墓石のひとつにぶつかったが、べつの墓石に後頭部をぶつけることだけはかろうじて避けられた。雑草の茂った地面に音をたてて倒れたぼくは、木の間《ま》ごしにわずかに顔をのぞかせている月を見あげた。月はもうオレンジ色ではなく白く見えており、磨きこまれた骨を思わせる輝きを帯びていた。

転んでも、パニックがひときわつのることはなかった――かえって、頭の曇りがすっきり拭《ぬぐ》い去られた。自分がなにを目にしたかはわからないが、目にしたと思いこんでいたような文章でなかったことだけは確実だった。ジョン・カーペンターやウェス・クレイヴンの映画の世界でなら通用するだろうが、あんなものは現実の世界には存在しない。

《ああ、そうか、それでもいいさ》頭のなかでささやく声がした。《いますぐここから出ていって、そんな筋書きを信じればいい。そのまま死ぬまで、そんなふうに信じていられるぞ》

「うるさい」ぼくはそう口にして立ちあがった。ジーンズの尻が濡れていて、ぼくはその部分を肌から引き剝がした。ジョージ・ストーブの終《つい》の栖《すみか》となった場所を示す墓石にふたたび近づいていくのは決して容易ではなかったが、予想していたほどの難事でもなかった。木立ちのあいだで風が吐息を洩らしていた――風はいまなお強まりつつあり、天候の変化を告げていた。まわりでは影がゆらゆらと踊っていた。小枝同士がこすれあい、森からきしむような物音がきこえた。ぼくは墓石の上にかがみこんで、表面の文字を読んだ。

ジョージ・ストーブ
一九七七年一月十九日〜一九九八年十月十二日
すこやかに生まれ、若くして死す

膝のすぐ上に両手を押しあてた姿勢で立っていたぼくは、いざ心臓の鼓動が落ち着きだしてから、ようやくそれまで脈が速くなっていたことに気がついた。性質《たち》のわるいちょっとした偶然——それだけのこと。名前と日付の下に彫られた文章を読みまちがえたからといって、驚くようなことだろうか？　たとえ疲れやストレスがなくても読みまちがえたかもしれない——月光は人の目をまどわすことで悪名高いのだ。これにて一件落着。

ただし、ぼくは自分がなにを読みとったかを知っていた——《先立つ後悔ありもせず》だ。

母さんは死んでるんだ。

「うるさい」ぼくはさっきの言葉をくりかえすと、体の向きを変えた。そうしながらぼくは、草のあいだや踝《くるぶし》のまわりで動いている霧が輝きはじめていることに気がついた。

同時に耳が、近づきつつあるエンジン音をとらえた。車がやってきたのだ。

急いで石塀の切れ目を通りぬけて――ついでにバックパックを地面から拾いあげ――道路まで引きかえした。近づいてくる車のライトは、丘を半分まで昇ってきていた。そのライトを浴びると同時に――目がくらんで一瞬なにも見えなくなった――ぼくは親指を突きだした。運転者がスピードを落とす前から、車に乗せてもらえるはずだとわかった。こんなふうになにかがふっとわかるなんて妙な話にきこえるかもしれないが、かなりの時間をヒッチハイクに費やした経験のある人にきけば、そういうこともあると教えてくれるはずだ。

車はぼくの横を通りすぎてから、ブレーキライトを赤く輝かせ、墓地とリッジ・ロードをへだてる石塀がおわりかけたあたりの、未舗装のままの路肩に近づいて停止した。ぼくはバックパックを膝にぶつけながら車にむかって走った。車はマスタング――それも六〇年代後期から七〇年代初頭にかけてのクールなデザインのものだった。エンジンは豪快な音をたてていた――奥深い響きのエンジン音が流れてくるマフラーは、次回の検査では不合格になりかねないしろものだが……ぼくが心配することではなかった。

ぼくはドアをさっと引きあけると、車内に体をすべりこませた。バックパックを左右の足のあいだに降ろしたとたん、なにかの臭気が鼻を刺してきた――よく知っているような気もする、かすかに不快な臭気だった。

「ありがとう」ぼくはいった。「本当にありがとう」

運転席にすわっていた男は、色褪せたジーンズと袖を断ち落とした黒いTシャツ姿だった。肌は浅黒く、筋肉は隆々としており、有刺鉄線を描いた青いタトゥーが右の二の腕をとりまいていた。頭には、農工機具で有名なジョンディア社のロゴのはいった緑のキャップを前後逆にしてかぶっている。Tシャツの丸襟のそばにバッジがピンで留《と》められていたが、ぼくの位置からではバッジの文字は読みとれなかった。

「いいってことよ」男はいった。「街へ行くのかい?」

「そうだよ」ぼくは答えた。この地域で〝街へ行く〟といえば、それはルイストンへ行くことを意味する。ポートランドより北でそれなりの規模の街はルイストンだけだからだ。ドアを閉めているとき、バックミラーに例の松の香りをただよわせる芳香剤が吊りさげてあるのが目にとまった。さっきのにおいの正体はこれだったのだ。どうも今夜は、においに関してはツキに見はなされているようだ——最初は小便の悪臭、そして今度は化学合成された松の香り。それでも、乗せてもらえたのだ。本来なら安心するところだった。男がアクセルを踏んでふたたびリッジ・ロードに車を乗り入れていき、ビンテージもののマスタングの巨大なエンジンがうなりをあげるなか、ぼくは〝本当に安心してるんだ〟と自分にいいきかせていた。

「なんで街へ行くことになった?」運転している男がたずねてきた。男はぼくとおなじくらいの年齢で、たぶんこのあたりの住民だろう——ぼくはそう見当をつけた。オーバーンあたりの職業専門学校に通っているか、あるいは地元に残る数少ない縫製工場あたりで働いているのかもしれない。このマスタングは、手すきの時間に自分で修理したのだろう。なぜなら、それがこのあたりの地元民のやることと決まっているからだ。ビールを飲み、ちょっとばかりマリファナを吸い、車を修理する。あるいはオートバイを。

「兄貴が結婚することになって、ぼくが新郎の付添役をすることになったんだ」

そんなつもりはかけらもなかったのに、嘘が口をついて出てきた。理由はわからなかったが、母のことを男に知られたくなかった。なにかが妙だった。なにが妙なのかはわからなかったし、そもそもなぜそう考えたのかもわからない。しかし、ぼくにはわかっていた。それには確信がある。

「で、あしたがリハーサルでね。おまけに夜は、結婚式前の男だけのパーティーがあるし」

「そうかい？　ほんとうに？」男はぼくに顔をむけてきた。左右の間隔がひらいた目、ハンサムな顔だち、ふっくらした唇が薄笑いを見せ、目にはぼくの話を信じていない光がのぞいていた。

「ああ」ぼくは答えた。

ぼくは怖くなった。いきなり、また怖くなった。なにかが妙だ――もしかするとそれは、ダッジを走らせていた調子っぱずれの老人にいわれるまま、星ではなく汚染されたような月に願をかけた瞬間からはじまったのかもしれない。いや、ひょっとしたら受話器をとりあげて、ミセス・マカーディからあんたの母親についてわるいニュースがある、わるいといっても、まだ不幸中のさいわいだ、ときかされた瞬間からはじまっていたのかもしれない。

「そいつはよかったな」帽子を前後逆にかぶった若い男はいった。「兄貴が結婚するのか、そいつはよかった。で、おまえさんの名前は?」

ぼくは、怖くなっただけではなかった。恐怖にふるえあがっていた。なにもかも、おかしなことだらけだ——なにもかも。なぜ、どうして事態がこんなにすばやく展開したのかはわからない。しかし、ひとつだけわかっていることがあった——このマスタングの運転者にはルイストン行きの真の目的を知られたくないし、名前を知られたくない気持ちも負けず劣らず強い、ということだ。突然、二度とルイストンを見ることはないという確信が胸に突きあげてきた。それは、先ほどこの車がとまってくれるはずだと事前に悟ったのにも似ていた。悪臭のこともある。このにおいを、ぼくは知っていた。芳香剤の香りではない——問題なのは、芳香剤の香りという表面の下に隠れているものだ。「ヘクターだ」ぼくはルームメイトの名前を口にした。「ヘクター・パスモアというんだよ」

乾ききった口から、言葉が落ち着いた淀みない口調で流れ出た。それはそれでよかった。裡《うち》なるなにかが強く主張していた——なにかが妙だとぼくが感じているということを、マスタングの運転手に知られてはならない、と。助かる道はそこにしかない、と。

男が若干ぼくのほうへ体を向けた拍子に、例のバッジの文字が読めるようになった。**《わたしはラコニアの〈スリルヴィレッジ〉の〈弾丸《ブレット》〉に乗った》**とあった。〈スリルヴィレッジ〉という場所のことは知っていた。それほど長居はしなかったが、以前に行ったことがあったからだ。

それだけではなかった――二の腕を有刺鉄線のタトゥーがとりまいていたように、男の首を太く黒い線がとりまいているのが見えた。ただし運転者の首をとりまく線はタトゥーではなかった。何十もの短く黒い線が、その太い線を垂直に横切っていた。つまりこれは、男の頭部を胴体につなぎあわせた人間が残した縫い目なのである。

「よろしくな、ヘクター」男はいった。「おれはジョージ・ストーブだ」

ぼくの手が、夢のなかの手のようにふうっと浮かんで前に突きだされていった。これが夢ならどんなにいいことか……しかし、これは夢ではなかった。現実ならではの鋭い輪郭のすべてがそなわっていた。いちばん上で目立っているにおいは松の香り。そして表面の下に隠れている悪臭は、なにかの化学薬品のもの……おそらく防腐剤のホルマリンだろう。そう、ぼくは死人の運転する車に乗っているのだ。

マスタングは磨きあげたバッジのような月の光のもと、ハイビームの光を追いかけるように、時速百キロ近いスピードでリッジ・ロードを突っ走っていた。両側から道路に覆いかぶさるように伸びている木々が、風に吹かれて踊り、身をよじっている。ジョージ・ストーブは、うつろな目のままぼくに笑みを見せてから、ぼくの手を放し、道路に注意をもどした。ハイスクール時代に読んだ『ドラキュラ』の一節が頭のなかによみがえり、割れ鐘《ね》の音のように頭のなかに鳴りわたった――死者は乗り物を疾駆させる、という一節が。

《ぼくが知っていることをこの男に知られてはいけない》このひとことも、頭のなかで響きわたっていた。たいした言葉ではないが、頭のなかにはそれしかなかった。《この男に知られてはいけない、知られてはいけない、ぜったいに知られては》

そういえば、あの老人はいまどこにいるのだろう？　無事に兄のところにたどりついたのか？　それとも、最初からこの一件に加担していたのか？　ひょっとしたらいまこのときも、すぐうしろにいるのではないか――ハンドルにおおいかぶさるようにして、股間のヘルニアバンドをしじゅうひっぱりながら、ぽんこつダッジを走らせて？　あの老人も死人なのか？　いや、ちがうだろう。ブラム・ストーカーによれば死者は乗り物を疾駆させるというが、老人は時速七十キロをきっちり守っていた。のどの奥から、ひずんだ笑い声が泡だってくるのを感じて、あわてて抑えこんだ。笑えば、この男に知られることになる。男に知られてはいけない――助かる道は、そこにしかないのだ。

「結婚式ほどいいものはないよな」ジョージ・ストーブはいった。

「ああ」ぼくは答えた。「だれもが二回は結婚するべきだね」

ぼくはいつしか両手を組みあわせて、力いっぱい握りしめていた。拳の関節のすぐ上に反対の手の爪が食いこんでいるのが感じられたが、その痛みは——外国から伝わってくるニュースのように——どこか遠いものとしか感じられなかった。この男に知られてはいけない——肝心なのはそこだ。周囲は一面の森林、光といえば骨を思わせる無慈悲な月明かりだけ。そしてぼくは、ぼくがこの男は死人であると知っているということを、この男に知られてはいけない。この男がただの幽霊のような、人畜無害なものではないからだ。幽霊が目に見えることもあるだろうが、車をとめてヒッチハイカーを乗せるのはなにものなのか？　どんな種類の怪物なのか？　ゾンビ？　食屍鬼《グール》？　吸血鬼？　そのどれでもないのか？

ジョージ・ストーブは笑った。「二回は結婚するってか？　そいつはいいな、うちの家族はみんなそうだ！」

「うちの家族もだよ」ぼくは答えた。その声は冷静に響いた。どこにでもいるヒッチハイカーが車に乗せてもらったことへのささやかな返礼として、一日のうちのその時間——今回の場合には夜の時間——をとりあえずやりすごすための、当たりさわりのない会話をしているだけ、といった感じの声だった。「葬式ほどいいものもないからね」

「結婚式だぞ」ストーブは穏やかな声音でいった。ダッシュボードの光を浴びて、ストーブの顔は蠟《ろう》を引かれたように——死化粧をほどこされる前の死体の顔のように

──見えた。ひときわ恐怖を誘ったのは、前後逆にかぶっているそのキャップだった。キャップに目をやれば、その下になにが、どれだけ残っているのかをいやでも考えてしまうからだ。どこかで読んだ話だが、葬儀屋は頭蓋骨のてっぺんを鋸《のこぎり》で切り落とし、脳みそをとりだしてから、化学薬品で処理された綿を詰めこむという。顔が内側に陥没することのないようにだろう。

「結婚式だね」ぼくは痺れた唇のあいだから言葉を押しだすと、ほんの少し笑い声をあげさえした──消えいりそうな含み笑いを。「結婚式というつもりだったんだ」

「言いまちがいには、その人の本心がうっかり顔を出す──おれはそう思うんだよ」運転している男はいった。あいかわらず笑顔のまま。

そう、初級心理学の授業で読まされた本によれば、フロイトもそう信じていた。この男がフロイトの学説に通じているとは思えなかったし、フロイト学派の精神科医のなかにノースリーブのTシャツを着てキャップを前後逆にかぶった者がそうたくさんいるとも思えなかったが、それでもストーブは充分に知っていた。葬式、ぼくはそういったのだ。ああ、天にましますわれらが父よ、ぼくは葬式といったのだ。ストーブはぼくを弄《もてあそ》んでいるにちがいない、という思いが浮かんだ。ぼくは、ぼくがこの男は死人だと知っていることを、男本人に知られたくないと思っていた。そして男のほうは、ぼくがこの男は死人だと知っていることを知っていて、ぼくにそのことを知られたくないと思っている。そしてぼくは、ぼくがこの男は知っていると知っているのだが、知っているということを男に知られたくないと思っており……。

目の前で世界がぐらぐらと揺れはじめた。次の瞬間には回りはじめて、たちまちつむじ風のような猛烈な回転になり、ぼくは世界をうしなってしまうのだろう。つかのま、ぼくは目を閉じた。瞼《まぶた》の裏の闇のなかで、月の残像が緑色に変わった。

「どうした、気分でもわるいのか?」ストーブがたずねてきた。気づかうようなその声に、ぼくは総毛立つ思いだった。

「いや、大丈夫だ」ぼくは答えながら、瞼をひらいた。世界はまた安定していた。自分自身の爪が手の甲の皮膚に食いこむ痛みは、現実そのものの激しい痛みだった。そして臭気も。松の香りの芳香剤だけではない、化学物質がつくりだすその種のにおいだけではなかった。土のにおいもただよっていた。

「本当に?」ストーブがたずねた。

「ちょっと疲れただけかな。長いこと、ヒッチハイクで乗せてくれる車をさがしていたからね。それに、たまに軽い車酔いを起こすこともあるんだ」そこで、突如すばらしい思いつきが天から頭に降ってきた。「まあ、そんな事情だから、このへんで降ろしてもらったほうがいいかな。少し新鮮な空気を吸えば、胃も落ち着くと思うんだよ。いずれ、またほかのだれかの車が通るだろうし――」

「そんなことはできないな」ストーブはいった。「おまえさんをここに置き去りにするって? そんなことができるものか。次にだれかの車が来るのは一時間もあとだろうし、そいつがおまえさんを車に乗せてくれるかどうかはわかったものじゃない。だから、おれがきっちり面倒を見てやらないと。あれはなんという歌だった？　時間どおりに教会へ連れてって、だったか？　ああ、こんなところで、おまえさんを降ろせるものか。少しばかり窓をあければ楽になれるさ。わかってる、この車のなかがあんまりいいにおいじゃないってことはな。だから、その芳香剤を吊りさげたんだが、その手のものはクソの役にも立ちゃしない。もちろん、なかにはあっさり追い払えないにおいがあるからな」

頭では、手を伸ばして窓ガラス用のクランクをつかんでまわし、新鮮な空気を車内にとりいれたいと思っていた。しかし、どうやっても腕の筋肉に力がはいらないようだった。両手を組んだまますわり、手の甲に爪を食いこませることしかできなかった。あっちの筋肉は動こうとしないのに、こっちの筋肉は動くのをやめてくれない。なんというジョークだ。

「なんだか、例の話みたいだな」ストーブはいった。「ほら、新車同然のキャデラックをたったの七百五十ドルで買った若者の話だ。おまえさんも、あの話は知ってるんじゃないのか？」

「ああ」ぼくは痺れた唇でいった。そんな話は知らなかったが、ぜったい耳に入れたくないことだけは完璧にわかっていた――この男が物語る話など、およそききたくはなかった。「ずいぶん有名な話だからね」

ぼくたちの前方で道路が跳ね踊りながら伸びていた――まるで古いモノクロ映画に出てくる道路のように。

「ああ、たしかにとんでもなく有名だな。ある若者が車をさがしながら歩いていたら、ある男の家の前の芝生に新車同然のキャデラックがとめてあったんだ」

「さっきもいったけど、その話は知ってる――」

「ああ。で、キャデラックのフロントガラスには《オーナー直売》という掲示が貼られてた」

ストーブの片耳の裏に、タバコがはさみこんであった。ストーブがそのタバコに手を伸ばした拍子にTシャツの前が上に引っぱられたので、その下にもまわりに襞《ひだ》が寄った黒い線や縫い目があるのが見えた。ついでストーブが前に身をかたむけて車のライターを押しこめると、Tシャツはもとの位置にまでずり落ちた。

「若者は、キャデラックなんて買えっこないとわかってた。いや、キャデラックの轟音がきこえる場所にだって近づけない、とね。それでも、好奇心にかられたんだ。そうだな？　そこで若者は売り主の男に近づいていって、『この手の車はどのくらいの値段なのかな？』ときいてみた。すると男はホースの水をとめて――というのも、男は洗車をしていたからだが――こういったんだ。『やあ、小僧。きょうのおまえはツイてるぞ。七百五十ドル出せば、この車を走らせて帰れるぞ』」

ライターがぽんと飛びだしてきた。ストーブはライターを引き抜くと、コイルをタバコの先端に押しつけた。ストーブが煙を深々と吸いこむと、首の切れ目を繋ぎとめている縫い目の隙間から、細い煙の筋が植物の蔓《つる》のように洩れだしてくるのがはっきりと見えた。

「若者が運転席側の窓から顔を突っこんでみると、走行距離計の数字はまだ二万七千キロ程度だった。だから若者は男に、『これはまた、嘘っぱちもいいところのうさんくさい話だな』といった。ところが男はこう答えた。『嘘でもなんでもないぞ、小僧。現ナマを出せば、この車はおまえのものになる。いいや、小切手だってうけつけてやる。おまえは正直者の顔をしてるからな』そこで若者はいった……」

ぼくは窓の外に目を投げた。たしかに、この話はきいたことがあった。何年も昔のことだ……たぶんジュニア・ハイスクールのころだろう。ぼくがきかされたバージョンでは、車はキャデラックではなくサンダーバードだったが、それ以外はまったくおなじだった。若者は、《おれはまだ十七歳だけど、まったくの馬鹿じゃない。こんな高級車を、それもこれしか走行距離が出ていない車を、たった七百五十ドルで叩き売るような人間がいるわけはないさ》という。すると男は、自分がこの値段で車を売りに出したのは悪臭のせいなんだ、と語る。悪臭を追い払えないからだ、と。手を変え品を変えてはみたが、なにをしても車から悪臭が抜けない。自分は仕事で出張に出ていた……かなり長期間の出張で……家をあけていたのは、少なくとも……

「……二週間くらいだな」運転しているストーブが、そう話していた。ストーブは笑みを見せていた――自分が腹をかかえて大笑いしたジョークを他人に披露する人間ならではの笑みだった。「出張から帰ってきた男は、車がガレージにおいてあって、車内に女房がいるのを見つけた。女房は、男が出張に出ていったころに死んだきり、ずっと放置されていたんだ。自殺なのか心臓の発作なのか、そのへんはわからない。女房の死体は車のなかで腐って、ぱんぱんに膨れあがってた。車内に腐った死体のにおいが染みついていたもんだから、男は車を売り払いたかったわけだよ」ストーブは声をあげて笑った。「まったく、とんでもない話だとは思わないか？」

「なんで、その男は家に電話をかけなかったんだろう？」ぼくの口が勝手にしゃべった言葉だった。脳みそは凍りついていた。「二週間も出張に出ていたのに、一回も家に電話をかけず奥さんのようすを確かめもしなかったなんて、おかしいじゃないか」

「まあな」ストーブはいった。「そんなことは、話の本筋には関係ないんじゃないか。話の本筋は、ああ、これがとんでもない大安売りだったこと――それこそ本筋だよ。これで買う気をそそられないやつがいるか？　そんな車だって、クソったれな窓をいつもあけはなしたまま走ればいいだろ？　だいたい、こいつは基本的には作り話なんだ。フィクションなんだよ。こんな話を思い出したのは、この車にも悪臭が染みついてるからだ。こっちは作り話なんかじゃない、事実だがな」

沈黙。ぼくは思った――《この男は、ぼくがなにかいうのを待ってる。この話をしめくくるぼくのひとことを待ってるんだ》と。ぼくも、話をおわらせたかった。本気で。

ただし……そのあとはどうなる？　そのあと、この男はなにをする？

ストーブは、シャツにつけている例のバッジ、《わたしはラコニアの〈スリルヴィレッジ〉の〈ブレット〉に乗った》と書いてある例のバッジを親指の腹でこすっていた。爪の下に土がはいっていた。

「きょうは、ここに行ってたんだよ」ストーブはいった。「〈スリルヴィレッジ〉にね。ある男のちょっとした頼まれ事をしてやったら、そいつが一日入場券をくれたんだ。ガールフレンドもいっしょに行くはずだったけど、電話で体調がわるいといってきてね。生理になるとひどく痛むことがあって、息も絶えだえになっちまう体質なんだよ、あいつは。気の毒だよ。でも、いつもこう思うんだ。だからって、どうしようもあるまい？　だいたい、月のものが来なけりゃ、おれは厄介なことになる。いいや、あいつもいっしょにだ」ストーブは、ユーモアのかけらもないがさつな声でだらだら話しつづけていた。「だから、ひとりで行ったんだ。一日入場券を無駄にするのは馬鹿げてるからね。〈スリルヴィレッジ〉に行ったことはあるかい？」

「あるよ」ぼくは答えた。一回だけ。十二歳のときだ。

「だれと行った？」ストーブはたずねた。「まさか、ひとりで行ったんじゃあるまい？　十二歳だったら、だれかに連れていってもらったはずだな？」

十二歳だったことを、この男に話しただろうか？　いや、話してはいない。ストーブがぼくを弄んでいるだけのこと――ぼくのあちこちを暇つぶしに軽くつついて、いたぶっているのだ。ドアをあけて、夜の闇のなかに身を躍らせてみようか——そんな考えが頭に浮かんだ。落ちる前に、両腕でしっかり頭をつつみこんで。とはいえ、そんなことを実行にうつす間もなく、ストーブが腕を伸ばしてきて、ぼくを引きもどすに決まっている。だいたい、いまは腕を動かせないではないか。いまできるのは、こうやって両手を組みあわせていることだけなのだ。

「そうだよ」ぼくは答えた。「父さんといっしょに行った。父さんが連れていってくれたんだ」

「〈ブレット〉には乗ったか？　あのとんでもない乗り物に、おれは四回も乗ったぞ。びっくり仰天だな！　あんなにぐるぐる回転するんだから！」ストーブはぼくを見つめながら、また例のうつろな高笑いをあげた。月明かりが両目のなかで泳いで目をまっ白な円に変え、まるで彫刻の目のように見せていた。そしてぼくは気がついた——こいつは死んでいるだけじゃない、頭がいかれている、と。「あれには乗ったのかい、アラン？」

名前をまちがえてるぞ、ぼくの名前はヘクターだといってやろうかと思ったが、そんなことをしてなんになる？　話は大詰めにさしかかりつつあった。

「乗ったよ」ぼくは蚊の鳴くような声でいった。車の外には、月の光以外の光がまったくなかった。背後に飛び過ぎていく木々は、信仰復興伝道集会で無意識に体を動かして踊りだした人々そっくりに枝葉をくねらせている。道路は車の下を猛スピードで後方へ飛んでいく。速度計を見ると、ストーブが時速百三十キロ近いスピードを出していることがわかった。いまぼくたちは、ストーブとぼくは弾丸《ブレット》に乗っているのだ——そう、死者は乗り物を疾駆させる。「ああ、〈ブレット〉ね。乗ったよ」

「いいや」ストーブはそういって、タバコを吸った。またしても、縫合された首の切断箇所の隙間から、煙が細い筋になって洩れだすのが見えた。「おまえは乗ってない。そもそも父親と行ったというのが大嘘だ。たしかにおまえは行列にならんださ。だけど、いっしょにいたのはおふくろだ。長い長い行列だった。〈ブレット〉には、いつだって長い順番待ちの行列ができるからね。ぎらぎら日ざしが照りつけてたから、おまえのおふくろは列にならびたくなんかなかった。あのころだって太っていて、暑さが体に障《さわ》ったんだな。でも、おまえは朝からずっと、おふくろさんにしつこく、しつこく、しつこく頼みこんでた。で、笑えるのはこの先だよ——ようやく列の先頭まで来て乗る順番になったとたん、おまえは怖気づいた。そうじゃないのか？」

ぼくはなにもいわなかった。口の天井に舌が貼りついてしまっていた。

ストーブは片手をこっそり伸ばし——マスタングのダッシュボードの光のなかで手の皮膚が黄色く見え、爪は汚れていた——組みあわされたままのぼくの両手を握った。そのとたん、両手からすうっと力が抜けて、左右の手がすんなりと離れた——奇術師の杖のひとふりで魔法のようにほどけていく結び目そっくりに。ストーブの肌は冷たく、どこか蛇を思わせる感触だった。

「そ、そうじゃないのか？」

「そうだよ」ぼくはいった。どうやっても、ささやき以上に大きな声は出せなかった。「そばに近づいて、あれがどれだけ高いところまで行くかを見たら……てっぺんであの乗り物が逆さまになって……乗ってる人がどんな悲鳴をあげるかがわかって……怖気づいたんだ。母さんはぼくをぶったし、そのあと家に帰りつくまで、ひとことも話しかけてくれなかった。だから、〈ブレット〉には一回も乗ってない」

少なくとも、今夜この車に乗るまでは。

「ぜひ乗るべきだったな。あれは最高だよ。乗る価値がある。あんなすごい乗り物はどこにも——というか、あの遊園地には——ひとつもない。で、家に帰る途中、おれは州境近くの店にちょっと寄って、ビールを仕入れた。ガールフレンドの家に寄って、このバッジをジョーク代わりにわたそうと思ってたんだ」ストーブはバッジを指先でとんとん叩くと、窓を降ろして、風が吹きすさぶ夜の闇にタバコの吸殻を投げ捨てた。「まあ、おまえはもう、なにがあったかを知ってるだろうな」

もちろん知っていた。これは、だれもが耳にしたことのある怪談ではないか？　ストーブはマスタングで衝突事故を起こした。警官たちが駆けつけてきたときには、ストーブの胴体はぐしゃぐしゃに潰れた車の残骸の運転席にすわっており、頭部は後部座席に転がっていた。生首はキャップを前後逆にかぶって、死んだ目で車の天井を見あげていた……それ以来リッジ・ロードでは、満月の、しかも風の強い夜ともなると、ストーブの姿が見えるという……ひゅうう、うう、う、うう……つづきは、スポンサーからの短いＣＭのあとで。ぼくは、これまで気づかなかったことに気づいた――最悪の物語とは、生涯きかされつづける物語だ、と。そういった物語こそ真の悪夢だ。

「葬式ほどいいものはない」ストーブはそういって笑った。「おまえはそういいったんだろう？　うっかり口が滑ったわけだな、アル。図星だろ？　口が滑って、足も滑って、すっ転んだわけだ」

「降ろしてくれ」ぼくはいった。「頼む」

「そうだな」ストーブはぼくにむきなおっていった。「その件を話しあっておかないと。おれがだれなのかを知ってるのか、アラン？」

「おまえは幽霊だ」ぼくはいった。

ストーブは苛立たしげに小さく鼻を鳴らした。スピードメーターの仄暗《ほのぐら》い光のなかで、この男が唇をへの字に曲げたのが見えた。「馬鹿をいうな。もう少し、まともなことをいってくれ。映画のクソったれキャスパーは幽霊だよ。でも、おれは空中をふわふわ浮かんでるか？　おれの体が透きとおってて、向こう側が見えるか？」

そういって片手を突きだしてきたかと思うと、ぼくの顔の前で握り拳《こぶし》をつくったりひらいたりしはじめた。指の腱がきしむ、かさかさした感じの音――潤滑油を差されていないような音――がきこえた。

ぼくはなにか口にしようとした。なにを口にしようとしたかは、われながらわからない。しかし、そんなことは問題ではなかった。なぜなら、なんの言葉も出てこなかったからだ。

「おれは一種のメッセンジャーさ」ストーブはいった。「墓場の向こう側からやってきた、クソったれフェデックスみたいなもんだ。びっくりするかもしれんが、おれみたいな連中はちょくちょく顔を出してる――きちんと舞台装置がととのってるときにね。おれがどんなふうに考えてると思う？　一切合財を仕切ってるやつは――神だかなんだかは――楽しませてもらうのが大好きにちがいない、そうにらんでる。やつはいつだって、人間が手に入れたものを手放さずにいられるか、人間がカーテンの陰の品物に飛びつくように丸めこめるか、そのあたりをいつも確かめたがってる。だけど、そのためには道具立てがそろってなくちゃならない。その点、今夜は申しぶんないんだ。おまえさんはたったひとり……母親が病気で……ヒッチハイクをしなくちゃならない立場で……」

「じゃ、もしぼくがあのまま老人の車に乗りつづけていたら、こんな目にはぜったいあわなかった？」ぼくはいった。「どうなんだ？」

このころには、ストーブの体臭がはっきり嗅ぎとれるようになっていた――針のように鋭く鼻を刺す化学薬品の臭気と、もっと鈍く殴りつけてくるような腐敗しつつある肉の臭気。前はなぜ気づかなかったり、ほかのにおいととりちがえたりできたのだろう？

「そいつはなんともいえないな」ストーブが答えた。「おまえが話してるその老人とやらも、死人だったかもしれないじゃないか」

　ぼくは、ひとすくいのガラスの破片めいた老人の甲高い声や、ヘルニアバンドの〝ぱちん〟という音を思い出した。いや、あの老人は死んではいなかった。そしてぼくは老人のぽんこつのダッジに満ちていた小便の臭気と引きかえに、もっとわるいものを手に入れてしまった。

「とにかく、そんなことを話している時間はない。あと八キロも走れば、また民家が見えてくる。十キロちょっとでルイストンの市街だ。つまり、おまえはここで、いますぐ決断をくだす必要があるわけだ」

「なんの決断を？」そうたずねたものの、答えはわかっている気がした。

「だれが〈ブレット〉に乗って、だれが地上に残るのかを決めるんだ。おまえか、おまえの母親か」ストーブはぼくに顔をむけると、月光をいっぱいにたたえた目でぼくを見つめた。その笑みがさらに広がると、ストーブの歯があらかたなくなっていることがわかった――事故の衝撃で抜け落ちてしまったのだろう。「おれは、どっちかひとりを連れていく。で、おまえはいまここにいるんだから、そいつを決めるのはおまえの役目だ。さあ、どうする？」

《まさか本気じゃないよな》という言葉が唇まで出かかったが、この言葉や似たような言葉を口にしても、なんの役に立つのか？　もちろん、ストーブは本気に決まっている。死ぬほど本気に。

ぼくは、母と過ごした歳月すべてに思いを馳せた。アランとジーンのパーカー親子がふたりきりで全世界に立ち向かっていた日々。楽しい時間もいっぱいあったし、とことんつらい日々も少なからずあった。継ぎはぎだらけのぼくのズボン、キャセロール料理の夕食。ほかの子どもたちは週に二十五セントの小づかいをもらって、温かい昼食を買っていた。それにひきかえぼくはいつも、ピーナツバターのサンドイッチか、一日前のパンにボローニャソーセージの切れ端をはさんだサンドイッチを弁当にもっていった——あの手の〝貧乏人がお金持ちになりました〟という退屈な小説に出てくる子どもそのまま。ぼくたちの生活をささえるために、母がどれほど多くのレストランやカクテルラウンジで働いたかは神のみぞ知る。仕事が休みの日には、母はＡＤＣの職員と話をしていた。母は一張羅のパンツスーツ姿、キッチンの揺り椅子にすわる職員の男は自前のスーツ姿だった。ぼくのような九歳の子どもにも、そのスーツが母の服よりもずっと上等だということはわかった。職員は膝にクリップボードをおき、きらきら輝く太いペンを指にはさんでいた。人を馬鹿にした質問、いたたまれない思いをさせるような質問ばかりを投げつけられても、つくり笑いを口もとに貼りつけて、きちんと答えていたばかりか、職員にコーヒーのお代わりをすすめてさえいた母。なぜなら、職員が適正な報告書を作成してくれれば、ひと月あたり五十ドルよぶんに助成金がうけられるからだ。たった五十ドルぽっち。職員が帰ると、母はベッドに倒れ伏して泣きだした。ぼくが近づいていってそばにすわると、母は笑みをつくろうとしながらこういった。ＡＤＣは母子家庭扶助制度《エイド・トゥ・デペンデント・チルドレン》の略称なんかじゃなくて、とことん下司な大馬鹿野郎《オウフル・ダム・クラップヘッド》の略ね。ぼくが笑うと、母も声をあげて笑った。ぼくたちはすでに思い知っていた――笑うほかないのだ、と。自分と太ったチェーンスモーカーの母親のふたりきりで世界に立ち向かっていくときに、正気をなくして壁をがんがん叩いたりせずに乗り切りたかったら、あとは笑うしかないことも珍しくない。しかし、おわかりだろう、これにはそれ以上の意味があった。ぼくたちのような人間、アニメーションの鼠のように世界をちょこまか駆けずりまわっている人間には、いばりくさったクソ野郎を笑いのめす以外に復讐の手立てがないのだ。母はあの手の仕事を片っぱしからこなし、残業も引きうけ、足首が腫《は》れたときには湿布を巻き、稼いだチップはすべて《アランの大学学費基金》というラベルをつけたガラス瓶に貯めこみ――そうそう、わかってる、あの手の〝貧乏人がお金持ちになりました〟という退屈な小説そのままの話だ――ぼくには口を酸《す》っぱくして、骨惜しみせずに勉強しなさい、ほかのうちの子どもたちなら、学校でもろくに勉強しない大馬鹿三太郎でもやっていけるかもしれない、でもうちは、あたしがたとえ最後の審判のその日までチップを貯めたとしても、お金が足りないに決まってるんだから、と、それこそぼくの耳にたこができるほどくりかえした。結局のところ、ぼくが大学に進学するのなら、奨学金をもらい、学資ローンに頼るほかはなかった。それでも、大学にはなんとしても進まなくてはならなかった。なぜなら、ぼくにとって……そして母にとっても……出口はそこにしかなかったからだ。だからぼくは――信じてもらえると思うが――がむしゃらに勉強した。なにより、ぼくの目が節穴ではなかったからだ。母がどれほど太っているかも見えていたし、母がどれほどタバコを吸っているかも見えていたし（ちなみに喫煙は母の唯一の道楽だった……もしあなたがタバコに反対の立場をとらざるをえない人なら、母の唯一の悪習といいかえてもいい）、いずれはぼくたちの立場が逆転して、ぼくが母の面倒を見る日が来るとわかってもいたからだ。大学教育をうけて、いい仕事につけば、それも不可能ではないかもしれない。ぼくは本心からそうしたかった。ぼくは母を愛していた。猛烈な癇癪《かんしゃく》もちで、めちゃくちゃ口のわるい母だった──母がぼくを怒鳴ったりぶったりしたのは、〈ブレット〉の順番待ちで行列にならび、ぼくが怖気づいたあのときだけではない。そんな母でも、ぼくは愛していた。いや、そんな母だからこそ愛していた部分もあった。母に殴られたときでも、キスをされたときとおなじくらい母を愛していた。こんな話がわかるとでも？　ぼくにもわからない。しかし、それでいい。人の人生を要約したり、ほかの家庭の事情を説明したりできるものではない。ぼくたちは、母とぼくは、世の中でこれ以上ないほど小さなものではあれ、まちがいなくひとつの家庭だった──たったふたりで秘密を共有している最小の家庭だった。人から問われれば、母のためならどんなことでもする、と答えたはずだ。そしていま、ぼくはまさしくそのような問いをつきつけられていた。母のために死ね、母に代わって死ねといわれているのだ。とはいえ母はすでに人生の半分を、おそらくはそれ以上を生きている。ぼくはようやく人生のとば口にさしかかったばかりだ。

「おまえの答えは？」ジョージ・ストーブがたずねてきた。「もう時間がないぞ」
「そんなこと、決められるわけがないよ」ぼくはかすれる声でいった。「そんな決断を
ぼくに迫るなんて不公平だ」
「わかっているとも。信じないかもしれないが、みんな、おなじことをいうんだ」つ
いで、ストーブは声を低めてつづけた。「でも、これだけはいっておかなくちゃならな
い——この先、最初の民家の明かりが見えてくるまでに、おまえが決断をくだせなかっ
たら、おれはおまえたち母子をまとめて連れていく」ストーブは顔をしかめたかと思う
と、一転して晴れやかな顔を見せた——わるい知らせだけではなく、いい知らせもある
ことを思い出したかのように。「ふたりまとめて連れていくのなら、親子でうしろの座
席にならんで腰かけてもいいぞ。ふたりで昔話に花を咲かせられるじゃないか」
「連れていくって……どこへ？」
ストーブは答えなかった。答えを知らないのかもしれない。
木立ちが黒いインクのようにぼやけ、後方に飛び去っていった。ヘッドライトは前方
に突き進み、道路はうねった。ぼくは二十一歳だった。童貞ではなかったが、女の子と
寝たのはただ一回、おまけに酔っぱらっていたせいで、なにがどうだったかもろくに覚
えていなかった。行ってみたい土地も一千はあった——ロサンジェルス、タヒチ、つい
でにいえばカントリーミュージックで有名なテキサス州ルーケンバックあたりもだ——
し、やりたいことも一千はあった。母は四十八歳、年寄りそのものだ。ミセス・マカー

ディなら異論をとなえるだろうが、なに、そのミセス・マカーディにしたところが年寄りなのだ。たしかに母はぼくにつくしてくれたし、あれだけの長時間労働もすべてこなし、ぼくを育ててくれたが、ぼくが母にそんな人生をえらんで押しつけたのか？　ぼくが生んでくれと頼み、そのあと人生をぼくに捧げろと母に頼んだというのか？　母は四十八歳。ぼくは二十一歳。陳腐《ちんぷ》な言い方をすれば、ぼくの一生はまだこれからだった。いや、この問題にそんな判断をくだしていいのか？　そもそも、こんな決断をどうやってくだす？　どうすればこんな決断をくだせるのか？

森が猛烈なスピードでうしろに飛んでいく。月は輝く死の隻眼《せきがん》となって地上をにらみおろしていた。

「急いだほうがいい」ジョージ・ストーブはいった。「そろそろ人里が近くなってきたぞ」

ぼくは口をひらいて、言葉を押しだそうとした。口から出てきたのは、乾ききったため息だけだった。

「そうだ、いいものがある」

ストーブはそういって、背後に手をまわした。Tシャツが上に引っぱりあげられ、ぼくはストーブの腹部に走っている黒い縫い目をまたしても（見ずにすませることもできたのに）見つめていた。あの奥にはいまもまだ内臓が詰まっているのか？　それとも化学薬品をひたした詰め物があるだけなのか？　手を前にもどしたとき、ストーブは缶ビールをもっていた――おそらく、生前最後にこの車を走らせたおり、州境近くの店で買ったビールの一本だろう。

「どんな気分かはわかるさ」ストーブはいった。「ストレスにさらされると、口のなかがからからに干あがっちまうんだ。さあ、飲め」

ストーブは缶ビールをぼくに手わたした。ぼくはビールをうけとると、リングタブを引きあけて、ごくごくと飲んだ。のどを流れ落ちていくビールは冷たく、苦かった。これっきり、ぼくはビールを口にしていない。飲めなくなったのだ。テレビで見るビールのコマーシャルさえ耐えられなかった。

前方から吹きつけてくる闇のなかで、小さな黄色い明かりがちらちら揺れていた。

「早くしろよ、アル――急いで考えるんだ。あれが最初の家だ――この丘のてっぺんにある。いいたいことがあるのなら、いますぐ口にしたほうがいいぞ」

明かりはいちど消えて、またすぐに見えてきた――ただし、いま明かりは増えていた。家の窓だ。あの窓の奥では、ふつうの人々がふつうの暮らしを送っているのだろう――テレビを見たり、猫に餌をやったり、あるいはバスルームでマスをかいたりして。

ぼくは、〈スリルヴィレッジ〉の行列にならんでいたぼくたちのことを思った――ジーンとアランのパーカー母子。サンドレスの腋の下に大きな汗じみのある太った女とその息子。母は行列にならぶのをいやがった。ストーブの言葉のとおりだった……それでも、ぼくはしつこく、しつこく、しつっこくせがんだ。これも、ストーブの言葉どおりだった。たしかに母はぼくをぶちはしたが、いっしょに行列にならんでくれもした。それ以外にも数えきれないほどの行列で、母はぼくに付き添ってくれた。そうしたことすべてを思い出し、ふたりがかわした議論の賛否両論のすべてを考えなおすこともできなくはなかったが、しかしそんな時間はなかった。

「母さんを連れていけ」最初の家の明かりがみるみるマスタングに迫りくるなかで、ぼくはいった。ぼくの声はかすれ、ざらつき、大きく響いた。「母さんを、母さんを連れていくんだ。ぼくを連れていくな」

ぼくはビールの缶を車のフロアに投げ落とすと、両手で顔を覆った。そのとき、ストーブがぼくにふれてきた――ぼくのシャツの前に手を伸ばしてきて、指先でもぞもぞとまさぐってきたのだ。頭のなかに――いきなり、まばゆいほど鮮明に――こんな思いが浮かんだ。これは最初からテストだったんだ、ぼくはそのテストに落第した、だからこいつは、ぼくの胸からぴくぴく脈打つ心臓を素手で抉《えぐ》りだすつもりなんだ、アラビアの残酷なおとぎ話に出てくる邪悪な霊鬼《ジン》のように。ぼくは悲鳴をあげた。すると、ストーブの指が――最後の土壇場で気が変わったかのように――離れていった。ストーブはそのまま、ぼくの前を横切る形で腕を伸ばした。つかのま、鼻と肺がストーブの屍臭で満たされ、ぼくはこの場で絶命してしまうにちがいないと思った。つづいて、ドアがあく〝かちり〟という音がしたかと思うと、新鮮で冷たい外気が車内に流れこみ、死の臭気を洗い去っていった。

「いい夢を見ろよ、アル」ストーブはぼくの耳もとでうめくと、ぼくを押しだした。ぼくの体は、風の強い十月の夜のなかに転がり落ちていった――ぼくは目を閉じ、両手を上にかかげ、地面に激突したときの骨も折れるような衝撃にそなえて身がまえた。悲鳴をあげていたかもしれないが、さだかな記憶はない。

落下の衝撃に見舞われることはなかった。無限の時間が過ぎたように思えたころ、ぼくは自分がすでに落ちていたことを悟った――体の下に地面が感じられたからだ。いったん瞼をひらいたぼくは、大あわてでまた目をきつくつぶった。月の輝きに目がくらみかけたからだ。強烈な光が痛みの電撃を頭に叩きこんできた。うっかり明るい光を直視すれば目の奥が痛むものだが、このときの痛みは目の奥にわだかまっていたばかりか、もっとずっと奥の下、うなじのわずかに上まで影響をおよぼした。つづいて、足と尻が湿っていることに気がついた。かまうものか。自分は地面の上にいる――ぼくが気にかけていたのは、この一点だけだった。

ぼくは肘をついて上体を起こすと、今度はもっと慎重に瞼をひらいた。自分がどこにいるのかは、もう知っているように思えたし、あたりをひと目見まわすだけで、その正しさが裏づけられた。ぼくはリッジ・ロードの丘のてっぺんにある小さな墓地のなかで、仰向けに横たわっていた。月はぼくのほぼ真上にあり、かなり強い輝きを見せていたとはいえ、つい数秒前とくらべても、ずいぶん小さくなったように見えた。霧も前よりは濃くなって、墓地全体を毛布のように覆いつくしていた。その霧の毛布から二、三の墓石が、石でできた島よろしく突きだしていた。両足で立とうとしたとたん、激痛が稲妻のように後頭部を貫いた。手をやると、こぶができているのが感じられた。粘ついた液体で濡れた感触もあった。ぼくは手に目を落とした。月明かりのなかで、手のひらを筋状に汚している血がどす黝《ぐろ》かった。

二回めにこころみて、ようやく立ちあがることができたぼくは、膝までとどく霧のなか、周囲を墓石にかこまれて、体をふらつかせたまま、その場にたたずんでいた。あたりを見まわすと、石塀の切れ目とその向こうのリッジ・ロードが見えた。バックパックは霧にすっかり隠されていて見えなかったが、そこにあることはわかっていた。小道の左側の轍に沿って歩いていけば、バックパックに行きあたるはずだ。それどころか、ちくしょう、あれにつまずいて転んだっておかしくない。

ここで、ぼくの話をまとめてみよう——きれいに包装紙でくるみ、蝶結びのリボンをかけた形で。丘のてっぺんまで来てひと息入れることにしたぼくは、ちょっと見物するつもりで墓地に足を踏みいれた。そしてジョージ・ストーブなる人物の墓からあとずさって離れようとしていたそのとき、馬鹿でかいのろまな足のせいで転んだ。転んで、墓石に頭を打ちつけた。どのくらい意識をうしなっていたのか？　月の位置の変化から経過時間を分単位で割りだせるほどの知識はなかったが、少なくとも一時間にはなっていたはずだ。ヒッチハイクで死人の車に乗せてもらった夢を見るには、充分な長さの時間だ。その死人とは？　知れたこと、ジョージ・ストーブだ。世界から光が消え失せる直前に、墓石に彫りこまれたその名前を見たのだから。じつに古典的な物語の結末ではないか？　いやはや・なんて・恐ろしい・悪夢を・見たことか。だったら、ルイストンに着いたそのとき、母がもう死んでいたら？　そのときは、夜ならではのちょっとした予知力が働いたことにしておこう。いかにも、何年もたってから、パーティーのおひらきが近づいたとき、人に語ってきかせるような話ではないか。まわりの人はさも考えぶかげな顔でうなずき、まじめくさった顔を見せる。革の肘あてがついたツイードの上着を着た気どり屋が、この天と地のあいだには、いわゆる哲学には思いもおよばぬことがあるのだよ、といい、そのあとは――

「そのあとはクソだ」ぼくは声を搾《しぼ》りだした。霧の最上面が、鏡を曇らせる水蒸気のようにゆっくり動いていた。「こんな話は人に聞かせるものか。ぜったいに話さないぞ。生きているうちはもちろん、たとえ死の床でも」

けれども、すべてはぼくの記憶どおり、現実に起こったことだ。それについては確信があった。ジョージ・ストーブは本当にマスタングを走らせてやってきて、ぼくを車に乗せた。まるで『スリーピー・ホロウの伝説』に出てくる〝首なし騎士〟だ――ただし自分の生首を小わきにかかえていた本家と異なり、ストーブは生首を糸で胴体に縫いつけられていた。ストーブはぼくに二者択一を迫った。そしてぼくは、まぎれもなく選択をくだした――迫りくる最初の民家の明かりを直視しながら、ほとんどためらいもせず、母の生命を売り飛ばしたのだ。無理もなかったかもしれないが、それで罪悪感が少しでも軽くなることはなかった。とはいえ、この件が他人に知られるわけはない――これは不幸中のさいわいだ。母の死は自然死のように見えるだろうし――いや、自然死になるに決まっている――

ぼくは左側の轍にそって墓地から出ていき、足にバックパックがあたると拾いあげ、片方の肩にかけた。まるでだれかが合図でもしたかのように、丘の麓のあたりに車の光が見えてきた。親指を突きあげたぼくは、あの車は例の老人が走らせているダッジにちがいないという、道理にあわない確信をいだいた――当然といえば当然だが、あの老人はぼくをさがすために、この方角に車を走らせてきたのだし、これでわが物語はぐるりと一巡して、大団円を迎えるはずだ、と。

しかし、例の老人ではなかった。車は林檎用のバスケットを山ほど積んだフォードのピックアップトラックで、乗っていたのは嚙みタバコを嚙んでいる農夫だった。どこから見ても、まったくふつうの人間だった。年寄りでもなく、死んでもいなかった。

「どこに行きたいんだい？」男はたずねた。ぼくが答えると、男はいった。「そりゃ、こっちにも好都合だ」

それから四十分もたたない九時二十分過ぎに、男のトラックはセントラル・メイン医学センターの前に到着した。

「幸運を祈るよ。おふくろさんが早くよくなるように」

「ありがとうございます」ぼくはいい、ドアをあけた。

「おまえさんがえらく不安に思ってるのはわかるが、なに、おふくろさんはきっと元気になるとも。だけどそっちは、ちゃんと消毒薬を塗っておいたほうがいいぞ」男はそういって、ぼくの手を指さした。

見おろすと、左右両方の手に紫色の三日月形の深い傷がいくつもできていた。両手を強く組みあわせて爪をぎりぎり食いこませながら、自分ではとめられないように感じていたときの記憶がよみがえった。それからストーブの目……月光をたたえたせいで発光する水面のように見えていたあの目も思い出されてきた。

《〈ブレット〉には乗ったか？》あの男はそうぼくにたずねた。《あのとんでもない乗り物に、おれは四回も乗ったぞ》

「どうした？」ピックアップトラックの男がたずねてきた。「大丈夫かい？」

「はい？」

「体じゅうがふるえてるじゃないか」

「大丈夫です」ぼくは答えた。「ありがとうございました」

ぼくはピックアップトラックのドアをひと思いに閉めると、月の光を浴びて輝いている車椅子の列を横目に見ながら、広い歩道を歩いていった。

それから総合案内デスクに近づいていきながら、自分にこういいきかせた。母が死んだという話をきかされたら、驚いた顔を見せるのを忘れないこと。驚いた顔をする必要があるのだ。驚いていなければ怪しまれるかもしれない……いや、驚いた顔を見せなくてもショック状態にあると思ってくれるかもしれないし……母との関係がぎくしゃくしていたと思われるかもしれず……あるいは……。

そんな思いに深く没頭していたせいで、ぼくは最初、デスクの反対側にいる女性がなにを話しかけてきているのかがわからなかった。もういちどくりかえしてくれ、と頼むほかはなかった。

「お母さまは四八七号室にいらっしゃいますが、いまはお会いできません——といったんです。面会時間は九時までなので」

「でも……」いきなり、頭がくらくらとしてきた。ぼくはデスクのへりをつかんだ。ロビーの照明は蛍光灯で、そののっぺりとした明るくまぶしい光に照らされて、手の甲の傷があからさまに浮きあがって見えていた。指の付け根の関節のすぐ下あたりに、両手あわせて八つの小さな紫色の三日月形があった。ピックアップトラックの男のいったとおりだった——この傷に消毒薬を塗っておかなくては。

デスクの反対側にいる女性は、辛抱づよくぼくを見つめていた。女性の前においてあるプレートによれば、この女性の名前は《イヴォンヌ・エダール》というらしい。

「母は無事なんですか？」

イヴォンヌはコンピューターの画面を見つめた。「ここにはSとあります——経過良《サティスファク》好《トリー》の意味ですね。四八七号室のある四階は一般病棟です。もし不幸にもお母さまの容体がもっと悪化していたら、いまごろ集中治療室《ICU》に収容されているはずです。ICUは三階です。あしたもういちどいらしていただくころには、きっとお母さまもお元気になっておられると思います。面会時間がはじまるのは——」

「でも、ぼくの母なんです」ぼくはいった。「メイン州立大学から、ずっとヒッチハイクをしながら母に会うためにここまで来たんですよ。ほんの四、五分でいい——上の病室にあがらせてもらえませんか？」

「ご家族にかぎっては、例外が認められることもあります」イヴォンヌはそういって笑顔を見せた。「少々お待ちを。いま、問い合わせますから」

そういってイヴォンヌは電話をとりあげて、いくつかの数字ボタンを押した。四階のナースステーションに電話をかけているにちがいない。そしてぼくには——予知能力がほんとうにそなわっているかのように——このあと二分間の事態の展開ぶりがまざまざと見えてきた。総合案内係のイヴォンヌは、まず四八七号室のジーン・パーカーの息子をほんの一、二分ばかり——病人にキスをして、見舞いと励ましの言葉をかけるのに充分なあいだだけ——病室に入れてあげてくれないかと頼む。それに看護師はこう答える——なんということか、ミセス・パーカーは十五分前に息を引きとり、ついいましがた霊安室にむけて遺体を運びだしたばかりで、コンピューターのデータを更新するひまもなかった、ほんとうにご愁傷さまです、と。

デスクの女性が口をひらいた。「ミュリエル？　イヴォンヌだけど。いまここのデスクの前に、ひとりの若い男性がいらしているの。名前は——」そういってイヴォンヌは眉毛を吊りあげ、目顔で問いかけてきた。ぼくが名前を教えると、イヴォンヌは言葉をつづけた。「──アラン・パーカー。四八七号室のジーン・パーカーさんの息子さんよ。それでね、この人がちょっとでいいから──」

イヴォンヌは口をつぐんで、相手の話に耳をかたむけた。電話の反対側にいる四階の看護師が、ジーン・パーカーはすでに死亡したと話しているにちがいない。

「わかったわ」イヴォンヌが口をひらいた。「ええ、わかったから」

それっきりイヴォンヌはしばし黙りこんで、あらぬ方《かた》に視線をさまよわせてから、受話器を肩の上にはさみこんで、こういった。

「いま、アン・コリガンという看護師を病室にやって、お母さまのようすを見てもらってます。すぐに帰ってくるはずです」

「これにはおわりがないんだ」ぼくはいった。

イヴォンヌは眉をひそめた。「失礼ですが、いまなんと？」

「なんでもないんです」ぼくはいった。「とっても長い夜だったし、それに──」

「お母さまのことが心配なのね。当然です。それにしても立派な息子さんね、あなたは。なにもかも投げだして、とるものもとりあえず駆けつけてきたなんて」

もしイヴォンヌ・エダールが、マスタングの運転席にすわっていた若い男との会話を耳にしていたら、ぼくへの評価を劇的なほど下げるにちがいないとは思ったが、もちろんこの女性があの会話をきいていたはずはない。あれは、ぼくとジョージ・ストーブのあいだだけのささやかな秘密だ。

まぶしい蛍光灯の光の下で、四階の看護師が電話口にもどってくるのを待っているあいだは数時間にも思えた。イヴォンヌは、自分の前になにかの書類をおいていた。この女性はその一枚に手にしたペンを滑らせていき、いくつかの名前の前に几帳面な手つきで小さなチェックマークを書き入れていた。ふっと、こんな思いが頭に浮かんできた——もし死の天使が実在したら、それが男であれ女であれ、きっと目の前のこの女性のように、デスクとコンピューターと多すぎるほどの書類仕事をかかえた、過重労働ぎみの下っぱ職員なのではないか。イヴォンヌは、耳と上にもちあげた片方の肩のあいだに受話器をはさんだまま。院内スピーカーは、ドクター・ファーカー、放射線科に至急いらしてください、ドクター・ファーカー、という声を流している。そして四階では、いまごろアン・コリガンという名前の看護師が、ベッドで横たわって死んでいるぼくの母を見おろしているにちがいない。死んだ母は目を見ひらいたまま、脳卒中の影響で嘲笑の形に歪んだ唇のこわばりがようやくほぐれかけた死顔を見せているはずだ。

電話の反対側からふたたび声がきこえたらしく、イヴォンヌが背すじを伸ばした。しばらく相手の話に耳をかたむけてから、イヴォンヌはいった。

「ええ、いいわよ、わかった。そうする。もちろんよ。ありがとう、ミュリエル」イヴォンヌは受話器をもどすと、しかつめらしい表情でぼくを見つめた。「ミュリエルがいうには、あなたは病室に行ってもいいけれど、面会は五分間にかぎる、ということです。お母さまは夜の薬を飲んでいて、かなり意識が朦朧《もうろう》とした状態らしいので」

ぼくはその場に立ちすくんだまま、イヴォンヌを茫然と見つめていた。

イヴォンヌの笑みがわずかに薄らいだ。「ほんとうに大丈夫ですか、ミスター・パーカー?」

「ええ」ぼくはいった。「ただ、これまでてっきり——」

またしても笑みが復活してきた。今回は同情の笑みだった。「おなじように考える方は大勢いらっしゃいます。無理もありません。だって、青天の霹靂《へきれき》みたいな電話をもらって、大あわてで駆けつけてくるんですもの……最悪の事態を予想していても、無理はないと思います。でも、もしお母さまがご無事でなかったら、ミュリエルがあなたに四階に来てもいいというわけがありません。ええ、ほんとうです」

「ありがとう」ぼくはいった。「ほんとうに、ありがとうございました」

ぼくが体の向きを変えようとしたそのとき、イヴォンヌがいった。「ミスター・パーカー? 先ほど州北部にあるメイン州立大学からこちらに来たとお話しでしたが、それならなぜ、そのバッジをつけてるんです? 〈スリルヴィレッジ〉があるのはニューハンプシャーですよね?」

シャツの前を見おろすと、胸ポケットにピンで留められたバッジが目にはいってきた——《わたしはラコニアの〈スリルヴィレッジ〉の〈ブレット〉に乗った》と書いてあるバッジ。ぼくは、あの男に心臓を抉りとられるにちがいないと考えたことを思い出した。ようやく事情がわかった――あの男はこのバッジをぼくのシャツに留めてから、ぼくを夜の闇のなかに押しだしたのだ。これは、ぼくに印をつけるあの男なりの手段であり、ぼくたちの出会いは現実ではなかったと一蹴する気持ちを封じる手立てでもあった。手の甲の傷もそう語っていた。シャツのバッジもおなじことを語っていた。あの男はぼくに二者択一を迫り、ぼくはそのひとつを選択したのだ、と。

それなら、いったいどうして母はいまもまだ生きているのか？

「これですか？」ぼくは親指の腹でバッジにふれ、ちょっと表面を磨きさえした。「幸運のお守りです」嘘もこれくらいそら恐ろしくなると芸術の域に達する。「ずっと昔、母とこの遊園地に行ったときに買ってもらったんですよ。母が〈ブレット〉に乗せてくれました」

総合受付係のイヴォンヌは、こんな心あたたまる話は初めてだという顔でほほえんだ。

「お母さまをやさしくハグして、キスしてあげてください。医者のどんな薬よりも、あなたの顔をひと目見ることのほうがお母さまの安眠に効果があるはずです」イヴォンヌは指さした。「エレベーターはあっちの角を曲がったところです」

面会時間はもうおわっていたので、エレベーターを待っていたのはぼくひとりだった。その左側、すでに閉店していて明かりが消えている売店に通じるドアの横に、ごみ箱があった。ぼくはバッジをシャツから引き剝がすと、ごみ箱に投げこみ、手のひらをスラックスでぬぐった。エレベーターのドアがひらいたときにも、ぼくはまだ手をぬぐっていた。乗りこんで、四階のボタンを押す。エレベーターが上にむかって動きはじめた。フロアボタンの上に、翌週おこなわれる献血イベントの宣伝ポスターが貼ってあった。それを読むうちに、こんな考えが頭に浮かんできた……いや、考えというより、確信というべきか。母は、いままさにこの瞬間、ぼくが実用一辺倒ののろくさいエレベーターに乗っているあいだに死につつある。決断をくだしたのは、このぼくだ。だから、ぼくは母の死を発見する役目を負わされるはず。そう考えれば、完全に筋が通るではないか。

　エレベーターのドアがひらくと、またべつのポスターが目に飛びこんできた。大きな漫画風の赤い唇に一本の指が押しつけられている絵柄で、その下には《**患者さんからお願い。お静かに！**》とあった。エレベーター・ホールを進むと、通路が左右にわかれていた。奇数番号の病室は左の通路ぞいだった。通路を進んでいくあいだは、一歩ごとにスニーカーが重くなるような気分だった。四七〇番台の病室の前を通るときには足がのろくなり、ついに四八一号室と四八三号室のあいだで足がとまった。こんなこと、ぼくには無理だ。半分凍りかけた砂糖シロップを思わせる、ねっとりした冷たい汗が髪の地《じ》膚《はだ》から噴きだし、小さなしずくになってしたたり落ちてきた。胃は、つるつるした手袋のなかの握り拳のように固くしこっている。だめだ、ぼくにはぜったい無理だ。いますぐ回れ右をして、臆病者らしく尻に帆かけて逃げだすのがいちばん。ヒッチハイクでハーロウまで行ったら、あしたの朝ミセス・マカーディに電話をかけよう。事実に直面するのなら、朝のほうが楽だ。

ぼくが体の向きを変えかけたとき、ひとりの看護師がふたつ先の病室から顔だけ突きだしてきた……母の病室だった。

「ミスター・パーカーですか？」看護師は低い声でたずねた。

一瞬、頭が大混乱したぼくは、否定の返事を口にしかけて……うなずいた。

「どうぞこちらへ。急いで。お母さまがお眠りになるところですから」

予期していた言葉だったが、それでもいざ耳にすると恐怖の発作が全身を駆けぬけて、膝から力を奪っていった。

看護師はぼくのようすを見ると、スカートの衣ずれの音をさせながら、あわてた顔で足早に近づいてきた。胸についている小さな細長い金色のバッジに、《アン・コリガン》という名前が書かれていた。

「いいえ、ちがうんです。鎮静剤のことをいっただけで……お母さまはもうすぐ寝つくところです。まったく、わたしったら、なんて考えなしなんだろう。お母さまは大丈夫ですよ、ミスター・パーカー。先ほど、効き目の速いアンビエンをさしあげました。ですから、もうすぐお寝《やす》みになりそうだといいたかっただけです。気をうしなうようなことはありませんね？」アン・コリガンはぼくの腕をとった。

「ええ」ぼくは答えたが、自分が気絶しそうになっているのかどうかもわからなかった。世界がぐるぐると回転し、耳鳴りがしていた。ふと、道路が飛ぶような勢いで迫ってきたようすが思い出された。月明かりに照らされて、昔のモノクロ映画に出てきた道路にそっくりだったあの光景……。《〈ブレット〉には乗ったか？　あのとんでもない乗り物に、おれは四回も乗ったぞ》

アン・コリガンに案内されて病室にはいると、母の姿が見えた。昔の母はかなり大柄だったし、病院のベッドは小さくて幅も狭かったが、それでもいま母はベッドに埋もれそうに見えた。いまでは黒髪よりも白髪が多くなった髪が、枕の上に広がっていた。シーツの上に横たわった両手は、まるで子どもの手……いや、人形の手のようでさえあった。想像とは異なり、脳卒中の影響で顔に嘲笑が凍りついているようなことはなかったが、顔全体の肌が黄ばんでいた。母は瞼を閉じていたが、看護師に名前を呼ばれると、その瞼がひらいた。瞳は深みのある玉虫色に近い青い色をたたえ、これが母の全身でいちばん若い部分、生命をいささかもうしなっていない部分だった。両目はしばらくなにも見つめていなかったが、やがてぼくの姿をとらえた。母はほほえみ、両手をさしのべようとした。片手だけが上にあがってきた。もう一方の腕は小刻みにわななき、わずかにもちあがったが、そこまでで落ちていった。

「アル」母はささやいた。

ぼくは泣きだしそうになりながら、母に近づいた。壁ぎわに椅子があったが、そんなものをつかったりしなかった。床に膝をついてすわり、母の体に両腕をまわす。あたたかく清潔な香りがした。母のこめかみと頰と唇の端にキスをする。母は力がはいるほうの手をもちあげ、指先でそっとぼくの目の下を撫《な》でてきた。

「泣くのはおよし」母はささやいた。「そんな必要はないんだから」

「急いで駆けつけてきたんだ」ぼくはいった。「ベッツィ・マカーディから電話をもらったから」

「あの人にいったのに……週末……」母はいった。「週末でいいって、あの人にいったのに」

「うん。でも、そんなの知ったことか」ぼくはいい、母をハグした。

「いや」ぼくは答えた。「ヒッチハイクで来たんだ」

「車……修理できたの？」

「まあ、怖い」母はいった。力を奮い起こさずには単語ひとつ口にできないことはありありとわかったが、言葉がもつれることはなかったし、錯乱《さくらん》しているようなことも、見当識障害を起こしているようすもなかった。いいかえるなら、母は自分がだれで、ぼくがだれかも、ここがどんな場所で、どうしてぼくたちがここにいるのかもわかっていた。見た目でわかる病気の症状は、左腕に力がはいらないことだけだった。ぼくは全身から力が抜けていくほどの安堵《あんど》を感じていた。結局のところ、すべてはストーブの残酷で悪趣味なジョークだったのだ……いや、もしかしたらストーブなど最初からいなかったのかもしれないし……いささか陳腐だが、一部始終が夢だったのかもしれない。いま、こうしてベッドの横にひざまずいて母の体に両腕をまわしながら、母が愛用している〈ランバン〉の香水のかすかな残り香を嗅いでいると、すべてが夢だったという考えがこれまで以上に説得力をそなえてきた。

「アル？　襟に血がついてるけど」母の瞼がふっと落ちてきて、すぐにゆっくりとひらいた。さっき廊下でぼくは自分のスニーカーが重くなったように感じたが、いまの母は瞼があんなふうに重くなったように感じているのだろう。

「頭をぶつけたんだ。どうってことない」

「よかった。まったく……気をつけるんだよ」またもや瞼が落ちて、前よりものろのろとひらいた。

「ミスター・パーカー、そろそろお母さまを寝《やす》ませてあげたほうがいいようですね」背後に立っている看護師がいった。「きょう一日、お母さまは大変な目にあわれたんですから」

「ヒッチハイクは……やめてね……危ないから」

「わかった。このつぎは、ミセス・マカーディの車に乗せてもらうよ。さあ、母さんは寝るといい」

「寝てることしか……できないもの」母はいった。「仕事中で……皿洗い機からお皿を出してたら……すごい頭痛がして……その場に倒れた。で、目が覚めたら……ここにいたわけ」ぼくを見あげて、「脳卒中よ。お医者さまは……軽いものだと……いってた」

「また元気になるよ」ぼくはそういって立ちあがり、母の手をとった。皮膚は、波形模様いりの絹布を思わせるなめらかさだった。年寄りの手そのものだった。

「おまえとニューハンプシャーの遊園地に行ったときのこと、夢で見たよ」母がいった。

ぼくは全身の皮膚が一気に冷えていく感覚に襲われながら、母を見おろした。「ほんとに？」

「ほんと。順番待ちの行列にならんでた……ほら、あのすごく高いところに……あがっていく乗り物の。覚えてるかい？」

「〈ブレット〉だね。うん、覚えてるよ」

「おまえが怖がったものだから、あたしは大声で怒鳴った。あんたを怒鳴ったね」

「そんなことはないよ。母さんは――」

ぼくの手を握る母の手に力がこもり、唇の両端がえくぼのように深くなった。それは、昔の母が苛立ちをこらえきれなくなったときの表情の亡霊といえた。

「ええ、そう」母はいった。「大声で怒鳴って、おまえをぶった。首のうしろ……うなじを。そうじゃなかった？」

「そうかもしれないね」ぼくはあきらめて譲歩した。「母さんがぼくをぶつときは、たいていうなじだったもの」

「やっちゃいけないことだった」母はいった。「あの日は暑かったし、あたしは疲れてた……けど、やっちゃいけないことだった。だから、おまえにひとこと謝っておきたくてね」

ぼくの目が、またもや潤みはじめた。「もういいんだよ、母さん。ずっとずっと昔の話じゃないか」

「おまえはあれに乗らなかったね」母はささやいた。

「でも、乗ったんだ」ぼくはいった。「結局最後には乗ったんだよ」

母は笑顔でぼくを見あげた。いまの母は小さく、弱々しく見えた——ようやく行列の先頭に来たときにぼくを怒鳴りつけ、叱り飛ばし、ぼくのうなじをぴしゃりとぶった女性、怒って汗をかいていた逞《たくま》しい体つきのあの女性から遠く遠くかけ離れた姿だった。あのとき母は、だれかが——いっしょに〈ブレット〉の行列にならんでいた人のひとりが——顔にある種の表情を浮かべたのを見とがめたにちがいない。というのも、ぼくの手を引いて列から離れていくときに、母がだれかに《なにをじろじろ見てんだい、べっぴんさん?》といっていたことを思い出したからだ。ぼくのほうは、ぎらぎら熱く照りつける日ざしの下で身を縮こまらせ、うなじを手のひらでこすっていた……だけど、本気で痛かったわけではない。母は、それほど強くぶったわけではなかった。ぼくの記憶の大半を占めているのは、螺旋《らせん》状に高くそびえたち、左右の両端に人が乗るためのカプセルをそなえた建築物、ぐるぐる回転する絶叫マシーンから離れられたことで感じた安堵だった。

「ミスター・パーカー、本当にもうお帰りになっていただきませんと」看護師のアン・コリガンがいった。

　ぼくは母の手をもちあげて、指の付け根の関節にキスをした。「また、あしたお見舞いに来るからね」それから――「愛してるよ、母さん」

「あたしも愛してるよ、アラン……いつもおまえをぶったりして、本当にごめんよ。あんな母親じゃいけなかったね」

　しかし、そういう母親だった――母はそういう母親だったのである。それを自分が知っていて、ありのままに受け入れていることを母に伝える言葉を、ぼくはもたなかった。これもぼくたちの家庭の秘密のひとつ、いってみれば、神経のいちばん末端に沿って小声でささやきかわすたぐいの話だった。

「またあした、お見舞いにくるよ。いいね？」

　母はもう答えなかった。瞼がまたしても落ち、今回はもうひらくことはなかった。母の胸がゆっくりと、規則正しいペースで上下に動いていた。ぼくは母からかたときも視線を離さず、あとずさってベッドから離れた。

　廊下に出ると、ぼくはアン・コリガンに話しかけた。「母は本当によくなるんですか？　本当に、また元気になるんですか？」

「だれにも確かなことはいえませんね、ミスター・パーカー。お母さまの担当医はドクター・ナンナリー。名医ですよ。あしたの午後には回診でこのフロアにやってきますから、そのときおたずねになっては——」

「あなたの考えを教えてほしいんです」

「お元気になられると思いますよ」アン・コリガンはそういいながら、ぼくの先に立ってエレベーター・ホールのほうへ歩いていった。「生命徴候の数字はすべて良好ですし、後遺障害を示す数値はどれも、きわめて軽微な脳卒中だったことを示唆していますから」それからわずかに眉をひそめ、「もちろん、お母さまご本人も少し変わっていただかないと。食生活や……生活習慣全般……」

「タバコのことをいいたいんですね？」

「ええ、そうです。やめていただかないと」母が生涯にわたる習慣を断ち切るむずかしさも、せいぜい花瓶を居間のテーブルから廊下のテーブルまでうつす手間と五十歩百歩だと思っているような口ぶりだった。ボタンを押すと、さっきぼくが乗ってきたまま動いていなかったらしく、エレベーターのドアがすぐひらいた。面会時間がおわっているいま、セントラル・メイン医学センターの活動は明らかにペースを落としているようだった。

「いろいろとありがとうございました」ぼくはいった。

「いいんです。それより、さっきは驚かせてごめんなさい。わたしったら、とんでもなく馬鹿なことをいって」

「そんなことはありません」看護師の意見には賛成だったが、ぼくはそう答えた。「もうお気になさらず」

ぼくはエレベーターに乗りこんで、一階のボタンを押した。アン・コリガンは片手をかかげ、指先をひらひらと動かした。ぼくがお返しに指先をひらひらさせていると、ふたりのあいだにドアが滑りでてきた。エレベーターが下降しはじめた。手の甲に刻まれた爪の痕《あと》を見ていると、自分は非道な人間だ、最低最悪の人間だ、という思いがこみあげてきた。夢のなかとはいえ、ぼくは最低最悪もいいところの見さげはてた人間だった。

《母さんを連れていけ》ぼくはそういった。生みの母だというのに、ぼくはそんな言葉まで口にした。《母さんを、母さんを連れていくんだ。ぼくを連れていくな》

ぼくを育ててくれた母、ぼくのために残業までして働き、ニューハンプシャーの埃っぽいちっぽけな遊園地で、ぎらぎらした日ざしに照りつけられながらも長蛇の列にならんでくれた母。それなのに、結局ぼくはほとんどためらわなかった。

《母さんを、母さんを連れていくんだ。ぼくを連れていくな》

この臆病者、臆病者め、意気地なしの弱虫め。

エレベーターのドアがあくと、ぼくは外に踏みだして、ごみ箱のふたをとった。目あての品物は、だれかがひと口分だけ残して捨てたコーヒーの紙コップのなかに落ちていた――《わたしはラコニアの〈スリルヴィレッジ〉の〈ブレット〉に乗った》のバッジだ。

ぼくは上体をかがめ、冷えきったわずかなコーヒーのなかに横たわっていたバッジを拾いあげると、ジーンズでぬぐい、ポケットにしまいこんだ。投げ捨てたのはまちがいだった。これはいま、ぼくのバッジだ――幸運のお守りか不幸のお守りかはいざ知らず、ぼくのものになっていた。ぼくはイヴォンヌに小さく手をふり、病院をあとにした。外に出ると、月が天頂のあたりにまで昇っており、いわくいいがたい光、完全無欠の夢のような光の奔流《ほんりゅう》を全世界に流しこんでいた。こんなに疲れて、こんなに気分が落ちこんでいたことは、生まれてこのかたなかった。もう一度、あの二者択一で決断をくだせればいいのにと思った。今度は、ぼくの決断も変わるはずだ。考えると、おかしな話だった――予想どおり母が死んでいたら、事実をそのままに受け入れることもできたはずだ。この手の物語は、つまるところ、そういう結末を迎えるものと決まっているのではないだろうか？

《町なかでヒッチハイカーを乗せたがるやつはいない》とは、例のヘルニアバンドをしていた老人の言だったが、この言葉のなんと正しかったことか。ぼくはルイストンを横断するように歩くことになった――フォリナーやレッド・ツェッペリンやAC／DCの往年のヒット曲をフランス語でカバーしたレコードをかけるジュークボックスがあって、自前でもちこんだ酒が飲めるバーの前を一軒残らず通りすぎながら、リスボン・ストリートを三十ブロックばかりとキャナル・ストリートを九ブロック歩いたのだ。そのあいだ、通りかかる車に親指を突き立てたりはしなかった。どうせ無駄だからだ。デムース橋にたどりついたときには十一時をかなりまわっていた。橋をわたってハーロウ側に踏みこむとすぐ、最初に親指を突き立てて合図を送った車に乗せてもらえた。四十分後には、裏の納屋に通じるドアの横にある赤い手押し車の下から家の鍵を抜きだし、十分後にはベッドに横たわっていた。眠りこむ直前、この家でまったくひとりで眠りにつくのは生まれて初めてだ、という思いが頭をかすめた。

電話の呼出音で目を覚ましたのは、十二時十五分過ぎだった。ぼくは思った――きっと病院からの電話だ、病院の職員は、お母さまの容体が急変し、つい数分前にお亡くなりになりました、ご愁傷さまです、と話すにちがいない、と。しかし、電話をかけてきたのはミセス・マカーディで、ぼくがちゃんと実家に帰りついたことを確かめたかったといった。それから、ぼくのゆうべのお見舞いについて、根掘り葉掘り穿鑿《せんさく》した（ぼくは三回もおなじ話をくりかえさせられた——三度めがおわるころには、殺人容疑で尋問されている犯罪者の気分になっていた)。それからミセス・マカーディは、きょうの午後病院に行くが、いっしょに車に乗っていくかとたずねてきた。そうしてもらえるとありがたい——ぼくは答えた。

電話を切ると、ぼくは部屋を横切って寝室に通じるドアの前に行った。姿見がかかっていた。鏡には、背が高く無精ひげが伸び、わずかに腹が出た、ぶかぶかの下着一枚の若い男が映っていた。

「しっかりしろよ、若いの」ぼくは鏡に映る自分に語りかけた。「これから一生、電話が鳴るたびに、だれかが母親の死を知らせてきたんじゃないかと思って生きていくわけにはいかないんだからな」

そんなことにはならないだろう。時間は記憶を薄れさせる……これまではずっとそうだった。しかし、前夜の記憶はいまなお驚くほど真に迫ったものに感じられた。輪郭と細部のすべてが、くっきりと鮮明だった。ストーブの若々しくハンサムな顔も、前後が逆になったキャップも、耳のうしろにはさまれていたタバコも、そしてストーブがタバコを吸うと首の縫合線から煙の筋が細く滲みだしてきたようすも、すべてがいまなおありありと目に見えた。破格の安値で売りにだされたキャデラックにまつわる話を物語るストーブの声も、いまなお耳に響いていた。いずれは時間がそうした細部の輪郭をぼやけさせ、薄れさせていくのだろうが、しばらくはそんなことになるまい。それに、なんといっても例のバッジがある。いまバッジは、バスルームのドアの横におかれたドレッサーの上にあった。あのバッジはぼくの記念品だ。どんな幽霊談でも、主人公は最後になにかの記念品を——物語が現実のものだったと証明するような品物を——手にすることになったのではないだろうか？

部屋の隅に年代もののステレオがあった。ぼくはひげ剃りのあいだに流しておける音楽を求めて、自分の昔のテープをひっかきまわした。そして《フォークあれこれ》と書かれたテープを見つけだし、カセットデッキにかけた。これをつくったのはハイスクール時代で、どんな曲がはいっているのか、ほとんど記憶になかった。ボブ・ディランがハッティ・キャロルの孤独な死について歌い、トム・パクストンが放浪癖のある友人のことを歌い、デイヴ・ヴァン・ロンクがコカイン使用後の鬱気分を歌いあげた。三番の歌詞の途中の部分にさしかかったとき、ぼくは頬に剃刀《かみそり》をあてたまま手の動きをとめた。《頭にしこたま詰めこむウイスキー、腹にゃしこたま詰めこむジン》デイヴがしゃがれた声で歌っていた。《命とりだと医者はいう、でもいつ死ぬのかはいわないさ》

そうとも、これが答えに決まっているではないか。罪の意識のせいで、ぼくは母がいますぐ死ぬと思いこみ、ストーブもこの思いこみを訂正しなかった——訂正するはずがない、そもそも、ぼくがそんなことをたずねなかったのだから。しかし、これは明らかにぼくの思いちがいだった。

《命とりだと医者はいう、でもいつ死ぬのかはいわないさ》

まったく、ぼくはなにを思って自分を責めていたのだろうか？　ぼくの選択なるものには、つまるところ、物事の自然な順序という意味しかなかったのではないか？　ふつうは、親のほうが子どもより先に死ぬのではないか？　あの下司《げす》野郎は、ぼくを怖がらせようと——自責の念に駆られる状態に追いこもうと——していたのだ。しかし、ぼくからすれば、あいつの話を真にうける必要はないのでは？　そして、人間はだれしも、最後には〈ブレット〉に乗るのではないか？

《自分を解き放ちたくて、そんなふうに考えているだけだ。自分にまちがいがなかったという逃げ道を見つけたがってるんだ。おまえの考えは真実なのかもしれない……でも、あの男から決断を迫られて、おまえは母親をえらんだ。その事実から逃げられる道なんかない——おまえは母親をえらんだんだ》

ぼくは目をひらき、鏡のなかの自分の顔を見ながらいった。「ぼくはやるべきことをやったまでだ」

心から信じていたわけではなかったが、いずれは信じられる日も来るだろう。

ミセス・マカーディと連れだって病室にはいっていくと、母の病状は多少よくなっていた。ぼくは母に、ラコニアの〈スリルヴィレッジ〉の夢を覚えているか、とたずねた。母はかぶりをふった。

「ゆうべ、おまえが来てくれたことだって、ろくに覚えてないの」母はそういった。

「ものすごく眠たかったから。大事な話？」

「まさか」ぼくはいい、母のこめかみにキスをした。「ぜんぜんそんなことはないよ」


母は五日後に退院した。しばらくは片足を引きずっていたが、やがてそれも完治し、一カ月半後には仕事に復帰した。最初は勤務時間の半分だけ働いていたが、なにごともなかったかのように、すぐフルタイムで働きはじめた。ぼくは大学にもどり、オロノのダウンタウンにある〈パッツ・ピザ〉の店でアルバイトをするようになった。給料はあまりよくなかったが、車の修理代には充分だった。これがありがたかった——それまでのちょっとしたヒッチハイク趣味が消え失せていたからだ。

母は禁煙しようと努め、しばらくは完全にタバコを絶っていた。しかし、四月の春休みがはじまる日の一日前に大学から実家へ帰ると、キッチンには昔と変わらず紫煙がもうもうと立ちこめていた。母は恥じいっているようでいて、同時に挑戦的な光をもたたえた目でぼくを見つめた。

「やめられないんだよ」母はいった。「すまないとは思う——やめてほしいっていうおまえの気持ちもわかるし、あたしだってやめなくちゃいけないと頭ではわかってる。でも、こいつをやめると、毎日の暮らしにぽっかり大きな穴があいたみたいでね。その穴を埋めるものがないんだよ。そもそも手を出さなければよかったと思うのが、いまのあたしの精いっぱいなんだ」

ぼくの大学卒業から二週間後のこと、母は二度めの脳卒中の発作を起こした。医者から大目玉を食らった母は、今回もタバコをやめようとしたが、結局は二十キロ以上も太って、タバコに舞いもどっただけにおわった。「犬が自分の吐いたものに戻るように」とは聖書の箴言《しんげん》の一節で、昔からお気にいりの言葉だ。ぼくのほうは、最初に問いあわせたポートランドの会社でいい仕事につくことができ――幸運だったのだと思う――母を説得して仕事をやめさせるという大仕事にとりかかった。最初のうち、母はとりつくしまもなかった。げんなりしてあきらめても不思議はなかったが、ぼくには、ヤンキース顔負けの母の鉄壁の守りにもくじけずに攻撃をつづける動機になる、ある出来ごとの記憶があった。

「あたしの世話なんかしないで、あんたの人生のために貯金をすればいいじゃないか」母はいった。「いつか結婚したくなる日も来るよ、アル。あたしにお金をつかったりしたら、いざそのときのお金がなくなっちまう。あんた自身の本物の人生のためのお金がね」

「母さんこそが、ぼくの本物の人生なんだよ」ぼくはそういって、母にキスをした。

「母さんがいいとかいやだとかいっても、これが現実なんだ」

そして最後には、さしもの母も白旗をかかげた。

それ以来、ぼくと母はじつにすばらしい歳月をともに過ごした——全部で七年間の日々だった。同居はしていなかったが、ぼくはほぼ毎日のように母の家をたずねた。トランプのジンラミーで数えきれないほど遊び、ぼくが買ってあげたビデオデッキでたくさんの映画を見た。バケツで運べるほどたくさん笑いもした——母はそう好んで口にした。この歳月がジョージ・ストーブからの借り物だったのかどうかはわからないが、すばらしい歳月だった。そしてジョージ・ストーブと出会った夜の記憶は、前々からのぼくの予想を裏切って、薄れていくこともなければ、夢のように思えてくることもなかった。あらゆる出来ごと——秋の満月に願をかけろとあの老人にいわれたことから、ストーブがぼくのシャツにあのバッジをつけたときの指の動き方にいたるすべてが、完璧な鮮明さをたもちつづけていた。やがて、あのバッジが見つからなくなる日が来た。マサチューセッツ州ファルマスの小さなアパートメントに引っ越してきたときには、まだ手もとにあったことはわかっている——ベッドサイド・テーブルのいちばん上の抽斗《ひきだし》に、二本の櫛や二組のカフリンク、《**ビル・クリントン、セーフサックス大統領**》と駄じゃれのスローガンが書いてある政治運動のバッジなどといっしょにしまってあった。

それが、いつのまにかなくなっていた。その一日か二日後に電話がかかってきたとき、ぼくにはミセス・マカーディが泣いている理由がわかった。それは、いつかやってくるはずだという思いをついに払拭《ふっしょく》できなかった悲報だった——先立つ後悔ありもせず。

通夜と葬儀がおわって、きりもなく湧きでてくるように思われた弔問客がようやく途切れると、ぼくは母がタバコを吸い、粉砂糖をまぶしたドーナツを食べながら、人生最後の数年間を過ごしたハーロウの小さな家へ引きかえした。かつて世界に立ち向かっていたのは、ジーンとアランのパーカー母子のふたりだった——それがいまはぼくひとりだった。

ぼくは母の私物を整理していった——あとで処理が必要な数枚の書類をとりのけ、手もとに残しておきたい品物を詰めた箱を部屋の片側に積みあげ、民間慈善団体のグッドウィルに寄付しようと思う品物の箱は反対側に積みあげた。その仕事ももうすぐおわろうかというころ、床に膝をついて母のベッドの下をのぞきこむと、そこにあれがあった——《**わたしはラコニアの〈スリルヴィレッジ〉の〈ブレット〉に乗った**》と書いてある埃まみれのバッジが。ぼくはバッジを強く握りしめた。ピンが肉に刺さり、ぼくはこの痛みに苦々しい喜びを覚えながら、握りしめた手にさらに力をこめた。拳をひらいたときは、目が涙でいっぱいだった。だからバッジ表面の文字がぼやけて二重になり、ちらちらと揺れながら重なりあっているように見えた。専用の眼鏡をかけずに見る3D映画のようだった。

「もう気がすんだか？」ぼくは音ひとつしない部屋にたずねかけた。「これで充分なのか？」むろん、なんの答えもなかった。「だいたい、なんでこんな手出しをしてきた？なにが目あてだった？」

それでも答えはなかった。答えが返ってくるはずがあろうか。人は順番待ちの行列にならぶ、それだけのことだ。人は月の下で順番待ちの行列にならび、なにかに感染しているような光に願をかける。人は順番待ちの行列にならび、ほかの人々の絶叫を耳にする——人々は怖い思いしたさに金を払い、〈ブレット〉なら払った金に見あうものをかならず得られる。順番がめぐってくれば、乗るかもしれず、逃げだすかもしれない。どのみち、最後はおなじだ——ぼくはそう思う。ほかにもいろいろあっていいのに、現実にはない——先立つ後悔ありもせず。

自分のバッジを手にして、ここから出ていけ。

(*Riding The Bullet*)

(白石朗・訳)

解説

吉野仁

本年二〇二四年は、スティーヴン・キング作家デビュー五十周年にあたる。アメリカで第一作『キャリー』がダブルディ社より刊行されたのは、一九七四年四月五日のことだ。キングは一九四七年九月二十一日生まれなので、誕生日を迎えるとめでたく七十七歳の喜寿となる。それでもなお若い頃と変わらず、精力的に新作を発表し続けていることを驚きとあわせて心から喜ばしく思う。いまだ創作の泉は涸れることなく湧き出ているようで、近年なお新たな代表作といえる意欲的な作品をつぎつぎに発表している。上下二巻で邦訳刊行される長篇はもちろんのこと、短篇をあつめた作品集も、それぞれにキングならではの幅ひろいスタイルとその多様な面白さをそなえたものばかりだ。

もちろんこの五十年間には、さまざまな不運や心身の不調などに見舞われたこともあるようだが、しっかりとそれらを乗り越えて、新たな段階へと登り、成功を重ねてきた。質と量あわせてこれほどの活躍を見せる作家はキングしかいない。

りだ。しかし、精力的な創作活動にキャリアが五十年にも重なると作品数は増えていくばかりだ。キング作品を熱愛していてもなお、そのすべてを読破できずにいる人は多いだろう。とくに最近になってファンになった読者にとっては、単純に読み切れないだけでなく、絶版や品切れなどの理由から入手しづらい邦訳作品も少なくない。

とくに本書の表題作『コロラド・キッド』（二〇〇五年）は、邦訳されていながら一般に市販されなかったことから、とりわけ入手困難な一作だった。それがこの日本独自の作品集の一篇として刊行されることになったのだ。ほかに二つの中篇が収録されており、一作は本邦初紹介で、もう一作は過去に単行本化されたものの現在は古書でしか手に入らない。

くわしい話は後述するとして、まずは掲載順に紹介し解説していこう。

冒頭の中篇『浮かびゆく男』（*Elevation*）は、二〇一八年にスクリブナー社から刊行されたもので、今回が本邦初訳。献辞に「リチャード・マシスンを思いながら」とある。リチャード・マシスンは、キングが敬愛しもっとも影響を受けた作家だ。マシスンの代表作『縮みゆく男』（一九五六年、『縮みゆく人間』の邦題もあり）は、放射能汚染と殺虫剤の相互作用により、一日に七分の一インチずつ身体が縮んでゆく奇病に冒された男の物語で、キングが八歳のときに出会って以来の愛読書である。キングがこの小説をどれほど愛し深く読み込んだのかを知るには、彼の自伝的ホラー評論『死の舞踏』（一九八一年）をお読みいただきたい。「第9章 ホラー小説」のなかでキングは同作を詳しく取りあげ、「すべてのファンタジー小説は本質的に力の概念についての物語である」と述べている。

なによりもマシスン『縮みゆく男』の主人公はスコット・ケアリーといい、なんとこの『浮かびゆく男』も同名のスコット・ケアリーの物語なのだ。こちらのスコットの身に起きた奇怪な出来事は、単に体重が減るだけでない。どこまでも軽くなっていくのだ。体重計に乗ると、服を着ても裸でも同じ体重を示すばかりか、一個十キロのダンベルを両手にひとつずつもっても同じ。原因はわからなかった。なにかよくない光線を浴びたり、殺虫スプレーかなにかを吸い込んだりもしていない。いったい彼の身になにが起きたのか、どんな力が働いたのか、これからどうなっていくのか。

物語はスコットの体重の話だけに終わらず、意外な展開を見せていく。特筆すべき大きな要素はふたつ。ひとつは、作品の舞台がキャッスルロックであることだ。

キングのファンならばご存じのとおり、キャッスルロックとは『デッド・ゾーン』（一九七九年）『クージョ』（一九八一年）『スタンド・バイ・ミー』（一九八二年）など数々の名作の舞台となったメイン州のちいさな町であり、実在しない創作上の場所である。『ニードフル・シングス』（一九九一年）における大破壊でその歴史に幕を閉じたとされていたが、消滅したわけではない。

本書九四ページに出てくる〈バナーマン・ロード〉は、「町でいちばん長く保安官を務めながら路地裏で殺された、不運な男にちなんで名づけられた道だ」とある。バナーマンとは、かつてのキャッスルロックの保安官ジョージ・バナーマンのこと。彼は巨漢の保安官で、『デッド・ゾーン』ではジョン・スミスとともにキャッスルロックの絞殺魔を追いつめ、『クージョ』では狂犬病にかかった巨犬に対峙した。その後の作品でもときおり彼について言及がある。たとえば未訳ながらキングがリチャード・チズマーと共作したキャッスルロックが舞台のシリーズの第二作 *Gwendy's Magic Feather*（二〇一九年）のなかでやはりバナーマンに触れており、彼はホームランド墓地に埋葬されたという。

そして、もうひとつ本作は大きなテーマをはらんでいる。主人公スコットの隣人である女性たち、ミシーとディアドラの同性婚カップルに関する騒動が巻き起こるのだ。彼女らは、共同経営者として〈ホーリー・フリホール〉という名のレストランを開店したが、町には偏見や差別を隠そうともせず、暴言を吐く人たちがいた。それに腹を立てたスコットは、たしなめようとして騒ぎを起こしてしまう。やがて、スコットは思いもよらぬ方法で彼女たちを助けることになるのだが、『浮かびゆく男』とは、人びとの心を軽やかにつなぎとめる男でもあったわけで、これはキングらしい寓話として幕を閉じる。

ファンならばご承知のとおり、キングはすでに体重が減っていく男の物語を書いている。リチャード・バックマン名義による長篇『痩せゆく男』（一九八四年）。こちらは、ジプシーの呪いにより食べても食べても痩せていく男たちの恐怖を描いたものだ。ベヴ・ヴィンセント『スティーヴン・キング大全』によると、「一九八〇年初頭、キングは体重が236ポンドあり、ヘビースモーカーだった」という。最初は医者に勧められながらも嫌がっていた禁煙とダイエットをはじめたところ、「どういうわけか寂しくなった」という。「ほんとうは体重を失いたくなかったんだ。そこで考えた。体重がどんどん減っていき、止まらなかったらどうなるんだろうと」

『痩せゆく男』は一九八二年から八三年にかけて執筆されたというが、もうひとつ、カーペンターズのカレン・カーペンターが亡くなったことも、この作品に影を落としているようだ。彼女は、過食や拒食をくりかえす摂食障害を患っており、それがもとで心不全により一九八三年二月四日にこの世を去った。まだ三十二歳という若さだった。亡くなる二年前、すでに体重は三十キロ台だったという。邦訳『痩せゆく男』（文春文庫）では三一三ページと四一三ページでカレンの死の事案に言及している。その後もキングは、『トミーノッカーズ』（一九八七年）や『ミスター・メルセデス』（二〇一四年）で痩せたカレン・カーペンターについて触れていた。キングが取り憑かれた「痩せゆく恐怖」がカレンの死によってはっきりと現実のものとなったのだ。

ある現象が過剰もしくは極端に働いて暴れだすとその先に何が待ち受けているのか。キングにとり、これがマシスンから学んだホラーやファンタジーを生み出すためのひとつの思考法なのだ。というよりも、キングの頭のなかでは、いつもそうした不安が暴走しているのかもしれない。

二番目に登場する作品は、表題作『コロラド・キッド』（*The Colorado Kid*）だ。これは、もともとアメリカの出版社ハードケース・クライム（Hard Case Crime）からペイパーバック・オリジナルで刊行された作品である。

ハードケース・クライム社は、かつて一九五〇年代～六〇年代に隆盛だったペイパーバック・オリジナルのミステリーや犯罪小説をいまに復活させようという目的で、作家のチャールズ・アルダイとマックス・フィリップスが二〇〇四年に創設した小出版社で、同名の叢書の出版が同年九月からはじまった。ハードケース・クライムの第一作はローレンス・ブロック *Grifter's Game*（一九六一年、オリジナルタイトル *Mona*）。このカヴァー裏表紙にキングによるブロックへの賛辞「かけがえのないジョン・D・マクドナルドに代わるミステリーおよび探偵小説の作家だ」が掲載されている。

じつは、この推薦文を依頼されたとき、キングはアルダイへ「おれにも一作書かせろ」と申し出たのだ。いや実際にどんな言葉でやりとりされたのかはわからないが、そうした経緯があったことは確かなようで、ハードケース・クライムの第十三巻として『コロラド・キッド』が二〇〇五年十月に刊行された。

ちなみに、この叢書初期の刊行では、ブロックのほか、E・S・ガードナー（A・A・フェア名義）『嘘から出た死体』（一九五二年）、ドナルド・E・ウェストレイク

『361　復讐する男』（一九六二年）といった人気作家の旧作に加え、創設者チャールズ・アルダイ（リチャード・エイリアス名義）による『愛しき女は死せり』（二〇〇四年）やドメニック・スタンズベリー『告白』（二〇〇四年）などの、完全な新作書き下ろしによるミステリーや犯罪小説もラインナップされていた。近年は、二〇二二年アメリカ探偵作家クラブ賞最優秀長篇賞を受賞したジェイムズ・ケストレル『真珠湾の冬』（二〇二一年）のように、まず大判の単行本で刊行されたのち、ペイパーバック化されたケースも少なくない。

その後、現在まで、キング作品は『ジョイランド』（二〇一三年）と『死者は嘘をつかない』（二〇二一年）の二作がこの叢書から刊行されている。どちらもキングの長篇にしては短めに収まっているのは、ハードケース・クライム叢書が目指すスタイルにあわせたからだろう。

話を『コロラド・キッド』に戻すと、日本語版は残念ながら一般に販売されなかった。契約上の都合で、新潮文庫で『ダーク・タワー』第Ⅰ部から第Ⅲ部の購入特典として一万人限定の景品とされたのだ。このときの訳者も白石朗氏で、解説を担当したのも吉野仁だった。

本文を読むまえにダン・J・マーロウに捧げる旨の献辞が目を引く。

マーロウは、〈千の顔をもつ男ドレーク〉シリーズで知られる作家で、デビューは一九五九年、もっぱらエイボン、ゴールド・メダルなどのペイパーバック・オリジナルで活躍した。キングが名前をあげた『ゲームの名は死』（一九七二年）はハヤカワ・ミステリ（通称ポケミス）から〈千の顔をもつ男ドレーク〉第六作として邦訳されている。主人公ドレークの過去がはじめて明かされた物語だ。一連の〈ドレーク〉シリーズは、当時人気だったスパイ小説とケイパー（強奪犯罪）小説が合体したようなスーパーヒーローものだった。じつはこの『ゲームの名は死』は、もともとオリジナルで書かれた単発作ながら、改変してシリーズの一作に組み込まれた作品である。一九四七年生まれのキングは、一九七二年のリメイク版ではなく、一九六二年のオリジナル版『ゲームの名は死』を読んでいたはずだ。

この献辞を見たあと、本文を読み出して、ひどく驚いた。これは、〈未解決の謎〉をめぐるミステリーではないか。ハードケース・クライムにキングがわざわざ書くからには、そして『ゲームの名は死』の作者ダン・J・マーロウに捧げるからには、ごりごりの犯罪小説が読めると思っていた。根っからの悪党たちが大金をせしめようとしたり、誰かを殺そうとたくらんだりするような作品だ。ところが、この『コロラド・キッド』はその手の犯罪ものではない。過去に起きながらいまだ解決されていない異様な事件をめぐって展開していくのである。

この小説のスタイルもまた独特なものだ。主な登場人物はたったの三人。卒寿をむかえた老人と初老の男、それに若い女性による会話劇がひたすら進行していく。その舞台とは、メイン州の海岸に浮かぶムース・ルッキット島。ふたりの男とは、ウィークリー・アイランダー紙の発行人、九十歳のヴィンセント・ティーグと六十五歳のデイヴィッド・ボウイである。そこに加わるのがオハイオ州立大学の就業体験研修《インターン》としてやってきた二十二歳の女性ステファニー・マッキャンだ。

かつて、ヴィンスとデイヴは、不可解な事件に遭遇し、調査を続けた過去があった。一九八〇年四月二十四日木曜日の朝、島のビーチでひとりの男の死体が発見されたものの、身元を明かす品はなにもなかった。ところが、当時、やはり就業体験研修《インターン》で州警察刑事のもとで働いていた若い男ポール・ディヴェインの働きで、死体の男はコロラドに住むジェイムズ・コーガンだと判明する。

だが、そこでさらに新たな謎が生まれた。コロラドからメイン州の島までは三千三百キロ以上離れている。最後に姿がコロラドで目撃された時間からわずか五時間後に出現した計算となるのだ。いかなる移動手段をつかえば、それが実現できるのだろうか。

身元さがし、逆アリバイくずし、死因、動機など、次から次へわきでる謎や疑問をめぐり、警察はじめ関係者による果てしない探求がおこなわれた。三人による会話の形でその過程がじっくりと語られていく。もちろん、そこは名手キング、単調な語りでは終わらない。死体発見当日の具体的な様子から、コロラドから来たのかを知る手がかりについての意外な経緯、興味深く話を聞く女性ステファニーの疑問やときおり見せる脱線を含め、会話による見事な推理劇を披露している。

そもそもなぜキングはこの未解決事件の物語を書いたのか。そのきっかけを「あとがき」で披露している。友人のスコットからメイン州の新聞の切り抜きがはいった封筒を渡されたというのだ。それは、若い女性がメイン州の沿岸地帯の沖あいに浮かぶ島の海岸で、死体として発見された事件の記事だったという。つまりは実際に起きた事件をもとにしたということなのだが、作中のさまざまな謎をメタ的に読み解いていくとキングの発想のもとが見えてくる。

コロラドから来た男の死体がメイン州で見つかるという設定はなぜか。キングの略歴によれば、コロラド州ボールダーに住んでいた時期があった。メイン州ポートランドに生まれ、メイン州立大学に通い、ずっと地元で暮らしてきたが、『キャリー』を発表して作家になったのちの一九七四年秋、およそ一年弱ほどコロラドに移り住み、かの『シャイニング』を執筆していた時期があったのだ。キングにとってコロラドは、けっして知らない土地ではないし、じっさいにメインとコロラドを行き来した体験があるのだ。

一九〇ページにステファニーが《舵取りにお茶を、って、アル・スチュアート？　それともキャット・スティーヴンス？》とつぶやく場面があるのも気になる。漁船乗組員の話題を受けての台詞だ。「舵取りにお茶を」（*Tea for the Tillerman*）とは、英国のシンガーソングライターであるキャット・スティーヴンスが一九七〇年に発表したアルバムの題名およびアルバムの最後に収録された曲名である。あらためてこの曲の最初の二フレーズの歌詞を見ると、Bring tea for the Tillerman ／ Steak for the sun とある。舵取りにはお茶を、太陽にはステーキを。なんと、それでステーキが出てきたのだろうか！

こうして細部の記述に関する深読みをしだすときりがない。以前、訳者の白石朗氏から教わった「スターバックス」の謎をはじめ、まだまだ興味深い話題はあるがここでは割愛し、物語の大枠に目を向けてみよう。

コロラド・キッドの不可解な事件は、有名な小説に出てくるエピソードを連想させるのだ。ハードケース・クライムから出た『コロラド・キッド』のカバー裏表紙には、ダシール・ハメット『マルタの鷹』（一九三〇年）の影響を指摘した一文が掲載されていた。それは、間違いなく主人公サム・スペードが作中で語る有名な「フリットクラフトの逸話」のことだろう。

私立探偵のスペードは、数年前に北西部で奇妙な事件を担当したと語る。不動産屋の男フリットクラフトは、父親から遺産を相続し、事業でも成功、郊外に家をもち妻とふたりの子どもがいる金持ちだった。ところが、ある日、突然オフィスを出たまま行方がわからなくなった。コロラド・キッドをめぐる事件と似ているのだ。やがてスペードは、事件の意外な真相を説明してみせた。フリットクラフトが昼食に出かける途中、建設中のビルの下を通りかかったとき、鉄の梁かなにかが鼻先をかすめて落ちてきた。〈フリットクラフトがいうには、もちろん身がちぢむほどおびえたそうだが、こわかったというより、ショックのほうが大きかった。だれかが、自分の人生の蓋を開け、そのからくりを覗かせられたような感じだったそうだ〉（『マルタの鷹』ハヤカワ文庫改訳決定版／小鷹信光訳より）。

じつは先日、キングのデビュー作『キャリー』を読みかえしたところ、ある箇所に仰天した。シングルマザーに育てられたヒロイン、キャリー・ホワイトの父親ラルフは、「ポートランドの住宅団地建設現場で、ワイヤーがはずれて落下した鋼材の下敷きになって死んだ」と記されているではないか。キングの原点といえる第一作ですでに「フリットクラフトの逸話」を連想させる設定が使われていたのだ。

本作には、まだまだ表に裏に隠されている謎がひそんでいるのかもしれない。ヒロインの名前がステファニー・マッキャンというのも怪しい。スティーヴン・キングのStephen とステファニー Stephanie。そしてコロラド・キッドは、妻と生まれたばかりの赤ん坊がいる男であり、故郷をはるか離れたメイン州の島の海岸で死体で発見された。なぜ彼は妻子のもとからふいにいなくなったのか。

さぁ、スティーヴン・キングのことをよく知るマニアックなファンならば、もうお分かりだろう。キング自身の父親は、彼が二歳のときに突然家を出てしまったきり、戻ってこなかったのである。

〈四九年のある日、父親は、「ちょっとそこまでタバコを買いに行ってくる」とひと言告げて蒸発してしまった。以降今日まで、この父ドナルドに関する消息はまったくわからないという。〉（風間賢二『スティーヴン・キング　恐怖の愉しみ』筑摩書房より）

なんと、父の最後の言葉が、「ちょっとそこまでタバコを買いに行ってくる」だとは。

おそらく、キングは幼少のころから、なぜ父は家族のもとからいなくなったのか、その理由を考え続けていたことだろう。子ども時代は子どもなりに、大人になってからは現実的かつ論理的に、何年も何年も失踪のあらゆる原因とその可能性を吟味していったに違いない。ハメットによる「フリットクラフトの逸話」は、どれだけキングの想像力を刺激したことだろうか。

そういえば作中で、かの名探偵による有名な言葉が記されていた。「ありえない可能性をすべて排除したあとでも残っている可能性があれば、どれほど突拍子もない可能性でも、それが答えにちがいない」。探偵小説ファンならば説明不要だろう。アーサー・コナン・ドイル『シャーロック・ホームズの冒険』に収録の「緑柱石の宝冠」からの引用である。「どれほど突拍子もない可能性でも、それが答えにちがいない」とあるが、最後にひとつだけ残った可能性のなかに超自然的な存在や現象があったとしたら、どうだろう。キングがジャンルをこえて、これだけの膨大で多様な物語を紡ぎだした源泉は、こうした発想法にあるのかもしれない。ちなみに『縮みゆく男』を書いたリチャード・マシスンもまた八歳の時に両親が離婚し、母親に育てられた作家である。

キングによる「あとがき」では「本書『コロラド・キッド』がお気に召したか、あるいは腹立たしくてならなかったかにも左右されるが」と冒頭で断っている。この物語の結末に関して、あくまで事実をもとに、そこから導き出せるかぎりのことを書いてみせただけである、と言わんばかりである。さらに最後のほうでは、「われわれはいつも天の光にむかって手を伸ばし、コロラド・キッドがどこから来たのかを知りたいといつも願っている（世界はコロラド・キッドに満ちている）。いざ知ってしまうよりも、知りたいと願っているうちが花かもしれない」と述べている。「世界はコロラド・キッドに満ちている」とは、まさにキングの世界観を端的に表しているのだ。この言葉こそ、キングがたどりついた、大いなる謎に対する最終的な〈真相〉といえるのではないだろうか。

最後に収録された中篇が『ライディング・ザ・ブレット』（*Riding the Bullet*）だ。初出は二〇〇〇年、電子書籍としてオンラインで発表されたもので、なんでも最初の二十四時間で四十万部以上ダウンロードされ、アクセスの過集中および暗号化によるトラブルで無数のコンピュータが壊れたとされている。最初の邦訳版はこの電子書籍をもとにアーティストハウスから同年に白石朗訳で単独出版された。本書ではそれを加筆修正して訳されている。紙の書籍としては *Everything's Eventual: 14 Dark Tales*（二〇〇二年）に収録。邦訳は『第四解剖室』、『幸運の25セント硬貨』の二冊に分冊され新潮文庫から刊行されたが、『ライディング・ザ・ブレット』は日本版には収録されなかった。

主人公は、メイン州立大学の学生アラン・パーカー。遠く離れた故郷で暮らしていた母親が脳卒中で倒れ病院に運ばれたことを知らされたものの、車が故障しているアランは、およそ二百キロの道のりをヒッチハイクで向かおうとした。だが、その無謀な旅の途中、ジョージ・ストーブという男の墓石に出会ったことから、彼の運転する車に乗ることとなる。それは死へと向かう《弾丸《ブレット》》だった……。

すでに物心つかないうちに父は死んでおり、アランはひとりっ子だった。母を思う子どもならではの不安と焦燥、それに対する自己保身や我執に走りがちな心の後ろめたさなどが、（じっさい暴走車に乗った体験などなくとも）それこそ遊園地のライディングマシーンに乗ったときのような恐怖や興奮と重なりあい、複雑で混乱した感情がなお高まっていく。これぞキングの本領を発揮したホラーだと叫びたくなる名作だ。

いうまでもなく、この中篇にも家族をめぐるキング自身の境遇がさまざまな形で投影されている。それをいえば、ハードケース・クライムから刊行された三作目『死者は嘘をつかない』に登場した主人公の母もシングルマザーで喫煙者だった。多くのキング作品で描かれてきた母と子の姿なのだ。

さて、あまりに長々と語りすぎたかもしれない。未解決の謎をめぐるミステリー『コロラド・キッド』をメインにすえた作品集だけに、多様な可能性や深読みの面白さを味わってもらえたならばさいわいだ。そして、作家デビュー五十周年記念刊行、つぎは『フェアリー・テイル』（仮）というファンタジー超大作が控えている。楽しみに邦訳を待ちたい。

（書評家）

初出

浮かびゆく男……………………………訳し下ろし
コロラド・キッド……………新潮文庫版より加筆修正
ライディング・ザ・ブレット……アーティストハウス版より加筆修正

文春文庫

コロラド・キッド　他《ほか》二《に》篇《へん》

定価はカバーに
表示してあります

2024年 9 月10日　第 1 刷

著　者　スティーヴン・キング
訳　者　高山《たかやま》真《ま》由《ゆ》美《み》・白石朗《しらいしろう》
発行者　大沼貴之
発行所　株式会社 文藝春秋

東京都千代田区紀尾井町 3-23　〒 102-8008
TEL　03・3265・1211(代)
文藝春秋ホームページ　http://www.bunshun.co.jp

落丁、乱丁本は、お手数ですが小社製作部宛お送り下さい。送料小社負担でお取替致します。

印刷・萩原印刷　製本・加藤製本

Printed in Japan
ISBN978-4-16-792279-5

（　）内は解説者。品切の節はご容赦下さい。

ペット・セマタリー　（上下）
スティーヴン・キング（深町眞理子　訳）
競争社会を逃れてメイン州の田舎に越してきた医師一家を襲う怪異。モダン・ホラーの第一人者が〝死者のよみがえり〟のテーマに真っ向から挑んだ、恐ろしくも哀切な家族愛の物語。
キ-2-4

ＩＴ　（全四冊）
スティーヴン・キング（小尾芙佐　訳）
少年の日に体験したあの恐怖の正体は何だったのか？　二十七年後、薄れた記憶の彼方に引き寄せられるように故郷の町に戻り、ＩＴ（それ）と対決せんとする七人を待ち受けるものは？
キ-2-8

シャイニング　（上下）
スティーヴン・キング（深町眞理子　訳）
コロラド山中の美しいリゾート・ホテルに、作家とその家族がひと冬の管理人として住み込んだ――。Ｓ・キューブリックによる映画化作品も有名な「幽霊屋敷」ものの金字塔。（桜庭一樹）
キ-2-31

夜がはじまるとき
スティーヴン・キング（白石　朗　他訳）
医者のもとを訪れた患者が語る鬼気迫る怪異譚「Ｎ」、猫を殺せと依頼された殺し屋を襲う恐怖の物語「魔性の猫」など全六篇収録。巨匠の贈る感涙、恐怖、昂奮をご堪能あれ。（ｃｏｃｏ）
キ-2-35

ジョイランド
スティーヴン・キング（土屋　晃　訳）
恋人に振られた夏を遊園地でのバイトで過ごす僕。生涯の友人にも出会えた僕は、やがて過去に幽霊屋敷で殺人を犯した連続殺人鬼が近くに潜んでいることを知る。巨匠の青春ミステリー。
キ-2-48

11／22／63　（全三冊）
スティーヴン・キング（白石　朗　訳）
ケネディ大統領暗殺を阻止するために僕はタイムトンネルを抜けた…巨匠がありったけの物語を詰めこんで、「このミス」他国内ミステリーランキングを制覇した畢生の傑作。（大森　望）
キ-2-49

ドクター・スリープ　（上下）
スティーヴン・キング（白石　朗　訳）
〈景観荘〉の悲劇から30年。今もダニーを襲う悪しきものども。超能力〝かがやき〟を持つ少女との出会いが新たな惨劇への扉を開く。名作『シャイニング』の圧倒的続編！（有栖川有栖）
キ-2-52

スティーヴン・キング（矢野浩三郎　他訳）
ミスト　短編傑作選
町を覆った奇妙な濃霧。中に踏み入った者は「何か」に襲われる……。映画化、ドラマ化された名作「霧」他、初期短編からよりぬいた傑作選。スティーヴン・キング未体験者におすすめ。
キ-2-54

スティーヴン・キング（白石　朗　訳）
ミスター・メルセデス（上下）
暴走車で群衆に突っ込み、大量殺人を犯して消えた男。そいつを追って退職刑事が執念の捜査を開始する。米最大のミステリー賞、エドガー賞を受賞した傑作。ドラマ化。（千街晶之）
キ-2-55

スティーヴン・キング（白石　朗　訳）
ファインダーズ・キーパーズ（上下）
少年が発掘したのは大金と巨匠の幻の原稿。だがそれを埋めた強盗が出獄、少年へ魔手を……。健気な少年を守るため元刑事が立ち上がる。キングが小説への愛を謳う力作。（堂場瞬一）
キ-2-57

スティーヴン・キング（永井　淳　訳）
呪われた町（上下）
荒れ果てた屋敷が丘の頂から見下ろす町、セイラムズ・ロット。小さな町に不吉な失踪と死が続発する。丘の上の屋敷に潜むのは何者か？　史上最強の吸血鬼ホラー。（風間賢二）
キ-2-59

スティーヴン・キング（風間賢二・白石　朗　訳）
マイル81　わるい夢たちのバザールⅠ
廃墟のパーキングエリアに駐まる車に近づいた者を襲う恐怖を描く表題作、死刑囚の語るおぞましい物語「悪ガキ」他全十編。ホラーから文芸系の小説まで巨匠の筆が冴える短編集その1。
キ-2-61

スティーヴン・キング（風間賢二　訳）
夏の雷鳴　わるい夢たちのバザールⅡ
滅びゆく世界を静かに見つめる二人の男と一匹の犬。美しく悲しい表題作、見事な語りで花火合戦の末路を描く「酔いどれ花火」他全十編。著者自身による自作解説も楽しい短編集その2。
キ-2-62

スティーヴン・キング（白石　朗　訳）
任務の終わり（上下）
昏睡状態の殺人鬼メルセデス・キラー。その脳内には新たな大量殺人の計画が。謎の連続自殺の調査を始めた退職刑事ホッジズは恐るべき真相に気づくが。三部作完結編。（三津田信三）
キ-2-63

文春文庫　ジェフリー・ディーヴァーの本

（　）内は解説者。品切の節はご容赦下さい。

ボーン・コレクター
ジェフリー・ディーヴァー（池田真紀子 訳）（上下）

首から下が麻痺した元NY市警科学捜査部長リンカーン・ライム。彼の目、鼻、耳、手足となる女性警察官サックス。二人が追うのは稀代の連続殺人鬼ボーン・コレクター。シリーズ第一弾。

テ-11-3

コフィン・ダンサー
ジェフリー・ディーヴァー（池田真紀子 訳）（上下）

武器密売裁判の重要証人が航空機事故で死亡、NY市警は殺し屋〝ダンサー〟の仕業と断定。追跡に協力を依頼されたライムは、かつて部下を殺された怨みを胸に、智力を振り絞って対決する。

テ-11-5

エンプティー・チェア
ジェフリー・ディーヴァー（池田真紀子 訳）（上下）

連続女性誘拐犯は精神を病んだ〝昆虫少年〟なのか。自ら逮捕した少年の無実を証明するため少年と逃走するサックスをライムが追跡する。師弟の頭脳対決に息をのむ、シリーズ第三弾。

テ-11-9

石の猿
ジェフリー・ディーヴァー（池田真紀子 訳）（上下）

沈没した密航船からNYに逃げ込んだ十人の難民。彼らを狙う殺人者を追え！　正体も所在もまったく不明の殺人者を捕らえるべくライムが動き出す。好評シリーズ第四弾。（香山二三郎）

テ-11-11

魔術師《イリュージョニスト》
ジェフリー・ディーヴァー（池田真紀子 訳）（上下）

封鎖された殺人事件の現場から、犯人が消えた!?　ライムとサックスは、イリュージョニスト見習いの女性に協力を依頼する。シリーズ最高のどんでん返し度を誇る傑作。（法月綸太郎）

テ-11-13

12番目のカード
ジェフリー・ディーヴァー（池田真紀子 訳）（上下）

単純な強姦未遂事件は、米国憲法成立の根底を揺るがす百四十年前の陰謀に結びついていた――現場に残された一枚のタロットカードの意味とは？　好評シリーズ第六弾。（村上貴史）

テ-11-15

ウォッチメイカー
ジェフリー・ディーヴァー（池田真紀子 訳）（上下）

残忍な殺人現場に残されたアンティーク時計。被害者候補はあと八人…尋問の天才ダンスとともに、ライムは犯人阻止に奔走する。二〇〇七年のミステリ各賞に輝いた傑作！（児玉　清）

テ-11-17

ソウル・コレクター（上下）
ジェフリー・ディーヴァー（池田真紀子 訳）
そいつは電子データを操り、証拠を捏造し、無実の人物を殺人犯に陥れる。史上最も卑劣な犯人にライムとサックスが挑む！　データ社会がもたらす闇と戦慄を描く傑作。（対談・児玉　清）
テ-11-22

バーニング・ワイヤー（上下）
ジェフリー・ディーヴァー（池田真紀子 訳）
人質はニューヨーク！　電力網を操作して殺人を繰り返す凶悪犯を追うリンカーン・ライム。だが天才犯罪者ウォッチメイカーの影が…シリーズ最大スケールで贈る第九弾。（杉江松恋）
テ-11-29

ゴースト・スナイパー（上下）
ジェフリー・ディーヴァー（池田真紀子 訳）
政府に雇われた狙撃手が無実の男を暗殺した。その策謀を暴くべく、秘密裏に捜査を始めたライムたち。だが暗殺者による隠蔽工作が進み、証人は次々と消されていく……。（青井邦夫）
テ-11-33

スキン・コレクター（上下）
ジェフリー・ディーヴァー（池田真紀子 訳）
毒の刺青で被害者を殺す殺人者は、ボーン・コレクターの模倣犯か。NYの地下で凶行を繰り返す犯人。名探偵ライムは壮大な完全犯罪計画を暴けるか？　「このミス」1位。（千街晶之）
テ-11-37

スティール・キス（上下）
ジェフリー・ディーヴァー（池田真紀子 訳）
NYでエスカレーターが誤作動を起こし、通行人が巻き込まれて死亡する事件が発生。四肢麻痺の名探偵ライムは真相究明に乗り出すが…。現代の便利さに潜む危険な罠とは？（中山七里）
テ-11-41

ブラック・スクリーム（上下）
ジェフリー・ディーヴァー（池田真紀子 訳）
拉致された男性の監禁姿が、動画サイトにアップされた。被害者の苦痛のうめきをサンプリングした音楽とともに――。犯人の自称「作曲家《コンポーザー》」を追って、ライムたちは大西洋を渡る。
テ-11-44

カッティング・エッジ（上下）
ジェフリー・ディーヴァー（池田真紀子 訳）
NYの宝石店で3人が惨殺された。名探偵リンカーン・ライムが調べるが、現場には不可解な点が多い。さらに、新たな犠牲者が出て――。シリーズ原点回帰のノンストップ・ミステリー。
テ-11-48

死のドレスを花婿に
ピエール・ルメートル（吉田恒雄 訳）
狂気に駆られて逃亡するソフィー。かつて幸福だった聡明な女は、なぜ全てを失ったのか。悪夢の果てに明らかになる戦慄の悪意！『その女アレックス』の原点たる傑作。（千街晶之）
ル-6-2

悲しみのイレーヌ
ピエール・ルメートル（橘　明美 訳）
凄惨な連続殺人の捜査を開始したヴェルーヴェン警部は、やがて恐るべき共通点に気づく――『その女アレックス』の刑事たちを巻き込む最悪の犯罪計画とは。鬼才のデビュー作。（杉江松恋）
ル-6-3

傷だらけのカミーユ
ピエール・ルメートル（橘　明美 訳）
カミーユ警部の恋人が強盗に襲われ、重傷を負った。執拗に彼女の命を狙う強盗をカミーユは単身追う。『悲しみのイレーヌ』『その女アレックス』に続く三部作完結編。（池上冬樹）
ル-6-4

わが母なるロージー
ピエール・ルメートル（橘　明美 訳）
『その女アレックス』のカミーユ警部、ただ一度の復活。パリで爆発事件が発生。名乗り出た犯人はまだ爆弾が仕掛けてあるという。真の動機が明らかになるラスト1ページ！（吉野　仁）
ル-6-5

監禁面接
ピエール・ルメートル（橘　明美 訳）
失業中の57歳・アランがついに再就職の最終試験に残る。だがその内容は異様なものだった――。どんづまり人生の一発逆転はなるか？　ノンストップ再就職サスペンス！（諸田玲子）
ル-6-6

魔王の島
ジェローム・ルブリ（坂田雪子・青木智美 訳）
その孤島には魔王がいる。その島の忌まわしい秘密とは――彼女の話は信じるな。これは誰かが誰かを騙すために紡がれた物語。恐怖と不安の底に驚愕の真相を隠すサイコ・ミステリ！
ル-8-1

魔術師の匣（上下）
カミラ・レックバリ　ヘンリック・フェキセウス（富山クラーソン陽子 訳）
奇術に見立てた連続殺人がストックホルムを揺るがす。事件に挑む生きづらさを抱えた女性刑事と男性奇術師。北欧ミステリの女王が最強メンタリストとのタッグで贈る新シリーズ開幕！
レ-6-1

（　）内は解説者。品切の節はご容赦下さい。

ロバート・ジェームズ・ウォラー（村松　潔　訳）
マディソン郡の橋
アイオワの小さな村を訪れ、橋を撮っていた写真家と、ふとしたことで知り合った村の人妻。束の間の恋が、別離ののちも二人の人生を支配する。静かな感動の輪が広がり、ベストセラーに。
ウ-9-1

P・G・ウッドハウス（岩永正勝・小山太一　編訳）
ジーヴズの事件簿
才智縦横の巻
二十世紀初頭のロンドン。気はよくも少しおつむのゆるい金持ち青年バーティに、嫌みなほど有能な黒髪の執事がいた。どんな難題もそつなく解決する彼の名は、ジーヴズ。傑作短編集。
ウ-22-1

P・G・ウッドハウス（岩永正勝・小山太一　編訳）
ジーヴズの事件簿
大胆不敵の巻
ちょっぴり腹黒な有能執事ジーヴズの活躍するユーモア小説傑作集第二弾。村の牧師の長説教レースから親友の実らぬ恋の相談まで、ご主人バーティが抱えるトラブルを見事に解決！
ウ-22-2

クレア・キップス（梨木香歩　訳）
ある小さなスズメの記録
人を慰め、愛し、叱った、誇り高きクラレンスの生涯
第二次世界大戦中のイギリスで老ピアニストが出会ったのは、一羽の傷ついた小雀だった。愛情を込めて育てられた雀クラレンスとキップス夫人の十二年間の奇跡の実話。　（小川洋子）
キ-16-1

サン＝テグジュペリ（倉橋由美子　訳）
星の王子さま
「ねえ、お願い…羊の絵を描いて」不時着した砂漠で私に声をかけてきたのは別の星からやってきた王子さまだった。世界中を魅了する名作が美しい装丁で甦る。　（古屋美登里・小川　糸）
サ-9-1

パトリック・ジュースキント（池内　紀　訳）
香水
ある人殺しの物語
十八世紀パリ。次々と少女を殺してその芳香をわがものとし、あらゆる人を陶然とさせる香水を創り出した〝匂いの魔術師〟グルヌイユの一代記。世界的ミリオンセラーとなった大奇譚。
シ-16-1

アンネ・フランク（深町眞理子　訳）
アンネの日記
増補新訂版
オリジナル、発表用の二つの日記に父親が削った部分を再現した〝完全版〟に、一九九八年に新たに発見された親への思いを綴った五ページを追加。アンネをより身近に感じる〝決定版〟。
フ-1-4

赤毛のアン
L・M・モンゴメリ（松本侑子　訳）

アンはプリンス・エドワード島の初老の兄妹マシューとマリラに引きとられ幸せに育つ。作中の英文学と聖書、アーサー王伝説、イエスの聖杯探索を解説。日本初の全文訳、大人の文学。

モ-4-1

アンの青春
L・M・モンゴメリ（松本侑子　訳）

アン16歳、美しい島で教師に。ギルバートの片恋、ダイアナの婚約。移民の国カナダにおける登場人物の民族（スコットランド系とアイルランド系）を解説。ケルト族の文学、初の全文訳。

モ-4-2

アンの愛情
L・M・モンゴメリ（松本侑子　訳）

アン18歳、カナダ本土の英国的な港町の大学へ。貴公子ロイに一目惚れされ、青年たちに6回求婚される。やがて愛に目ざめ……。テニスンの詩に始まる初の全文訳、訳註・写真付。

モ-4-3

風柳荘《ウィンディ・ウィローズ》のアン
L・M・モンゴメリ（松本侑子　訳）

日本初の「全文訳」、詳細な訳註収録の決定版「赤毛のアン」シリーズ第4巻。校長となったアンは医師を目指すギルバートと文通。周囲の敵意にも負けず持ち前の明るさで明日を切り拓く。

モ-4-4

アンの夢の家
L・M・モンゴメリ（松本侑子　訳）

医師ギルバートと結婚。海辺に暮らし、幸せな妻となるも、母になったアンに永遠の別れが訪れる。運命を乗り越え、愛に生きる人々を描く大人の傑作小説。日本初の全文訳・訳註付。

モ-4-5

炉辺荘《ろへんそう》のアン
L・M・モンゴメリ（松本侑子　訳）

6人の子の母、医師ギルバートの妻として田園に暮らすアン。子育ての喜びと淡い悲しみ。大家族の愛の物語。日本初の全文訳「赤毛のアン」シリーズ第6巻。約530項目の訳註付。

モ-4-6

虹の谷のアン
L・M・モンゴメリ（松本侑子　訳）

アン41歳、家族で暮らすグレン・セント・メアリ村に新しい牧師一家がやってきた。第一次世界大戦が影を落とす前の最後の平和な時を描く。日本初の全文訳・訳註付シリーズ、第7巻！

モ-4-7

（　）内は解説者。品切の節はご容赦下さい。

ティム・オブライエン
村上春樹 訳
本当の戦争の話をしよう
人を殺すということ、失った戦友、帰還の後の日々――ヴェトナム戦争で若者が見たものとは？　胸の内に「戦争」を抱えたすべての人に贈る真実の物語。鮮烈な短篇作品二十二篇収録。
む-5-31

マイケル・ギルモア
村上春樹 訳
心臓を貫かれて（上下）
みずから望んで銃殺刑に処せられた殺人犯の実弟が、兄と父、母の血ぬられた歴史、残酷な秘密を探り、哀しくも濃密な血の絆を語り尽くす。衝撃と鮮烈な感動を呼ぶノンフィクション。
む-5-32

グレイス・ペイリー
村上春樹 訳
人生のちょっとした煩《わずら》い
アメリカ文学のカリスマにして、伝説の女性作家と村上春樹のコラボレーション第二弾。タフでシャープで、しかも温かく、滋味豊かな十篇。巻末にエッセイと、村上による詳細な解題付き。
む-5-35

グレイス・ペイリー
村上春樹 訳
その日の後刻に
生涯に三冊の作品集を残したグレイス・ペイリーの村上春樹訳による最終作品集。人生の精緻なモザイクのような十七の短篇に、エッセイ、ロングインタビュー、訳者あとがき付き。
む-5-38

トルーマン・カポーティ
村上春樹 訳
誕生日の子どもたち
悪意の存在を知らず、傷つけ傷つくことから遠く隔たっていた世界。イノセント・ストーリーズ――カポーティの零した宝石のような逸品六篇を村上春樹が選り、心をこめて訳出しました。
む-5-37

呉　明益（天野健太郎　訳）
自転車泥棒
二十年前に失踪した父とともに消えた幸福印の自転車が戻ってきた。自転車の来し方を探るうち物語は戦時下の東南アジアへと時空を超えていく。ブッカー国際賞候補作。　（鴻巣友季子）
コ-21-1

アマンダ・ゴーマン（鴻巣友季子　訳）
わたしたちの登る丘
2021年、米・バイデン大統領の就任式で朗読された一篇の詩。当時22歳の桂冠詩人による、分断を癒し、団結をうながして世界を感動させた圧倒的なことばが待望の邦訳。　（柴崎友香）
コ-22-1

文春文庫　最新刊